Oscar

GIULIANO PASINI

IO SONO LO STRANIERO

OSCAR MONDADORI

© 2013 Arnoldo Mondadori Editore S.p.A., Milano
Published by arrangement with Emmeeerre Letterature, Verbania - Milano

I edizione Omnibus marzo 2013
I edizione Oscar bestsellers aprile 2014

ISBN 978-88-04-64179-7

Questo volume è stato stampato
presso ELCOGRAF S.p.A.
Stabilimento - Cles (TN)
Stampato in Italia. Printed in Italy

www.facebook.com/giulianopasini
twitter: @giulianopasini
giulianopasini12@gmail.com

www.librimondadori.it

IO SONO LO STRANIERO

*Che tu sia benvenuto,
Alessandro.
E che tu possa sempre
sognare in grande.*

Voi che vivete sicuri
Nelle vostre tiepide case,
Voi che trovate tornando a sera
Il cibo caldo e visi amici:
   Considerate se questo è un uomo
   Che lavora nel fango
   Che non conosce pace
   Che lotta per mezzo pane
   Che muore per un sì o per un no.
   Considerate se questa è una donna,
   Senza capelli e senza nome
   Senza più forza di ricordare
   Vuoti gli occhi e freddo il grembo
   Come una rana d'inverno.
Meditate che questo è stato:
Vi comando queste parole.
Scolpitele nel vostro cuore
Stando in casa andando per via,
Coricandovi alzandovi;
Ripetetele ai vostri figli.
   O vi si sfaccia la casa,
   La malattia vi impedisca,
   I vostri nati torcano il viso da voi.

PRIMO LEVI, *Se questo è un uomo*

DENTRO

Dove il ciclo si apre e tutto ha inizio.
Dove il Prima non è il Dopo.

1

Una stradina costeggia il retro della stazione. Poco più di un sentiero male illuminato, schiacciato tra il muro e le case adiacenti.

Una donna sola non dovrebbe percorrerla.

La ragazza bionda lo fa, anche se è buio, anche se c'è una nebbia che porta il freddo nelle ossa e ovatta ogni suono. Si gira a destra, a sinistra, i ricci biondi volano. Vede solo muro e muro. Riesce a malapena a sentire i propri passi affrettati. Fosse capace, fischietterebbe per scacciare la paura.

«Così discesi del cerchio primaio giù nel secondo, che men loco cinghia» sussurra «e tanto più dolor, che punge a guaio...»

Le parole si trasformano in sbuffi affannati di vapore acqueo che si perdono subito nella nebbia. Poche decine di metri e la stradina sarà finita, si rincuora. Pregusta la doccia calda che cancellerà il freddo e la fatica della giornata.

«Stavvi Minòs orribilmente, e ringhia...»

Un rumore alle spalle. Le parole le muoiono in gola. La ragazza bionda si gira di scatto. Nessuno, nulla, solo nebbia. Si dà della stupida. Ricomincia a bisbigliare, le sembra di scorgere la fine della stradina.

«... essamina le colpe ne l'intrata; giudica e manda secondo ch'avvinghia...» Ancora pochi passi. «Dico che quando l'anima mal nata li vien dinanzi...»

Una mano sbuca dalla nebbia. Le chiude la bocca. La pelle

di un guanto sulle labbra, il sapore di sangue sulla lingua. Si sente soffocare. Tenta di mordere, di gridare per chiedere perché, chiedere pietà. Tenta di divincolarsi.

Inutile, l'uomo è troppo forte. La tira a sé. Nell'aria satura di umidità sente il suo odore. Sapone, pulito. Ma solo in superficie. Sotto, c'è l'afrore della bestia che sta per sbranare la preda. La tiene come se non fosse fatta di carne, come se non fosse viva. E bisbiglia. Ripete qualcosa a mezza bocca, lentamente. Impossibile distinguere una sola parola.

Un pizzico sul collo. La nebbia inizia a entrare in lei. Una nebbia diversa da quella che la circonda. Una nebbia calda, morbida. Si abbandona. Le gambe cedono. L'uomo le impedisce di cadere. La solleva. Prima di chiudere gli occhi, la ragazza bionda vede un passamontagna da cui spuntano occhi azzurri, febbricitanti, eccitati.

Quando riprende conoscenza, è dentro.

2

La ragazza bionda sbatte le palpebre. Nausea. La stanza si muove. Si muove anche l'unica luce su un soffitto che non conosce. Un odore aspro di disinfettante le invade le narici. Cerca di mettersi seduta. Lo sforzo rischia di farla vomitare. Il primo tentativo non riesce. Il secondo sì. Mette a fuoco.

Piastrelle azzurrine alle pareti. Abbassa gli occhi. È su un letto. La coperta ha lo stesso colore azzurrino. E gira, gira, gira.

«Nella stanza ci sono delle regole.»

Una voce metallica, imperativa. La ragazza bionda alza gli occhi. Vede una telecamera in un angolo del soffitto. E un piccolo altoparlante. La voce proviene da lì. Riprende, scandendo ogni lettera di ogni parola.

«Regola numero uno: condotta. La stanza è insonorizzata, l'esperimento non deve gridare o perdere il controllo. Altrimenti, verrà punito. Regola numero due: nutrimento. L'esperimento deve mangiare tutto il cibo che riceve. Altrimenti, verrà punito.»

«Chi... sei?» riesce a biascicare la ragazza.

«Regola numero tre: riposo. Quando le luci vengono spente, l'esperimento deve dormire. Altrimenti, verrà punito. Regola numero quattro: esercizio fisico. Quando le luci si riaccendono, l'esperimento deve alzarsi e pedalare per mezz'ora alla cyclette. Altrimenti, verrà punito. Regola numero cinque: igiene. L'esperimento dovrà fare almeno una doccia ogni ventiquattro ore e avere un'adeguata cura del proprio corpo. Altrimenti, verrà punito.»

La ragazza bionda scuote la testa. La nausea peggiora. «Cos'è... l'esperimento?» Nessuna risposta. Ai piedi del letto intravede una cyclette, imbullonata al pavimento di cemento. Un brivido la scuote da capo a piedi. «L'esperimento... sono io?»

«Regola numero sei: abbigliamento» riprende la voce, glaciale. «All'esperimento verranno forniti abiti e biancheria intima puliti tutti i giorni. Deve indossarli dopo essersi lavato. Altrimenti, verrà punito.»

Osserva ciò che ha addosso. Una tuta felpata marrone, comoda. Infila una mano sotto. Canottiera, reggiseno, slip. È stata spogliata e rivestita. Non è ciò che portava... quando? Da quanto tempo è in quella stanza? Il brivido diventa gelo. Lei è in sovrappeso, ha i fianchi larghi, il seno abbondante... eppure tutti i capi sono della misura giusta. Significa che non è stata presa per caso? Che è stata scelta? L'angoscia le stringe il cuore. Cerca di capire se prova dolore da qualche parte. Se è stata violata.

«Cosa... mi hai fatto?» dice, con voce rotta, ancora impastata. Indica la telecamera. «Cosa mi hai fatto?»

«Regola numero sette: medicine. L'esperimento deve prendere tutte le medicine. Altrimenti, verrà punito.»

«Che... che medicine?»

«Regola numero otto: trattamenti. L'esperimento dovrà sottoporsi ai trattamenti senza opporre resistenza. Altrimenti, verrà punito.»

Il terrore la invade. «Cosa vuoi da me?» Le parole si perdono nel nulla. Scompaiono. La ragazza punta occhi feroci, disperati sulla telecamera. «Chi sei?» Un singhiozzo. Poi un grido che nasce nel punto più oscuro della sua anima. «Chi sei?»

«SILENZIO!»

Un ringhio che rimbalza sulle pareti, le si conficca in testa. Seguono alcuni secondi infiniti in cui l'unico rumore è quello del cuore della ragazza che martella impazzito. Poi la voce prosegue l'elenco.

«Regola numero nove: fuga. La porta della stanza è blindata, non ci sono finestre. Fuggire è impossibile. Se l'esperimento tenterà la fuga, verrà punito. Regola numero dieci: ingressi nella stanza. L'esperimento verrà avvisato quando qualcuno sta per entrare nella stanza. Deve mettersi sul letto e legarsi entrambe le caviglie e un polso con le cinghie di cuoio, e infilarsi il cappuccio. Altrimenti, verrà punito.»

La ragazza bionda percorre freneticamente la stanza con lo sguardo. Vede le cinghie di cuoio. Partono dalle estremità del letto di ferro. Due per le braccia, due per le gambe. Altre, più lunghe, sono al centro del letto. Di quelle la voce non ha parlato.

Si china. Ne tocca una. È fredda, dura, spessa, larga almeno cinque centimetri. Lisa come le cose che vengono adoperate molto.

Allora capisce. Quel cuoio consunto le dischiude un abisso di orrore. Non è la prima ad ascoltare le regole. Non è la prima a cui una voce metallica ordina di legarsi al letto. Cos'è successo alle persone che sono state legate prima di lei?

Allunga una mano, tocca il cuscino. Tocca qualcosa sopra il cuscino. Lo afferra. Lo fissa. Un cappuccio di stoffa pesante, nera. Odora di disinfettante come la stanza. Finalmente il terrore trova sfogo. Diventa voce, diventa grido, diventa pianto e parole incomprensibili, pronunciate in una lingua che la ragazza non usa più.

«Regola numero uno!»

La ragazza avverte lo sguardo della telecamera su di sé. Uno sguardo inumano, come se fosse la stanza stessa a guardarla.

«Perché?» grida. Si piega in due, intrecciando le dita delle mani, come se rivolgesse una preghiera a dio, o all'uomo che l'ha presa.

«Regola numero uno.»

«Perché? Perché? Perché?» Non riesce a dire altro. Poi, in un soffio: «Cosa ti ho fatto?».

La luce si spegne. È come se la temperatura scendesse di colpo di molti gradi. La ragazza inizia a sentire un sibilo. Un odore sovrasta quello del disinfettante.

La stanza si sta saturando di gas. La ragazza sente montare una rabbia sorda per le migliaia di chilometri percorsi per avere una vita, per avere un futuro. Fatica a respirare. Non sente dolore, non fa male. La testa diventa leggera, viene invasa da immagini. La nube, oltre l'acqua del lago. L'aria solida, pesante. Come se il vento che soffiava dalla centrale trasportasse qualcosa di diverso. Qualcosa che si era tramutato in pioggia, poi in malattia e morte.

Una fitta dolorosa al centro del petto. Rivede lo sguardo color acqua di Francesca, il suo corpo magro, i tatuaggi sulla pelle. Sente la sua voce di bambina. Ha l'impressione che la stia chiamando. Le sta dicendo che deve restare in vita, che deve uscire da quella prigione per tornare da lei.

Francesca.

Si aggrappa a quella voce immaginaria. Non può lasciarsi soffocare dal gas, anche se in quel momento morire non sembra brutto. Poco più che chiudere gli occhi. Basterebbe lasciarsi andare.

«Sarò brava» dice, in quella lingua lontana. «Sarò brava» ripete in italiano. «Sarò brava!» strilla, sforzandosi di trovare il fiato. «Rispetterò... le regole.»

Il sibilo si interrompe. Riprende subito, ma non è più gas. È aria pura.

La ragazza respira a pieni polmoni. Mangia l'ossigeno. Piange ancora, di sollievo. Ingoia i singhiozzi assieme alle lacrime e alla sua dignità.

«La tua vita non vale nulla. Solo l'esperimento conta. Ricordalo.»

La ragazza si sdraia. Non è difficile chiudere gli occhi, appesantiti dal gas. Riesce addirittura a sorridere. Francesca è da qualche parte là fuori, che la cerca. «Mi troverà, io devo pensare a sopravvivere» sussurra a voce così bassa che non è sicura di aver davvero parlato.

Non sa di aver già cominciato a morire a poco a poco. Ogni giorno, ogni ora, ogni minuto.

Ogni secondo.

DORMIENZA

I tralci induriscono, i grappoli seccano.
Le foglie spiegano i colori, cadono, muoiono.
La vite dorme.

DORMIENZA

1

Venezia è là, da qualche parte, lontana, oltre la pianura inghiottita in una nebbia consueta che non arriva mai sui colli. Nelle giornate terse, però, pare che si veda lo scintillare della laguna. Nessuno la cerca, i contadini sono impegnati nei filari impervi di Glera e Verdiso, e dello Chardonnay segreto; i turisti preferiscono sorseggiare il loro Prosecco nei costosi bacari delle calli, o nelle linde piazze trevigiane. Si spingono di rado fin dove viene prodotto, a Valdobbiadene, San Pietro di Barbozza, Guia, Santo Stefano, Col San Martino. Tanto meno a Termine. Un campanile staccato di qualche metro dalla chiesa, il piccolo cimitero appena dietro, due case addossate a quello che era un monastero, tre strade che convergono in uno spiazzo e scompaiono subito dietro una curva come se non vedessero l'ora di andarsene. Termine non è un paese, è un incrocio in mezzo ai vigneti.

«Quand'è che ti decidi a traslocare?»

Alice lo chiede con aria indifferente. Seduta sul letto, si toglie le scarpe con il tacco per infilarsene un paio di basse, comode per guidare. Roberto fa scricchiolare il pavimento di legno per raggiungere una piccola finestra. Fuori, il cielo di una domenica brevissima comincia a scurirsi, e s'incunea nel declivio di viti spoglie attorno a cui figure alacri sciamano armate di cesoie.

«Io ci sto bene.»

Alice scuote la testa di riccioli rossi disordinati. Negli occhi ambra c'è un'ironia rassegnata. «Allora restaci. Io torno a Bologna.» Lo abbraccia. Lui la stringe più forte di quel che dovrebbe.

Lei si stacca. «La barba punge.»

Roberto si passa una mano sulla guancia. «La porto da tre anni, dottoressa Capelveneri. Non ti sei ancora abituata?»

Dalla soglia lei alza quattro dita, per correggerlo. Diventano cinque per il saluto.

«Ci vediamo venerdì, commissario Serra.»

2

La Celica blu di Alice romba oltre il primo tornante. Roberto siede sul letto, dove lei era prima, e osserva i muri spessi e le travi di legno delle stanze ricavate in quello che era il granaio del monastero. Assapora il silenzio, la solitudine. Se ne nutre sino a quando non si accorge dei rumori che provengono dal piano inferiore.

Scende a due a due i gradini di granito resi scivolosi da secoli di passaggi. Apre una porta, ed entra in un'altra dimensione. Un ambiente raccolto con perlinato di legno alle pareti e utensili in rame che pendono dal soffitto. Un lungo bancone è preludio a una dozzina di tavoli coperti di lino.

Roberto ha affittato l'appartamento in cui vive proprio perché sorge sopra al Chiostro, l'unico ristorante di Termine. L'agente immobiliare era incredulo. *Non è difficile trovare rilassanti i rumori della cucina se ci si è cresciuti in mezzo.* Malinconia. Con gesto automatico, porta la mano alla tasca. Estrae una pillola bianca da un flacone di vetro marrone senza etichetta. La fa sciogliere sotto la lingua.

«Hai finito di drogarti?» chiede una voce allegra, dall'accento trascinato. Roberto si gira. I pantaloni scuri e la semplice camicia bianca non nascondono la femminilità di Susana Lima. Nemmeno il tempo di risponderle che è già sparita dietro una porta a molla. La segue. In cucina trova un uomo sulla cinquantina, sovrappeso. Una coda di capelli grigi e ricci spunta dal cappello da cuoco e fa coppia con la barba a punta. Sul ventre, un grembiule che in origine doveva essere bianco. Tra le mani enormi, un trionfo di radicchio rosso scuro. Un motociclista vestito da chef, si direbbe. E lo è. Motociclista e cacciatore, come rivelano i pantaloni mimetici che spuntano sotto al grembiule.

Pentole, padelle sono sui fornelli, ma quello in fiamme è Alvise Dori, il proprietario del Chiostro. Gli occhi azzurri lanciano strali. «Orcocàn, tra due ore arrivano i clienti» ringhia come saluto. «Devo lavorare!»

Sul piano di lavoro c'è un secondo grembiule. È passato ormai un anno da quando una sera Roberto aveva sentito imprecare dalla cucina: «E mi come faccio a preparar la pasta e fasioi?».

Senza pensare, aveva compiuto un gesto che desiderava fare da quando si era trasferito a Termine. Aveva varcato le porte a molla. E aveva trovato Alvise alle prese con un mucchio di borlotti dalle striature rosse. Un mucchio non molto alto. «Troppo pochi, orcocàn!» ripeteva.

Qualcosa era scattato. «Hai della farina?» aveva chiesto.

Alvise si era girato di scatto. Aveva strizzato gli occhi azzurri come se faticasse a mettere a fuoco il silenzioso inquilino con cui i rapporti, sino a quel momento, si erano limitati a qualche scarno saluto. «Siamo in un ristorante. Vuoi che non ci sia della farina?»

«Allora prepariamo delle pagnottine, le svuotiamo e dentro ci serviamo una crema di fagioli più liquida» aveva indicato la montagnetta. «Dovrebbero bastare.»

«Prepariamo? Ma non sei un commissario di polizia?», aveva preso una manciata di fagioli. «Sono Spagnolet di Lamon, non voglio rovinarli!»

«Qualunque cosa siano, non ne hai abbastanza per la pasta e fagioli.»

L'altro si era asciugato il sudore. «E come faresti 'sta crema?» aveva sbuffato.

Alvise Dori aveva permesso a Roberto di improvvisare il piatto. E i clienti erano stati entusiasti. Da quella volta, in cucina c'era sempre un grembiule pronto per lui. Era stato così anche per il cenone di San Silvestro. Quella fine e quell'inizio che dovevano essere straordinari, sancendo il cambio di anno, di secolo e di millennio. Alice non l'aveva presa bene, quella volta. Voleva divertirsi, ballare. Era andata a una festa a Bologna. Da sola. Si erano sentiti poco dopo mezzanotte. Auguri di rito, annegati nella musica martellante.

Ora le mani di Roberto compiono gesti leggeri sul radicchio, lo mondano dalle foglie esterne, conservando solo il cuore. Accanto alle sue, è come se vedesse quelle della madre. Unghie corte, pulite. Le uniche che può avere chi si dedica alla cucina. Un silenzio confortante, interrotto solo dal battere rapido dei coltelli sui taglieri. E della pentola che sobbolle spargendo l'odore grasso del ragù d'oca. Udito e olfatto. Il tatto coinvolto in ogni passaggio, in ogni ingrediente toccato. La vista del piatto finalmente pronto. E, infine, l'assaggio. *Il gusto è il capolinea di un viaggio che inizia molto prima.*

Alvise gli allunga un bicchiere pieno di un vino bianco, spumante e torbido. «Prosecco come lo facevano i nonni. Con i lieviti, o *sur lie* come dicono quei mangiarane di francesi. Rifermenta in bottiglia, senti che profumi!»

Roberto ha ascoltato innumerevoli volte quella solfa che termina con una filippica contro gli americani responsabili del fatto che i vini di tutto il mondo siano praticamente identici. Si perde negli aromi. Fatica a credere di non aver toccato una goccia d'alcol durante i trent'anni in cui ha vissuto a Roma, la sua città. Aveva paura che gli facesse abbassare le difese, che favorisse la Danza.

Quando i bicchieri sono vuoti, Alvise elenca gli ingredienti, saltellando per la cucina. «Hai visto che radicchio spadone tardivo! Me l'hanno portato oggi! Poi, prosciutto di Montagnana e...», apre il frigo ed estrae qualcosa con aria trionfante. Una *manciata* di qualcosa. «Scampi! Meravigliosi. So io da quale pescatore di Chioggia bisogna comprarli, cio'!» Indica un pentolone di rame con il suo contenuto, giallo e denso. «Polenta col granturco del molinetto della Croda. Bramato come nel Cinquecento, quando i tuoi antenati vivevano sugli alberi e i miei sedevano nel Maggior Consiglio.»

Roberto smette di nuovo di ascoltare mentre Alvise elenca tutti i Dori che sono stati Dogi, «in un'epoca in cui se il tuo patrimonio aumentava mentre eri in carica, ti decapitavano. Oggi tutti i politici sarebbero senza testa». Per questo disinteressato spirito di servizio la sua famiglia si era rovinata e lui era stato costretto all'onta suprema: «Percorrere quel maledetto ponte fascista per raggiungere la campagna. Quel che mi restava erano i ruderi del monastero. Ci ho speso i miei ultimi soldi, e ora un nobile come me è costretto a cucinare per una massa di bifolchi», e così via. Intanto Roberto cerca abbinamenti, immagina sapori, crea armonie. Le mani si muovono di conseguenza. Prende gli scampi. Inizia a sgusciarli.

Alvise è costretto a interrompere il monologo. «Saresti così gentile da dirmi cosa stai facendo?»

«Cuociamo gli scampi alla piastra, li avvolgiamo in una fetta sottilissima di prosciutto, un velo, e li serviamo su un'insalatina di radicchio crudo con un filo di extravergine» snocciola Roberto senza incertezze. «Dopo, bigoli col tuo ragù d'oca. Come secondo, polenta con il formaggio alla piastra. Hai del Morlacco? O dell'Asiago?» Non aspetta la risposta. «Per finire, il tuo tiramisù. Io preparo antipasto e secondo, tu primo e dolce.»

Alvise apre la bocca e la richiude. Al Chiostro si mangia a menu fisso, piatti della tradizione per una clientela che negli ultimi tempi è raddoppiata grazie all'estro di un cuoco che nessuno sospetta essere il commissario capo dell'ufficio immigrazione della questura di Treviso.

«Quanto mi fai incazzare, orcocàn» dice sconsolato Alvise. «Come fai a inventare e cucinare senza assaggiare niente? Io se non ho la ricetta mi perdo... e ho fatto fior di scuole!»

Da bambino guardavo per ore le mani di mia madre che sminuzzavano, amalgamavano, dosavano. «Sento i sapori nella testa.»

«Dev'essere un posto interessante, la tua testa» sbuffa Alvise, «ma non so se vorrei abitarci.» Si dirige verso una scansia. «Metto su la pentola per cuocere i bigoli.»

3

Il buio è calato del tutto quando Alice varca il portone del palazzo in strada Maggiore. La nebbia si è incagliata sul Po, tra Rovigo e Ferrara. Bologna è offuscata solo dalla delusione del lunedì che incombe.

Oltre il grande atrio dai soffitti alti e dai tappeti pesanti, una porta sulla destra è aperta. Ne fuoriesce un filo di fumo.

«Ciao papà» saluta trattenendo il fiato.

L'avvocato Ruggero Maria Capelveneri solleva la testa calva dai documenti che sta esaminando. Scruta la figlia da sopra gli occhiali da lettura. Prende il grosso sigaro dal posacenere sulla scrivania di legno scuro. In due tiri lo ravviva. Alle pareti, illuminati appena dalla fioca lampada da tavolo, avvocati di tutte le epoche osservano severi da cornici intarsiate. «Come va?»

«Bene. Mi faccio una doccia e vado a letto. Ho degli appuntamenti domattina.»

Sempre lo stesso scambio. Un copione scritto male e male interpretato. Lo studio medico privato di Alice è nel portone a sinistra rispetto al palazzo. Nel portone a destra c'è lo studio legale Capelveneri. Uno studio legale per i pochi che possono permettersi di pagarne le parcelle. Anche Alice è diventata un medico per ricchi, dopo l'ennesimo cambio di direzione nella sua vita..

«Perché non parliamo un po'?» propone il padre, e indica la poltrona davanti alla scrivania.

Alice prende tempo, sorpresa. «In questa stanza non si

respira.» Lo stupore si moltiplica quando invece di dare in escandescenze perché "in casa mia faccio quel che voglio" il padre solleva faticosamente la propria mole. «Andiamo in salotto.»

Si siedono su un divano del Settecento foderato di broccato. Lui la fissa con occhi acquosi, la sclera ingiallita. «Sei bella. Molto.»

Alice pensa alla pelle candida, alle efelidi sparse a manciate sul corpo. Al setto nasale deviato, ricordo indelebile del suo unico incidente d'auto. Decisamente non si sente bella. «Se lo dici tu.»

«Lo dico, lo dico. E dico anche che sei sprecata con quel questurino fallito.»

Alice batte le mani in un applauso ironico. «Ecco dove volevi andare a parare.»

«Non puoi continuare a perderci tempo. Ha quasi quarant'anni e ti fa fare una vita da fidanzatini, vi vedete dal venerdì sera alla domenica. Chi te lo dice che non farà come l'altra volta? Puff, sparito! Ci sarebbe una coda di uomini in gamba alla tua porta, se solo tu volessi. Oggi. Domani... chissà. La bellezza non è eterna.»

La mente di Alice torna per un istante a una piccola stanza. A Roberto con il viso stravolto da una forza che le aveva tenuta nascosta. Dopo avrebbe scoperto che quel male aveva un nome poetico, la Danza. Dopo gli avrebbe chiesto di curarla, dopo si sarebbe occupata lei di trovare lo specialista migliore. In quel momento lo aveva solo cacciato, terrorizzata. Le sue mani prendono a mulinare freneticamente nell'aria. «Non sai com'è andata, l'altra volta. E peccato che in gamba per te significhi con un conto in banca a nove zeri e figlio di un avvocato con cui fai affari, altrimenti potrei farci un pensiero.»

Il padre, abituato a condurre trattative dentro e fuori i tribunali, non si lascia sfuggire l'occasione. «Dici sul serio?»

Alice si gira con un gesto conclusivo. «No, dicevo così per dire. Vado a letto.»

Incurante dei rimbrotti, sale le scale di marmo e apre la porta dell'appartamento che occupa un piano del palazzo. Si dirige alla sala da bagno. Inizia a riempire la vasca, scegliendo con cura i sali. Si spoglia e si guarda allo specchio. Lo scambio col padre le ha gettato addosso una fastidiosa inquietudine. Cerca minuziosamente capelli bianchi in quel mare rosso e crespo, non ne trova ma non basta a rassicurarla: sta per compiere trentadue anni, quanto resisterà ciò che vede?

Prima che una nebbia artificiale e profumata renda difficoltosa l'operazione, prende le salviette per togliersi fondotinta e cipria con cui uniforma e scurisce la pelle del viso.

In quel momento, il cellulare squilla. Lei sorride. «Miracolo! Roberto ha imparato a usare il telefono che gli ho regalato.» Parlare con lui cancellerà l'amaro che le è rimasto sul palato.

Sul display, però, appare ETTORE STEINER. Un esemplare della fauna che il padre di tanto in tanto le presenta. A Capodanno, mentre Roberto si divertiva a spignattare, se lo era ritrovato a una festa. E ci aveva parlato a lungo. Un tipo interessante, niente da dire. Solo un po' troppo pieno di sé.

«Santapolenta, che tempismo» dice meravigliata alla versione di sé che vede nello specchio. Evita le domande e prende la chiamata.

4

I trenta coperti del Chiostro sono tutti occupati. In cucina arrivano chiacchiericcio indistinto, tintinnare di posate e stoviglie. Alvise impiatta le fette di dolce, che poi spolvera di cacao.

«Là, è l'ultima» sbuffa. «E meno male che nella Marca gioiosa et amorosa sanno godersi la vita, altrimenti non esisterebbe il tiramisù.» Anche questa, Roberto l'ha già sentita. La leggenda vuole che il tiramisù servisse a rinvigorire i clienti di un bordello di Treviso. Diversi ristoranti si contendono il primato, rivendicando un'origine di luogo di piacere a pagamento.

«E senza i puttanieri, quella tosa non sarebbe qui» conclude Alvise sporgendo il mento appuntito verso la porta da cui Susana è appena uscita.

Roberto continua a infilare i piatti sporchi nella lavastoviglie e riporre gli utensili, fingendo di non aver sentito, ma Alvise insiste. Con una voce baritonale, intona: «È mai possibile, o porco di un cane, che le avventure in codesto reame debban risolversi tutte con grandi puttane...».

«Smettila!» Il tono di Roberto è perentorio. «Sai quello che ha passato.» *O, meglio, ne sai una parte. L'essenziale.*

«Lo dice il Faber» si giustifica l'altro. E questo dovrebbe bastare. Alvise ha fondato il Fabrizio De André Fans Club di Treviso. Quando il cantautore è morto, all'inizio del 1999, ha affisso un cartello CHIUSO PER LUTTO alla porta del ristorante, ha preso la Harley Davidson ed è sparito per giorni. Una volta tornato, ha appeso una foto del Faber nel ristorante e in ogni stanza della sua abitazione, in un'altra ala del vecchio monastero. Un De André sorridente li fissa anche in cucina.

«Il tuo Faber certo non disdegnava. Nello stesso album di *Carlo Martello ritorna dalla battaglia di Poitiers* ci sono *Via del Campo* e *Bocca di Rosa* che parlano di...»

La porta della cucina si spalanca. I due uomini assumono un'espressione imbarazzata e si concentrano sui dolci che, però, non richiedono più lavorazione. Susana prende quattro tiramisù. Con le braccia occupate, si appoggia a Roberto. Lui percepisce il calore attraverso la stoffa.

«C'è una tua ammiratrice, là fuori.»

È sempre Alvise che va a raccogliere i complimenti dei clienti. Roberto non cucina per le pacche sulle spalle. E non vuole essere riconosciuto.

«Dice di essere una giornalista. E di sapere chi sei.»

Il commissario che fa il cuoco. Che scoop per quotidiani locali! Sospira. «Quanta gente deve ancora finire di mangiare?»

«Solo due coppie. Ho fatto sedere la tizia che vuole incontrarti lontano da loro, in fondo alla sala, in modo che non dia fastidio. Si sta scolando una grappa dietro l'altra. È... molto strana, ecco.»

«In che senso?»

Susana sorride. «Lo capirai quando la vedrai.»

5

Quando Susana lo avvisa che tutti i clienti se ne sono andati, Roberto si toglie il grembiule ed esce dalla cucina. La ragazza è appoggiata al bancone. Sarebbe impossibile non notarla anche se non fosse l'unica persona nel locale. Labbra sottili, quasi trasparenti. Metà testa rasata a zero, l'altra metà coperta da una sorta di caschetto rosa carico. Sopra un dolcevita che sembra vuoto indossa un chiodo anni Ottanta. Fissa una grande foto in bianco e nero alla parete.

«Voleva vedermi?» chiede Roberto.

Lei non si gira. Indica col mento. «Chi è quello?» La voce stride con l'aspetto da dura. È lieve, quasi infantile. La fa tornare bambina.

«Fabrizio De André.»

«Fa schifo.»

Se la sentisse Alvise. «Non direi.»

La ragazza punta su Roberto occhi di un verde così chiaro da sembrare acqua. «Ma sì, fa schifo, cazzo! Tutta la musica italiana è pallosa, sole-cuore-amore.» Vuota in un sorso il bicchiere di grappa. «Commissario Serra, piacere di conoscerti.»

Prima o poi doveva succedere. «Non posso dire lo stesso.»

La ragazza ignora il commento. Facendo tintinnare il metallo sparso tra cintura e scarpe si arrampica sul bancone per afferrare una bottiglia e si sistema in uno dei tavoli sparecchiati.

«Sediamoci.»

Non è un invito. Malgrado l'aspetto sparuto, consunto, la ragazza possiede una forza singolare. Roberto si siede senza smettere di fissarla.

«Che cazzo hai da guardare?»

«È molto magra.»

«Piantala di darmi del lei. Io sono magra, giusto. E tu sei più vecchio rispetto alle foto che ho visto. I capelli sulle tempie cominciano a diventare bianchi, e hai la barba.» Si riempie il bicchiere. «Il tempo non è sempre un dio benigno come sostiene Esiodo.» E giù un'altra grappa.

«Senti ragazzina, non so chi tu sia, ma...»

Lei tende una mano ossuta. «Francesca Campo. E tu sei Roberto Serra, nato a Roma il 14 agosto 1960. Lavori alla questura di Treviso, capo dell'ufficio immigrazione. Sei arrivato quattro anni fa da un paesino che si chiama Case Rosse. Ma la parte più interessante è prima, quando eri membro di un Nucleo investigativo speciale di Roma. Una stella, cazzo. Non so cosa sia successo, ma io sono qui per parlare con la stella.»

La mia vita riassunta in venti secondi. Roberto ha la sgradevole sensazione che qualcuno abbia frugato nelle sue cose. Non stringe la mano.

«Vuoi sapere quanti punti hai fatto a "Indovina chi"?»

Lei scuote la mezza capigliatura rosa. «Voglio parlare con te.»

«Io no. Scrivi quel che vuoi.»

«Sai quanto me ne frega di scrivere di te? Non sono neanche una giornalista. È la prima scusa che mi è venuta in mente per attirare la tua attenzione.» Estrae una fotografia dalla tasca del chiodo. «È per lei che sono qui.»

La tristezza che oscura lo sguardo di Francesca è così profonda da costringere Roberto a fissare il volto biondo e morbido che sorride nell'istantanea.

«Chi è?»

«Elèna, con l'accento sulla seconda "e". La mia Ele.» Accarezza la fotografia con le dita. Le unghie sono mangiate sino alla carne. Guarda Roberto con aria di sfida. «La mia ragazza. È sparita.»

«Sparita?»

Francesca annuisce. «Sparita.» Rimette in tasca la foto. Delicatamente, per non sgualcirla. Fissa Roberto dritto negli occhi. «Aiutami a trovarla, commissario Serra.»

Roberto capta un odore nuovo nell'aria. Sottile, quasi impercettibile. Fiori. Fiori appassiti, marci. L'odore che annuncia una crisi. Dura fino a quando non fa sciogliere sotto la lingua una rassicurazione in forma di pillola. Prende un lungo respiro, e incrocia di nuovo lo sguardo indagatore di Francesca.

«La gente non sparisce nel nulla, va da qualche parte» dice, sforzandosi di sembrare deciso. «Devi sporgere denuncia...»

Una mano ossuta si abbatte sul tavolo. Un'esplosione. Il bicchiere della grappa compie un paio di piroette e si schianta sul pavimento.

«L'ho già fatto!» Fruga nelle cerniere del chiodo. Tira fuori due fogli appallottolati. Li getta sul tavolo. «Polizia e carabinieri. Risultati? Zero!»

La voce della ragazza ha lo stesso suono delle unghie che graffiano l'ardesia, non conserva nulla d'infantile. Grosse lacrime percorrono le guance scavate, si schiantano sul legno del tavolo.

Roberto si sente tirato con violenza in due direzioni opposte. Senza quasi rendersene conto, stira con le mani uno dei fogli e inizia a leggere: «Èlena è sparita giovedì 18 gennaio». *Più di un mese, un'eternità.*

Francesca si pulisce con rabbia, sbava rimmel. «*Elèna*» lo corregge. «È andata a lavorare, dovevamo vederci verso le dieci di sera da me. Non è mai arrivata.»

«Dove lavorava?» Un riflesso condizionato, per Roberto. Ricordo della vita di prima. Di prima di Termine, di prima di Case Rosse. Di prima di un'infinità di cose.

«A Treviso... puliva appartamenti, ville, uffici. Era brava anche in quello. Aveva tanti clienti.»

Roberto sospira, ma è quasi un rantolo. «Vieni in questura, domani» ripete. «I colleghi...»

L'acqua negli occhi di Francesca diventa ghiaccio. «Ele è un'immigrata clandestina, una sguattera bielorussa! A chi vuoi che gliene freghi? Da queste parti la gente vuole vedere la superficie immacolata, e se ne fotte di quanta merda c'è sotto.»

Il Roberto di un tempo ti avrebbe aiutato. Aveva fame di verità. E aveva la Danza. Quello di oggi prende medicine e cerca di non ripetere gli errori. Scuote la testa con una sgradevole sensazione alla bocca dello stomaco. Molto simile alla vergogna.

Con un gesto repentino, Francesca afferra la bottiglia di grappa e ne butta giù lunghe sorsate.

«Ti fa male bere così» bofonchia Roberto.

La ragazza stacca le labbra dalla bottiglia. E gliela scaglia contro. All'improvviso, senza dire nulla. Lui ha appena il tempo di scansarsi. Sente il vetro andare in pezzi contro il muro alle spalle.

Francesca ansima, le guance rigate di lacrime nere. «Sei come tutti gli altri, non te ne frega un cazzo!» grida.

Lui non risponde. È come se le schegge di vetro della bottiglia fossero nell'aria, gli si fossero infilate in gola.

La ragazza si alza, spalanca la porta e si precipita fuori. L'aria fredda della notte invade il ristorante.

Un pensiero squarcia l'immobilità di Roberto. *Come ti sei ridotto?* Si riscuote, la segue. Si è alzato un forte vento. La luce dell'unico lampione dello spiazzo di Termine oscilla. I tralci sopravvissuti alla potatura frusciano all'unisono.

Impiega qualche secondo per riconoscere Francesca nella figura esile che inforca una mountain bike. «Ehi!» le grida.

Lei indica col pollice un punto indefinito nel buio alle sue spalle. «Abito sulla collina. A Zuel di Qua.» Poi il dito alzato diventa il medio.

Pedalando con agilità, scompare dopo pochi metri. La notte porta solo una voce di bambina che canta, sguaiata.

«I'm the passenger... and I ride, I ride...»

6

Roberto tiene gli occhi fissi allo spicchio di luna che fa ca-
polino oltre le tegole sbilenche. Nell'aria c'è odore di legna
che brucia e di mezzo inverno.

Il passato è scivolato sul deambulatorio dei monaci di
Termine. I secoli e gli uomini hanno compiuto un lavoro
incessante, le arcate sono chiuse, le colonne inglobate in
muri scrostati quasi completamente inghiottiti da un'edera rigogliosa. Al posto del giardino con le aiuole geometri-
che, un cortile di ghiaia lungo il cui perimetro sono dispo-
ste mezze botti piene di terra protette da plastica bianca,
in cui Alvise coltiva le erbe aromatiche. Il chiostro del monastero sembra l'aia di una casa di campagna. Nella tarda
primavera, lì verranno sistemati i tavoli più ambiti, che ora
giacciono in un magazzino. Tutti tranne uno.

Susana trova Roberto seduto a quell'unico tavolo che resiste all'aperto. C'è una sedia anche per lei. Un cappotto pesante la aiuta a proteggersi da quella temperatura estranea
alle spiagge della sua infanzia. Si siede e attende che sia lui
a parlare, a dire qualcosa.

Sino a quando il silenzio non diventa opprimente. «Perché non aiuti quella ragazza?» chiede allora. Un soffio che si
perde nel vento. Roberto si gira, perplesso. «Hai origliato?»

«Gridava, era impossibile non sentire» si giustifica lei.
«Poi ero curiosa. Sì, ho origliato. È vero che a Roma tu facevi... come si dice?»

«Facevo il poliziotto, come adesso.»

«La ragazza ha detto che facevi cose diverse.»

Roberto non risponde. Fissa un punto lontano, oltre l'arco del chiostro, oltre i vigneti e la pianura.

«Tu sai tutto di me, io non so nulla di te» incalza Susana.

«Fidati di me.» Si protende, gli prende una mano. Lui resta sorpreso dal gesto. E dal piacere che gli infonde il contatto con la pelle calda della ragazza. Si arrende.

«Facevo parte di un Nucleo speciale» racconta. «Non sapevo quale morto ammazzato avrei visto il giorno dopo, ma ero certo che lo avrei visto. Vivevo per dare giustizia alle vittime, farle riposare in pace. Solo per questo.» Si ferma di colpo, come se avesse spiegato tutto.

«E poi cosa è successo?»

«A un certo punto non ce l'ho più fatta, sono scappato.»

«Perché?»

Roberto libera la mano. Il freddo si fa subito più intenso.

«Avevo bisogno di capire delle cose. Tante cose. Sono andato via da Roma dieci anni fa. E per cinque sono stato in un paesino dell'Appennino emiliano.» Una fitta alla spalla sinistra gli ricorda cosa sia avvenuto. E non è l'unico ricordo. Ci sono i segni sul viso, per coprire i quali si è fatto crescere la barba. E quelli dentro di sé, più dolorosi. Fissa la ghiaia, ci gioca con la punta di una scarpa.

«Non mi piace parlare di me.»

Susana si morde il labbro inferiore, indecisa se proseguire. «Quella ragazza ha bisogno di te come ne avevo io quando ci siamo incontrati» dice infine.

Roberto torna con la mente a sei mesi prima. La questura invasa da ragazze seminude dell'Est Europa, del Sud America, dell'Asia provenienti da una retata in una casa di appuntamenti nel centro di Treviso frequentata dai facoltosi figli del miracolo nordestino. Una aveva colpito Roberto mentre passava per i corridoi perché continuava a sorridere. Qualche agente la prendeva in giro, le battute erano al limite della molestia, forse oltre. Eppure lei sorrideva, sorrideva e sembrava non sentirli.

Roberto aveva cercato il viso quadrato e imperturbabile di Santo Mixielutzi, il capo della squadra mobile, senza trovarlo. Forse gli agenti stavano approfittando proprio di quell'assenza per fare i gradassi. Ne aveva presi da parte due minacciando di fare rapporto al questore.

L'indomani, in mezzo alla marea umana che si affollava nell'ufficio immigrazione, Roberto aveva riconosciuto la stessa ragazza, in abiti urbani. Sembrava ancora più bella. Nonostante il fermo e la trafila d'identificazione e schedatura, era tornata. E non per le pratiche di espulsione che riguardavano molte delle altre, Susana aveva tutti i documenti in regola.

«*Muito obrigada*» aveva sussurrato, seria. «Grazie.»

Lui si era stretto nelle spalle.

«Sei un poliziotto e hai difeso una *puta*. La *puta* ringrazia.»

A Roberto quella parola aveva dato fastidio già allora. Stonava con i modi, stonava con lei. Ma, anche se si potevano scegliere definizioni più morbide, quella restava la realtà.

Per sottrarla alla radiografia a cui Lorenzon e Bruseghin, i colleghi dell'ufficio passaporti, la stavano sottoponendo, Roberto l'aveva invitata a bere qualcosa, in un piccolo bar di fronte alla questura. Là Susana gli aveva spiegato la ragione del sorriso del giorno prima.

«Se il mio protettore non mi trova, l'arresto mi ha liberata. Sarebbe un sogno. E io farò di tutto perché si avveri.» Un'ombra aveva reso i suoi occhi ancora più scuri. «Ma se mi trova sono morta. Ho collaborato, ho fatto il suo nome. E quelli dei suoi *amigos*.»

Roberto aveva agito d'impulso. «Conosco un posto dove non ti troverà.» Un posto che per lui era sinonimo di nascondiglio, di rifugio. Vincendo la sua avversione per la guida, aveva caricato Susana su un'auto che si era fatto prestare da un collega, senza nemmeno permetterle di passare da casa a fare i bagagli, e l'aveva portata a Termine.

Alvise era diventato paonazzo. Aveva sbraitato, si era opposto. Susana era rimasta in disparte per tutta la discussione. «Anche a me farebbe schifo ospitare una *puta*» aveva detto alla fine, «ma io voglio cambiare vita. Se mi lasci stare qui, lavorerò gratis. Potrai cacciarmi in qualsiasi momento, se faccio qualcosa che non va.» Aveva sorriso, ma gli occhi erano seri. «Mettimi alla prova.»

Alvise si era lasciato convincere non solo a ospitarla, sistemandola in un divano letto nel suo salotto, ma anche a farla lavorare al ristorante. E, visto quanto s'impegnava, dopo poco le aveva offerto un'occupazione stabile e uno stipendio.

Poi l'organizzazione che gestiva il giro di prostituzione era stata smantellata in un mese. Il protettore di Susana era finito in carcere. Lei era potuta rientrare nel suo appartamento sull'alzaia del fiume Sile, fuori dalle mura di Treviso.

Una sera, chiuso il ristorante, lei aveva scorto Roberto seduto al tavolo solitario nel chiostro. L'aveva raggiunto. Avevano chiacchierato di tutto e di niente, ed erano stati ad ascoltarsi. Da allora, ogni tanto, a fine serata si rivedevano lì, sempre soli. Senza Alvise, senza Alice. Alice non percepiva l'energia positiva di Susana. Anzi, non perdeva occasione per lanciarle frecciate. Per insinuare che "la brasiliana" – non la chiamava mai per nome – era capace di fare solo una cosa. E che voleva farla con Roberto.

«Fa freddo, è ora che torni a casa.» Susana sembra alludere a un freddo diverso da quello che porta il vento. Roberto torna al presente. Annuisce.

«Hai visto com'è magra quella ragazza? Ha bisogno di aiuto.»

«La farò parlare con i colleghi.»

Susana gli appoggia le mani sulle spalle. Nemmeno le ore di lavoro riescono a cancellare il profumo dolce della pelle. Gli occhi neri luccicano di qualcosa d'indefinito.

«I poliziotti non sono tutti uguali, io lo so. E lo sai anche tu. Perché non la aiuti?»

Un soffio, ma più forte del vento.

7

Francesca ansima. Lo strappo che conduce a Zuel di Qua taglia il fianco di una collina coperta di vigneti. Appena cinque chilometri, ma con una pendenza tremenda che lei affronta a tutta. L'unico modo che conosce per andare in bicicletta. Quando arriva a una villetta moderna di mattoni rossi e intonaco bianco, con balconi in ferro e un piccolo giardino al limitare di un bosco spoglio, è fradicia di sudore nonostante il freddo. Lo stomaco pieno di grappa è in subbuglio. La mente, invece, procede dritta e decisa. Sistema la mountain bike nella rimessa, si toglie gli anfibi sulla soglia e si tuffa in casa. La porta è aperta.

Non saluta nessuno perché non c'è nessuno da salutare. Dentro tutto è pulito, ordinato e ordinario. Mentre sale le scale interne lasciando sul legno le impronte dei calzettoni di spugna, le viene incontro un gatto bianco col pelo lungo e il muso schiacciato. Miagola aspro cercando attenzioni, ottiene solo di essere travolto.

«Vaffanculo, Iggy! Lo sai che mi stai sulle palle.»

Le scale sfociano in un pianerottolo, lasciano spazio a mattonelle anonime e linde. Tre porte – la camera grande, quella con il letto a castello e il bagno – sono chiuse. Una è aperta, e Francesca ci entra di slancio, ignorando il cartello con il teschio e la scritta DANGER! KEEP OUT!

Storce il naso percependo l'odore stantio. Spalanca la finestra, il vento s'infila, strappa da una scrivania fogli di scarabocchi, li fa volare. Si depositano sul letto disfatto, sugli abiti ammonticchiati, sulle pile di libri sventrati, sulle confezioni di compact disc crepate. Sui fazzoletti di pavimento non ingombri.

Gli abiti cominciano a soffocarla. Si toglie il chiodo. Toglie anche il dolcevita ed esce dai jeans senza avere bisogno di slacciarli. Resta con una canottiera leggera, slip e calzettoni. Tutto nero. Lenzuola, coperte, federe: nere. Brividi al cospetto di un morso di luna splendente. Fuori, non vuole che nessuno veda la storia che la sua pelle racconta. Ma quando è sola non può fare a meno di mostrare almeno a se stessa com'è davvero. Come si è ridotta. Le sue gambe sono troppo sottili, il suo viso è troppo scavato. Si sfila anche la canottiera, senza abbassare lo sguardo su ciò che resta del seno. Poco più che due capezzoli induriti dal freddo. Il petto di un uomo.

Tocca un tasto su un telecomando e dalle casse di uno stereo sommerso da vestiti sgualciti e carte esplode una voce che grida per superare in volume chitarre elettriche e batteria indemoniata e indemoniante. Un adesivo sull'armadio dice: PUNK, WHAT ELSE? Uno, accanto: FUCK THE WORLD!

Alla poca luce, la pelle di Francesca brilla di sudore che il vento le asciuga addosso. Spiccano disegni, scritte. Tratti scuri, simboli. Tatuaggi senza colore. La sua pelle è la sua storia. Una storia nascosta, solo sua e delle poche persone che l'hanno vista nuda. Sull'avambraccio destro, ancora rosso e gonfio, c'è un ideogramma giapponese.

È il diciottesimo tatuaggio, risale a due giorni prima. Significa: perseveranza. I più vecchi sono sulle scapole. A destra, la parola araba *shaja'a*, coraggio. A sinistra il fasciame di una nave trasportato dalle onde. Qualcosa che va alla deriva. E risalgono a tre anni prima, molte vite fa.

La musica si ferma, lasciando l'impressione che tutto sia sospeso, indefinito. Poi parte ancora più violenta e irrequieta. Francesca si siede alla scrivania pensando che i Sex Pistols sarebbero i più grandi, se non fossero esistiti Iggy Pop e gli Stooges. Con gesti rabbiosi scosta diversi volumi di una *Storia della letteratura greca*, pile di giornali, un grosso dizionario. Tutto a terra. Prende una busta di tabacco e una cartina, poi un piccolo blocco di una sostanza che sembra plastilina. A contatto con la fiamma dell'accendino sprigiona un aroma pungente.

Due tiri bastano a fare agire il tetraidrocannabiolo. La luce blu di uno schermo reclama attenzioni, come il grasso gatto bianco ma con più successo. Francesca inizia a digitare. Appaiono una serie di cartelle. Apre quella denominata ROBERTO SERRA. Nelle foto, stenta a riconoscere l'uomo che ha incontrato poco prima. Non è la barba, non sono i segni degli anni. È lo sguardo che ora è vuoto. «Vaffanculo» mormora, mentre trascina la cartella fino all'icona del cestino.

Tocca i due tatuaggi sulla parte anteriore delle spalle. Due rose del Borneo, il simbolo dei guerrieri pronti alla battaglia. Tocca quello sulla parte sinistra del petto, sul cuore. «*I'm the passenger*» dice. Lei è così che si sente. Passeggera della vita, passeggera di un mondo in cui ogni passo che compie le costa fatica. Per questo su ogni caviglia si è voluta tatuare una corona di spine.

Due clic e qualcosa gracchia e manda impulsi. Francesca entra nella Rete, il Nuovo Mondo. Gli occhi bruciano per il sudore, per il fumo. Per il dolore. Le lacrime ricominciano a scendere. Lo schermo si offusca. Francesca scaglia il mouse come se fosse una granata. Desiderando in cuor suo che esploda davvero. Che esploda la casa, con lei dentro. Che arrivi finalmente l'oblio.

Si farà venti tatuaggi, non uno di più, non uno di meno. L'oblio sarà il ventesimo, l'ultimo, sintetizzato nella scritta *panta rei*, il "tutto scorre" mai detto da Eraclito. E lei scorrerà, allora. Si lascerà andare e arriverà lontano, davvero lontano. La canna non la prende bene.

Appiccicato al monitor con del nastro adesivo, un foglio. Una poesia. La calligrafia di Ele. Quelle parole hanno il potere di riportarla lì, talmente reale che sembra che allungando una mano potrebbe... non potrebbe niente. Un'illusione. Amara, dolorosa. La sorprende nuda e indifesa.

La grappa le rode lo stomaco. Risale rovente verso l'esofago. Le lascia appena il tempo di correre, spalancare la porta del bagno e inginocchiarsi sulla ceramica candida.

Attraverso lacrime e succhi gastrici, tenta di buttare fuori tutto il male che ha dentro.

8

Il salotto sembra un tempio della musica italiana in cui sono stipati ottomila tra vinili, compact disc e cassette. Un tempio ordinato per autore e per anno di pubblicazione, il cui altare è un moderno stereo con casse ai quattro angoli. L'impianto trasmette il suono in tutte le stanze. Roberto non vuole restare senza musica, mai. Sdraiato sul letto, si lascia trasportare nell'*Oceano di silenzio* che canta Franco Battiato. «... scorre lento il tempo di altre leggi, di un'altra dimensione e scendo dentro un oceano di silenzio sempre in calma...»

Fissa una cornice sul comodino di legno scuro. Contiene due foto. Sotto il vetro, una in bianco e nero ritrae un uomo e una donna sorridenti che appoggiano una mano ciascuno sulle spalle di un adolescente serio. L'altra, più piccola e a colori, è incastrata tra la cornice e il vetro. Un volto largo e sorridente, abbronzato. Baffi ingialliti, cappello da poliziotto.

Nessuna di quelle persone è viva. Ester e Saverio Serra sono morti nel 1976, assassinati nel giorno del sedicesimo compleanno di Roberto. Il questore Augusto Bernini se l'è portato via un tumore ai polmoni pochi mesi prima.

Roberto afferra la cornice per guardare da vicino i volti, le espressioni. Gli torna in mente lo sguardo pieno di speranza della strana ragazza che è venuta al ristorante. *Bernini cosa avrebbe fatto? E mio padre?* Sospira riappoggiando la foto. Conosce le risposte.

Sul comodino giace un aggeggio con cui Roberto non fraternizza. I tasti, l'antenna e il display dicono che si tratta di un telefono cellulare, per lui è solo una insulsa complicazione. Un regalo di Alice. «A trentanove anni è ora che tu ne abbia uno.»

L'insulsa complicazione dice che lei l'ha cercato tre volte. *È quasi l'una. L'ultima chiamata risale a ore fa.* Preme un tasto alla volta, cercando di non sbagliare. *Alice è il luogo dove voglio ritornare alla fine di ogni viaggio.*

La linea suona libera, Roberto si prepara a sentirla biascicare maledizioni per essere stata svegliata. Invece, il «Pronto» è quasi sommerso dalla musica.

Ho sbagliato numero. «Alice?» chiede dubbioso.

«Alla buon'ora.»

No, non ho sbagliato. «Dove sei?»

Pausa dall'altro capo. «In un pub a bere un bicchiere con... un'amica. È meglio che ci sentiamo domani con calma.»

Roberto alza la voce, per sovrastare la musica «Amica? Chi?»

Altra pausa. «Un'amica, santapolenta! Anche tu hai delle amiche, no?»

«No.» Diffidente. Comincia a sentir freddo.

«E la brasiliana cos'è?»

Roberto rivede il sorriso, gli occhi che risplendono. Sente il contatto con la mano di Susana. Ritornano anche le parole. *Perché non l'aiuti?*

«Non è un'amica.» Risposta sbagliata, lo capisce già mentre lo dice.

Alice fa una risata falsa, sforzata. «So io cos'è, quella.»

Prima che lui possa ribattere, all'altro capo si sente una voce chiedere: «Chi è?». Una voce maschile. Roberto è così stupito che riesce solo a ripetere le stesse parole. «Chi è?»

«Nessuno. Cioè... un tipo, qui nel locale. Senti, ti ho cercato prima perché avevo voglia di sentirti. Ma immagino tu fossi impegnato a giocare al piccolo cuoco o ad ascoltare certi cinguettii.» Sospira prima di riprendere. «Allora ho pensato di uscire a bere una cosa per schiarirmi le idee. Sentiamoci domani, è meglio» conclude lei. «Buonanotte.» E riattacca.

I pensieri di Roberto diventano disordinati, ingombranti. *Non sta facendo nulla di male*, si dice. *Mi fido di lei.* Ma i morsi della gelosia sono profondi, aspri. La voce maschile che chiede «Chi è?» continua a rimbalzargli nella testa.

Tenta di pensare ad altro. Rivede lo sguardo di acqua e rimmel di Francesca.

Da una pasticca sotto la lingua ottiene la quiete chimica che gli permette di non trascorrere la notte a fissare le travi del soffitto spiovente. Crolla per poche ore di sonno agitato.

DENTRO

La ragazza bionda teneva conto dei giorni, ma arrivata a trenta ha smesso. Misurare il tempo non serve, in quel mondo. C'è un dio che fa sorgere e tramontare il sole, che fa piovere la manna su vassoi di plastica.

«Nella stanza ci sono regole. Regola numero uno.»

Ancora intorpidita, gli occhi impastati, si mette in piedi. Ripete le regole mentre la voce metallica le recita. La aiuta. Le dà un ritmo, una sicurezza. Qualcosa a cui attaccarsi. Un morso allo stomaco. Francesca, Francesca dove sarà? si chiede. Cosa starà facendo? Mi starà ancora cercando? Ho solo lei.

La ragazza bionda misura il suo mondo. Cinque passi di lunghezza, tre di larghezza. Il suo mondo è quindici passi e un letto di ferro pesante, imbullonato alla parete di piastrelle azzurrine e al pavimento di cemento grigio. Il suo mondo è un gabinetto e una doccia. Il suo mondo è un comodino – anch'esso di ferro, anch'esso imbullonato. Il suo mondo è una cyclette. Il suo mondo fa odore di disinfettante. Nel suo mondo ci sono una telecamera e una voce metallica, cattiva. Nel suo mondo, dopo l'elenco delle regole, si diffonde una nenia lenta, fatta di arpe, cinguettii, scroscio d'acqua. E c'è sempre la stessa temperatura. Né troppo caldo, né troppo freddo. Il suo mondo è controllato, asettico, artificiale.

«Regola numero quattro: esercizio fisico.»

Come tutte le mattine, la ragazza bionda sale sul sellino della cyclette. Inizia a pedalare al ritmo impostato, invariabile. Non troppo duro, non troppo morbido. Ripete la sua storia, a bassa voce. Vi si aggrappa, per mantenere lucida la mente, per ricordare che la realtà è quella fuori. «Mi chiamo Elèna Žvereva, ho ventiquattro anni. Sono nata in Bielorussia, in una casa di tronchi col tetto in lamiera ai confini con l'Ucraina. Parlo bielorusso, russo, inglese. L'italiano me l'ha insegnato nonno Giuseppe.» Il respiro si fa affannato, ma lei non si ferma. «Mi chiamava piccola Ele... sono arrivata in Italia dieci anni fa, con altri ragazzi della mia età. Una gita per i sopravvissuti della centrale. Mi sono nascosta, non sono più tornata in Bielorussia. Mi guadagno da vivere. Faccio le pulizie. Chiedo poco e lavoro bene. Non do problemi. Abito a Treviso, in un condominio di proprietà di un italiano dove stanno solo cinesi, rumeni, tunisini. Tutti in affitto senza contratto, come me. Per arrivare a casa mia, basta scendere il sottopassaggio della stazione, superare i binari e imboccare una stradina...»

Non riesce a proseguire. Fatica a pedalare, a respirare. Ricorda il guanto sulla bocca, la puntura sul collo. Ricorda lo sguardo ardente. «Caronte occhi di bragia...» dice ansimando.

«Regola numero cinque: igiene.»

Mezz'ora è passata. Scende con cautela, le gambe fanno male ma meno delle prime volte. È più allenata. Si spoglia nel piccolo vano in cui è ricavata la doccia. Senza porta. Sa che la telecamera la segue, ma almeno ha un'illusione di intimità.

Toglie la tuta e la biancheria. Si guarda. È dimagrita. Spalanca la bocca e inghiotte acqua tiepida. Non ci sono rubinetti, non si può scegliere la temperatura. Il dio della stanza lo fa per lei. Tiene gli occhi chiusi e si sforza di dimenticare di essere lì, prigioniera. «Perché?» chiede ad alta voce. Chiude la bocca di scatto, si morde la lingua. Prega che lui non l'abbia sentita, che lo scroscio abbia coperto le parole.

«Regola numero dieci: ingresso nella stanza.»

L'acqua smette di scendere. L'uomo sta per entrare. Elèna si sbriga ad asciugarsi. Non vuole essere punita. Deve fare quello che le viene chiesto. E farlo bene. Solo così avrà qualche speranza di rivedere Francesca.

9

Le colline del Prosecco spuntano all'improvviso da una pianura frettolosa di capannoni e villette. Sono il tributo che la campagna veneta ha pagato alla tenacia della gente capace di trasformare un territorio depresso dalle due guerre in una delle aree più ricche e industrializzate d'Italia. In poco più di vent'anni. Di colpo, un appennino di vigneti s'innalza ripido, con gole e tornanti, senza soluzione di continuità. Poche case, intonacate in colori sgargianti – quasi a denunciare la propria presenza, a dire "Ce l'abbiamo fatta!" – punteggiano la distesa. Ogni centimetro è sfruttato. Pali diseguali per dimensioni e materiali sostengono viti che, per converso, appaiono tutte di altezza identica.

Giusto di fronte al Chiostro c'è un piccolo spiazzo da dove parte un lungo sentiero in ripida discesa che – attraversando vigneti, vigneti e vigneti – porta a una fermata della corriera in mezzo al nulla, alcuni chilometri più a nord dell'abitato di Pieve di Soligo. È lì che Roberto la prende tutti i giorni per raggiungere la questura. Entrare in un abitacolo gli provoca un senso di soffocamento. Un'auto in fiamme su un'autostrada si è portata via i suoi genitori. E un fuoristrada capovolto in una scarpata si è quasi portato via la sua vita. I colleghi lo fissano come un alieno, non si è mai visto un commissario che non guidi. Di più: non si è mai visto un poliziotto che non ami le auto sportive, i motori potenti.

Lina alza faticosamente un braccio per salutare Roberto. Alle prime luci dell'alba sta già lavorando nel giardino della casa contigua alla chiesa. È diventata maestra in epoca monarchica e, pensionata da almeno due decenni, vive sola. Tra le labbra stringe l'immancabile sigaretta e innumerevoli gatti rossi la seguono come una scorta d'onore.

Le vigne che circondano il sentiero sono deserte. Il cielo trascolora in piombo pesante e basso. *I contadini prevedono pioggia. Altrimenti, sarebbero già al lavoro.* Non c'è traccia nemmeno di Loris Follador, ultimo quarto degli abitanti di Termine, cappello da elfo e mani da mago con cui produce il Prosecco che entusiasma Alvise.

La pioggia lo risparmia sino alla salita sulla corriera. Alle 7.30 ci sono solo l'autista e poche signore anziane, che raddoppiano il martedì, giorno di mercato a Treviso. Si accomoda vicino a un finestrino. Le gocce iniziano allora a graffiare il vetro.

E Alice è in ogni goccia.

Prima qualche tornante, poi chilometri e chilometri di una strada larga e diritta. Due corsie, e una linea continua che rende impossibili i sorpassi dell'infinita sequenza di camion. La monumentale porta San Tomaso dominata da un imponente Leone di San Marco li aspetta all'estremità di un viale, ma non li accoglie. È più avanti che le mura antiche si lasciano varcare, dando accesso al piccolo cuore della città.

Treviso è ordinata, linda, scintillante. Tranne quando piove, allora Treviso è grigia come ogni altra città, come ogni altro angolo di mondo. E piove piuttosto spesso. Treviso è città d'acqua sotto i piedi, e città d'acqua sopra le teste.

Roberto cammina stretto nel cappotto e nella divisa, senza ombrello. La pioggia non gli dà fastidio, nemmeno quando è fina e fredda come quel mattino. Sembra scaturire dalle acque color cemento del Sile, del Cagnan e del Botteniga, o dei canali. Sembra piovere anche dalle case, dalle tante chiese.

E Alice è in ogni goccia.

Nell'ultimo tratto, i portici lo proteggono. A pochi passi dalla chiesa di Santa Maria Maggiore, la Madona Granda dei trevigiani, si tuffa nella questura. È fradicio, porta la pioggia dentro l'edificio. Prima di lui, l'hanno portata le decine di persone di ogni etnia e colore che aspettano in coda.

Scusandosi, Roberto li supera. All'interno, un lungo bancone con diversi impiegati civili e, dietro, due scrivanie, una di fronte all'altra, occupate da poliziotti già in servizio. Uno scuro, pesante, muscoloso (Bruseghin), l'altro biondo, piccolo e scattante (Lorenzon). Vivono in simbiosi e dicono di essere come i gemelli di un famoso film, se non fosse che Lorenzon è troppo magro. Roberto ci crede sulla fiducia, non guarda film e accende raramente la televisione.

Li saluta con un cenno, ricambiato da un «Come sea, sior comisario?» pronunciato all'unisono, e s'infila nella porta all'estremità opposta rispetto a quella d'ingresso. CAPO DELL'UFFICIO IMMIGRAZIONE recita una targa. Una scrivania grigia. Un telefono grigio. Uno schedario grigio. Una tazza gialla. Ne possedeva una identica a Case Rosse, ma l'aveva trovata in frantumi sul pavimento del commissariato. È stata la stessa persona a regalargliele: Alice.

Su un mobile, una macchina per il caffè americano; sulla parete opposta, un poster in bianco e nero in cui un uomo scalzo taglia un traguardo alla luce dei riflettori. Abebe Bikila, Roma 1960. E una sola parola: CORRI! E Roberto, nato pochi giorni dopo il trionfo di Bikila, corre ogni giorno, con ogni condizione climatica. Consiglio di uno dei tanti medici che avevano cercato di curare la Danza: le endorfine emesse durante l'esercizio fisico lo avrebbero aiutato a rilassarsi, a stare tranquillo. *L'unico consiglio sensato prima del dottor Gardini.* Mario Gardini è il primario di neuropsichiatria del policlinico Sant'Orsola di Bologna, il medico che gli ha prescritto le pillole che prende. Sono passati tre anni dall'ultima volta che l'ha visto. È Alice a tenere i contatti. È Alice ad avere paura. È Alice che è stata ferita dalla Danza. Lui prende le pastiglie e stop, non sa nemmeno cosa siano. Non si fida dei dottori. Ne ha visti troppi, ha ascoltato troppe diagnosi strampalate. Tocca il flacone nella tasca della divisa. *Alice, sempre Alice. Alice, Alice, Alice.*

10

Scandite dalle tazze di caffè lungo e amaro, le ore passano noiose e lente. L'attività è noiosa e lenta. I colleghi sono noiosi e lenti. Roberto sbriga qualche pratica arretrata, demanda qualche controllo su persone che hanno richiesto i permessi di soggiorno. Poi ha troppo tempo per pensare. Fuori dalla finestra che ha alle spalle, grigio e acqua.

Perso chissà dove, sobbalza quando sente una voce maschile gridare: «Ehi tosa! Dove vai?».

«Dove cazzo mi pare!»

La porta dell'ufficio si spalanca. Nella stanza irrompe una ragazzetta magra vestita di nero, mezza testa rosa, mezza rasata. Il chiodo gocciola rigagnoli, come lo zaino di plastica verde sulle spalle. Un'apparizione che svanisce quando un energumeno in uniforme la abbranca per la vita e la solleva.

«Scusi, sior comisario. Butto fuori questa matta» bofonchia Bruseghin. Occhio e croce, deve pesare tre volte quel che pesa lei che, però, non si dà per vinta. Si dimena e urla.

«Matta sarà tua sorella! Il commissario mi conosce, hai capito? Mi conosce!»

Ne ha di fegato. «Bruseghin, mettila giù.»

Il gigante sgrana gli occhi. «Sior comisario, la tosa puzza di alcol e di fumo. E non di sigaretta, cio'.»

Non riesce a dire altro. Francesca mette a segno un calcio esattamente tra le sue gambe. L'agente si piega in due e lei sguscia via. Si allontana di alcuni passi. Poi, incredibilmente, grida: «Ne vuoi ancora, eh? Ne vuoi ancora?».

Bruseghin sembra un toro pronto a scagliarsi contro il torero. Un torero di ben misere dimensioni.

Roberto si frappone. «Ci penso io.»

Lorenzon ha assistito alla scena dalla soglia. Si sistema il ciuffo biondo. «Sior comisario, questa è violenza a un pubblico ufficiale.»

«Non credo sia il caso di mettere a verbale che una ragazzina di quaranta chili ha steso un poliziotto di un quintale. Tu sì?»

Lorenzon scuote la testa. Roberto capisce cosa Francesca stia per fare in tempo per afferrarle il polso, impedendole di alzare il dito medio. Glielo trattiene dietro la schiena, sordo alle proteste.

«Ci penso io» ripete.

Bruseghin spintona Lorenzon fuori dalla porta. A quel punto, Roberto libera il braccio di Francesca. *Pelle e ossa, e non è un modo di dire.* Le indica la sedia davanti alla scrivania.

Lei si gira con occhi spiritati. «Sapete solo menare le donne qui?» Si toglie lo zaino e lo tiene stretto come se avesse paura di perderlo. Si siede. «Eccomi in questura.»

Roberto si sente come se mani invisibili lo spingessero dove non vuole andare. «Questo non è l'ufficio giusto» obietta. Indica verso il soffitto, sente un retrogusto acido in bocca. *È troppo giovane per avere tutto quel dolore negli occhi.*

Lei stira le labbra sottili in un sorriso senza allegria. «Ci sono già stata, al piano di sopra. Ho anche incrociato il questore. Mi ha mandato via senza nemmeno fare un discorso di circostanza. Tipo: ci stiamo impegnando, stiamo seguendo tutte le piste... stronzate del genere. Non gliene frega un cazzo di Ele, a quelli. E a te?»

Roberto accusa il colpo. «Ti prenderai un malanno» dice. Si alza e passa nello stanzino adiacente. Un bagno privato, privilegio della carica. Si appoggia un istante al lavandino, si guarda allo specchio. *E a me?* Prende due asciugamani. Li mette sulle spalle della ragazza, che ha un sussulto.

«Sono in questura» ripete. La voce infantile non nasconde

la sfida. Roberto sa cosa sta per arrivare. Vorrebbe scomparire, è costretto ad ascoltare. «Ho bisogno di trovarla, ho bisogno di lei...» Parole difficili da pronunciare. La voce si abbassa, gli occhi restano fissi in quelli di Roberto. «Aiutami...»

Roberto prova la sensazione di avere due cuori nel petto, ognuno dei quali procede per proprio conto. Non si accorge nemmeno di ripetere, come se fosse una marionetta: «Questo non è l'ufficio giusto». *E io non sono la persona giusta.*

Francesca annuisce. Roberto si aspetta grida, strepiti. Si prepara al peggio. Invece, lei si alza piano. E piano si avvia all'uscita. «Mi fai pena» bisbiglia senza girarsi.

Quando la corriera lo lascia a Pieve di Soligo, Roberto trova il buio e una pioggia fina, di gocce che cadono quasi senza rumore. Il sentiero è un rivolo fangoso, le scarpe affondano a ogni passo. Schizzi inzaccherano i pantaloni della divisa, il cappotto. Loris è nei vigneti. Passeggia, ogni tanto accarezza un tralcio umido. Lo guarda alla luce di una torcia elettrica, ci parla. Sente i passi di Roberto, raddrizza la schiena.

«Oggi tutti fanno i vigneron» dice in un passabile francese. «Prima sono stati viticoltori, prima ancora vignaioli. Ma per fare il vino buono, bisogna essere contadini e lavorare la terra. Io sono un contadino, mio padre era un contadino, mio nonno era un contadino. E la vite è viva. Lo dice anche il nome.» E, come se niente fosse, ricomincia a esaminare una pianta.

Roberto arriva allo spiazzo di Termine. Fissa le poche luci sfocate della pianura. Le braci delle sigarette di Lina intenta a fumare nel suo giardino al riparo di una tettoia gli riportano nelle narici l'odore di fumo e malattia che gravava nella stanza dell'ospedale milanese in cui Augusto Bernini trascorreva i suoi ultimi giorni. Nonostante il tumore che gli stava divorando i polmoni, approfittando della distrazione compiacente delle infermiere, di tanto in tanto scostava la maschera a ossigeno per dare qualche tiro a un'amata Lucky Strike. Era smagrito, l'abbronzatura sostituita da un colorito giallastro, i capelli radi. La voce roca e l'accento milanese, però, erano gli stessi di sempre. Un ancoraggio al passato, a ciò che quell'uomo era stato. Erano scivolati a parlare del padre di Roberto. «Tra il bene e il male, Saverio non si poneva la questione. L'ha pagato con la vita. L'hanno ammazzato per questo. A questo mondo, non c'è posto per persone che sanno così bene da che parte stare.» Gli occhi di Bernini, sorprendentemente, erano diventati liquidi. «Io e te siamo diversi, abbiamo capito che si dorme molto meglio se non si sentono le voci delle vittime che chiedono di riposare in pace.» A quel punto si era rimesso la maschera d'ossigeno e aveva allungato una mano verso il viso di Roberto. Era gelida. E sapeva di fumo. «Discorsi da vecchi rincoglioniti» aveva concluso. Poi era tornato al "lei" che usava per le comunicazioni ufficiali: «Ora vada, voglio riposare». Era stato scosso da un violento accesso di tosse. Un'infermiera si era precipitata nella stanza.

Le parole con cui si è congedato da me, la sua ultima provocazione. Due settimane dopo, Augusto Bernini era sdraiato in una cassa di legno. *E io cosa sto facendo?* Una voce incerta glielo chiede. «Cosa stai facendo?»

Un brusco ritorno alla realtà. Roberto si gira e si trova davanti Alice. Il primo pensiero è incoerente. *Cosa ci fa qui, di lunedì?* Non riesce a formulare nessuna delle domande che gli affollano la mente.

Lei resta a qualche passo di distanza, chiusa in giacca a vento bianca, protetta da un ombrello rosso. Gli occhi sono tristi, cupi.

«Ho provato a chiamarti sul cellulare.»

Chissà dove l'ho messo. Il suo sguardo deve tradire il dubbio perché le labbra di Alice si stirano in una specie di sorriso. Estrae l'apparecchio dalla tasca. «Era sul comodino. Troverai una decina di chiamate, tutte mie.»

«Andiamo dentro, fa freddo» la invita quando ritrova la parola.

«Meglio di no.» Un'esitazione. Indica la Celica parcheggiata davanti al ristorante. Il lampione illumina una valigia sul sedile posteriore.

«Ho preso le mie cose.»

Roberto vorrebbe arrabbiarsi, provare un sentimento violento. Lo cerca. Trova solo annichilimento.

«Perché?» Un sussurro, una goccia tra le altre.

L'ombrello rosso viene preso da una folata di vento, strappato. Vola via. Nessuno dei due lo insegue. Nessuno dei due si accorge della pioggia.

Lei spalanca le braccia. «Perché no?»

«Io» cerca di iniziare Roberto, ma è come se il vento gli si fosse infilato in bocca e gli impedisse di articolare le parole. «Io» ripete «ci ho provato. Dopo la fine dell'indagine di Case Rosse ho lasciato la polizia per un anno. Mi sono curato. Ho fatto tutti i test, ho sempre preso le medicine.» Le posa la mano su un braccio. «L'ho fatto per te. Per noi.»

Gli occhi di Alice, ora, tracimano. Grosse lacrime le scendono sulle guance. Sa che è vero. Sa quanto è costato a Roberto.

«Siamo incanalati su un binario morto» dice. «Tu hai il tuo lavoro, la tua quiete, il ristorante, la corsa, i cantanti. Io arrivo il venerdì, rientro la domenica. E ti sta bene.» Deglutisce una, due, tre volte. Indica il suo petto con entrambe le mani, tese a lama. «E io? Io che cos'ho?»

Roberto si rabbuia. «In questura faccio il passacarte. Ho scelto di stare a Termine per essere lontano da ciò che potrebbe far tornare la Danza. Pensi mi stia bene? Perché io pensavo stesse bene a te...»

Lei fa volare le mani in tutte le direzioni. «Non so se mi sta bene. Non lo so più.» Glielo dice come se fosse naturale, come se lui non potesse non capire.

«Cosa non ti sta bene? Il Roberto di oggi? Che Roberto vuoi? Quello che ha la Danza e che cerca la verità a ogni costo? O quello di adesso? Siamo ancora in tempo a cambiare, a far tornare tutto come prima.»

Alice abbassa gli occhi. «È Roberto che non so se voglio.»

Quelle parole sono una fucilata nel silenzio. L'eco risuona tra le colline senza riuscire a scavalcarle. Resta lì, tra loro. Ferisce in profondità. Fa sgorgare la rabbia, finalmente.

«Ho una brutta notizia. Qui c'è solo Roberto. Ci sono solo io.»

Entra nel ristorante, lasciandola in piedi sotto la pioggia, sola. Alice resta immobile, a capo chino. Si stringe nella giacca a vento. Poi si riscuote, e va nella direzione opposta. Si ripara nell'abitacolo. Ognuno, ora, è nel proprio rifugio.

Fissa il volante e lo vede svanire. Lo colpisce con la mano aperta. Lascia che la massa di capelli ricci le copra il viso. Si abbandona. Piange. Piange a lungo. Piange sino a placarsi.

Alla fine si guarda nel retrovisore. Trucco sbavato, capelli fradici. Un disastro. Parabrezza e finestrini sono appannati. Pulisce quello dal suo lato, e vede Roberto.

Con le mani nelle tasche del cappotto, la fissa dalla porta aperta del ristorante. C'è una possibilità, Alice lo capisce. Se lei scendesse e andasse verso di lui, lui la stringerebbe. Tutto si aggiusterebbe.

Vacilla.

Ripensa a com'era. A com'era travolgente la passione che li aveva uniti a Roma, a com'era stato intenso il dolore al momento della loro separazione. A com'era stato tutto bianco o nero. E a com'era tutto grigio negli ultimi mesi. Anni, forse.

Scuote la testa. Non si aggiusterebbe. Tornerebbe il grigio. Con un gesto risoluto, mette in moto, inserisce la prima e parte lasciando dietro di sé il rombo di duecentocinquanta cavalli, il puzzo del gas di scarico. E così tante cose che non riesce nemmeno a capirle.

TAGLIO

*Bisogna eliminare i tralci secchi perché la vite
si prepari alla rinascita. E bisogna bruciarli.
Dalle vigne si alzano fumi aspri.*

DENTRO

Tra poco dall'altoparlante uscirà la voce. Dirà: "Regola numero dieci: ingresso nella stanza".

Elèna la anticipa. Afferra una cinghia, se la passa attorno a una caviglia. Il contatto con il cuoio liso la fa rabbrividire. Chiude la fibbia, stringe il più possibile. Poi l'altra caviglia. Poi il polso sinistro. Il suo stomaco borbotta in attesa del cibo. Lo odia. Odia il suo corpo perché prova fame, sonno. Metabolizza, evacua. Ha le mestruazioni, e l'uomo sa in quale momento, visto che le porta ciò che le occorre. L'uomo è padrone di me, pensa. Gli occhi le si riempiono di lacrime. E io ho bisogno di lui. Il dolore più grande. Ha sempre avuto bisogno di qualcuno o qualcosa. Il nonno, Francesca. E ora...

Si infila il cappuccio nero. Tutto diventa buio. Aspetta. Ecco il rumore. Un meccanismo che scatta, la porta si apre. Un refolo d'aria del mondo esterno. La respira avidamente.

È nel letto, cieca. Vorrebbe diventare invisibile. Sente i passi, sente l'uomo appoggiare qualcosa sul comodino. Poi il momento peggiore. Lo sente in piedi, accanto. Sente il suo respiro pesante. Sente uno sguardo che la percorre dai piedi ai capelli. Sente l'odore superficiale, pulito, dell'uomo. E quello nascosto, bestiale. Cerca di resistere, ma il corpo si ribella. Inizia a tremare. Quanto dura? Secondi, forse minuti. Poi finalmente le afferra il polso libero. La blocca. È legata.

Dopo, l'uomo fa qualcosa nella stanza. Qualcosa che lei non capisce. Lo sente muoversi, affannarsi. Lei inizia a rilassarsi, il tremore passa. L'odore del cibo le ricorda che esiste una realtà fuori da quel mondo, fuori dalla stanza. Una realtà a cui aggrapparsi.

L'uomo le scioglie un polso. Altri passi. Rumore di una porta che si chiude. Se n'è andato. Non ha detto una parola. Non l'ha mai fatto. Tornerà qualche ora dopo, per lasciarle il pranzo. E ancora più tardi per la cena.

Elèna si toglie il cappuccio. Si libera, sfrega il polso, le caviglie. Sul comodino trova un vassoio di plastica. Sopra c'è un uovo sodo, pane nero, mezzo ananas a fette, una banana, un bicchiere con un liquido arancione. Nessuna posata. Deve mangiare con le mani, deve mangiare tutto. Quella è la sua colazione. A pranzo di solito ha pesce bollito, orzo o farro, ricoperti di spicchi d'aglio a fette. Per cena sarà verdura, cavolfiori, carote, asparagi. Verdura e mandorle sgusciate, e altra frutta. Niente tè, caffè, vino, birra, alcol. Il dio di quel mondo vuole che lei mangi cibi leggeri e sani.

E che mangi tutto. Elèna detesta l'aglio. La prima volta che l'ha trovato sul pesce, lo ha lasciato sul vassoio. Quando ha tolto il cappuccio, era ancora lì. Allora lo ha raccolto con le dita e inghiottito senza masticarlo. Non ci ha più provato.

Appena finisce di mangiare, la voce ritorna. «Regola numero sette: medicine.»

«L'esperimento deve prendere tutte le medicine. Altrimenti, verrà punito» mugugna mentre afferra le pillole sul vassoio. Le butta giù con un sorso del liquido che sa di agrumi. Non sa cosa siano, ma non crede facciano male. E se anche fosse, cosa cambierebbe?

Cosa starà facendo Francesca? si chiede. Pensa a quanto può diventare profonda e scura l'acqua nei suoi occhi. Nera come l'inchiostro dei tatuaggi che ha sul corpo.

«Ti prego, vieni a prendermi...» sussurra. «Non so quanto tempo resisterò, ancora. E ho paura che l'uomo...», non completa la frase. I singhiozzi gliela soffocano in gola.

1

Capita che piova per giorni e giorni, per settimane. Che tutto s'impregni talmente d'acqua che sembra di respirarla e il sole è un dono raro e sfuggente, che subito annega. Capita che nevichi tardi, quando già febbraio tende la sua mano bisestile a marzo; entro le mura di Treviso, appena una spolverata di una materia che sembra polistirolo e che basta per paralizzare la città: uno dei tre visi della statua che la leggenda vuole dia il nome alla città punta il mare, le spiagge sono a venti minuti. Il secondo punta la pianura, ma il terzo punta le montagne e, appena prima, i colli. Là cade neve vera, che si appoggia tra i filari.

Il sentiero da Termine a Pieve di Soligo diventa un percorso da slittino e Roberto lo affronta con passo da automa, insensibile a ciò che scende o non scende dal cielo. Passivo come i contadini, che strappano pagine di calendario in attesa di tornare al lavoro. «La neve fa bene alla vite» commenta serafico Loris. «L'importante è che non ci sia una gelata dopo che sono nate le gemme.»

Ogni mattina la corriera si ferma e apre le porte. Roberto, immobile, fissa il conducente che lo fissa di rimando. Quando le porte si richiudono, Roberto è ancora nella stessa posizione.

Dopo la neve, di nuovo la pioggia a impastare la terra. Qualcosa però inizia a cambiare. Un po' di luce in più, verso sera. E nell'aria quel gusto legnoso e dolce si affievolisce, sfuma promettendo qualcosa di diverso. Un certo giorno smette di piovere. Senza proclami, semplicemente la pioggia cessa; di colpo, così com'era iniziata.

Succede a metà del mese che da lì a poco sancirà un cambio di stagione, e il silenzio non più ritmato dall'incessante gocciolio è quasi fastidioso. Un giorno alla fine del quale deboli raggi di un sole vespertino – il primo da chissà quanto – entrano di sghimbescio dalla finestra. Si riflettono sullo specchio del bagno dell'appartamento di Roberto. Lui, a piedi nudi e con soltanto i pantaloni di una tuta addosso, si guarda. Ha perso peso, mangia poco. Tocca la barba lunga, ora morbida. Si chiede se sia il caso di radersi. Scuote la testa e torna in cucina. Piccola, raccolta, con una strumentazione da ristorante stellato. Si prepara un caffè americano. Ha consumato le ferie arretrate, poi i permessi. Ora non va al lavoro e basta.

Quando le uniche attività sono bere caffè e macerarsi nei pensieri, i minuti si dilatano. Diventano ore, poi giorni.

Qualcuno bussa. Rompe il silenzio. Roberto si alza di scatto, urta la tazza. Resta a fissare il liquido scuro che si allarga sul legno del tavolo. Si riscuote solo quando quel qualcuno bussa di nuovo. Apre senza chiedere chi sia. Non ha voglia di vedere nessuno. E non dovrebbe avere speranza che si tratti di Alice. Non si sono più visti, da quel giorno. Non si sono più sentiti. Invece una piccola speranza arde. Invano.

«Ciao» dice Susana. Lo scosta, brusca. Entra per la prima volta nel rifugio di Roberto. Se l'ordine compulsivo la sorprende, non lo dà a vedere. La sorprendono di sicuro i dischi stipati sulle pareti, nemmeno uno fuori posto. Solo album di cantautori italiani registrati in studio. Niente stranieri, niente raccolte, niente concerti.

Roberto resta immobile sulla soglia. Non riesce a decifrare che sensazioni gli provochi quell'invasione del suo spazio, della sua camera iperbarica. Si sente a disagio, a torso nudo. Va in camera e si infila una t-shirt bianca.

«Scegli un disco per me» dice lei dopo alcuni istanti di silenzio. Negli occhi neri brilla una luce intensa. Non sorride.

Quant'è che non ascolto musica? si chiede. La risposta è semplice. *Un mese. Da quando Alice...* Non lascia che il pensiero si completi. Si dirige verso un lato della collezione e prende il vinile di *Panama e dintorni* di Ivano Fossati. Senza incertezze. Appoggia la puntina sulla prima traccia. *Dall'inizio alla fine, non si saltano pezzi.*

Susana chiude gli occhi appena inizia la musica. Annuisce e li riapre.

«Non vedo più la *doutora*» dice. Ha capito.

Roberto non si aspettava un discorso così diretto. Cerca le parole, magari non sue, magari proprio di Fossati o di un altro cantautore. Non le trova.

«È finita e...» fa una pausa «e basta.»

Lei annuisce, seria. Poi lo abbraccia prima che lui abbia il tempo di reagire. Sente il corpo morbido aderire al suo, magro e nervoso. Il profumo dei capelli. Vaniglia. Non sa cosa fare, non fa nulla. Ascolta il proprio cuore perdersi nelle parole di Fossati.

"La costruzione di un amore spezza le vene delle mani, mescola il sangue col sudore, se te ne rimane..."

Roberto si abbandona al calore buono del corpo di lei, che lenisce le ferite.

"La costruzione del mio amore mi piace guardarla salire, come un grattacielo di cento piani, o come un girasole..."

Un pensiero improvviso. *Non è giusto.* Uno schiaffo. Roberto si stacca di colpo, come fulminato. Estrae la boccetta dalla tasca dei pantaloni, Susana gliela sfila e la butta sul divano.

«Queste ti cancellano. E io voglio vedere il vero Roberto.»

Uno di fronte all'altra. Vicini, immobili.

"Sono io che guardo questo amore, che si fa grande come il cielo, come se dopo l'orizzonte ci fosse ancora cielo..."

Basterebbe un passo. Basterebbe un gesto.

"E tutto ciò mi meraviglia, tanto che se finisse adesso, lo so, io chiederei che mi crollasse addosso."

I pochi secondi in cui la puntina fruscia alla ricerca della traccia successiva sono sufficienti a cambiare l'atmosfera.

«È ora che vada al ristorante, c'è molto da fare» sussurra lei. «Perché non vieni anche tu? Alvise è sull'orlo di una crisi di nervi.»

Roberto sente, dentro di lui, una scintilla. Troppo piccola per dare vita a una fiamma. Scuote la testa senza dire niente.

«Quando vuoi, sai dove trovarmi.» Conclude allora Susana. Chiude la porta. E si porta via gran parte della luce.

2

Sul Terzo lago di Revine non tira un alito di vento. L'unico movimento è quello di una piccola barca a remi. Per il resto, l'acqua sembra di marmo nero, lucente.

«Chi me l'ha fatto fare?» Elvis Calderoni lo ripete sottovoce mentre rema nel buio. Biascica un po', il carburante del suo coraggio è un liquido trasparente, distillato da vinacce di Cabernet. «E in una notte senza luna...» mastica con rabbia. «Sono proprio un mona.»

I laghi di Revine sono tre specchi d'acqua incastrati tra le colline e l'autostrada, affiancati da una sequenza di case di sasso grigio e qualche osteria o pizzeria.

Il Terzo lago, l'ultimo uscendo dalla Statale del passo San Boldo che scende dalle montagne, non ha un nome, solo il numero ordinale a identificarlo. Non ha borghi, attorno. Sembra non avere nemmeno acqua, ma una distesa scura che odora di salmastro e di idrocarburi, come fosse inquinata. Inquinata e morta.

Nonostante questo, nell'euforia del boom tardivo del Nord Est, negli anni Settanta, qualcuno aveva avuto l'ardire di impiantarvi uno stabilimento balneare. Un edificio squadrato e bianco con terrazza, pontile e trampolino per i tuffi, abbandonato nel decennio stesso in cui è stato costruito. Elvis lo immagina farsi sempre più piccolo man mano che lui prende il largo. E si figura i membri del Circolo della pesca, una decina, alzare lattine di birra e bicchieri di plastica colmi di vino e grappa nella sua direzione, per deriderlo. È solo.

«Che posto di merda, boiacàn d'un boiacàn.»

Rema lentamente, assestando colpi svogliati. Il momento della disfatta si avvicina inesorabile. Il primo e il secondo lago sono pescosi. Con le Dolomiti bellunesi in vista, sono il luogo prediletto (quasi l'unico a una distanza ragionevole) per un circolo di un paese di montagna come Vittorio Veneto. Carpe, persici, sandre. E lucci, proprio i lucci che hanno fregato Elvis. Per lui, il circolo è stato una scusa per lasciare la moglie sul divano a guardare telenovele e andare a bere qualche ombra in compagnia. Solo che la lingua di Elvis è molto più veloce del suo cervello e, dopo una bottiglia di Prosecco e una mezza dozzina di spritz bianchi – acqua e vino, niente diavolerie con i coloranti –, la sera prima si era vantato di aver comprato una nuova esca direttamente dall'America, uno *spinnerbait* all'avanguardia, ideale per i lucci. Senza esitazioni, si era autoproclamato il miglior pescatore di tutta la Marca trevigiana. Anzi, dell'intero Veneto. «E pensi di prenderne anche nel Terzo lago di Revine?» aveva chiesto Marino Magrin, con l'espressione di una faina in un pollaio.

Avrebbe dovuto capirlo, Elvis, che era tempo di salutare, adducendo l'ubriachezza come giustificazione (credibilissima). Invece aveva sbattuto un pugno sul tavolo.

«Certo che sì. Ci scommetto centomila lire! Anzi duecentomila!»

Magrin aveva alzato il moncherino di un pollice lasciato su una qualche pialla. «Facciamo un milioncino, cifra tonda.» Poteva permetterselo: il suo mobilificio andava piuttosto bene, dichiarazioni dei redditi da fame e due Porsche in garage.

Per un operaio metalmeccanico come Elvis era una cifra enorme. Se sua moglie l'avesse scoperto, lo avrebbe ammazzato. Ormai, però, non poteva tirarsi indietro. «Quando vuoi, boiacàn d'un boiacàn!»

Marino Magrin aveva scoperto i denti in qualcosa che poteva somigliare a un sorriso. «Domani. Ma bisogna andare di notte. In questa stagione è vietato pescare. Ripopolamento delle acque. Se qualcuno dovesse chiamare la Forestale...»

«Cosa vuoi ripopolare in 'sto lago? Non ci son gnianca le rane!» rimbrotta Elvis con più di un giorno di ritardo. Si rassegna a fermarsi. È ora di vedere se quella meraviglia della tecnica funziona. Rivolge una silenziosa preghiera al dio dei pescatori, si tira su la cintura che stringe il suo grosso ventre, si liscia i capelli sulle tempie e alla luce di una torcia si mette a montare la sofisticata esca fatta per restare a pelo d'acqua e attirare in superficie i lucci.

«Non funzionerà mai.» Se lo dice da solo, fissando la riva buia. Gli sembra di sentire voci lontane, risate. «Ridete, ridete...» Con le lacrime agli occhi, si prepara al lancio con la sua canna di tre metri, altro acquisto d'impulso.

Nel momento in cui le acque nere accolgono amo e *spinnerbait*, una nuvola bassa comincia a mangiare le cime delle colline. Veloce, silenziosa. In pochi minuti occupa tutto il lago. Rende assoluto il silenzio.

«Ci mancava solo questa», Elvis parla ad alta voce per esorcizzare l'inquietudine. Distingue a malapena il punto in cui ha gettato la lenza. Prova a muoverla, leggera, a ritirarla con strappi dopo averla lasciata scorrere lentamente, a scimmiottare un piccolo pesce pigro, pronto a farsi mangiare. Non succede nulla.

«Cosa vuoi che succeda, boiacàn d'un boiacàn!» Elvis è in mezzo al nulla. Maledice la sua canna, la sua esca e la sua bocca larga. L'ebbrezza da grappa è passata.

«Ho perso.» Come per dire "Chi se ne frega", come per dire "Rientro, non mi piace questo posto". In quel momento, dalla riva ormai coperta dalla nuvola, arriva la voce di Magrin: «Allora? G'ha tu preso Moby Dick?». E giù risate invisibili. «Muoviti che comincia a fare freddo. E io ho sete... sa' tu quante ombre si prendono con un milione?» Altre risate, grasse, ovattate, distanti. Come se la riva del lago si fosse allontanata. Come se il mondo stesse svanendo, sciolto nella bruma e nell'acqua nera.

Non può arrendersi, a costo di tuffarsi e prendere un luccio a schiaffi. Ritira la lenza, con rabbia, toglie lo *spinner-*

bait, la getta sul fondo della barca. Con ampi gesti, a uso e consumo di un pubblico invisibile, monta un'esca classica con pesi che la portino a fondo. Perché i lucci, in questa stagione, sono vicini al fondale. È talmente invasato che scorda che, in quel lago, di lucci nessuno ne ha mai visto uno.

Un bel lancio, preciso, vicino a un canneto. O, meglio, dove gli pare di ricordare che ci sia un canneto. La lenza scorre verso il fondo. Elvis la muove, la ritira, rilancia. Aspetta. Prega e bestemmia, bestemmia e prega.

Funziona. Avviene il miracolo. La lenza è gravata da un peso.

«Oh grazie» dice in estasi, «grazie, grazie, grazie.»

Anche se non fosse un luccio, già pescare qualcosa nel Terzo lago è un'impresa che gli sarebbe valsa una foto sulla parete del circolo. Avrebbe chiuso la bocca a Magrin. Recupera la lenza con prudenza. Non vuole che si spezzi, non vuole perdere il bottino.

È pesante. «Una bestia notevole, boiacàn d'un boiacàn» si compiace. Registra appena che non oppone resistenza, non tira. Ha smania di vederla. Allunga il guadino.

Quando illumina con la torcia ciò che ha preso, vede solo un sacco di plastica che sembra fatto della stessa materia delle acque.

Elvis bestemmia ad alta voce, cattivo, nella solitudine della nuvola bassa.

«Cossa ghe sarà mai dentro?» Estrae il coltello dalla cintura. Con rabbia squarcia la plastica. Si rialza di scatto, rischia di ribaltare la barca. Resta immobile, come inebetito.

Fissa il contenuto del sacco.

E comincia a gridare con quanto fiato ha nei polmoni.

3

Dopo una settimana, Roberto accoglie l'invito di Susana.

Quando Alvise se lo vede comparire in cucina, nemmeno saluta. Finge indifferenza, ma ha l'espressione della promessa sposa abbandonata sull'altare. E sul viso di un omone di cinquant'anni con tanto di barba a punta fa un certo effetto.

Il suo grembiule al posto di sempre, sul piano di lavoro, come se non fosse passato neanche un giorno. Lo indossa. Indica ciò su cui il cuoco sta lavorando con metodo e dedizione. «Cosa sono?»

«Castraure di Sant'Erasmo. Il primo frutto del carciofo, il più morbido e saporito. Si produce solo negli orti delle isole della *mia* laguna.» Ne afferra uno, lo annusa. «Delizioso» commenta, «amaro e dolce allo stesso tempo.»

«Come vuoi prepararli?» butta lì Roberto, afferrando a sua volta uno dei carciofi violetti e iniziando a eliminare le punte e le foglie più coriacee.

Alvise lancia a Roberto uno sguardo di sfida. «In tècia con sale, olio e brodo.» Aspetta qualche secondo la risposta e, quando non arriva, sbuffa. «Hai delle altre idee?» chiede, con il tono di chi sta subendo l'estrazione di un molare senza anestesia.

«Perché non prepariamo una pastella con farina, acqua frizzante e un pizzico di sale? Ci immergiamo dei cubetti di ghiaccio. Sciogliendosi lentamente diluiranno il composto senza formare grumi. Poi tagliamo i carciofini...»

«Castraure, non carciofini.»

«Prendiamo le castraure, le tagliamo a pezzi spessi, le immergiamo nella pastella e friggiamo.»

«In tempura, insomma.»

Sguardo perplesso di Roberto. Coltello a mezz'aria di Alvise. Occhi sgranati. «Mi hai descritto la preparazione del tempura e... non sai che cos'è?»

Roberto spalanca le braccia. «Mi sembrava funzionasse.»

Alvise riflette qualche secondo. «Va' in mona» dice alla fine. Si batte il manico del coltello sulla fronte. «Non sai quanto mi fai incazzare. Ho studiato all'alberghiero di Jesolo, io! Ho lavorato con Arrigo Cipriani nella cucina dell'Harry's Bar! Quello che il Faber canta in *Rimini*... Teresa guarda verso il mare e quella roba lì! Eppure mi devo far suggerire le ricette da un *commissario di polizia*.» Le ultime parole sembrano un insulto. «Devo aver combinato qualcosa di brutto nella mia vita precedente. Di molto brutto, orcocàn.»

Roberto canticchia. «Oltre le dolcezze dell'Harry's Bar e le tenerezze di Zanzibar, c'era questa strada...»

«Eh?»

«Paolo Conte.»

«Va' in mona» ribadisce Alvise. Si rimette a pulire le castraure, Roberto lo imita, senza rimarcare quanto sia bizzarro che un discendente di Dogi abbia frequentato l'alberghiero e abbia lavorato nella cucina di un ristorante, per quanto di alto livello.

Dopo qualche minuto. «Serra?»

«Vado in mona?»

Alvise non stacca gli occhi dal tagliere e dal coltello. «Sono contento che tu stia qui.» Arrossisce nel poco spazio libero tra barba e basette folte. Poi afferra un recipiente di ceramica bianca. Dentro ci sono dei ragni giganti. Roberto strabuzza gli occhi.

«Moeche, granchi nella fase della muta, quando perdono il carapace» annuncia Alvise. «Uno dei simboli di Venezia! Me li hanno portati ieri, ancora vivi. Li ho lasciati sguazzare nell'uovo sbattuto tutta notte, ora sono pronti. Li friggiamo con le castraure. Una meraviglia, i clienti si leccheranno i baffi.» Gli occhi azzurri sprizzano gioia.

Non sono ragni, meno male, pensa Roberto. Poi si lascia andare. Cucinare sa di normalità. È di una bellezza quieta e ordinata. Ancor più bello è il sorriso di Susana quando lo trova in cucina.

«Ci vediamo dopo cena?» gli sussurra all'orecchio.

Il sopracciglio sinistro di Alvise scatta verso l'alto, le orecchie verso il basso. La mandibola è sul punto di precipitare a terra.

«Per due chiacchiere al nostro tavolino...» aggiunge lei a voce più alta, fissando il cuoco con aria divertita.

«Non stasera.» Roberto ha altri progetti.

DENTRO

«Le luci stanno per spegnersi, la piccola Ele lo sa.»

L'organismo ormai ha assunto i ritmi della stanza, quelli del suo mondo. E lei, sdraiata sul letto, parla da sola, per sentire una voce diversa da quella metallica che esce dall'altoparlante. L'uomo entra tre volte al giorno nella stanza, bisbiglia tra sé e sé, ma non pronuncia mai parole intelligibili. E lei ha paura di parlargli per prima. Paura del gas, di essere punita.

Si accarezza la pancia. È dimagrita. Merito della cyclette, e del cibo leggero. Ha imparato a buttare giù tutto quello che le viene portato, medicinali compresi, senza farsi domande. E ha tanto tempo per pensare e ricordare. Quella sera le viene in mente la casa sul lago, il nonno che legge la *Divina Commedia* davanti al camino che riscalda appena pochi metri del grande ambiente al piano terra. Gli sembra di vederlo, di vedere gli occhi che si inumidiscono quando, per l'ennesima volta, arriva a "l'amor che move il sole e l'altre stelle" con cui Dante conclude il suo viaggio, in Paradiso. Stringe i pugni. A lei basterebbe uscire dall'inferno in cui si trova. Un inferno assurdo senza "sospiri, pianti ed altri guai". Un inferno ovattato, di silenzi e nenie, dove vengono regalati cibo, acqua e abiti. Dove c'è sempre la temperatura giusta. Ma di inferno si tratta, senza alcun dubbio. L'inferno è dove ti tolgono tutto, a partire dalla libertà, a partire dalle persone che si amano. Qual è il mio peccato? si chiede. Per cosa sto pagando il mio contrappasso?

Non ci sono risposte, né dentro né fuori di lei. Elèna lo sa che il male distribuisce a caso i propri doni dolorosi. Si rivede bambina guardare impressionata la colonna di fumo che si alza oltre il lago. Sente suo padre dire: «È la centrale», e sua madre chiedere se ci siano pericoli. Rivede le nuvole dense, scure. E le piogge dei giorni seguenti. Risente le rassicurazioni alla radio, il nonno che dice: «Se diffondono queste notizie, sarà vero». Il nonno che nove mesi dopo era morto per un tumore allo stomaco.

Le domande la tormentano mentre aspetta che il dio della stanza decreti che il giorno è finito ed è ora di dormire. Francesca mi cerca ancora? Ogni tanto ha l'illusione di vederla, accanto al letto. Allora prova a tendere una mano per toccarla, per dirle: "Io sono qui, non ho mollato, ti penso. Voglio tornare da te!". È la solita Francesca, solo con la pelle ancora più chiara, sottile, quasi trasparente. Non parla, tende a sua volta una mano. Non riescono mai a toccarsi. Né a sfiorarsi.

La voce. «Regola numero...»

Elèna completa: «...tre: riposo». Si aggiusta il cuscino sotto la testa. Si prepara allo spegnimento delle luci.

«... dieci: ingresso nella stanza.»

Il cuore di Elèna si ferma. È raggelata. Non riesce a muoversi, resta sdraiata a fissare il neon acceso. Dovrebbe spegnersi. Ho sentito male, si convince.

«Regola numero dieci: ingresso nella stanza» ripete la voce, imperativa.

Elèna riesce a tirare il fiato, il cuore riparte. Si mette a sedere. Lega le caviglie e un polso. Si infila il cappuccio. Ascolta il suono del proprio respiro accelerato che gonfia la stoffa nera poi la risucchia sino alle labbra.

«Cosa sta succedendo?» chiede al buio. «Dovrebbe essere notte, tempo di dormire.»

La serratura scatta. Passi. Li riconosce, è l'uomo. Appoggia qualcosa sul comodino. Le lega il polso rimasto libero. Sembra il solito rituale.

La voce. «Regola numero otto.»

La mente di Elèna è un vortice. Non la ricorda. Si sforza, in preda all'ansia. Vuoto.

«Trattamenti.»

Qualcosa le passa sul ventre. Istintivamente, contrae i muscoli. Qualcosa la stringe. Le cinghie di cuoio, quelle lunghe, capisce. È bloccata al letto, braccia spalancate, gambe divaricate. È in balia dell'uomo. Le sembra di soffocare, sotto al cappuccio. È in una notte nera e senz'aria. L'unico rumore è il bisbigliare costante. Non può fare nulla per ribellarsi. Solo sperare che... che non le faccia...

Inizia a tremare. «Mi farai male?» chiede in un soffio. Ha infranto le regole, sarà punita. Ma cosa importa? È certa che morirà da lì a poco. Le lacrime stanno inzuppando la stoffa del cappuccio, gliela appiccicano al viso.

Sente un gemito. Poi una presenza più vicina. L'uomo. L'uomo si è mosso. Si è chinato su di lei. Elèna cerca di farsi piccola, di svanire. Non trema più, ora. È paralizzata dal terrore.

L'uomo la tocca. Cerca qualcosa. Lo trova. Il lembo della felpa. Lo solleva, solleva anche la canottiera. Elèna sente freddo, l'uomo le ha scoperto la pancia nello spazio tra le due cinghie. Vuole spogliarmi? si chiede, atterrita.

Sente un tocco leggero. Un guanto le sfiora la pelle nuda. Un brivido la percorre dalla testa ai piedi.

Poi qualcosa la punge.

4

Correre di notte è una follia. Correre di notte è un toccasana.

Fra le tre strade che convergono a Termine, Roberto sceglie quella di destra. Indossa un giubbetto giallo con strisce catarifrangenti, nella remota ipotesi di incrociare qualche auto. In mano tiene una piccola pila, utile per farsi vedere più che per vedere. Il resto è una notte che porta un odore pulito e rinnovato, di terra e di asfalto.

Dopo poche centinaia di metri, intravede una salita che s'inerpica ripida tra i vigneti. La luce dell'unico lampione di Termine basta per rendere leggibili i cartelli blu con le scritte ZUEL DI QUA e ZUEL DI LÀ.

Solo allora capisce dove lo vogliono portare le gambe. *Una salita troppo ripida per me*, pensa. *Non mi alleno da più di un mese.* Raccoglie comunque la sfida. Affronta di slancio un tornante, per scoprire che dietro ce n'è un altro. Lo aggredisce. A sorpresa se ne apre un terzo. Roberto sgrana gli occhi. Spalanca la bocca a mangiare aria. Tiene duro. Arriva il quarto. Il cuore scoppia, martella nelle orecchie. Il quinto. Spinge, i muscoli gridano. Le luci che scorge oltre lo scollinamento sembrano raggiungibili. Non è così. *Non ce la faccio*, pensa. E smette di correre. Si forza a camminare. Un passo, poi un altro, legnoso ma costante. Gli occhi sull'asfalto, sino a quando la strada non spiana sulla sommità del colle. Ecco la luce, i lampioni. Il vento è teso, netto e freddo, davvero freddo. Il cuore e il respiro tornano alleati, ma il senso di resa è doloroso quanto l'acido lattico che gli morde i muscoli.

Entra nell'abitato di Zuel di Qua. Pochi edifici sparpagliati lungo l'unica strada. Il paese dorme un sonno placido. *Sono le due, cos'altro potrebbe fare?*

L'ultima casa è una villetta anni Sessanta che spunta da un bosco talmente fitto e scuro che sembra mangiarsi il cielo e fondersi con la notte. Gli alberi slanciati e nudi impediscono la vista dei vigneti. Non c'è orizzonte, oltre pochi metri. Attorno, buio, buio e ancora buio. Quel che accade da quelle parti, da quelle parti resta.

La villetta ha una finestra spalancata alla notte e illuminata. Ne esce una cacofonia di chitarre e batteria. Una musica raspante, greve, che diffonde energia traslucida.

Roberto legge sul campanello: FAMIGLIA CAMPO. La prima parola è cancellata con righe brusche, nette. La stessa penna, sopra, ha scritto FRANCESCA in una grafia infantile. Un vialetto di pietra s'incunea in un giardino senza piante o fiori. A destra dell'edificio, una rimessa con la porta chiusa.

La musica cessa. Sembra che la costruzione stessa trattenga il fiato. Roberto cerca di preparare una scusa per la sua intrusione. Non gli viene in mente nulla di convincente. Non serve: esplode nuovamente la rabbia di cassa e rullante.

Altra folata. Il sudore gli ghiaccia addosso. Tre passi ancora e scruta attraverso i vetri della finestra del piano terra. Una lama di luce spunta da una porta socchiusa al piano di sopra, scende gradini di legno, diventa un oblungo triangolo scaleno. Roberto lo percorre con lo sguardo sino al vertice, sul pavimento di un ordinato salotto borghese. Illumina l'interno con la piccola torcia. Poi se ne pente e la spegne. *Sembro un ladro.*

Senza pensare, suona il campanello e aspetta. Nulla, nessuna risposta. Si guarda attorno, valuta la distanza dalla casa più vicina. «Ehi!» grida. Lo ripete. Ancora e ancora. Niente. *Ovvio, come fa a sentirmi?*

Come ultima opzione, prova a girare la maniglia. Cede. La porta è aperta. *Che fiducia nel mondo.*

Appena dentro, vorrebbe gridare di nuovo, per segnalare la sua presenza. Ma qualcosa lo blocca. Un odore nell'aria. Fumo, erba bruciata, canne. Ma non è quello. *Sotto... sotto c'è altro.*

Fiori marci.

No!

Sente i muscoli delle braccia contrarsi. Stringe le palpebre. Digrigna i denti.

No! Non posso. Non devo.

Si forza ad aprire gli occhi. Quando lo fa, è peggio. A terra c'è un corpo. Due. Bambini. Sbatte le palpebre. Spariti. L'odore nell'aria persiste. Un cimitero d'estate. Acqua stagnante. Insetti. Fiori marci dappertutto. I muscoli delle gambe s'irrigidiscono, tremano. Vorrebbero muoversi, iniziare a percorrere immaginarie circonferenze.

Resisti, Roberto, resisti!

In qualche modo riesce a prendere la boccetta dei medicinali, nell'unica tasca del giubbotto catarifrangente. Una pastiglia sotto la lingua.

E tutto svanisce.

Dolori ai tendini, respiro affannato, articolazioni inchiodate. Ma niente Danza.

Ci sono andato vicino, molto vicino. E, subito dopo: *mi restano poche pastiglie.* Una fitta allo stomaco. *Non ci sarà più Alice a parlare con il professor Gardini.*

L'interno della casa. Luce da un lampadario a sei bracci con lampadine di vetro opaco a forma di fiamma. Mobili lindi. Soprammobili lindi. Quadri color pastello alle pareti. Un televisore spento. Un vecchio telefono grigio, giusto accanto. A terra, solo piastrelle dozzinali. *Cosa ho visto?* Si corregge. *Cosa ho creduto di vedere?*

Un gatto bianco acciambellato sul divano. Ha il muso schiacciato e un occhio aperto. Non miagola. Ignora Roberto che, con le gambe indolenzite, sale le scale di legno. Grida di nuovo.

«Ehi!»

Eppure deve essere in casa. La porta è aperta, la luce al piano superiore accesa. E non può essersi addormentata con questo casino.

Arrivato al pianerottolo, non gli resta che dirigersi verso l'unica porta socchiusa, da cui spunta la lama di luce. E il casino. Si accosta con cautela, ignorando l'avvertimento del cartello. Bussa. Ancora nessuna risposta. Comincia a chiedersi se Francesca sia in casa, se abiti lì, se stia bene.

Francesca dorme.

Nonostante il martellare indemoniato della musica e la luce accesa, è sul letto. Supina. Un braccio sotto la testa, l'altro abbandonato su un cuscino nero. Occhi stretti, mobili, come intenti a inseguire qualcosa nel sonno. Addosso ha una canottiera nera, che si è sollevata sul ventre piatto, e slip neri. Roberto vede i tatuaggi sulle spalle, c'è una scritta anche all'altezza dello stomaco. Polsi, caviglie. Francesca ha una storia, Francesca è una storia. Hai visto com'è magra? Le parole di Susana. *Ho visto.*

Di fronte al letto, lo schermo di un computer occhieggia blu. Accanto, mozziconi, cartine. A terra, alcune bottiglie vuote in mezzo a un marasma di carta e stoffa. Roberto muove un passo incerto, cercando di non inciampare. *Il resto della casa è impeccabile, e la stanza in cui dorme è un porcile.*

Mentre pensa se non sia meglio tornare al mattino, urta una bottiglia accanto al letto. La ribalta. Il rumore quasi non si sente, sovrastato dalla musica. Ma gli occhi di Francesca si spalancano.

È un lampo. Lei estrae un lungo coltello da sotto il letto. Si alza, lo punta allo stomaco di Roberto. Lui allarga le braccia a significare che non ha cattive intenzioni, ma sente che il pericolo è reale. Ha visto Francesca battersi con Bruseghin, colpisce per fare male. E quello che tiene è un coltello da caccia, con la lama seghettata da un lato, affilata dall'altro. Molto pericoloso in mano a una ragazzina arrabbiata, che ha bevuto e fumato di tutto.

«Che cazzo ci fai qui?» grida, per farsi sentire sopra la musica.

Roberto respira. Sollievo. *Mi ha riconosciuto.*

«Puoi abbassare il coltello?» grida a sua volta.

Lei scuote la mezza capigliatura rosa, scarmigliata. «Dimmi che cazzo ci fai qui. È violazione di domicilio, sei accanto al mio letto. Se ti accoltello, mi danno la legittima difesa. Allora?»

Non scherza. Roberto riconosce quella luce. L'ha vista nello sguardo di altre persone, nella sua vita di prima, al Nucleo. Persone che non hanno più nulla da perdere.

«Volevo chiederti scusa.»

Lei inclina la testa di lato. «Eh?»

Roberto indica lo stereo. «Se abbassi la musica, ne parliamo.»

«Non sei nella condizione di dare ordini.»

La batteria indemoniata rimbomba nella testa di Roberto. Decide di correre un rischio. Gira le spalle a Francesca. «Allora ciao» dice. Ed esce sul pianerottolo. Due gradini.

La musica cessa.

«Sei uno stronzo, Serra.»

Quando torna nella stanza, il coltello è sparito. E c'è silenzio. Francesca fa partire uno schiaffo, preciso. «Questo per non avermi ascoltata prima. Ti rendi conto di quanto tempo abbiamo buttato nel cesso?»

Ne parte un altro. Va a segno. «E questo per essere entrato di notte in casa mia.»

Roberto sente entrambe le guance bruciare. Ha una giustificazione solo per la seconda accusa. «La porta era aperta.»

«È *sempre* aperta.» Francesca fissa Roberto. «Se qualcuno prova a entrare, cazzi suoi. Sono pronta ad affrontarlo.» Si mette a rovistare tra i vestiti sul pavimento. Trova un maglioncino nero. E un paio di jeans dello stesso colore.

«Girati, non voglio tu veda i miei tatuaggi. Anzi, vai di sotto a preparare un caffè.»

Giusto. Quando è a metà scala, lei gli grida dietro:

«Ele non è l'unica. Ce ne sono altre.»

5

Quando Roberto torna, trova Francesca al computer. Sta digitando velocemente sui tasti. La stampante, sepolta sotto slip e magliette, ronza al ritmo dei fogli che escono. Roberto cerca un angolo libero in cui appoggiare la tazza. Lei gli indica un libro: le *Baccanti* di Euripide. Gli aloni sulla copertina mostrano che non è la prima volta che viene usato come vassoio.

Senza distogliere lo sguardo dal pc, Francesca afferra con la mano destra una bottiglia di grappa che tiene tra le gambe. Ne versa una generosa porzione nel caffè.

«Non credo ti faccia bene.»

«Non credo siano cazzi tuoi.»

Butta giù tutta la tazza in un sorso e si versa altra grappa. Roberto sorseggia lentamente il suo caffè. In casa c'era solo la moka, l'ha allungato con acqua e lo beve in una tazza da tè. Francesca si alza e prende i fogli stampati. Li esamina a uno a uno e li divide sull'unica superficie libera, il letto. Alla fine, ha creato cinque esili pile sul copriletto nero tirato su alla bell'e meglio.

Indica la prima con un'unghia mangiata sino alla poca carne. «Iniziamo da Jasmine, una ragazza rom. Sparita nell'ottobre 1996, durante le Fiere di San Luca. C'è qualche articolo e la trascrizione di un'intervista del padre a una televisione locale.» Passa alla seconda. «Nel 1997 è sparita una donna anonima, per i giornali "la turista sme-

morata". Forse dell'Europa dell'Est. Ho trovato una dozzina di articoli su di lei. Da quando è comparsa a quando è
scomparsa.» La terza. «Una ragazza cinese di sedici anni.
Scomparsa durante le feste di Natale del 1998. Poca roba.
Nessun articolo, ma se ne parla su un forum online in cui
s'incontrano i ragazzi trevigiani. A uno che si firma Maidi-
reMaicol chiedono che fine abbia fatto, e lui dice che è sparita. La chiama Arianna, non usa mai il nome cinese. Ah,
aggiunge che adesso scopa con un'altra.»

«Mai dire...»

«Maicol. Scritto come si pronuncia, emme, a, i, eccetera.»

«E questo tizio tu lo hai beccato in un... forum?»

Francesca si batte una manata in fronte. «Dimmi la verità, tu vieni direttamente dalla preistoria e ti nutri di carne
di pterodattilo. Un forum è un posto dove le persone vanno per parlare.»

«E dov'è?»

Francesca indica lo schermo del pc. «Qua dentro.»

«Ognuno sta a casa propria e scrive ad altri che stanno a
casa propria ma discutono come se fossero al bar?»

«Più o meno.»

Riprende l'elenco. La quarta. «Suellen Ceolin. Italiana.
Diciannove anni. Sparisce poco dopo Arianna, a gennaio
1999. Paginate di giornali per una settimana. Poi, silenzio.»
Indica l'ultima pila di fogli. Inghiotte saliva e, assieme, un
boccone amarissimo. «Elèna Žvereva, bielorussa, 18 gennaio
2000. Su di lei, niente. Nemmeno una riga in cronaca. Esce
dal lavoro, e non arriva a casa. Stop.»

Un macigno si appoggia sullo stomaco di Roberto. Francesca non smette di fissarlo. Occhi stanchi. Occhi di chi
non riposa bene da tempo, da molto tempo. «Sono ragazze scomparse a Treviso» dice lei. «Sparite. Portate via? Andate via? Chi lo sa! Io ho trovato queste semplicemente cercando all'emeroteca e su Internet, tramite Altavista e quello
nuovo, Yahoo.»

«Tramite cosa?»

«Cazzo, Serra! Motori di ricerca...», vede lo sguardo perso
di Roberto. Decide di rinunciare. «Sai leggere, vero? Ecco,

leggi quello che ti ho stampato. E chiediti quante sono le ragazze scomparse, se io in così poco tempo...»

«Non è possibile» conclude Roberto, senza nemmeno dare un'occhiata ai fogli. *Non ero venuto qui per questo*, si dice, sentendosi a disagio nel suo abbigliamento da corsa. Si corregge. *O forse sì.* «Non può essere che tutte queste ragazze siano sparite e nessuno ne parli. E tu non puoi aver trovato tutta quella roba solo grazie a...», indica il pc.

Francesca si alza, gli si para davanti. Punta l'indice scarnificato. «Benvenuto nell'era digitale, Serra. Ascolta: quelle di cui ho trovato le tracce sono una zingara, una cinese, una bielorussa, una che non si sa da dove provenga ma stando ai giornali è dell'Europa dell'Est. Una sola italiana, questa Suellen. Ma ha un nome del cazzo, forse sua madre è straniera.» Prende fiato. «Di queste ragazze non frega niente a nessuno, nessuno le cerca.»

Roberto capisce che deve provare. Lo deve a quella ragazza, alla tristezza profonda nei suoi occhi. Lo deve al questore Bernini e a ciò che gli ha insegnato. Lo deve a suo padre. Lo deve a se stesso, perché ha bisogno di tornare a credere in qualcosa. Sente l'antica bestia divorarlo dentro. La fame di verità, il dare pace alle vittime.

Vittime? E vittime di cosa?

Lei fraintende il suo silenzio. «Non ci provare, Serra. Non provare a scappare di nuovo.»

«Prendo quei fogli.»

«Ti spedisco un'email.»

«Non ho un computer.»

Lei raccoglie i fogli e li porge a Roberto. «È ora che tu vada a letto. Alla tua età non è salutare fare le ore piccole.»

«Ho visto...» fa per dire Roberto, e indica il pavimento della camera per indicare quello del piano inferiore. *Cosa le dico? Che ho avuto una visione?* Scuote la testa. «No, niente.» Scende le scale e, quando è sulla porta, si gira. Francesca è in alto, sui gradini.

«Perché io?» chiede. «Perché sei venuta da me?»

Francesca allarga le braccia. «Su Internet c'è anche l'organico della questura di Treviso, se si sa dove cercare. Da quel coglione del questore al piantone all'ingresso. Prima ho studiato la mobile, la Digos, persino la stradale. Poi sono passata ai burocrati. Lì ho trovato te. E il tuo passato. Nessuno della questura ha fatto cose come quelle che hai fatto tu, nemmeno il capo della mobile, quel sardo. Anche io ho una domanda: cosa cazzo ci fai qui, Serra?»

Roberto dice la verità. Senza fronzoli, senza belletti. Una sola parola: «Scappo».

«Una stronzata da gente debole.» Lo sguardo diventa di acqua dura. «Ma non è solo per la tua esperienza che sono venuta da te» conclude.

«Perché, allora?»

«Tu sei lo straniero, Serra. Studio lettere classiche. Non me ne frega un cazzo, ma ho promesso che avrei finito.» Si rabbuia, prosegue. «La mia tesi è sulla figura dello straniero nella letteratura antica. Lo straniero arriva in un sistema chiuso di cui non fa parte e riesce ad avere una visione indipendente, distaccata, non condizionata dalle dinamiche interne.» Una pausa. «Tu sei Dioniso che viene da lontano e porta ebbrezza e follia, tu sei Edipo che distrugge i ruoli. Le ragazze sparite, Ele, io... noi siamo dentro al sistema. Tu sei lo straniero.» Si ferma un istante, guarda Roberto dritto negli occhi. «Lo straniero ha anche un'altra funzione, ma te ne parlerò la prossima volta. Hai già imparato troppo per oggi. È ora di andare a letto.»

Roberto non riesce a rispondere. Si avvia alla porta. «Perché non chiudi a chiave?» chiede.

«Non sono cazzi tuoi, Serra.»

Il grasso gatto bianco sguscia tra le gambe di Roberto ed esce. Imboccano assieme il vialetto. Si immergono nella notte.

Lo stereo riprende a sparare musica a tutto volume.

Roberto riprende a correre. Pensa ai tatuaggi, agli occhi d'acqua, le labbra sottili. Alla fragilità e alla forza di quella ragazza. Alle altre ragazze scomparse. Senza nemmeno accorgersene, è di nuovo a Termine.

Io sono lo straniero.

6

«Come sea?» Roberto si sforza di pronunciare il saluto in dialetto.

Lorenzon si stropiccia gli occhi in modo plateale. Non indossa la divisa e siede a una delle due scrivanie nell'ufficio che si apre dietro al bancone a cui sono assiepate persone in coda assistite da personale civile. L'altra scrivania, speculare, è vuota.

«Manco màl, sior comisario» dice l'agente biondo, poi lancia uno sguardo alla porta con la targa CAPO DELL'UFFICIO IMMIGRAZIONE. «Non sapevo che sarebbe tornato oggi.»

Nemmeno io. «Prima o poi doveva succedere.»

«Eh, noatri dell'immigrasiòn semo sempre gli ultimi a sapere le cose.» Altro sguardo fugace alla porta. Abbastanza per far incuriosire Roberto, che si dirige da quella parte.

Lorenzon esce da dietro la sua scrivania e gli si para davanti. «Come sono andate le sue ferie?»

Roberto tenta di scartarlo. Se lo ritrova di nuovo davanti. «Sior comisario, il suo ufficio è chiuso da parecchio, magari cambio l'aria e le preparo un caffè dei suoi...»

Roberto lo fulmina con lo sguardo. Lorenzon si sistema il ciuffo come gesto di resa e si scansa. Roberto apre. «Ecco Bruseghin» dice, con finta cordialità. Un istante prima, l'agente più alto ha i piedi sulla scrivania e una sigaretta accesa in mano. Un istante dopo, è in piedi, si esibisce in un saluto sbilenco e nasconde la sigaretta. L'espressione è quella di chi ha visto un fantasma. Anche lui è in borghese. Man mano che Roberto si avvicina, lui scivola via. Quando Roberto si siede al posto usurpato, Bruseghin è impalato davanti alla scrivania. Un filo di fumo esce da dietro la schiena.

«Spegni. Subito.» Nessuna cordialità ora, nemmeno ostentata.

Bruseghin porta la mano davanti agli occhi e fissa la sigaretta con l'espressione di chi si chiede per quale prodigio possa essere finita tra le sue dita.

Se prova a difendersi dicendo che anche il questore fuma in servizio, lo prendo a calci nel culo. Roberto ha dormito meno di tre ore, eppure sente una strana energia pervaderlo. E le pastiglie lo aiutano a ragionare lucidamente. *Me ne restano poche, presto mi toccherà chiamare...* relega il pensiero in qualche angolo remoto della mente. «Spegnila fuori di qui!»

Alza la voce, in modo che lo senta anche Lorenzon. «Vi voglio a rapporto entrambi!»

Lorenzon scatta dentro, Bruseghin fuori. Rischiano l'urto impari sulla soglia.

«Non subito. Prima ho bisogno di un caffè.»

«Ci chiama lei quando vòl» conclude remissivo Lorenzon, chiudendosi la porta alle spalle.

Tazza gialla, liquido nero, minuti lenti. La macchina non viene usata da diverso tempo, il caffè fa schifo. *Questa non l'hanno toccata.* Abebe Bikila corre. Roberto cerca di rimettere ordine sulla scrivania, di spazzare via il terriccio lasciato dalle suole del mastodonte.

Prende una cartelletta blu e ci mette dentro i fogli che gli ha dato Francesca. *Se fosse vero? Se solo una di queste ragazze fosse stata rapita o... peggio?* Un sospiro. *Io mi sarei voltato indietro. Avrei perso più di un mese.* Ha bisogno di una pasticca sotto la lingua per affrontare ciò che viene dopo. *Se fosse successo loro qualcosa di brutto, sarebbe anche colpa mia.*

Pensieri densi, pesanti. Quando la seconda tazza è pronta, chiama i due agenti. Restano in piedi davanti alla scrivania. «Perché non indossate la divisa?»

I due si guardano. Parla Lorenzon per entrambi. «Sa, sior comisario, il questore non ci tiene come lei, e visto che lei non c'era...»

«Rischiate un provvedimento disciplinare» lo interrompe Roberto.

«Per la divisa?» sbotta Bruseghin, allibito.

«Perché siete entrati nell'ufficio di un superiore senza permesso. Perché ci fumavate dentro. E non voglio sapere cos'altro ci facevate.»

Negli occhi dei due compare un'identica ammissione di colpa. Il grosso spalanca di nuovo la bocca ma il biondo lo anticipa. «Sior comisario, ci si veniva a fumare, fuori fa ancora freddo. Ma aprivamo sempre la finestra, dopo.»

«Eh, sì. Insubordinazione» continua Roberto, come se non l'avesse sentito. «Nessuno in mia assenza si è spacciato per il capo dell'ufficio, vero? Altrimenti sarebbe falso ideologico. Si va a finire in tribunale...» Balle, ma balle verosimili. Vanno a segno.

«Ma cossa dise sior comisario?» si agita Bruseghin. «Semo bravi tosi. Per così poco, poi.»

«Anche tu, Lorenzon, pensi che sia poco?»

Il biondo riflette prima di rispondere, attività che a Bruseghin risulta complicata.

«Può essere poco o tanto, dipende da come la si racconta. O non la si racconta.»

Proprio qui volevo arrivare. Roberto lascia che il silenzio si depositi, per tenerli sulla graticola. «Va bene» dice alla fine. Prende il fascicolo blu. «Qui dentro c'è un po' di materiale su alcune ragazze. Verificate se esistono denunce di scomparsa o se è stata svolta qualche indagine su di loro. Più roba trovate, meglio è. Quasi tutte sono straniere. Guardate se c'è qualcosa anche negli archivi del nostro ufficio.»

Lorenzon sgrana gli occhi. «Non sarà facile.»

«Be', nemmeno difficile. Basta chiedere alla mobile o alla Digos...»

«Lo so come se fa, sior comisario» risponde piccato l'agente biondo. «Ma oggi qua è un casino. Sono tutti impegnati nel caso del neonato del lago. Faccio quel che posso.»

«Non so nulla» risponde Roberto.

Lorenzon lascia vagare gli occhi a destra e a sinistra, con fare cospiratore. «Hanno trovato un puteo di pochi giorni morto nel Terzo lago di Revine. Un poareto che pescava lo ha tirato su chiuso in un sacco nero. Quando è venuto in questura, ieri, tremava dalla testa ai piedi.» Il tono si abbassa. «I giornali non lo sanno ancora, ma non può durare. È troppo grossa. Me l'ha raccontato uno della mobile, che ha fatto le scuole con me. Di più però non so, perché noatri dell'immigrasiòn...»

«... semo sempre gli ultimi a sapere le cose» completa Bruseghin, gongolando per aver fornito un contributo.

Un neonato non cade da solo in un lago. Un brivido lungo. Istintivamente, controlla che la finestra alle sue spalle sia chiusa. Si riscuote. *Pensiamo alle ragazze.*

Porge all'agente biondo il fascicolo blu. «Fai quel che puoi, Lorenzon. Ma sii discreto, non è un'indagine ufficiale. E fatti delle fotocopie» completa Roberto. «Quel fascicolo resta a me.»

Si vede che l'altro muore dalla voglia di chiedere di più, ma si trattiene. Si liscia il ciuffo. «E se fasemo questo...»

«Se fate questo, e se domani vi presentate in divisa, io non avrò visto nessuno fumare nel mio ufficio con i piedi sulla scrivania. Ora filate a lavorare. C'è la coda di gente, fuori.»

7

Nei corridoi della questura c'è un viavai ininterrotto di poliziotti dell'investigativa e della scientifica, di consulenti e politici. La sagoma massiccia di Osorio Dal Prà, procuratore capo di Treviso, fa dentro e fuori mezza dozzina di volte. Roberto sente nell'aria una tensione che conosce bene. Adrenalina da caccia. Prova senso di disagio per esserne ai margini, ha l'impressione di indossare un abito troppo stretto. Di tanto in tanto controlla persino la divisa che, al contrario, gli casca larga. *Ai margini? Ne sei escluso.*

A Roma era il suo pane quotidiano. Indagava su crimini atroci. Cercava di far riposare in pace le vittime nell'unico modo che sapeva: fermando i loro assassini. La ricerca della verità era la sua ossessione. *E non solo nelle indagini, anche nella mia vita.*

Le immagini affiorano. Roberto si rivede piombare nel cuore della notte nella camera che un'Alice ventiduenne occupava nello studentato collegato alla Sapienza. Uscivano assieme da ormai sei mesi. Vivevano in simbiosi, ma Roberto sapeva poco o nulla della vita di Alice, della sua famiglia. Salvo che suo padre era un ricco e potente avvocato e la madre una miss qualche cosa scappata con un congruo assegno di mantenimento. Roberto si era reso conto che non era tutto. Che c'era un segreto. Piccoli particolari, reticenze, che lo avevano messo in allarme. E si era tormentato cercando di ignorarli. Non ci era riuscito, si era imbarcato in settimane di indagini silenziose, mentre il dubbio lo divorava. Poi un anonimo impiegato dell'ufficio anagrafe del comune di Bologna gli aveva cambiato la vita, senza nemmeno immaginarlo. Alice aveva una sorella.

In poco tempo era arrivato a scoprire il resto. La sorella si chiamava Silvia. Silvia era malata di una rara malattia che le causava un invecchiamento precoce. Silvia era morta con il cervello di una ragazzina e corpo e viso di una vecchia.

Quella notte nello studentato, aveva gettato ad Alice in faccia quel nome per accusarla di averlo tradito, di avergli nascosto qualcosa di importante, di non avergli parlato della sua storia. Poi era stato travolto. «Fiori marci...» aveva fatto appena in tempo a dire, e i suoi lineamenti si erano deformati. Alice era atterrita. Non aveva idea di cosa stesse accadendo. Prima che la coscienza svanisse del tutto, Roberto aveva fatto in tempo a provare vergogna perché l'accusava ma a sua volta le aveva nascosto un segreto enorme: la Danza.

E la Danza era venuta a riscuotere il proprio tributo. Roberto si era ritrovato in una stanza d'ospedale. Vedeva con gli occhi di una ragazza inchiodata in un letto.

Sapevo di essere giovane ma mi sentivo un rottame buono solo per qualche discarica. Avevo visto Alice. «Uccidimi» le avevo chiesto. La vita mi aveva portato via tutto, volevo decidere come morire. Era mio diritto. E Alice lo aveva fatto. L'avevo vista prendere un cuscino. Poi c'era stato solo nero. Soffocavo. La vita se n'era andata in fretta dal mio corpo debole, sospinta dalle lacrime di Alice, mia sorella.

Nel momento in cui Silvia era morta, Roberto era emerso dalla Danza. Spossato, incredulo. Aveva faticato a rimettere a fuoco il mondo. Poi aveva visto Alice sul letto, con le ginocchia contro il petto. Piangeva. «Chi sei?» aveva chiesto. «Che malattia è?»

Lui aveva scosso la testa. «Non è una malattia. È una cosa che fa parte di me.» Poi le aveva raccontato quello che aveva visto. Lo sguardo di Alice era diventato di pietra. Si era sentita violata, invasa. Si era rintanata in sé. L'aveva cacciato.

In quella stanza era finita la loro storia. La stessa notte, in un'altra stanza negli uffici del Nucleo, Bernini lo aveva destinato a Case Rosse, nell'Appennino emiliano, il più piccolo commissariato d'Italia. Perché potesse dimenticare, ritrovare se stesso.

Una specie di convalescenza. E quella che mi aspetta ora è più lunga. Forse infinita.

Il pensiero merita un altro caffè, anche se è già buio e bisognerebbe uscire per prendere l'ultima corriera. La primavera è iniziata, ma le giornate sembrano restie ad allungarsi. Non fa in tempo a caricare il filtro che qualcuno bussa alla porta.

«È permesso, commissario? Posso disturbarla?»

Santo Mixielutzi, capo della squadra mobile, è un sardo basso e compatto, con la pelle scura e le labbra sottili che non si aprono mai in un sorriso, e lunghe basette fuori moda già a fine anni Settanta che finiscono sulle guance, lasciando scoperto il mento. In questura lo chiamano Sfinge perché il suo viso non mostra emozioni, sembra che i muscoli facciali siano paralizzati. E parla poco o niente, scandendo le parole con modi affettati e formali.

«Nonostante l'ora, sarebbe così gentile da offrirmi uno dei suoi caffè?»

Mixielutzi è l'unico a bere lo stesso tipo di caffè di Roberto. Talvolta passa a farselo preparare, quando non è impegnato in qualche operazione. Porta la sua tazza, col marchio di un grande magazzino. Lo bevono in silenzio, spesso in piedi. O, al massimo, chiacchierando del tempo.

Mentre versa la polvere nel filtro, Roberto lo osserva. Gli occhi sono infossati. Occhi che devono essere stati spalancati per molte ore di seguito. Si porta dietro odore di fatica e sudore. Indossa un maglione troppo pesante, jeans scoloriti, stropicciati, sporchi. *Diffida da chi si presenta lindo dopo una giornata d'indagini. Lo diceva sempre Bernini.*

Sul viso, nessuna espressione di stanchezza. Mixielutzi sembra assente, e parla ancora meno del solito. Dice solo: «Buono, ne avevo bisogno».

Quando la tazza è finita, Roberto gliene offre subito un'altra, e si butta. «Sta indagando sul neonato?»

La smorfia è repentina e sofferta, quasi impercettibile. Ma Sfinge ha mostrato un sentimento. I suoi occhi hanno detto che si tratta di un caso brutto. Molto brutto. *Lo è sempre quando ci sono di mezzo i bambini.* I pensieri di Roberto volano via, lontano, sulle colline dell'Appennino. La convalescenza era durata quattro anni, quattro anni senza Danza, poi era terminata nell'istante in cui si era trovato a fissare l'unico occhio nocciola che restava nel viso di una bambina di otto anni sfigurato da un colpo di fucile. La stessa sorte capitata ai genitori, che giacevano assieme a lei in un sudario di nebbia in un luogo che la gente di Case Rosse chiamava Prà Grand.

«Magari, commissario Serra, magari.» È come se ogni lettera si portasse dietro un peso, un'ombra cupa.

«Hanno affidato le indagini ad altri?» I casi che riguardano bambini garantiscono visibilità, e i casi che garantiscono visibilità sono i più ambiti dai vertici sia della polizia che dei carabinieri. *Potrebbe essersi fatto avanti qualcuno da Roma, avocando a sé la guida delle indagini.*

Mixielutzi non risponde. Finisce il caffè e si dirige verso la porta del bagno.

«Posso?»

«Non c'è bisogno che me lo chieda tutte le volte.» Roberto si sente in imbarazzo per avere tentato di carpire qualche particolare dell'indagine, di aver oltrepassato un'invisibile linea di confine.

«È il suo ufficio.» Mixielutzi sciacqua meticolosamente la tazza, la asciuga con una salvietta di carta. Di solito, a quel punto, dice: "La ringrazio per la sua cortesia e per l'ottimo caffè. Purtroppo sono obbligato a congedarmi".

Invece stavolta resta immobile a guardare la sua stanchezza nello specchio. «Commissario, volesse il cielo che il caso fosse stato affidato ad altri» dice. «E volesse il cielo che fosse il caso di *un* neonato morto.»

Tutti i muscoli di Roberto si tendono, come di fronte a un pericolo imminente. «Cosa intende?»

L'altro si gira. Non fissa Roberto ma un punto indefinito più in alto. «Da quel maledetto lago sta venendo fuori di tutto. Per il momento siamo arrivati a cinque neonati e tre corpi di donna. Ma i sommozzatori stanno ancora cercando.»

Roberto resta con la bocca spalancata. Sente come se qualcuno gli avesse infilato una mano nello stomaco e glielo stesse torcendo. *Non può essere.* Fatica a parlare. «Donne? Nel lago ci sono corpi di donne?»

L'altro annuisce. «Tre, per il momento.»

«E sono state...»

Mixielutzi continua a fissare un punto lontano. «Senza dubbio ammazzate» conferma. «Anche i neonati. Resta solo da capire come...»

Donne scomparse. Donne ammazzate. Roberto non riesce a formulare a voce quel pensiero. *Può essere una coincidenza. E ci sono i neonati...* Ma Mixielutzi nota qualcosa. Un lampo, un'ombra. Forse solo un respiro mancato. Riporta gli occhi piccoli e scuri su Roberto. «I pochi che sono informati di questo caso restano colpiti dall'uccisione dei neonati. A lei interessano le donne.»

Non è una domanda. Roberto si sente comunque in dovere di rispondere.

«Commissario Mixielutzi, so che lavoro nell'ufficio immigrazione, ma...»

L'altro lo interrompe. «Ero a Roma ai tempi in cui lei faceva parte del Nucleo del compianto questore Bernini.» Una pausa meditabonda. «Ho persino provato a entrarci, prima che venisse sciolto. So chi è lei.» Il Nucleo era una creatura di Bernini. La "fogna della polizia", lo chiamava. Anche se in realtà era un corpo speciale che entrava in gioco solo dopo che gli altri avevano fallito. «Noi sappiamo fare le indagini, cerchiamo la verità negli uomini; gli altri raccolgono sperma e saliva» diceva. «Dev'esserci l'uomo al centro delle indagini, non le rilevazioni della scientifica. Quelle sono i tasselli, ma non servono a nulla se qualcuno non ricompone il puzzle.»

Un corpo voluto da Bernini, e chiuso nel momento in cui questi lo aveva lasciato per dedicarsi alla carriera: era diventato capo della polizia del Nord Italia. *Allora non avevo capito quella scelta, ora sì. Era fuggito per trovare pace, equili-brio. Per non svegliarsi nel cuore della notte con i visi delle vit-time davanti agli occhi. Non siamo diversi, questore. Ho seguito le sue orme anche in questo. Sono scappato.* È come se Bernini fosse lì con loro. Roberto ha l'impressione di sentire l'odo-re di sigarette e una mano sulla spalla che lo rassicura, che lo spinge. Gli pare incredibile che qualcuno si ricordi an-cora di quel passato lontano dieci anni.

«Potrei avere un'idea» butta lì tutto d'un fiato.

Un lampo negli occhi del sardo. «Vuole parlarmene?»

Non hanno nulla. «Mi lasci un po' di tempo. Non so se ho una vera pista. Non so nemmeno se ho trovato qualcosa.» *In ogni caso non l'avrei trovato io, ma Francesca Campo.*

Mixielutzi vince la sua immobilità, gli tende una mano. «D'accordo.»

Roberto la stringe. È dura, sembra di legno. «Le chiede-rei di non fare parola del mio... interessamento al caso.»

Sa di essersi spinto molto in là. Il capo della squadra mo-bile risponde direttamente al questore. Ma Mixielutzi è un uomo che sta sul campo, non dietro una scrivania. Anche Roberto lo era. *Di solito ci si capisce bene, tra di noi.*

Infatti, Mixielutzi annuisce. Un gesto appena percettibi-le. «È inteso» dice.

Roberto corre per prendere l'ultima corriera. Ci riesce per un pelo. Scende a Termine, accolto dal mare di viti in silen-zio. Sale nel suo appartamento senza salutare Alvise, sen-za salutare Susana. Di riflesso, spalanca la finestra, come Francesca.

Il tutto stringendo il fascicolo blu sotto il braccio, come in trance. Un unico pensiero, ossessivo. *Donne scomparse, donne morte.*

8

Un'altra volta è notte.

Roberto cerca un foglio A3. Trova la risma in fondo a un cassetto dello scrittoio. *È da una vita che non la uso.* Eppure, era lì ad aspettarlo. Estrae un foglio. Lo stira con le mani e, alla sola luce di una lampada da tavolo, traccia cinque cerchi, ipertrofici vertici di un immaginario pentagono.

Sto disegnando il Perimetro del caso, comunica al questore Bernini. Ne immagina il viso soddisfatto. *Lo sente persino dire: "Così avrai la situazione dell'indagine sott'occhio, con un solo sguardo".* Sente se stesso rispondere che è roba da Accademia, da pivellini. *"Quanti casi ha risolto senza disegnare il Perimetro, Serra?"* La risposta la sussurra: «Nessuno, ci obbliga a disegnarlo sempre!».

Roberto compila e sorride rivivendo quella scena già vissuta, in quel piccolo comando a Nord di Roma dove si era insediato il Nucleo. Scrive qualcosa in ogni cerchio. In quello al vertice superiore: VITTIME; scende verso sinistra: LUOGO DEL DELITTO; sulla base: MOMENTO DEL DELITTO, e AZIONE; in quello a destra: MOVENTE. Poi estrae il fascicolo blu.

Fissa il disegno. Riflette sulle implicazioni. *Se disegni il Perimetro, ammetti che esiste un caso. Che quelle ragazze sono vittime.* Sospira. *Vittime di cosa?* Non ha risposte, ma le sue mani proseguono a scrivere mentre lui, di tanto in tanto, lancia uno sguardo ai fogli che gli ha passato Francesca.

Nel cerchio VITTIME scrive i nomi di Jasmine, turista smemorata, Suellen Ceolin, ragazza cinese (Arianna), Elèna Žvereva. Poi, scendendo verso sinistra, dentro LUOGO DEL DELITTO, Elèna Žvereva: tragitto lavoro-casa. Per le altre solo punti di domanda. Scende sulla base. MOMENTO DEL DELITTO. È costretto a basarsi su date approssimative, tranne per Elèna Žvereva: 18 gennaio 2000 (serata); poi, a ritroso, gennaio 1999: Suellen; dicembre 1998 (feste di Natale): Arianna. Il primo articolo che riguarda la turista smemorata risale all'agosto del 1997, l'ultimo a fine novembre e dice: "la misteriosa donna che dormiva da alcuni mesi all'addiaccio nel centro di Treviso rifiutando l'ospitalità di chiunque, è sparita all'improvviso, così come era arrivata alcuni mesi fa". Non può annotare altro che novembre 1997. Aggiunge ottobre 1996 (Fiere di San Luca): Jasmine. Ed è tutto. AZIONE e MOVENTE restano vuoti.

Arriva prepotente il pensiero di Alice, il bisogno di parlarle, di vederla sorridere, di chiedere la sua opinione come aveva fatto nei casi più difficili della sua vita. A Roma, e a Case Rosse.

Il cellulare occhieggia sulla scrivania, quasi a sfidarlo. Lo prende in mano. Compone il numero senza respirare.

E butta giù prima del primo squillo.

Un respiro profondo. Poi un altro. Getta il cellulare sul letto. Si alza, si porta le mani alla testa. Cammina avanti e indietro per la stanza. *E poi? Poi cosa le racconti? Ti ha detto che non sa se vuole Roberto. Doveva essere ancora più chiara?*

Solo che fa male pensare a quanto ha rinunciato, a quanto di sé ha cancellato in nome di una storia che gli è collassata addosso. E a quanto ha bisogno di lei, nonostante tutto.

Una pastiglia sotto la lingua per darsi pace. Per non finire sul Terzo lago, lui e la Danza. Un'altra per riuscire a riposare senza sentire lo sguardo di Alice su di sé per tutta la notte.

Conta quante gliene restano. Dodici, non una di più, non una di meno.

E dopo?

«Novantanove... cento...»

Elèna si è legata al letto, com'è suo dovere. Passano tra i duecentoventisei e i duecentottanta secondi tra l'annuncio e lo scatto della serratura. Ha preso a contarli. Un turbine di emozioni, tutte forti, tutte difficili da controllare. Attesa per quella breve, unica interazione con un essere umano. Odio per se stessa perché si rende sempre più conto di quanto ha bisogno di lui. Indifferenza. Non sa che è cambiata stagione, dal momento del suo rapimento. Nel suo mondo non ci sono stagioni. Non ci sono settimane. Ci sono soltanto giorni tutti uguali, che durano da quando la luce si accende a quando si spegne.

«Duecento... duecentouno...» Si infila il cappuccio. L'azzurrino delle piastrelle viene sostituito dal nero. L'odore del disinfettante le invade le narici. «Duecentotrentasette... trentotto... trentanove...»

La serratura scatta. Smette di contare. I soliti rumori. Saprebbe riconoscere quei passi in mezzo a una folla. Avverte una presenza, vicina. Come se l'uomo emanasse un'onda di calore. Buono o cattivo, non importa più. È calore. Sente i guanti sulla pelle mentre le blocca il polso. Sente il peso dello sguardo sul suo corpo. Il bisbigliare si fa più veloce. Poi si interrompe di colpo. Silenzio che dura secondi, minuti. Anni.

L'uomo parla. Parla con lei. È la prima volta che non sente la sua voce attraverso l'altoparlante. È bassa, profonda. L'uomo scandisce le parole, come se avesse paura di dimenticare qualcosa.

«Sei pronta.»

«Pronta?» Gelo e lava rovente nel sangue di Elèna. Sente una pressione sulla guancia, attraverso la stoffa pesante del cappuccio. Una mano. La stessa che quella sera le ha chiuso la bocca. Prova a ritrarsi, a spostare il viso. Lui continua. L'accarezza due, tre volte.

Elèna sente le lacrime scendere. La solitudine la prende. La attanaglia. Francesca, dove sei? Grida con la mente. Perché mi hai lasciata sola?

L'uomo chiude le cinture lunghe, sul ventre. Riprende a bisbigliare.

«Sei stata chiamata a un compito più importante della tua vita. Spero tu sia degna.»

Elèna non capisce il senso della frase. «Anche io lo spero» risponde, come se qualcuno spingesse le parole fuori dalla sua bocca. Le lacrime, come d'incanto, smettono di scendere.

L'uomo le solleva la felpa, le scopre la pancia. «Oggi ti farò più male.»

9

Passano i giorni. Ogni mattina, Roberto controlla i quotidiani veloce. L'ultimo giorno di marzo, "la Tribuna di Treviso" riporta nelle pagine di cronaca:

MISTERIOSE RICERCHE NEL TERZO LAGO
A Revine emergono antichi reperti

Una foto presa dalla strada. Si vede un dispiegamento di mezzi, e solo un lembo di lago, verso la riva opposta. Nel bianco e nero dello scatto, l'acqua è nera. Alcuni furgoni neri, altri bianchi. Auto nere. Uomini in tuta bianca. *La messinscena confezionata da qualche espertone di pubbliche relazioni.*

In ogni questura e in ogni commissariato c'è qualcuno che parla coi giornalisti, prima o poi. E in ogni redazione c'è qualcuno che ascolta.

Ma Roberto è pronto a scommettere che l'anello debole è l'uomo che ha ripescato il primo corpicino. Lo ha visto passare nei corridoi per le deposizioni. Pallido come un cencio, eppure negli occhi c'era eccitazione. *Ha una storia da raccontare all'osteria. Non riuscirà a trattenersi a lungo. O forse ci penserà il questore stesso, adora i riflettori.*

La testa di Roberto resta immersa nei fogli del fascicolo blu. Sta assorbendo ogni parola, alla ricerca di qualche spiraglio. È impaziente, si alza spesso, fa un caffè dietro l'altro. La giornata è silenziosa e statica. Le pastiglie sono dieci, ora.

Lorenzon entra quando il pomeriggio ha già virato allo scuro. Indossa la divisa, per quanto sgualcita, e tiene in mano qualche foglio.

«Mi gò guardà nee carte...»

«In italiano?»

«Noatri de la rassa Piave parlemo cossì. Sinistra Piave, per la precisiòn.»

«Ma noi della razza Tevere non ti capiamo. E la Piave non è una razza di cavalli?»

«Anche» risponde risentito. «Ma è molto di più. Dicevo che ho controllato le carte nei nostri archivi. Con discrezione, anche troppo.» Si ravviva il ciuffo biondo. «In tre casi qualcuno ha sporto denuncia. Una è la matta che è venuta qui, per quell'Èlena» accento sulla prima "e", «gli altri...» Porge i fogli a Roberto. Un ragazzo italiano denuncia la scomparsa di Arianna. Si chiama Maicol Destefani, stando al verbale. *Lo stesso del forum.* A penna, un agente ha annotato: "Vero nome della presunta scomparsa: Xu Shengyi". Antonino Ceolin denuncia la scomparsa della figlia Suellen. *Purtroppo per la ragazza, questo nome è scritto bene.* Francesca Campo denuncia la scomparsa della fidanzata, Elèna Žvereva.

«E le altre?»

«Straniere, sior comisario» dice Lorenzon come se questo spiegasse tutto.

«Quindi?»

«Sa come fanno quelli.»

«In verità no. Ed è strano dato il lavoro che faccio. Come fanno *quelli*?»

Lorenzon non si accorge di camminare sulle uova, e prosegue spedito. «Ci sono delle razze che non denunciano gnianca i morti. Li seppelliscono e danno i documenti a qualcun altro. I neri e i gialli sono tutti uguali, chi se ne accorge?»

«Sembri bene informato.»

«Stasera a Mareno di Piave, il mio paese, c'è una riunione di Veneto Nasiòn. Se vuole venire...»

«Veneto cosa?»

«Nasiòn, nazione, come diciamo noi. È un movimento formato da gente del posto. Ci preoccupiamo della nostra terra, non vogliamo essere invasi! E facciamo delle ronde, la sera, nelle nostre piazze e nelle nostre strade. Se vuole, posso farla invitare anche se è foresto. Metto una buona parola...»

Non lo sa che è un reato? E che gli varrebbe l'espulsione dalla polizia? Lo sguardo dell'agente dice di no.

Roberto solleva il braccio sinistro e fa ondeggiare la mano in direzione della porta.

Lorenzon capisce che non è il caso di insistere. «Semo a posto, sior comisario? Per le nostre cose, intendo» chiede.

«Dubiti di me?»

Gli occhi dicono una cosa, la voce un'altra. «No me sognaria mai.»

Sulla corriera del ritorno, Roberto si fa cullare dal buio e dalle curve.

Mentre scende, sente le pillole ticchettare nella boccetta. Ne prende una. Ne restano nove.

10

Quella notte c'è troppo silenzio.

Roberto spalanca le finestre della camera, resta con gli occhi sul declivio dei vigneti. Si vedono le luci della pianura, ma sono lontane. La temperatura è piacevole. Resta lì e guarda il suo rifugio, quelle quattro case di pietra vecchia che circondano il monastero. Altre luci, più piccole, dietro il campanile della chiesa più recente e già abbandonata. Il cimitero con le sue poche tombe. Attorno vigne, vigne scure, vigne immobili.

Susana esce dal ristorante, indossa una giacca leggera, cammina spedita verso la sua Mini. Si sente chiamare per nome. Si gira.

«Ho visto che c'è ancora il tavolino nel chiostro» dice Roberto dalla finestra.

Lei incrocia le braccia sul petto. «Se nessuno lo usa, ingombra e basta, meglio metterlo a posto.»

«Scendo.»

Passando per la sala del ristorante, incrocia Alvise. È seduto a uno dei tavoli con un fucile smontato davanti. Lo sta lucidando con un panno e una specie di olio. Sbuffa, concentrato.

«Che fai?» chiede Roberto.

Alvise solleva la doppia canna. Guarda dentro, come un

navigatore nel cannocchiale. «La stagione è finita. Lo metto a posto fino a settembre.»

Roberto sorride. Certi giorni, in autunno e inverno, Alvise si alza a ore impossibili, vestito in mimetica. Torna nel primo pomeriggio, stanco e affannato. Roberto non ha mai visto nulla nel carniere. La cacciagione che talvolta servono ai clienti la acquista da macellai di fiducia.

«Vai da Susana?» chiede Alvise, burbero.

Roberto annuisce.

«Stai lì» gli ordina l'altro e scende in quella che è una cantina già da un millennio. Torna dopo poco con una bottiglia impolverata, sdraiata in un cestino.

La stappa con gesti misurati. Annusa il tappo. Annuisce. Solleva l'intero cestino e fa scendere un po' di vino. Lo porta al naso. L'espressione diventa di estasi pura. Rotea il bicchiere e annusa di nuovo. Annuisce più convinto.

Prende due grandi bicchieri da dietro il bancone. E porge tutto a Roberto. «Non è ancora troppo caldo per un Amarone, orcocàn. Andrebbe lasciato respirare per qualche ora, ma... è eccellente già adesso.»

«Ma...»

«Niente ma, Serra. Non si va a mani vuote da una signora. Prendilo e taci. Quando sarai pronto, ti farò assaggiare un Borgogna. Napoleone ha venduto la Serenissima Repubblica di Venezia, ma i mangiarane sanno come si fa il vino, orcocàn. Ah, non provare a estrarlo dal cestino, versalo così», gli mostra come si fa. «Questo ragazzo ha l'età di Susana. Va trattato con i guanti. Come lei.»

Roberto resta colpito da quelle parole. C'è un'ombra nello sguardo di Alvise. Delusione, forse. O gelosia.

«Perché non vieni anche tu?»

«Ch'io fossi ancora desiderato, sarebbe cosa alquanto strana e più che altro non sperata... conosci anche questa?»

«*Il gorilla*. Anche se la vecchietta parlava al femminile.»

«Orcocàn, le sai tutte. No, Serra. Un uomo con due dame fa la figura del salame, e credo che anche una dama con due uomini. Bevetene uno alla mia salute.»

Roberto non sa che dire, Alvise ha ripreso ad annusare il

bicchiere. Una narice poi l'altra. Inizia a cantare. «Signora libertà, signorina fantasia, così preziosa come il vino, così gratis come la tristezza...»

«*Ricordi*» dice Roberto, d'istinto.

«Ecco, quelli meglio evitarli.» Alvise alza il bicchiere come per un brindisi.

11

Susana è già seduta. Le mezze botti sono scoperte, l'odore delle erbe aromatiche è sottile e pungente. Roberto appoggia la bottiglia al centro del tavolo, stando attento a non scuoterla. Versa con riverenza. Beve. Ogni millimetro della sua bocca viene invaso da sensazioni che arrivano fino al cervello e, per via retronasale, gli portano profumi intensi, speziati, balsamici, complessi.

«Alvise, eh?» chiede lei.

Roberto annuisce e prende un altro sorso. Susana guarda l'etichetta. Sorride.

«Sedici gradi. Io sono in macchina...», fissa Roberto dritto negli occhi. «Se non riesco a guidare, posso dormire da te?»

La bocca di Roberto diventa secca. Il nettare gli va di traverso. Tossisce. Poi non ha scuse, deve rispondere. Apre la bocca.

Lo salva un fulmine. Un fulmine nero con un destriero rosso e bianco. Un destriero a due ruote. Francesca in bicicletta irrompe nel chiostro. Inchioda all'ultimo momento. La ruota anteriore è a un centimetro dal piede di Roberto, non di più. Dalla ghiaia si solleva polvere.

Francesca scende con cautela. Cautela non per sé, ma per la bicicletta. L'appoggia al muro coperto di edera, verifica che stia in piedi. Poi punta il dito in faccia a Roberto. Indossa guanti da ciclista con le dita tagliate. «Ma bravo, Serra, bravo! Sparire ti piace proprio, eh?» Guarda Susana. Torna a puntare gli occhi su Roberto. «Allora?»

Roberto fatica a chiudere la bocca. «Allora cosa?»

«Che progressi hai fatto?»

«Ho appena iniziato. Ho trovato tre denunce di scomparsa. Cioè... due. L'altra è la tua.»

«Spiegami»

«È presto.»

Francesca abbassa lo sguardo. Fissa la ghiaia. Resta ferma lì. Inizia a tormentarsi le dita con i denti. Dita già scarnificate, sanguinanti. Si fa fatica a capire quel che dice. «Davvero non hai scoperto niente? Niente di niente?»

Susana si alza e va verso di lei. Fa per metterle una mano sulla spalla, ma lei si ritrae.

«Siediti» dice la sudamericana con tono dolce. «Io vado a prendere un'altra sedia per me. Ora Roberto ci spiega tutto.»

Gli occhi color acqua di Francesca si piantano in quelli di Roberto.

«Non ho molto da dire» tenta di svicolare lui.

Susana lo fulmina. «Oh, io credo di sì invece.»

Non voglio raccontarle dei corpi nel lago, non voglio che Francesca pensi che ci sia anche Ele. Sarebbe una tortura inutile. Resta in silenzio. Nello sguardo di Susana legge una richiesta. Una richiesta accorata. Si accorge di stare trattenendo il fiato solo quando espelle l'aria di colpo, con rabbia. Allarga le braccia.

«Vai a prendere la sedia» si arrende. Il sorriso di Susana lo ripaga ampiamente. La ragazza corre nel ristorante, torna, si siede accanto a Francesca.

Roberto si alza. Cammina facendo scricchiolare la ghiaia mentre racconta delle denunce trovate da Lorenzon, della sua intenzione di andare a trovare Maicol Destefani l'indomani per sapere qualcosa di più della ragazza cinese. E poi andare a incontrare i genitori di Suellen Ceolin. «Se mi resterà tempo» specifica.

«Ci vado io!» decreta Francesca.

Il tono di Roberto si fa duro. «Non ci pensare neanche. Non è un gioco.»

«Ah, non è un gioco adesso? Però lo era quando mi hai mandato via!» Solleva un dito dall'unghia rovinata, poi un altro. «Due volte!» Ansima. «Ci vado io, ti ripeto. Prima ti togli 'sti pensieri, prima inizi a indagare su Ele.»

«È la stessa indagine.» Roberto ripensa all'immagine sulla "Tribuna". Ai mezzi e agli uomini attorno al lago. A quello che stavano cercando. E trovando. «I rapimenti» si affretta ad aggiungere. «Chi ha rapito Elèna forse è la stessa persona che ha rapito le altre ragazze.»

Francesca abbassa gli occhi sulla ghiaia. «Credo anche io», poi fissa Roberto. «Io vado dai Ceolin.»

«E io vado con lei.» Susana, a sorpresa.

Francesca sbuffa. «Non ho bisogno della balia.»

Roberto ha un istante per capire dove schierarsi. «O lei viene con te o non se ne fa nulla.»

«Diremo che siamo amiche della figlia» propone Susana.

Credibilissimo. Una ragazza brasiliana dalla bellezza disarmante e una ragazzina di quaranta chili, mezza testa rosa e mezza testa rasata. Se siamo fortunati, non troveranno nessuno.

«Va bene» ribatte imbronciata Francesca. «Cosa bevete?»

Prima che uno dei due riesca a rispondere, lei estrae la bottiglia dal cestello. La porta avida alla bocca e ne beve una lunga sorsata. «Buono» dice soddisfatta. Replica il gesto.

Poi, all'improvviso, sputa quanto aveva in bocca. «C'è il fondo, che schifo!» esclama. E versa l'Amarone del 1974 sulla ghiaia del chiostro, sotto lo sguardo impotente di Susana e Roberto.

E di Alvise, che li fissa dalla porta del ristorante.

12

Senza fiato.

Francesca si butta giù per la discesa che da Zuel porta a Termine. Prosegue oltre la chiesa, oltre il ristorante, senza sollevare la testa. Mangia poco, quasi nulla. Si nutre di grappa e gelati confezionati. Mangia il fumo delle canne e la sua solitudine. I muscoli bruciano, fanno male. È quello che vuole. Una volta era il suo allenamento. Al ritorno non riuscirà ad arrampicarsi fino a casa. Una volta era una campionessa a livello giovanile, pronta al grande salto.

Di quell'epoca resta solo un lagnoso gatto bianco a pelo lungo e la mountain bike in fibra di titanio a cui ha montato i pedali normali al posto di quelli con gli agganci per le scarpette.

Dopo una curva cieca che affronta un metro oltre la mezzeria, trova il muso di un trattore che si arrampica verso qualche vigneto. Francesca scarta all'improvviso. Schiva la grande ruota per pochi centimetri, non si scompone. Nemmeno sente la sfilza d'improperi del contadino.

Appena la strada spiana, lei rilancia pedalando forsennata. L'appuntamento è davanti alla casa di Susana. Tiene la mappa di Tuttocittà inchiodata al manubrio con le dita. Abbandona la distesa bidirezionale di camion sulla Pontebbana per un percorso in mezzo alle campagne piatte, disegnate dalle mani degli agricoltori prima e da quelle degli industriali poi. Un'accozzaglia di edifici incoerenti: lunghi muri di ville palladiane e piccoli oratori agli incroci, capannoni in costruzione, capannoni in demolizione, villette che sembrano tagliate con l'accetta.

A Treviso le tocca percorrere la circonvallazione che circonda le mura scaligere, sfrecciando tra le auto. Non conosce bene la città, per fortuna Susana abita fuori dal centro. Le manca il respiro e la vista si annebbia. È debole, troppo debole per una pedalata di cinquanta chilometri. Eppure non si arrende, prosegue.

Tiene il fiume alla sua destra. Ignora i clacson, ignora i rischi, ignora il cuore che scoppia. È concentrata sulle articolazioni che deve obbligare a scorrere, sui muscoli che sembrano di pietra. «Per Ele, solo per Ele» bisbiglia sprecando fiato e mangiando vento.

L'alzaia del Sile è un'oasi di casette allineate, chiuse tra l'acqua e un viale trafficato. Una stradina che a tratti diventa sentiero ghiaioso, e che i trevigiani chiamano Restera. Sembra gravitare più verso il fiume che verso il viale, forse per la sequenza di ippocastani secolari che frusciano al vento.

Francesca trova il numero civico, riconosce la casa dalla descrizione di Susana. Tre piani, bianca, rientrata rispetto alla stradina. Un piccolo giardino davanti. Francesca quasi si schianta contro il cancello. È costretta ad aggrapparsi. Vede tutto nero, il mondo è scomparso. Tiene la testa sul ferro fresco cercando conforto. E ansima, ansima, ansima. Il cuore non riesce a calmarsi.

«Per Ele, solo per Ele» sussurra ancora. E sembra aiutarla. Si riprende abbastanza per scendere dal sellino. Susana è affacciata a una finestra dell'ultimo piano.

Il cancello si apre e Francesca accompagna a mano la bicicletta all'interno con le gambe che si piegano maligne. Nel giardino ci sono boccioli pronti ad aprirsi. Erba curata. Lo stomaco si contrae a ogni passo. I muscoli gridano. Il respiro e il cuore, però, stanno tornando alla normalità. Infila un portone verde. Di fronte, l'ascensore. «Grazie al cielo» sussurra.

In qualche modo fa entrare la bicicletta nel vano. Lei è talmente magra che quasi le si avvolge attorno. Preme il tasto due, ultimo piano.

L'ascensore si apre direttamente in un appartamento, una stanza unica, con un soppalco. La luce che entra dall'ingresso si moltiplica sul tavolo, sul lampadario, sulle porte, sui gradini e persino sul letto. Tutto bianco salvo un'enorme immagine che corre lungo le pareti. Alta un metro, inizia accanto all'ascensore, gira ai quattro angoli e torna al punto di partenza. Una spiaggia di sabbia finissima e acque di un azzurro così intenso da sembrare irreali.

«Deve costare un casino 'sto posto» dice Francesca.

Susana sorride. Alza un sopracciglio. «Anche la tua bicicletta deve essere molto cara, se la porti in casa. Lasciala vicino all'ingresso. Vuoi qualcosa da bere? Acqua? Caffè?»

Francesca appoggia la bicicletta al muro, delicatamente, facendo attenzione a non sporcare. Poi il mondo torna sfocato. È costretta ad appoggiarsi alla parete con tutte e due le mani per non cadere. Susana la sorregge fino al divano. Francesca si accascia. Dopo qualche minuto, il mondo ritrova tratti definiti, così come il viso preoccupato di Susana. Il mare immenso le appare in tutto il suo azzurro splendore.

«Non stai bene.»

«È solo un capogiro.»

«Oi, *garota*, ti vedo. Capisco quello che stai facendo e quello che non stai facendo. Non stai mangiando, per farti del male, per punirti di qualcosa.»

«Sei una psicologa?» risponde sprezzante, con un filo di voce.

«Sono una donna come te. Ti preparo un caffè. Con tanto zucchero.»

«Io lo prendo amaro. Grappa ce n'hai?»

Susana torna indietro. Le mette le mani sulle spalle. La fissa con uno sguardo che brucia dentro.

«Non serve, *garota*. Non serve che fai questi show per me. Okay?»

«*Garota*?»

«Ragazza. Come nella canzone, *Garota de Ipanema*. Conosci?»

«Mai sentita.»

Susana la canticchia mentre armeggia con la caffettiera.

«Ti preparo un caffè vero. Non quella brodaglia che beve Serra.»

«Ti piace eh?»

«Il suo caffè? Neanche un po'.»

«Lui, Serra. Ti piace.»

Susana non risponde. «Mentre viene su il caffè, vai a farti una doccia. Non so perché sei venuta in bicicletta fin qui ma... si sente.» Fa scorrere una porta sotto il soppalco che rivela un bagno grande con una doccia protetta da un vetro.

«Be', sei stata chiara» dice Francesca. E si chiude in bagno.

13

«Quindi, commissario, le occorre la vettura di servizio.»

L'ispettore Ivone Ceccato sovrintende all'ufficio automezzi. Sembra Big Jim. Alto, scolpito nei muscoli e nella pettinatura, sguardo fisso. Cammina a passi veloci oltre una serie di Alfa aggressive, e si ferma davanti a una vecchia Fiat Tipo. «Eccola» sghignazza. «Non è un granché, ma...» Sottinteso: l'ufficio immigrazione non può pretendere di meglio.

«Basta che abbia quattro ruote, freni in regola, cinture di sicurezza e airbag.»

Ceccato batte una manata sul cofano. «Questa carretta ha duecentomila chilometri sul groppone. Airbag? Bella grazia che ha le cinture.»

Roberto suda già mentre mette in moto, e la fa spegnere tre volte prima di uscire dal parcheggio. Prende verso ovest, dove la provincia di Treviso s'incunea tra quelle di Padova e Vicenza, zona di confini labili sul terreno ma di campanili eretti nelle persone.

Consulta di continuo una mappa aperta sul sedile del passeggero. Appena stacca gli occhi dalla strada, va alla deriva oltre la mezzeria, ed è costretto a correggere la traiettoria tra le bestemmie dei conducenti di macchine e TIR che restano incolonnati senza trovare il coraggio di superare un'auto della polizia, per quanto evidentemente guidata da un ubriaco.

Dopo una quarantina di chilometri d'industrie e abitazioni (tempo di percorrenza: un'ora e dieci), sulla destra si staglia una villa il cui colonnato abbraccia un giardino simmetrico. Poi dolci rilievi e un borgo arroccato, appena distinguibile oltre le cime degli alberi.

Roberto lascia la Tipo nella piazza principale, trasformata in parcheggio. Si sgranchisce i muscoli contratti. Gambe, braccia, busto, collo. Respira a pieni polmoni l'aria fina e fresca.

È la prima volta che viene ad Asolo. Non ha idea di dove si trovi l'indirizzo indicato sulla denuncia. Getta uno sguardo a un'altra villa che si arrampica sui colli, diametralmente opposta a una chiesa che sembra cadere sulla pianura. In mezzo, case medievali, dimore rinascimentali, sfarzosi palazzi settecenteschi. Il paese è tirato a lucido, pieno di gerani bianchi e rossi ai balconi, di negozi senza prezzi in vetrina e bar coi tavolini. Possiede persino un semaforo.

Roberto ferma una ragazza dai capelli biondi. "American student" è tutto quello che capisce in un discorso molto più lungo. Gli va anche peggio con una famiglia di tedeschi, calzettoni di spugna e bermuda di jeans.

Si guarda attorno. Quasi tutte le persone hanno l'andatura svagata e le macchine fotografiche dei turisti. Ai margini della piazza nota un'edicola, gestita da una coppia di anziani. La raggiunge. Lui alto e calvo, lei minuta e con capelli più viola che azzurri.

La signora professa riservatezza. «Mi non son come la betonega, mio marito lo sa.» L'uomo tace. «Ma sa, me tengo informata» e inizia a snocciolare nomi e cognomi e biografie della famiglia Destefani sino alla quarta generazione. «Hanno un figlio solo.» Scuote la testa. «La madre vuole che studi, ma non si cava sangue dalle rape.» Per tutto il monologo, l'uomo fissa l'unica, solitaria, nube all'orizzonte.

Roberto imbocca la strada che gli viene indicata, in salita fino alle mura di un castello appartenuto a una qualche regina, come recita un cartello. Poi le case si susseguono in discesa, al ritmo di epoche e mode. In una abitò Eleonora Duse, sostiene un altro cartello. Dopo, Roberto viene travolto dallo splendore opulento dell'ennesima villa. Un'altra spunta sulla collina di fronte. Infine, sulla destra, c'è il civico che cerca. Bifore, trifore, affreschi e bassorilievi. E l'immancabile cartello turistico che fa risalire la dimora al tredicesimo secolo. Verifica l'indirizzo tre volte, campanello unico e anonimo. *Proviamo.* Suona.

«Chi è?» Voce femminile, accento straniero. La parola "polizia" provoca qualche istante di silenziosa apprensione. Una serratura scatta, poi una seconda, una terza, una quarta.

Una donna di colore più larga che alta accoglie Roberto. All'interno, un arredamento moderno e ricercato, con vasi variopinti di ogni forma a spezzare l'uniformità di muri candidi.

«Murano» dice la donna, seguendo lo sguardo. «Molto preziosi. La signora ammazza me se io rompo. Ora io telefono e dico che è qui.»

Roberto accetta un caffè lungo e amaro che beve accompagnato dal canticchiare della donna. Quando il campanello suona nervosamente, ripetutamente, il canto cessa e la governante si affretta alla porta. Una signora impellicciata le getta con malagrazia una borsa Vuitton. È talmente ingioiellata che sembra una Madonna pronta alla processione. Tende verso Roberto un naso che solo la mano di un chirurgo può plasmare così dritto e un dito pieno di anelli.

«È lei il poliziotto?»

«Commissario» precisa Roberto, come non fa mai.

La signora aggrotterebbe le sopracciglia, se la pelle tesa della fronte glielo permettesse.

«Quanto mi costerà?»

«In che senso?»

«Non è qui per qualche cazzata che ha combinato quel disgraziato di mio figlio?»

«In effetti sono qui per lui. Ha presentato una denuncia di scomparsa, tempo fa...»

Mano ingioiellata alla bocca. Il naso non è l'unico punto in cui il chirurgo ha lavorato. La signora dimostra un'età indefinibile, tra i trenta (glutei, seno, zigomi, palpebre, labbra, viso) e i sessanta (tutto il resto). «La cinese? L'avete trovata?»

«No.»

«Meno male» dice con malcelato sollievo.

Si sporge appena verso la porta che affaccia sulle altre stanze. «Portami una tazza di tè, verde non nero. Hai capito?» dice con tono più alto del necessario. Poi sussurra: «Avevo una polacca, prima. Le polacche sono più intelligenti, ma cercano di adescare gli italiani. Ci ha provato anche con mio marito, sa? Ho dovuto mandarla via. E non parliamo delle filippine. *Quelle* rubano appena ne hanno la possibilità. È successo a...». E spara un cognome che è anche un marchio di elettrodomestici. «Amici» precisa. E sospira come se portasse sulle spalle il peso del mondo. «Cosa vuole, nessuno dei nostri vuole più fare fatica.»

Roberto finge di non aver sentito, anche se il sangue gli pulsa nelle tempie. *I nostri, quelli di fuori. Storia già sentita. Stupida. E pericolosa.*

«Posso parlare con suo figlio?»

«È a scuola. Va al San Liberale, sa?»

Roberto conosce la fama dell'istituto privato. Lo frequentano i rampolli delle famiglie abbienti – non poche – della provincia di Treviso. Rispetto alla denuncia, però, c'è una discrepanza.

«Non ha ventuno anni?»

Il naso della signora sembra piegarsi un poco. I lati delle labbra non ci riescono, il viso è congelato in un perenne sorriso. Gli occhi accusano Roberto di lesa maestà.

«Lo studio non è il suo forte. Se si tratta di bere spritz e distruggere Porsche, è il primo della classe.» Sorseggia rumorosamente dalla tazza. Il mignolo alzato, a ostentare un brillante da qualche carato. «Imparerà a rigare dritto quando entrerà in azienda.» Il petto artificiale sembra salirle in gola. «Mio marito è vicepresidente della camera di commercio.»

Le tempie di Roberto pulsano. Non è il suo ambiente. Vorrebbe una pastiglia. Indica la porta. «Aspetterò suo figlio fuori.» Non riesce a trattenere una battuta. «Spero che non arrivi in Porsche.»

«Oh no» risponde seria la signora, «gli abbiamo preso la BMW X5. È più solida, sa?»

Roberto resta con la bocca mezza aperta. «Esco» dice solo.

«Non preferisce aspettare all'interno?» Il tono è falso come una banconota da tremila lire.

«C'è odore di chiuso.»

La signora fa sbattere la tazza sul piattino. Rovescia un po' di tè. «Cosa le dicevo? Quella gente non ha voglia di fare niente.»

La governante accorre con una salvietta.

14

La Restera è piena campagna, eppure il centro di Treviso è a meno di un chilometro.

Il fiume scorre placido solcato da papere e cigni che ogni tanto fanno la verticale e s'immergono, e poi riemergono, molestati dallo starnazzare delle gallinelle d'acqua. Fissando le canne oltre una semplice barriera di legno, due pescatori insidiano i grandi pesci visibili sotto la superficie. Sullo sterrato passeggia qualche anziano, mamme col passeggino, alcuni podisti fuori orario.

Solo l'ultimo tratto, subito prima di un barcone trasformato in ristorante e ormeggiato accanto alla chiusa di una centrale elettrica, riporta un paesaggio urbano: il muro di una fabbrica abbandonata coperto di graffiti, il cavalcavia della ferrovia, i condomini.

«Come fai a permetterti un appartamento del genere? Non dirmi con lo stipendio da cameriera, perché non ci credo» chiede Francesca, sedendosi sul sedile del passeggero della Mini. La doccia le ha tolto il sudore e la stanchezza. Gli occhi, non circondati dal nero del trucco, sono di acqua trasparente.

Susana mette in moto. «*Garota*, se ti chiedo perché ti stai riducendo da schifo, perché ti fai tanto male, tu cosa mi rispondi?»

«Che sono cazzi miei.»

Susana annuisce, fissando la strada. «Perfetto. Io e te non parliamo del nostro passato. Solo presente e futuro.»

Francesca fissa il mondo scorrere fuori dal finestrino. «Il futuro non esiste. Parliamo del presente.»

15

Una BMW X5 grigia sbuca dal nulla. Sfiora gli alberi che costeggiano la strada. Ne urta uno, rumorosamente, e si tramuta in un pachiderma con un orecchio ferito.

Un ragazzo scende e tenta di rimettere a posto lo specchietto penzolante. Una, due, tre volte. Poi, bestemmiando in dialetto l'intero repertorio – càn, vàca, porsélo –, lo divelle e lo getta in mezzo alla strada.

«Toglilo di lì, i vetri potrebbero tagliare le gomme delle macchine.»

«E a mi che casso...» abbozza il ragazzo. Poi vede l'uniforme e si zittisce. È magro, alto, bello. I capelli lunghi formano boccoli leggeri a coprire il viso ancora imberbe. Lo sguardo altezzoso è lo stesso della madre. Indossa jeans strappati e una felpa con cerniera a scacchi rossi e neri.

«Destefani Maicol, con la "a" e la "i"» si presenta.

Forse è la signora che non sa come si scrive.

«Ci prendiamo un caffè?»

Lo sguardo del ragazzo si fa sospettoso. Scende sulla divisa. «Perché?»

«Prima di tutto perché se un poliziotto ti chiede di fare una cosa, tu la fai.» Roberto si sposta al centro della strada, raccoglie lo specchietto e lo getta davanti alle ruote del SUV. «E poi perché guadagni tempo prima di dire a tua madre che hai fatto un danno alla macchina.»

Maicol si gratta la nuca. «Okay, cioè, però paghi tu, i miei non sganciano.»

Roberto guarda la grossa BMW. *La lira deve avere un corso diverso in casa Destefani.*

Ad Asolo bisognerebbe passeggiare lentamente, col naso in aria. Roberto invece procede rapido, gli occhi a terra. Non scambia una parola con Maicol con la "a" e la "i" finché non entrano in un "EnoDrinkDiscoBar". Si siedono a un tavolo finto rustico giusto accanto alla vetrata che affaccia sul portico. Il ragazzo ordina uno spritz al Campari, Roberto un caffè americano.

Il barista storce il naso. «Posso farti un espresso molto lungo.»

«Cioè, come fai a bere quella brodaglia?» chiede il ragazzo quando arrivano le consumazioni.

Roberto lo fissa. «Sai quante schifezze ci sono nella brodaglia che bevi tu?»

Il ragazzo si stringe nelle spalle. Fissa il liquido color varicella nel suo bicchiere. Poi estrae il cellulare più piccolo che Roberto abbia mai visto e si mette a premere tasti a velocità impressionante. Senza alzare gli occhi dallo schermo, chiede: «Allora, cosa vuoi sapere?».

Vorrei sapere perché non si usano più i ceffoni per educare i ragazzi.

«Sei stato tu a denunciare la scomparsa di una ragazza che si chiama Xu Shengyi.» Non è una domanda.

Lui scuote il ciuffo. Occhi sullo schermo. «Mai coerta.»

«In italiano?»

«Mai sentita.»

Roberto si chiede se non abbia capito o se stia facendo il furbo. «Una ragazza cinese, si faceva chiamare Arianna. La conoscevi.» Di nuovo, non è una domanda.

«Aaah, Arianna. Roba vecchia, cioè.» Maicol alza gli occhi dal cellulare, e li punta verso Roberto. «Con gli amici si andava spesso al ristorante cinese in centro, quello del casino delle lanterne rosse. Oh, era davvero un pezzo di figa. Ho dovuto provarci.» Sghignazza. «Cioè, ho una reputazione, io.» Butta giù in un sorso il contenuto del suo bicchiere. «Poi è successa una roba strana. Mi sono affezionato, tipo.» Sbocconcella la fetta d'arancio. Poi l'oliva. Ordina un altro spritz. Riprende, sporgendosi complice sul tavolino. «Come s'incazzava mia madre che uscivo con lei! Mio padre pure... cioè, quando non era in azienda. Tipo quasi mai.»

Roberto non può fare a meno di ripensare a Francesca. *Suppergiù hanno la stessa età. Ma lei ha negli occhi un ardore che questo bamboccio non avrà mai.* «Tuo padre perde tempo, tanto l'azienda la distruggerai. Lui ci ha sputato sangue, ma tu credi di essere migliore degli altri perché sei nato nella bambagia. È culo, sai? Solo culo, e tu non te lo meriti.»

Maicol resta con il bicchiere a mezz'aria. Le labbra tremano alla ricerca di parole che non trova. «Io... io dovrei andare...» balbetta. Fa per alzarsi.

«Non vai da nessuna parte finché non lo dico io.»

Il ragazzo si risiede. Roberto finisce il caffè. *Fa schifo.* «Se non ti fregava niente di Arianna, perché hai denunciato la sua scomparsa?»

«Non era possibile» sussurra Maicol.

«Cosa?»

«Non era possibile che mi lasciasse. Non esiste. Cioè, te l'ho detto, ho una reputazione.»

Roberto si alza ribaltando la sedia. Getta qualche banconota stropicciata sul tavolino ed esce dalla finta osteria a testa bassa. Le persone che lo incrociano sotto il portico lo schivano a fatica. Lui non le vede. Non vede nemmeno Asolo che tenta di mettersi in mostra.

Si siede in macchina. Umore nero e una domanda nella testa. *Arianna non aveva una famiglia?* Avrebbe dovuto chiederlo a Maicol, ma la rabbia ha preso il sopravvento. *Devo capire perché quell'adolescente decerebrato è stato l'unico a denunciare la scomparsa della ragazza.*

Lenti chilometri per pensare. A ogni curva, sul sedile del passeggero ballonzola, quasi vuoto, il flacone delle pastiglie.

16

«I Ceolin sono una famiglia normale con una vita normale e lavori normali. Quindi a quest'ora sono fuori.» Francesca appoggia di nuovo il dito sul campanello, tra le decine del condominio giallo rancido vista stadio del rugby.
Ce lo tiene per venti secondi buoni.

Susana le sposta delicatamente la mano. Si siede sul gradino davanti all'ingresso, appoggia i gomiti sulle ginocchia
e il viso tra le mani. Si domanda quanto possa essere normale la vita di una famiglia a cui è scomparsa una figlia.

«Cosa fai?»

«Aspettiamo che rientrino. O preferisci vedere come ci
guarderà Serra quando glielo racconteremo?» Lo imita mentre si accarezza la barba: «Avete voluto fare di testa vostra,
se mi aveste ascoltato...».

Francesca le siede accanto. «Parli sempre di lui.»

«Argomento vietato, garota.»

«Roba seria» sghignazza. Estrae dalle tasche del chiodo
una cartina e un sacchettino. All'interno, non c'è solo tabacco.

«Ti fai una canna? Qui?»

Francesca termina l'operazione. Con lo spinello acceso
indica la sequenza di palazzacci tutti più o meno uguali.
Sembra un pianeta fatto di una materia diversa rispetto
all'ovatta del centro. Il quarto viso di Treviso, quello che
nessuno racconta. «Al massimo ci chiedono di dividere.»

«Fammi fare un tiro.»

Francesca si mette a ridere. «Se lo sapesse Serra...»

«Vaffanculo.»

Dopo, è più facile aspettare. Così facile che, quando un'anziana con un vestito a fiorelloni esce dalla porta con le borse della spazzatura, nessuna delle due saprebbe dire quanto tempo sia passato. Si alzano per lasciarla passare, si scambiano uno sguardo d'intesa e le si infilano dietro.

È Susana a parlare. «Signora, scusi...»

L'anziana non risponde. Francesca allora la supera, la precede al bidone, glielo tiene aperto. La fissa, sfidandola. Lei si blocca. Un tic nervoso le fa sbattere compulsivamente la palpebra sinistra.

«Cossa vo-tu? Mi metto a urlare eh?»

Francesca fa per prenderle le borse e gettarle. Lei le difende come se contenessero lingotti d'oro non bucce di patata e flaconi di detersivo vuoti. «Ciamo la polissia eh! Sta' atento!» La pronuncia è blesa, la dentiera si muove, sembra sul punto di staccarsi.

«Attenta. Sta' attenta. Sono una ragazza.»

L'anziana resta stupita dalla voce da bambina. Guarda Francesca, poi Susana, poi di nuovo Francesca. «Sarete mica delle drogate.»

«Abbiamo solo bisogno di chiederle un paio di cose» dice Susana.

L'accento morbido non convince l'anziana. L'occhio sinistro balla all'impazzata. «Te no si de noatri. Si-tu albanese? Rumena?»

Susana le regala il sorriso più disarmante del suo repertorio. «Vengo da più lontano.» L'anziana si lascia sfilare le borse. «Vetro con vetro, carta con carta, umido con umido, mi raccomando» dice. «Cossa volete chiedermi? Non compro niente, mi.»

Francesca è meno paziente, ma l'accento rassicura l'anziana. «Sa a che ora rientrano i Ceolin?»

«Perché vi interessa?»

Francesca e Susana si fissano. Non hanno preparato una scusa. «È una cosa molto importante» si sforza Susana, prevenendo Francesca che avrebbe usato argomenti più diretti. Forse troppo.

«Mi ve lo dico, ma voi non ditelo ai Ceolin, eh?»

Il ciuffo rosa e i capelli nerissimi si alzano e si abbassano all'unisono.

«Lui si spezza la schiena in fabbrica e lei va a stirare da non so quali signori. È siciliana, ma di quelle brave.»

«E la figlia?»

«Eh, la figlia ghe dà qualche problema. È scappata di casa all'inissio de l'anno scorso. L'ha scritto anche il "Gazzettino", sa? Io non me fido dea "Tribuna" ma il "Gazzettino" è serio.»

«Li leggo anche io i giornali» si intromette Francesca infastidita dalla leggerezza con cui l'anziana parla della sparizione. «Il "Gazzettino" diceva che era scappata col moroso.»

L'anziana fa un chiaro gesto di diniego con l'indice teso, lo accompagna con un insistente schioccare della lingua. «Mi li ho visti partire in moto! Era un uomo fatto e finito quello che è venuto qui.» Si avvicina e abbassa il tono. «Suellen era minorenne.»

«Si ricorda il giorno preciso della scomparsa?»

«Sicuro. Mi me ricordo tutto. Quello in moto è venuto l'undici gennaio del '99, al mattino.»

«Che moto era?»

«Ossignore, quante domande. Sarete mia della polissia», dimenticando come, poco prima, volesse chiamarla.

Susana assume un'aria di mistero. «Chissà» dice. Sembra di vedere gli ingranaggi del cervello della donna macinare ipotesi al ritmo dell'occhio fino a raggiungere un onorevole compromesso tra diffidenza e curiosità. «Una moto grossa, scura, con il manubrio così.» Alza le braccia tese all'altezza delle spalle. Emette una ridicola pernacchia con la bocca. «È tornata una settimana dopo.»

Francesca si ferma, resta immobile a fissare l'anziana. La bocca trema.

«Tornata? Cosa cazzo vuol dire tornata?»

«Eh, tornata, tornata. Avrà fatto i suoi comodi poi è tornata da mamma. Bel modo di comportarsi, ciò. Chissà cossa gh'avran combinà in tutto quel tempo? Mi non ho più visto quell'uomo con la barba.» I fiorelloni gialli e rossi ondeggiano sull'asfalto del parcheggio mentre la signora abbraccia con lo sguardo l'infilata di palazzacci identici. «Qua ormai son tutti extracomunitari. Una volta se poteva star tranquilli, ma oggi...»

Accanto a quelli della raccolta differenziata c'è un cassonetto giallo con scritto a caratteri sbiaditi CARITAS DIOCESANA – RACCOLTA ABITI. L'anziana fruga nella tasca ed estrae una chiave. La infila nella serratura e apre. Ci sono pochi vestiti, dentro. Un paio scarpe. Dalla tasca spunta anche un minuscolo pacchettino bianco che, manovra dopo manovra, si rivela essere una grande borsa di plastica. Si gira verso Susana. «Me la tieni?» domanda una dentiera ballonzolante. Continua a parlare mentre quasi si sdraia dentro al cassonetto per prelevare pantaloni e camicie.

«Mi me ciamo Elide Spigariol. Da quando sono in pensione vado tutti i giorni alla Caritas. C'è gente che g'ha tanto bisogno. Treviso è la provincia italiana con più immigrasiòn. Arrivano con i barconi... tutti qui. Cercano lavoro. Non hanno niente. Bisogna aiutarli.»

Susana è incredula. Sembra quasi che un'altra personalità si sia impossessata del corpo dell'anziana. Più la osserva e più le sembra di averla già vista da qualche parte.

«La gente se diverte a dir che noi semo rassisti» prosegue. «Ma si ti te passa un giorno alla nostra mensa capisse che non è così. Son quasi tutti extracomunitari. Non chiediamo documenti o altro. Noi diamo solo da mangiare, come ci ha insegnato il buon Gesù.»

«È vero» dice Susana. Realizza dove ha già incontrato Elide Spigariol. Un ricordo che vorrebbe seppellire, eppure non riesce a impedirsi di dire: «Io lo so. Ci sono stata».

L'anziana le si avvicina. La scruta da capo a piedi. «Ti riconosco. Però eri meno vestita. Non siete della polissia, allora.»

Susana scuote la testa.

Elide getta le scarpe da tennis nel sacchetto. «Però devono rigare dritto» chiarisce, con un tono che torna aspro. «Se no, fuori, via, a casa loro!» Il gesto della mano non potrebbe essere più eloquente. «Mi date uno strappo fino alle mura? La Caritas è lì. Così evito de prendere l'autobus con el saco in màn.»

«Che scuola frequenta la figlia dei Ceolin?» chiede Susana.

«Vol far la pittrice, quea! Va all'artistico, vicino santa Caterina.»

In pieno centro. Non lontano dalla Caritas. «L'accompagniamo volentieri» risponde.

La testa di Francesca resta altrove. Sembra assente, persa in un suo mondo. Niente di quello che ascolta le interessa più. Se Suellen Ceolin è tornata a casa, non c'entra. «E se non fosse l'unico errore che ho fatto?» si chiede sottovoce.

17

«Non vuol dire niente» tenta di convincerla Susana dopo aver lasciato Elide davanti alla Caritas. La brasiliana non ha nemmeno guardato l'edificio, non vuole ricordare nulla di quel periodo.

«Vuol dire, cazzo se vuol dire. Stiamo perdendo tempo. Non hai sentito? Suellen Ceolin è a casa sua. Non c'entra.»

«Come fai a dirlo? Magari il motociclista con la barba che ha portato via lei è lo stesso che ha portato via le altre!»

«Solo che Ele non è tornata a casa dopo una settimana. Le altre...» Francesca si rabbuia. Sembra sul punto di proseguire. Poi scuote la testa e si guarda gli anfibi.

Susana la incalza. «Suellen può essere una speranza. Se è tornata lei...»

Francesca scuote la testa. «Sai cos'è il vaso di Pandora?»

«Una leggenda, no? Dentro c'erano tutti i mali.»

«Un mito, non una leggenda. Pandora era la Eva della mitologia greca. La madre del genere umano. Gli dei le fecero sposare Epimeteo, il fratello di Prometeo che aveva rubato loro il fuoco, e le affidarono il vaso che conteneva tutti i mali del mondo. Solo che il dio Ermes le regalò anche la curiosità. Sai come andò a finire?»

«Che lei aprì il vaso...»

«E scatenò nel mondo i mali, le malattie e la morte. Ma non uscì tutto. Secondo Esiodo, dentro al vaso restò il male peggiore. Elpìs, la speranza. Perché per gli antichi greci la speranza era illusione. Illusione pura. E io la penso come loro. Sperare non serve a un cazzo. Io non spero, Susana. Non spero più in nulla. Ho solo certezze. Sono certa che Ele sia viva. E che Suellen non c'entri un cazzo.»

Nel frattempo arrivano a Santa Caterina. L'ennesimo cantiere. È una chiesa sconsacrata che diventa museo, edificio di culto che diventa edificio di cultura. Un muro protegge il giardino del Liceo Artistico, giusto di fronte. Poco dopo le tredici cominciano a uscire alcuni ragazzi e un gran numero di ragazze. Francesca si mimetizza nel mucchio disordinato ed eterogeneo. Ferma una ragazza con i capelli rasta e le chiede se conosce Suellen.

«È una mia compagna» dice, sorridendo appena per non scoprire un apparecchio ortodontico. La cerca in mezzo alla fiumana. «Eccola.» La indica.

Suellen ha capelli castani lisci. Indossa una salopette. Porta in mano una cartelletta ingombrante e sulle spalle uno zaino nero con disegnato un viso.

Appena varca il cancello, Susana e Francesca le si accostano. «Suellen?» chiede Susana.

La ragazza si ferma, stupita. Gli occhi, con un leggero strabismo, si fissano diffidenti sulla strana coppia davanti a lei. «Sì, e voi chi siete?» dice con voce squittente. «Non vi conosco.»

Susana tende la mano. Si presenta. E presenta Francesca. «Possiamo farti qualche domanda?»

La ragazza si fa sempre più diffidente. «Perché?» Con lo sguardo cerca un compagno a cui aggrapparsi. «Adesso non ho tempo, devo andare.»

«È importante» dice Susana con voce pacata. «Le cose che ci racconterai potrebbero aiutarci a... risolvere una cosa, Suellen.»

La studentessa esita qualche istante, sbuffa. Poi annuisce. «Chiamami Ellen e non con quel nome del cazzo che hanno scelto i miei genitori. Se dovessi mai capitare a Dallas, credo che ci metterei una bomba. Cosa volete chiedermi?»

«Quando sei sparita, a gennaio dell'anno scorso...»

La smorfia della ragazza è eloquente. Alza gli occhi al cielo. «Ancora quella storia?»

«Sì» ringhia Francesca. Sembra pronta ad azzannarla alla giugulare.

«Che palle! Speravo che quel casino fosse passato, invece...» Indica una direzione. «Mi fai le domande mentre andiamo verso piazza del Grano? Così riesco a prendere l'autobus.»

«Vuoi un passaggio? Abbiamo la macchina parcheggiata qui vicino.»

«La mamma mi ha insegnato a non salire in macchina con degli sconosciuti.»

«E sulle moto?» incalza Francesca, aspra.

Suellen appoggia la cartelletta. Mette le mani sui fianchi e risponde: «Guarda che non era uno sconosciuto. E non sono andata via con nessuno, sono andata via *per* qualcuno». Si sfila lo zaino. Susana immagina lo faccia per tirar fuori qualcosa. Invece lo alza e mostra il viso dipinto. Sotto, una scritta:

IN DIREZIONE OSTINATA E CONTRARIA
18 FEBBRAIO 1940 - 11 GENNAIO 1999

«Fabrizio De André. Sono scappata per andare al suo funerale. Una settimana a Genova nei suoi posti, a respirare la sua aria. Tu...», gli occhi diventano lucidi. «Tu non puoi sapere quanto mi abbia dato.»

Nella testa di Susana si fa strada un'idea. Assurda, ma tutto sembra portare lì. «Il motociclista era molto più grande di te, vero? Con la barba a punta e i capelli lunghi.»

Bocca a forma di "o". Sorpresa. «Come fai a saperlo? Ah, ho capito. Quella pettegola di Elide Spigariol. Sta sempre dietro una finestra, a sbirciare. Per fortuna che non l'ha raccontato alla polizia o ai giornali, quel poveretto sarebbe finito in un casino.»

«Come si chiama?»

«Non lo metterete in qualche guaio, vero?»

Susana scuote la testa. Ha capito benissimo qual è il nome, ma vuole sentirlo dalla ragazza.

«Alvise, Alvise Dori. È il presidente del De André Fans Club di Treviso.»

18

«Alvise?»

Il tono di Roberto è incredulo. Susana l'ha fermato sulle scale, prima che entrasse nel ristorante. Indossa gli abiti comodi che usa per cucinare. Pensava di passare una serata ai fornelli, a preparare piatti e, soprattutto, a non pensare. Invece, la sua mente ha già cominciato a cercare di ricordare. *Dov'era Alvise il giorno in cui è sparita Elèna? E le altre?*

«Suellen vive a casa con i genitori, va a scuola, fa la sua vita...» bisbiglia Susana. «Non sembra aver subito traumi. Non è stato un rapimento.» Senza nemmeno rendersene conto, getta uno sguardo dietro di sé per verificare che il cuoco sia ancora chiuso in cucina.

«Nessuna ipotesi è da scartare a priori. Teniamo le antenne alte. E...», la fissa dritta negli occhi. «Stai attenta. Non si sa mai.»

Il profumo di vaniglia resta nelle narici di Roberto anche mentre entra in cucina. Trova Alvise intento a lavorare, pesante e rosso in viso. Senza nemmeno rendersene conto, lo immagina, altrettanto affannato, alle prese con il corpo nudo di una ragazzina. Scuote la testa. *Ma figuriamoci.* Bernini spunta in mezzo ai pensieri. *Nessun dettaglio è abbastanza piccolo da essere trascurato.*

Prende un bicchiere, si perde nei profumi del Prosecco di Loris, un mondo intero di terra e sudore, di attesa e pazienza, di sapienza e passione. Gli eventi, gli elementi, i fatti, le impressioni salgono in superficie. Scoppiano, e si perdono, come le bollicine.

Non riesce a concentrarsi. C'è un pensiero che gli si è incastrato in mente. Una telefonata da fare. *Mi aiuterebbe. Lei sa vedere le cose dall'esterno, mi ha sempre fornito spunti irrazionali, intuizioni...* È una sciocchezza assoluta, ma dopo tre bicchieri di Prosecco gli sembra un'idea tutt'altro che balzana, al quarto una delle migliori che abbia mai avuto in vita sua, al quinto...

Roberto si toglie il grembiule e lo getta sul piano di lavoro. «Dove vai?»

A rispondere ad Alvise rimasto solo in cucina non c'è che il cigolio della porta a molla.

«Non dovresti mangiare tanto.»

Alice lascia cadere nel piatto la forchetta, spargendo chantilly e pezzetti di marron glacé sul pavimento di marmo. «Credevo che noi fossimo al ristorante. E che al ristorante si venisse per mangiare.» Reazione esagerata, si rimprovera mentalmente.

Ma Ettore Steiner non sembra aversene a male. Anzi, esibisce il suo sorriso migliore che spicca candido nell'abbronzatura artificiale. Con entrambe le mani, indica il piatto che ha davanti.

Alice scuote la testa. «Ananas? E prima sogliola al vapore e verdure? Santapolenta, quello non è mangiare!»

L'uomo sfoggia la sua voce suadente, quella con cui incanta giudici e fanciulle. «Sei così bella che puoi mangiare quello che vuoi.» Allunga la mano sulla tovaglia ricamata e prende quella di Alice. Il sorriso si allarga ancora di più. «Ma che gelida manina, se la lasci riscaldar...» sussurra.

Le guance di Alice avvampano. È vero, sente freddo. Le sembra di avere pezzi di ghiaccio al posto delle dita. Il pollice di Steiner si affanna per riscaldarla.

«Ti piacerebbe venire a vederla con me?»

Alice sgrana occhi color ambra, felini. Sfila la mano con un gesto troppo brusco. Si impone la calma. In fondo, è solo una cena. In fondo, non sta facendo nulla di male.

«A vedere... cosa?»

«La *Bohème*. Adoro Puccini. Ho due biglietti per La Fenice, mi farebbe piacere mi accompagnassi.»

Venezia. Il Veneto. Treviso. Termine. Le colline del Prosecco. Alice svuota in un sorso il bicchiere. Un vino rosso cileno scelto da Steiner, corposo e dai sentori vanigliati così marcati che ad Alice sembra di bere direttamente dalla barrique. Si alza di scatto. Il rumore della sedia che graffia il pavimento straccia la cartolina patinata in cui è congelata la sala. «Vado un attimo a... insomma vado a...»

«A incipriarti il naso?» suggerisce Steiner, sottovoce, con gli occhi che si muovono rapidi per verificare che gli altri clienti non li stiano guardando.

«Esatto.» Le mani volano nell'aria con un'enfasi esagerata. Alice maledice la propria agitazione. Non capisce cosa le stia succedendo. Tutto le sembra amplificato. Ogni rumore, ogni odore, tutto più chiaro, più netto. È confusa.

Tacchi alti ticchettano, gambe sinuose spuntano dalla gonna insolitamente corta e attirano lo sguardo del cameriere in livrea. E quello, soddisfatto, di Ettore Steiner.

Un cellulare si mette a suonare nella borsetta di Alice lasciata sul tavolo. Un secondo di esitazione, poi l'uomo si mette a frugare. Trova il telefono, con un sorriso rassicura gli altri clienti che ora, non ci sono dubbi, lo stanno guardando.

Legge il nome del chiamante. Lo collega agli scarni racconti di Alice e alle sue numerose reticenze. A quelle frasi, "Esco da una lunga storia, non voglio parlarne", che stanno rallentando il suo percorso di conquista. Decide di rispondere.

«Alice gradirebbe che non la disturbassi più.»

Poi, con gesto plateale, spegne l'apparecchio e lo ripone. Chiama il cameriere e gli chiede di portare via il piatto con il molto che resta del dolce.

A duecentocinquanta chilometri di distanza, nel silenzio di Termine Roberto non riesce a smettere di fissare il telefono. Prova a richiamare.

«... l'utente da lei chiamato non è al momento raggiungibile. La preghiamo di riprovare più...»

Prova di nuovo.

«... messaggio gratuito, l'utente da lei...»
Ancora.
«... l'utente da lei...»
E ancora.
«... non è al momento raggiungibile...»
Alice. È. Con. Un. Altro. Uomo.

Un'ondata di rabbia lo colma. Rabbia calda, poi fredda. Rabbia e basta. Prende a camminare avanti e indietro. Come chi cerca una via d'uscita. Come chi non trova una via d'uscita.

20

La notte sospende il tempo. La luna sparge argento sui vigneti. Roberto suda la sua rabbia su stradine che gli uomini percorrono di giorno affannandosi nella potatura, alla ricerca dell'equilibrio per la pianta. Nulla di utile viene tagliato. Nulla di inutile resta.

Corre senza musica nelle orecchie, pensa a sé, in terza persona, come se si vedesse da fuori. *Prima del 14 agosto 1976: Roberto è un ragazzo introverso, impacciato, negato per le relazioni. Ha la vita di un normale adolescente ottuso, una famiglia: una madre cuoca, un padre poliziotto. Dopo il 14 agosto 1976: Roberto è orfano, invaso da una forza sconosciuta e incontrollabile; incontra medici, prende farmaci. La vita di un malato.*

In certi punti, le vigne si aggrappano a pendenze impossibili. Impossibile che siano state piantate lì, impossibile lavorarci. *Prima del Nucleo: Roberto non sa cosa vuole, nessuna vocazione, nemmeno uno scopo. È sperduto, disadattato. Dopo l'ingresso nel Nucleo: Roberto capisce che la sua missione è la ricerca della verità. La sua vocazione è far riposare in pace le vittime, fermando il loro assassino. Roberto trova un punto di riferimento in Bernini, si sente a posto.*

Roberto finge di non notare il bivio per Zuel di Qua, la salita troppo dura. E la imbocca.

Prima di Alice: un muro dentro Roberto. Un diaframma con l'esterno. Nessun legame. Lei lo cambia, lo fa aprire. Gli chiede di cambiare ancora, e ancora, e ancora. Un sospiro si mescola al respiro reso affannoso dalla corsa. *E lui lo fa.*

C'è aria di risveglio, attorno. Per lui, dopo il terzo tornante, c'è aria di sconfitta. Non aggredisce nemmeno il quarto, cammina verso la luce del borgo. *I vigneti sono certi di rinascere. È un ciclo. Nel mio Dopo, invece, sparisce tutto ciò che prima c'era. I miei genitori, il Nucleo, Bernini... il Prima non diventa Dopo in modo fluido, c'è sempre una frattura.*

L'aria è pesante e densa, sembra di poterla mangiare. Comincia a sentire il ruggito della musica.

È il momento di iniziare un nuovo Dopo. Dopo Alice.

Si ferma. La villetta di Zuel di Qua è gravata d'inquietudini e brutti ricordi. Nemmeno la finestra illuminata li dirada. Roberto non suona, non bussa, non guarda il pavimento del salotto, ignora il gatto. Sale direttamente al piano superiore.

«Regola numero dieci: ingresso nella stanza.»

Il rito è fluido, veloce. «Duecentodieci, undici...» Elèna è già fuggita nel buio sintetico dato dal cappuccio. Blocca il polso. È pronta, in anticipo. Dopo qualche secondo, sente il rumore. Eccolo.

I passi, la pelle del guanto. Sente le dita strisciare, indugiare sull'altro polso, prima che le immobilizzi anche quello. Non le fa più impressione, si sta abituando.

Stavolta però c'è qualcosa che stona. Un particolare che la mente di Elèna ha registrato. Anzi, che non ha registrato. L'uomo non fa nulla. Resta in piedi, accanto al letto. Immobile. Bisbiglia.

Il cuore della ragazza accelera. Cosa significa? si chiede. Qualcosa le tocca il collo. Di nuovo l'istinto di ritrarsi. Poi si rende conto che l'uomo non indossa i guanti. Pelle nuda sulla pelle nuda. Il primo essere umano che la tocca da... quanto?

Il corpo sfugge alla mente. Elèna sente la paura scemare. E un calore sottile che scende dal collo sino al ventre. Prova vergogna, e piacere. Asseconda il contatto.

L'uomo smette di toccarla. Non scioglie nessuna cinghia. Non le toglie il cappuccio. Elèna sente i passi allontanarsi, sente la serratura. Vorrebbe chiedere spiegazioni, vorrebbe essere toccata ancora. Vorrebbe gridare di rabbia e frustrazione.

Ma non lo fa. Non deve protestare. È la regola.

Di nuovo sola, al buio. Nel silenzio. Prigioniera.

Un sibilo. Un sibilo basso, costante.

«Il gas» bisbiglia, incredula. La crudeltà della carezza che le è stata data la sconvolge. Un'estrema unzione senza olio, la carezza che si dà a un cadavere prima della chiusura della bara.

Paura. Tenta di dimenarsi. Terrore. Non ci sono più regole. Panico. Grida parole incomprensibili, un modo come un altro per sfogare l'angoscia che non riesce a contenere dentro di sé. Un solo pensiero: scappare, liberarsi, fuggire. Vivere.

È inutile. Le cinghie le tirano la pelle dei polsi, non cedono. E lei ha sempre meno forza per strattonarle. Il gas satura l'aria. Una folgorazione. Ecco cosa mancava. L'uomo non ha appoggiato il vassoio sul comodino. Non si lascia da mangiare ai morti. I morti non mangiano.

Vede Francesca, accanto al letto. Francesca allunga una mano. Lei non può prenderla, non può nemmeno provare a farlo. Lo sguardo di Francesca è triste. «Non lasciarmi sola» dice.

Gli occhi di Elèna si chiudono.

Piccola Ele. È la fine.

21

Francesca è al computer. Sta digitando. Ha lo sguardo serio, concentrato. Si mordicchia un labbro, non solleva nemmeno gli occhi. Roberto si fa vedere, prima che lei si precipiti al coltello.

Lei fa una smorfia strana. Inarca un sopracciglio. Prende una canna appoggiata al posacenere. Dà due tiri. «Non riesci proprio a stare senza di me» biascica. *Non è la prima canna. E non sono solo canne.* Una bottiglia di grappa è infilata a testa in giù in mezzo a due pile di libri. Vuota.

«Spegni!» grida Roberto, e indica lo stereo.

«Che palle!» Francesca si alza a fatica. È in canottiera e slip. Attorno alle caviglie, ci sono i tatuaggi. Spine. Una corona di spine. *Come se ogni passo da compiere facesse male.* Si mette addosso un paio di jeans e un maglioncino pescati a caso sul pavimento.

Quando c'è silenzio, nessuno dei due sembra volerlo interrompere. Lo sguardo di Roberto viene attratto da un foglietto attaccato al lato dello schermo con del nastro adesivo trasparente. Una poesia. La grafia è diversa da quella infantile che ha visto sui fogli del fascicolo blu. *Forse è di Elèna*, pensa.

> *Amor, ch'al cor gentil ratto s'apprende,*
> *prese costui de la bella persona*
> *che mi fu tolta...*

Francesca dà un ultimo tiro alla canna. «Ti piace Dante?» chiede.

Roberto allarga le braccia. «È dalle superiori che non lo leggo.»

«Ele lo adora. Ne parla continuamente. Paolo e Francesca. Ele e Francesca. Io e lei siamo destinate a volare nel vento per l'eternità, assieme. Quel che succede a lei, succede a me.» La voce si abbassa. Diventa un sussurro. «Ho bisogno di dormire.»

Va verso il letto, s'infila sotto le coperte con quello che ha addosso. «Cosa volevi da me?» mugugna, tirandosi le lenzuola fin sul collo. Il viso è una macchia bianca nella stoffa nera.

Già, cosa volevo? Vedere come stavi. «Susana mi ha detto di Suellen» dice. Nessuna risposta. *Si sarà addormentata*, pensa. Fa per uscire.

«Non lasciarmi sola» sussurra Francesca. La voce è quella di una bambina che ha paura del buio. Di un buio che si chiama solitudine. Allunga una mano. Le dita secche, aperte. Roberto ha la strana impressione che non stia parlando con lui, che stia guardando altrove. *Ma dove? Cosa? Chi?*

Lei si mette a sedere, si allunga, gli afferra la mano, la stringe. Tira Roberto verso il letto. Fuori, oltre la finestra spalancata, la luna è l'unica luce nella notte scura. Gli occhi di Francesca sono pozze in cui il nero delle pupille dilatate ha divorato l'azzurro acqua.

«Ho paura» dice lei, e gli lascia la mano. Si gira.

Roberto vede il piccolo corpo sussultare sotto le coperte. *Trema. Ha freddo. Ma non vuole chiudere la finestra.* Fissa i pochi centimetri visibili di pelle candida, quasi trasparente. Si siede sul bordo del letto, sopra le coperte.

«Faccio schifo, eh?» sussurra Francesca, alla parete.

«Ma cosa dici?»

«Non riesci nemmeno...» la voce è interrotta da un singhiozzo «... a toccarmi, cazzo!»

Roberto si sdraia sul lato sinistro, aderisce alla sagoma del corpo di lei sotto le coperte. Le passa un braccio oltre le spalle. Lei lo stringe come se volesse aggrapparvisi.

Pian piano, il respiro diventa regolare. Il corpo si acquieta. Francesca smette di tremare. Lei dorme sotto le coperte, lui resta sopra con addosso soltanto la sua tenuta da corsa. Pensa.

Prima, ha diviso il letto solo con Alice. Dovrebbe sentirsi a disagio, fuori posto. Eppure si addormenta. Un sonno pesante, nero. Senza difese. Un sonno che dura alcune ore, visto che quando Francesca bofonchia qualcosa, dalla finestra entra già la prima luce del mattino. Sono ancora nella stessa posizione.

«Cosa?» chiede lui, con i sensi immediatamente all'erta.

«Sai qual è l'altra funzione dello straniero?», la voce è di nuovo normale. Bambina vigile, attenta.

«Come ti viene in mente...»

Lei si libera dal braccio, si mette a sedere, attenta a tenersi le coperte addosso. Guarda il sole che illumina una porzione minuscola del pavimento.

«Lo straniero distrugge. Distrugge il sistema in cui è entrato.»

Una brutta inquietudine prende Roberto, che si alza, faticando a credere di avere davvero dormito nello stesso letto di Francesca.

«Cosa significa?»

Lei continua a fissare il pavimento. «Lo scopriremo.»

PIANTO

Dai tagli non cicatrizzati essuda linfa.
Poi arriveranno i fiori, forse i frutti.

1

Roberto riesce a venir via dalla questura soltanto a pomeriggio inoltrato.

Il ristorante cinese di cui parlava Maicol con la "a" e la "i" è in pieno centro, vicino all'enorme cantiere che trasformerà il fatiscente ex ospedale in un complesso dal nome parigino declinato in stile trevigiano: un Quartiere Latino di appartamenti e negozi chic.

Il sindaco di Treviso ha scatenato una battaglia furibonda contro quel locale che esponeva le tradizionali lanterne rosse. Rovinano il decoro urbano, a suo dire. E non fanno parte della cultura veneta. Una battaglia vinta: ad accogliere Roberto non ci sono lanterne ma l'immancabile odore di fritto appiccicato alle pareti assieme a dragoni e a giardini con placidi laghi. Oltre al moto perpetuo della zampa di un gatto di plasticaccia dorata.

Il locale è vuoto tranne che per una donna e una ragazza dietro al bancone. La donna fa qualche energico gesto e la ragazza raggiunge Roberto a passi brevi e nervosi.

«Mia madre chiede come possiamo essere di aiuto» dice in un italiano impeccabile.

«Lavorava qui Xu Shengyi?» La pronuncia di Roberto, al contrario, deve essere agghiacciante. «Arianna» si affretta ad aggiungere.

Una nuvola rapida offusca gli occhi della ragazza. Spara una raffica incomprensibile cui la madre risponde in un tono più alto. Roberto non capisce una sola parola, ma lo scuotere della testa ha un significato universale.

Roberto sorride come per scusarsi di aver preso un abbaglio. Poi abbassa la voce.

«Tua madre capisce l'italiano?»

La ragazza è agitata. Con gli occhi cerca una via di fuga che non trova.

«Poco» risponde.

«Dille che sono del Nucleo antisofisticazione, dell'ufficio igiene, della finanza. Dille che voglio discutere con te perché sai l'italiano. Dille quel che vuoi, ma vieni fuori con me.»

La ragazza medita qualche secondo. Poi si gira, spara un'altra raffica a cui la madre risponde. Da una porta dietro al bancone sbuca un uomo con un fazzoletto legato ai capelli, accompagnato da una zaffata di fritto. Padre e madre alzano le braccia al cielo. Urlano. La ragazza s'inserisce nei pochi varchi di silenzio; spiega, li tranquillizza. Poi sfila oltre Roberto ed esce.

Fuori, la penombra sospende il pomeriggio nel rombo incessante delle auto che costeggiano il cantiere del Quartiere Latino.

«Come ti chiami?»

«Laura.»

«Non è un nome cinese.»

Lei sorride. Dimostra al massimo vent'anni. «Scegliamo sempre un nome del posto dove viviamo. Inglese in America, Francese in Francia. Italiano in Italia. Non riusciresti a pronunciare il mio nome. Quando hai provato con quello di Arianna, eri ridicolo.»

«Parli benissimo italiano.»

«Abito a Treviso da sedici anni. Ho frequentato le scuole qui. Sono italiana.»

«Conoscevi Arianna, vero?»

Lei distoglie lo sguardo. Si mordicchia un labbro. «L'avete trovata?»

Nessuno l'ha cercata. Il senso di colpa diventa sempre più ingombrante. «No. Ma se mi aiuti...»

La ragazza indica col mento l'ingresso del ristorante. Due visi orientali inchiodati alla vetrina. «Allontaniamoci.»

Attraversano lo slargo chiamato presuntuosamente "piazza" e dedicato a Santa Maria dei Battuti. Si infilano in un vicolo giusto di fronte al ristorante. Case dagli intonaci sgarganti addossate all'acqua, ponticelli. Basta non girarsi e si direbbe: Venezia. *No, non è Venezia*, pensa Roberto preso nelle prospettive degli stretti canali. *L'acqua è dolce, manca la folla.* È il motivo per cui non ha mai messo piede in Laguna, nonostante le insistenze di Alice. *Alice.* Pensiero da evitare. Pensiero collegato: *mi restano tre pastiglie.*

Al riparo dallo sguardo dei genitori, Laura sembra più distesa. Alza il viso verso il cielo. «Noi stiamo bene qui, in tutti i sensi. Abbiamo un lavoro, denaro quanto basta. In Cina era diverso, e non ce lo dimentichiamo. Di tanto in tanto ospitiamo persone. Persone che non hanno niente. Le aiutiamo, spesso dopo poche settimane si trasferiscono da qualche altra parte.» Stavolta la nuvola è pesante, scura. «Arianna era una di famiglia. Mia cugina, la mia migliore amica. Era bella. Tutti i ragazzi le andavano dietro.»

«Anche un certo Maicol.»

«Un cretino. Le avevo detto di stare attenta, ma per una che in Cina faceva fatica a mangiare, non sai cosa significa avere qualcuno che ti porta in giro in Porsche.»

«O in BMW.»

Sguardo interrogativo.

«Lascia stare. Maicol è stato l'unico a denunciare la scomparsa di Arianna. Se eravate così legate, perché non l'hai fatto tu?»

Gli occhi diventano liquidi, splendenti. «Mi è costato tanto non farlo. Mi mancava da morire, allora. Mi manca ancora di più ora. Ma era una clandestina, ci sarebbe stata un'indagine. Il vostro sindaco ci avrebbe fatto chiudere. I miei genitori volevano molto bene ad Arianna ma erano terrorizzati di essere mandati via. Di non poter aiutare più nessuno. Invece così...», gli occhi le si riempiono di lacrime.

Roberto capisce quanto debba essere costata quella scelta alla ragazza. «Nessuno si è accorto della sparizione di Arianna?»

«E chi doveva accorgersene, a parte Maicol? Per voi siamo tutti uguali. Se al posto di Arianna arriva Sofia, o Lucia, o...

Laura, cosa cambia? Nemmeno ve ne accorgete. Siamo invisibili. Arianna non è mai esistita per voi *gwi-lo*.»

Roberto ripensa alla sparata di Lorenzon. «Noi cosa?»

«*Gwi-lo*. È così che si chiamano gli occidentali in cinese.» Laura distoglie un attimo lo sguardo. «Diavoli.» Poi fissa Roberto con un misto di emozioni negli occhi scuri. «È viva?»

È assurdo questo oscillare tra presente e passato nelle domande, nelle risposte.

«Non lo so.» Una pausa per far depositare quelle parole tra di loro. «Com'è scomparsa?»

«Aveva finito il turno al ristorante. È uscita, doveva vedersi con Maicol. Non è mai rientrata.»

E non è mai arrivata all'appuntamento, a sentire lui. Se avesse davvero trovato un diavolo?

Laura si gira. Non guarda più negli occhi Roberto, fissa l'acqua rapida dei canali. «Non dire a nessuno che ti ho parlato dei clandestini che ospitiamo.»

Roberto non ha bisogno di chiedersi cosa farebbe Bernini, cosa direbbe suo padre. È di fronte a un reato, ma risponde senza incertezze. «Stai tranquilla.»

Laura scuote la testa. «Non posso. Non fai parte della mia *guanxi*.»

«La tua?»

«Per i cinesi, il mondo è diviso in cerchie, le *guanxi*. La più stretta è quella della famiglia. Poi c'è quella delle relazioni, gli amici. La più esterna è quella della nazione. La cerchia più interna vince sempre su quelle esterne, le cerchie vincono su ciò che sta fuori.»

«E fuori cosa c'è?»

Lei allarga le braccia. «*Gwi-lo*. Diavoli.»

«Quindi voi dovete aiutare i vostri compatrioti clandestini, anche se è un reato. L'interesse della gua... della cerchia prevale su quello dei diavoli.»

«Abbiamo un *renqing*, un obbligo.» Fa una pausa. «Devo rientrare. I miei genitori saranno in pensiero.»

2

«È permesso?»

Susana sta finendo di sparecchiare l'ultimo tavolo. Alza lo sguardo chiedendosi chi sia che chiede permesso per entrare in un locale pubblico. Si trova a fissare un viso squadrato con due bizzarre basette che scendono fino al mento.

Sente gelare il sangue. Viene fiondata in un appartamento del centro di Treviso. Si ritrova in reggiseno e autoreggenti. È quell'uomo a guidare gli altri. A dire in tono cortese ma deciso: «Signore, vogliate seguirci».

È venuto per lei, ha scoperto che va in giro a fare domande su un'indagine. E lei non è certo una poliziotta.

L'uomo non dà segno di averla riconosciuta. «Sarebbe così cortese da chiamare il commissario Roberto Serra?» le chiede. Poi: «Posso?». E si siede al tavolo più vicino all'ingresso. Sembra stanco, si ravviva i capelli cercando di darsi un tono.

Susana entra in cucina reggendo a fatica un vassoio pieno di stoviglie. Lo appoggia maldestramente nel lavello. Le tremano le mani. Rumore di cocci. Alvise e Roberto si girano verso di lei.

«C'è un tizio della polizia che vuole parlarti.»

«Con me?» sbuffa Alvise.

«Con te» specifica Susana, indicando Roberto.

Quando lo vede al tavolino, gli legge negli occhi che la situazione è peggiore di quella che pensava.

«Signor commissario, mi perdoni per l'intrusione.» Si blocca. Fissa Roberto. Una punta d'ironia nella voce. «Devo ammettere che la sua tenuta è... originale.»

Roberto si guarda. È uscito con il grembiule da cuoco. Se lo toglie. Resta in una tuta sportiva grigia, larga e comoda.

«Non avrebbe per caso un mirto?» chiede l'altro. Nella voce avidità, urgenza. Un uomo che ha bisogno di bere è un uomo che ha bisogno di parlare.

Roberto scuote la testa. «Al massimo grappa.»

«La grappa mi provoca acidità di stomaco.»

Roberto allora prende una bottiglia da dietro al bancone. Il Prosecco di Loris.

«Con questo andiamo sul sicuro.»

Bevono in silenzio. Il bicchiere si riempie, si vuota. Susana passa loro accanto cercando di non farsi vedere ed esce senza salutare. Alvise bofonchia buonanotte e sale nel suo appartamento. Dopo, gli unici rumori sono quelli del vetro che si appoggia al legno, a ritmo alternato tra i due. Diventa una gara tra persone silenziose, tra uomini che prediligono il non detto al detto. Una gara che rischierebbe di finire con un inutile pareggio. Perciò Roberto si sforza di parlare per primo.

«Come mai è qui?»

L'altro fissa le bollicine risalire nel bicchiere. Concentrato. Come se le contasse.

«Mi aveva accennato che viveva sopra al ristorante di questo ameno borgo. Non sapevo cucinasse anche. Spero di non averla disturbata, è che volevo sentire se c'erano novità nel suo filone di indagine. Perché noi abbiamo finito.»

Filone di indagine? Parole forti. «Finito?»

Lo sguardo di Mixielutzi tradisce preoccupazione. «I lavori di dragaggio sono terminati. Il lago ci ha restituito tutto quel che ci doveva restituire.»

Si allunga e prende la bottiglia. Versa l'ultimo bicchiere. «Io ne ho viste tante, commissario, nella mia carriera. Gente ammazzata brutalmente. Ostaggi torturati, mutilati. Ma una cosa così, glielo giuro, non l'avevo mai vista.»

Cala di nuovo il silenzio. Roberto stappa un'altra bottiglia. Cerca di rispettare i tempi di Mixielutzi, di non forzarlo. Ma una domanda gli si agita dentro, impellente.

«Quanti?» chiede. *Quanti corpi? Quante donne? Quanti bambini?*

Mixielutzi rinuncia all'immobilità. Apre una mano, mostra il palmo, le dita tese, salvo il pollice ripiegato. «Quattro» butta fuori tutto d'un fiato. «Quattro donne.» Apre anche l'altra mano, allo stesso modo. «Otto neonati.»

Il cervello di Roberto si è già messo in moto. *La turista. Arianna. La ragazza rom. Ele. C'è anche Ele.* Prova un dolore sordo alla bocca dello stomaco. Dolore per Francesca. Ha bisogno di bere. Cerca di calmarsi. Forse è solo una coincidenza. *Le coincidenze non esistono.*

«C'era anche una ragazza bionda, un po' in carne...» azzarda.

«E chi lo sa? Sono tutte saponificate. La pelle è nera, lucida, enfia. Anche quella dei bambini...» Si ferma, come se faticasse a proseguire. «C'è una cosa, commissario, una cosa che li accomuna. Tutti i corpi sono stati tagliati. Donne e bambini.»

«Tagliati?» La voce di Bernini nella testa. *Sacchi di stracci. Sono sacchi di stracci. Non considerare le vittime come persone, altrimenti impazzirai.*

L'indice della mano destra di Mixielutzi si muove dall'ombelico al petto, poi traccia due linee. «Il tipico taglio di un esame autoptico. Chi le ha ammazzate, le ha aperte. E ha asportato gli organi interni.»

Roberto deglutisce a fatica. «Anche... i bambini?»

«Sì. Tagli a ipsilon capovolta, nel loro caso. Ogni cadavere è chiuso in un sacco nero. Sacchi di quelli da obitorio, di polipropilene» riprende l'altro. «Solo che...», si ferma per prendere fiato. «Non erano soli.»

«In che senso?»

«Assieme a ogni bambino c'è una statua di gesso grande pressappoco così», Mixielutzi distanzia le mani di circa un metro. «Decapitata.»

«Decapitata?»

Mixielutzi vuota il suo bicchiere. «Esatto. Le statue sono

del tipo di quelle che si trovano nei giardini. Rappresentano dei putti, degli angioletti e...» Altra pausa. Altro bicchiere vuotato. «E le teste sono nei sacchi delle donne. Una statua per ogni bambino, due teste per ogni donna.»

Roberto apre la bocca ma non sa cosa dire. Svuota il suo bicchiere, ma il Prosecco non basta. Tutto quell'orrore rischia di travolgerlo. Fruga nella tasca. Prende la terzultima pastiglia. Dopo una breve riflessione, un'altra.

«Aspirina» mente. L'effetto è rapido, serve a calmarsi, a rimandare lontana la Danza.

«Quindi, commissario, la pregherei di comunicarmi la sua pista.»

Appena un istante per riflettere. Poi Roberto comincia a raccontare. Racconta di Francesca e di Ele. Racconta di Laura e Arianna. Racconta quel che sa. Poi racconta quello che non sa. «Sulla turista smemorata non ho nulla. E nemmeno sulla ragazza rom.»

Mixielutzi resta in silenzio durante il racconto. «Ha del materiale su queste ragazze?» chiede alla fine.

Roberto annuisce. «Non è tanto. Un po' di articoli di giornale, il resto è quel che le ho detto. Domani in questura le consegno tutto.»

Il capo della squadra mobile si alza. «Mi adopererò per raccogliere qualche informazione sulle ragazze. E aspettiamo i risultati delle autopsie, pregando che facciano in fretta. Il questore ha assicurato che...»

«... che ha una corsia preferenziale. Storia già sentita» completa Roberto. Fa un gesto come per scacciare una mosca.

«Sono le due. È ora di rientrare. Quanto le debbo per il vino?»

«Ci penso io. Sono di casa, qui. Letteralmente.»

Mixielutzi gli tende la mano. Ha una presa franca, dura. «Allora mi permetta di dirle che le sono doppiamente grato. Per il vino e per avermi mostrato uno spiraglio. Questa è una cosa tra me e lei, commissario Serra. Ho chiesto al questore se potevo coinvolgerla nelle indagini e si è messo a ridere. Io quella risata non la calcolo. Calcolo quello che mi ha raccontato il compianto questore Bernini.»

Roberto sente un pizzicore dietro le cornee. Lui non piange. Non piange mai. Lo ha promesso a sua madre, al compimento del suo decimo anno. Non ha pianto nemmeno davanti al cadavere della madre stessa. Quella promessa di bambino l'ha sempre mantenuta. *Tranne una volta, nei boschi di Case Rosse.*

«Io non sapevo nemmeno che questo caso esistesse. Stavo cercando di capire se fosse vero che quelle donne erano sparite.» Si ferma un istante. Si guarda la punta delle scarpe. «E, a essere sincero, nemmeno avrei voluto indagare. È stata una ragazza ad avere l'intuizione che ci fosse un legame tra le sparizioni. Io le ho solo fatto perdere del tempo. E forse per causa mia si è aggiunta un'altra vittima all'elenco.»

Sulla soglia, osserva la pantera di Mixielutzi perdersi nella notte che sa di primavera. Fissa l'unico lampione. Una domanda lo tormenta.

I bambini. Cosa c'entrano i bambini?

DENTRO

Qualcosa tira forte. Strappa, dentro. Elèna lo percepisce appena. Fluttua, galleggia. Non prova dolore. Mani sconosciute cercano dentro di lei. Lei vola via.

Vola lontano, davanti al camino della casa sul lago. Nonno Giuseppe, vivo e dolce, un grosso libro tra le mani. La sua voce tremante, interrotta dalla tosse e da qualche tiro alla pipa. «Or incomincian le dolenti note a farmisi sentire; or son venuto là dove molto pianto mi percuote...» Era stato un soldato. «Uno dei duecentotrentamila ragazzi mandati a crepare nelle steppe», parole sue. «Alpini mandati a combattere in una piana sterminata sul Don, costretti a una ritirata nel gelo, a piedi.» Era partito dall'Italia nel 1942, senza aver mai sentito nominare le pianure, i laghi, i villaggi che doveva prendere o difendere. Aveva con sé una divisa estiva, un fucile vecchio, una pipa vuota. E uno zaino senza provviste che conteneva soltanto un libro. La sua ritirata si era conclusa presto, ma era stata più lunga di quella delle decine di migliaia di soldati anonimi morti nella neve o stipati in un treno, scheletri vestiti di cenci.

Dante era stato la sua salvezza. Dante e Terzo Clò, il suo capitano. Si toccava la testa, per sottolineare a quale salvezza si riferisse. Elèna risente la sua voce, ormai stanca dopo il disastro della centrale, che gli racconta come camminando nella steppa infinita lui leggesse il *Purgatorio*, dall'inizio: «Per correr miglior acque alza le vele omai la navicel-

la del mio ingegno, che lascia dietro a sé mar sì crudele».
Leggeva e camminava, camminava e leggeva. Ripeteva brani a memoria. Anche lui doveva alzare le vele, abbandonare quel mare crudele, piatto e gelato. Così aveva resistito alla tentazione di sdraiarsi per riposare – solo qualche minuto! – come Secondo, commilitone bellunese tosto e divertente, che da quella neve non si era mai rialzato. Ed era arrivato alla casa di tronchi. Era abitata dai figli di una Russia tanto grande e poco madre. Aveva bussato a casa del nemico. Una ragazza aveva aperto. Aveva sorriso.

Era nonna Natalia. Era stata lei a convincere sua madre, che aveva perso il marito e due figli in quella guerra, a far entrare quel soldato derelitto. Non era stato semplice. Fosse stato tedesco, sarebbe stato lasciato fuori, a crepare nel gelo. Ma era italiano. Gli italiani non erano proprio nemici. Non si sapeva cosa ci facessero, da quelle parti. Nemmeno loro lo sapevano.

Avevano avuto solo figlie, lui e nonna. La più grande l'avevano chiamata Olga, scegliendo un nome russo che si usava anche in italiano. Olga aveva sposato Yuri Žverev, un bravo agricoltore. Uno che dalla terra tirava fuori qualunque cosa.

Ancor prima di conoscere il senso delle parole di nonno Giuseppe, Elèna ne assaporava il suono. A sei anni parlava italiano, e un po' scriveva quello strano alfabeto di linee dritte, secche. Era in grado di leggere Dante prima di finire le scuole primarie. E non aveva più smesso. Era venuta in Italia quando il nonno era già morto, in un viaggio premio segno della solidarietà internazionale verso le vittime della centrale. Roma, Firenze e Venezia. Venezia così vicina a Treviso. La città del nonno, "dove Sile e Cagnan s'accompagna". Era scappata dall'albergo, salita su un treno, senza biglietto. E da Treviso non era più andata via.

Non era stato difficile trovare lavoro. Era discreta, paziente, si adattava. E parlava italiano meglio di chi il lavoro glielo offriva. Poi si era messa in testa di andare all'università. Non si sarebbe mai laureata, impossibile per una clandestina. Aveva preso ugualmente a frequentare le lezioni.

Arrivare a Venezia era facile, col treno. Anche a Padova. E all'ingresso degli istituti non c'erano controlli.

Durante un seminario sul canto quinto della *Divina Commedia*, il preferito del nonno, si era sistemata in un angolo nel fondo dell'aula magna di Ca' Foscari, e si era commossa fino alle lacrime ascoltando l'amore disperato di Paolo e Francesca.

La sua Francesca era l'unica altra persona in piedi, sempre in un angolo, sempre in fondo. Fuori posto col suo chiodo, la sua capigliatura assurda. Assente, disinteressata. Elèna non aveva potuto fare a meno di guardarla, e anche Francesca l'aveva guardata. Non avevano più smesso. Alla fine del seminario, Francesca l'aveva seguita fuori dall'aula, l'aveva raggiunta. Avevano camminato fianco a fianco, a testa bassa, senza parlare, fino all'affaccio su un Canal Grande che nessuna delle due aveva notato.

«Vado verso la stazione» aveva detto Francesca. La voce da bambina aveva colpito Elèna. Sotto il nero del rimmel, gli occhi color acqua chiedevano qualcosa.

Nella sua incoscienza, Elèna si vede dirle di no. Gli occhi di Francesca si riempiono di dolore. Elèna intuisce quanto deve averne dentro perché un semplice rifiuto lo faccia uscire. Allora deglutisce, dice sì. E il sorriso di Francesca le fa capire che non è più sola, sono due. Sono uno diviso in due. Francesca le racconta il mito dell'ermafrodito di Platone, ed Elèna ascolta rapita, incredula. Si sentiva così. Sentiva di aver trovato la parte mancante di sé.

«Amor ch'a nullo amato amar perdona mi prese del costui piacer sì forte...» aveva sussurrato Elèna, sul treno regionale. Francesca non le aveva permesso di proseguire. L'aveva baciata, forte, quasi con rabbia. Le labbra erano secche, aride all'inizio. Poi si erano dischiuse in un modo che faceva pensare che anche qualcosa dentro di lei si fosse dischiuso. Il cuore di Elèna batteva furiosamente. Il suo petto sembrava esplodere. Non aveva mai baciato una ragazza, prima. Francesca, invece, non aveva mai baciato altro che ragazze. Erano scese alla stazione di Treviso.

Avevano smesso di baciarsi per sbranarsi, affamate di qualcosa che era sempre mancato alle loro vite. La gente le guardava mentre stavano appoggiate a un muro qualsiasi. Mentre le mani sparivano sotto le giacche, dentro i pantaloni. Mentre le labbra non si staccavano nemmeno il tempo di respirare.

Non avevano mai cercato spiegazioni per quell'attrazione. Erano entrambe clandestine nei mondi in cui vivevano, alla ricerca dell'unica persona che potesse colmare il buco che avevano dentro. Tutto qui.

Da allora si erano lasciate il meno possibile. Avevano ricomposto l'ermafrodito, erano tornate una cosa sola, si erano aggrappate l'una all'altra e, insieme, si erano curate. Elèna aveva esplorato le ferite di Francesca. Francesca aveva scoperto quelle di Elèna. Avevano iniziato a parlare, parlare, parlare. Vomitare sofferenze. Odio e disperazione, per Francesca. Paura e rassegnazione, per Elèna. Non è vero che gli opposti si attraggono. Sono gli uguali che si attraggono. Uguali e complementari.

Sino a quando un uomo le aveva strappate dalla loro vita nuova.

Lo stesso uomo che ora fruga dentro Elèna. Qualcosa la solleva, la riporta alla luce. Francesca scompare. Francesca non c'è più, l'uomo sì.

3

Appena Roberto mette piede nel suo ufficio, Mixielutzi bussa. Gli allunga "la Tribuna". Indica il titolo a nove colonne della prima pagina.

PESCATORE SCOPRE CADAVERE DI NEONATO
Macabro rinvenimento nel Terzo lago di Revine
durante una battuta di pesca notturna

Roberto legge l'articolo per capire quanto i giornalisti sappiano. Poco, si direbbe. Nel pezzo si parla soltanto del recupero del corpo di un neonato. La foto a corredo è la stessa utilizzata qualche giorno prima, quando il quotidiano parlava di reperti archeologici. Nelle pagine interne c'è anche un'istantanea di Elvis Calderoni: grosso, spettinato, con giubbetto ed esche in bella vista.

«Si è preso il suo quarto d'ora di celebrità» commenta Roberto.

«Il questore ha convocato una conferenza stampa. Vuole parlare con i giornalisti. Raccontare tutto.» Nessuna espressione sul volto del sardo. Sfinge mantiene fede al suo soprannome.

«Tutto?» Roberto pensa a Francesca, alla notte trascorsa aspettando che il suo respiro si acquietasse. *Bisogna parlarle, bisogna prepararla.*

Mixielutzi annuisce. «Cadaveri di donna, neonati. Tutto.

Vuole mettere alle strette l'assassino, dice. E prevenire altre fughe di notizie. Secondo lui, se "la Tribuna" si mette a indagare, arriverà da sola alla verità. Tanto vale gestirla.»

Roberto conosce il motivo per cui il questore vuole parlare con i giornalisti. «Un omicida seriale a Treviso non si era mai visto. Può stare in prima pagina per mesi.»

«Il procuratore Osorio Dal Prà sarà al suo fianco.» Il tono di Mixielutzi resta lo stesso, ma l'ironia è palese. «Vuole rassicurare la popolazione.»

Come diceva Bernini? Quando si fissano troppo le luci della ribalta, si resta accecati.

Roberto estrae da un cassetto della scrivania il fascicolo blu. Fa cenno a Mixielutzi di seguirlo. La fotocopiatrice è dietro alla postazione di Lorenzon che, quando vede Roberto accingersi a usarla, si offre. «Sior comisario, faccio io.»

In pochi secondi, l'agente ha già consegnato a Mixielutzi la sua copia. Sfinge ringrazia senza muovere un muscolo del viso.

«Commissario, ho già impartito le necessarie istruzioni al più fidato dei miei uomini» dice lasciando l'ufficio immigrazione. «Lavorerà con discrezione per scoprire qualcosa delle ragazze. Le consiglierei però di stare attento. Il questore ha orecchi dappertutto. E lei è un osservato speciale.»

Roberto fa per rispondere poi chiude la bocca. Guarda Bruseghin poi Lorenzon, che gli restituiscono sguardi interrogativi. *Ha ragione.*

Gli torna in mente Francesca. *Non deve saperlo dalla televisione, bisogna che le parli, che le spieghi.*

Saluta frettolosamente Mixielutzi. Quasi corre, diretto verso il parcheggio dove ha lasciato la Tipo.

4

Quando la porta si apre dell'ascensore è difficile dire chi sia più stupita. Susana indossa una semplice maglietta rossa che lascia scoperto l'ombelico, un paio di short di jeans, scarpe basse, comode. I capelli sono raccolti sulla nuca, bloccati con una matita. Le ricadono a ciocche sul collo nudo.

«Vuoi un caffè?»

Francesca fa uscire la bicicletta. Indossa lo stesso chiodo del giorno prima. È sudata allo stesso modo. «Vado a farmi una doccia» annuncia.

«Accomodati.»

Quando esce, è di nuovo vestita, la mezza capigliatura rosa bagnata e disordinata. Senza trucco, torna bambina. E sono occhi di bambina quelli che scorrono sui particolari della mansarda. Soprattutto, percorrono ogni centimetro del mare caraibico di mille azzurri che occupa le pareti, intervallato da due finestre che affacciano sulla Restera e inquadrano un'altra acqua.

«Luce» spiega Susana. «È la cosa che mi manca di più del Brasile.» Indica la foto. «E il mare, l'acqua. Per questo ho voluto abitare qui. Vedo l'acqua. È quella di un fiume, fa odore di marcio. Ma fa rumore di acqua.» Sfila la tazzina di mano a Francesca. La fa alzare e sistemare al centro della stanza. «Qui sei circondata dal mare, vedi? E la luce diventa così bianca e pura che sembra quella di dove sono nata.» Poi sorride. «Certo, non in uno dei duecento giorni di pioggia all'anno che ci sono da queste parti.»

Francesca si fa assorbire da quell'impressione. L'azzurro e il bianco la accompagnano in una dimensione leggera. Fissa Susana. Acqua anche nel suo sguardo. «Come fai?»

«A fare cosa?»

«A essere positiva, sorridente. Invece di...» Si ferma.

«Invece di essere incazzata con tutto il mondo? Invece di odiare tutti e di attaccare per paura che mi facciano del male?» Non dice "come fai tu". Non serve. «Per la prima volta nella mia vita, sono libera. Non lo sono stata da bambina, perché nelle favela non c'è libertà. Quando devi fare sesso con chiunque per soldi a dieci anni, chiusa in una baracca senza finestre...» Si blocca. Scuote la testa. «Passato, Francesca. Argomento vietato. Non se ne parla.»

«Quand'è che è cambiato? Quand'è che è... passato?»

Una scintilla nello sguardo di Susana. «Il giorno in cui ho conosciuto Roberto Serra.»

Francesca pensa a quella strana notte, in cui ha dormito abbracciata a lui. Si sente quasi in colpa nei confronti di Susana.

«Ti va un gelato?» chiede.

Susana alza gli occhi, vi si legge una domanda. «Sì, mangio gelati» risponde l'altra. «Bevo grappa, fumo canne e mangio gelati. Tutto quello che non potevo fare quando mi allenavo. Non c'è nessuno che me lo vieta, ora.»

Percorrono la Restera lentamente, incrociando il solito campionario di carrozzine, bastoni da passeggio, podisti fuori orario, papere e cigni. Francesca porta la bicicletta a mano, ogni tanto muove i pollici sui comandi del cambio come se li accarezzasse.

Susana lo nota. «Ci devi essere molto affezionata.»

Francesca stira le labbra sottili in qualcosa che potrebbe somigliare a un sorriso.

«Per anni non ho fatto altro che andare in bici. Ho rischiato di diventare una professionista, sai? Ero forte, molto forte.»

«E poi? Cos'è successo?»

«Argomento vietato.»

Susana la incalza. «Oi, *garota*, non sei l'unica ad aver conosciuto il dolore, credimi.»

Francesca appoggia la bici a un albero. Con la sinistra alza la manica scoprendone l'avambraccio destro. Sopra è disegnato un ideogramma giapponese. «*Perseveranza*. E io persevererò fino al ritrovamento di Ele. È il mio diciottesimo tatuaggio, questo. Quando mi farò il ventesimo...» Si ferma un istante. «Il ventesimo sarà l'oblio, la fine» conclude. Come se spiegasse tutto.

Susana sgrana gli occhi. «Perché... venti?»

«È la mia vita, non sono cazzi tuoi.»

Susana allarga le braccia come se volesse rimarcare un concetto che non riesce a esprimere. Il vento scuote gli ippocastani e nel cielo cominciano a addensarsi nubi scure.

«Non mi coinvolgere nelle tue stronzate, allora.» Gira sulle scarpe basse per tornare verso casa. Tra sé e sé conta i passi. Uno, due, tre, quattro... «Raggiungimi» implora.

Il rumore della ruota sulla ghiaia. Francesca la affianca, sta sul sellino e guarda fisso davanti a sé. In due pedalate decise la supera. Poi torna indietro, accelera e le frena giusto davanti ai piedi. «I gelati li vomito qualche volta. Il resto lo vomito sempre. E adesso ho voglia di un gelato. Vieni con me?»

5

Di giorno, il bosco ai bordi del quale sorge la villetta di Zuel di Qua non ha nulla di inquietante. È solo un intrico di piante mosse dal vento, attraversato da un sentiero che s'incunea verso il basso.

Roberto prova la maniglia. *Davvero la porta non è mai chiusa a chiave.* La finestra al primo piano è spalancata. *La terrà aperta anche in pieno inverno?* Qualcosa gli dice di sì. La immagina tremare, sotto le coperte. Si scuote. Non manca molto all'inizio della conferenza stampa.

Entra.

Sembra che la luce della giornata si fermi sulla soglia. Eppure, non c'è nulla di minaccioso dentro. Un divano di similpelle, mobili ordinari, un lampadario di quelli che non si usano più.

Come se qualcuno conservasse le cose nello stato in cui erano in un determinato momento. Questa casa è una fotografia. Il tempo si è fermato.

«Francesca?» chiama. Inutile. Un gatto bianco fa un brutto verso e gli si getta sui piedi. A pancia in su, per farsi accarezzare.

Lo scavalca e sale i gradini a due a due. Socchiude la porta della stanza di Francesca solo per verificare che è vuota. Regna il solito caos. Guarda qualche libro tra quelli a terra. Un dizionario greco-italiano. L'*Elettra* di Sofocle. L'*Apologia di Socrate* di Platone.

Sullo scrittoio in cui riposa, spento, il pc, c'è una busta aperta. Porta l'intestazione di una grande compagnia di assicurazioni. Ne spunta un assegno a favore di Francesca Campo. Un assegno di un importo rilevante, da poterci vivere, e bene. *Per cosa sono questi soldi?*

E la poesia appesa allo schermo.

> *Amor, ch'al cor gentil ratto s'apprende,*
> *prese costui de la bella persona*
> *che mi fu tolta; e 'l modo ancor m'offende.*
> *Amor, ch'a nullo amato amar perdona,*
> *mi prese del costui piacer sì forte,*
> *che, come vedi, ancor non m'abbandona.*
> *Amor condusse noi ad una morte.*
> *Caina attende chi a vita ci spense.*

Poi qualche parola, scritta dalla stessa mano.

"Dante Alighieri, *Divina Commedia*. Canto V dell'*Inferno*, Paolo e Francesca. Ele e Francesca, il nostro può essere Paradiso."

Dalla finestra aperta entra una folata che scuote il foglio. Roberto esce dalla camera, fissa le altre porte. Apre la più vicina. È un bagno che profuma di detersivo per pavimenti. Detersivo ai fiori. Una vasca, una doccia. Mattonelle verdi alle pareti. Banale, pulito. Congelato. Un'altra fotografia.

L'inquietudine peggiora quando si avvicina alla porta accanto. Sente distintamente una voce, dentro di sé, dirgli di non aprire. L'asseconda. È violare l'intimità di Francesca. Il profumo di detersivo ai fiori si intensifica.

Non è detersivo.

I fiori sono marci, putrefatti. L'odore è dolciastro, nauseante. Roberto capisce. Porta una mano alla tasca.

La boccetta è rimasta nell'auto.

«No» implora. «No, no, no!» Scende le scale aggrappandosi al corrimano, vincendo la rigidità dei muscoli. Seduto al centro esatto del salotto, il gatto bianco lo fissa con occhi gialli, curiosi. Roberto è costretto a chiudere i suoi, a stringerli. Tenta di resistere, ma la rabbia che vorrebbe gridare diventa digrignare di denti. Ogni muscolo si contrae. Trema. Il viso è stravolto.

L'odore di fiori marci è dappertutto. Una forza incontenibile lo prende.

Poi si ritira. I lineamenti si distendono. La coscienza fluisce da Roberto come sangue da una ferita. I piedi iniziano a disegnare la circonferenza più ampia possibile, rasente alle pareti. Una circonferenza lenta sottolineata dal rumore cadenzato delle suole sul pavimento.

Quando riapre gli occhi, non sono più i suoi. Vede con gli occhi di un'altra persona.

Scendo da un piccolo pullman. Sono proprio a Zuel, davanti a casa. Casa mia. E il giardino è pieno di fiori. L'autista mi dice: «Brava!», poi: «Ti aiuto con la bici». Lo rassicuro. «Faccio io.» Sono costretta ad appoggiare quello che tengo in mano. Una coppa, una coppa grande. Sopra c'è scritto: PRIMA CLASSIFICATA, CATEGORIA ALLIEVI. *Apro il portellone dietro al pullman.*

Eccola. Bianca. Rossa. Mia. È sporca, dopo la gara. Devo pulirla. Non vedo l'ora. Saluto con la mano il pullman che se ne va. Sono raggiante. Accompagno la bici in giardino, tra aiuole di fiori sgargianti. È mia mamma a curarle.

Arrivo alla porta. Suono decine di volte, gioiosamente.

Nessuno risponde. Strano. Di solito, dopo una gara importante non faccio in tempo ad arrivare al cancello che loro sono già lì a festeggiarmi o a consolarmi. Più spesso a festeggiarmi. Provo la maniglia. Chiusa. Appoggio la bicicletta e cerco le chiavi.

Il ritmo a cui si muove Roberto diventa più veloce. La circonferenza si stringe, ora sfiora il tavolo al centro del salotto. Il gatto si sposta. Continua a fissarlo, non perde un passo.

Il gatto bianco si ferma accanto a me e miagola, miagola, miagola. Anche lui è chiuso fuori. Appena socchiudo, si tuffa all'interno del salotto. Apro. Vedo un corpo di bambino sul pavimento. «Luca!» grido. Lascio cadere il trofeo. Cado anche io mentre dalla porta spalancata entra aria, aria che sembra risucchiare all'esterno un non-odore, un'assenza di ossigeno che intuisco, più che percepire.

Sento qualcosa rompersi dentro di me mentre fisso gli occhi spalancati di mio fratello Luca. Ha otto anni. È il più piccolo. È a pochi passi dall'uscita, la mano tesa verso una salvezza che non è arrivata. Alzo lo sguardo e vedo Lorenzo sulle scale. Scomposto. Lui, di anni ne ha dodici. Mi muovo come un automa. Sento la testa leggera.

La porta della camera da letto è chiusa. La scosto. Mamma e papà sono a letto. Abbracciati. Come fanno sempre quando dormono. Solo che non dormono.

La circonferenza si allarga di nuovo. Roberto non vede ciò che sta schivando, non sente quanto sta accelerando, né la fatica che gli fa scoppiare il cuore. Spalanca la bocca a inghiottire aria.

Dentro non ho più nulla, sono vuota. Passo accanto al bagno. Sento il boiler ruggire e fiatare. Mi vedo allo specchio. Una ragazzina di diciassette anni, con i capelli castani e un viso dolce. Occhi attoniti, increduli, occhi color acqua.

Corro nella mia camera. Corro alla finestra. La spalanco. Finalmente riesco a urlare. Un urlo nero contro il cielo azzurro. Urlo al mondo intero. Urlo perché mi sono persa. E non mi ritroverò.

Roberto grida con quella ragazza. Cade a terra, piegato in due. Spezzato. Si ritrova a fissare le brutte mattonelle, con il gatto bianco accanto. L'odore di fiori si attenua, fino a svanire.

I muscoli del corpo sono rigidi, doloranti. Alza gli occhi a cercare i corpi, che non trova. È esausto, svuotato da ogni energia.

La Danza è tornata. Riesce a mettersi seduto. Si sente sconfitto.

Non posso fermarmi. Devo trovare Francesca.

Non è difficile capire perché si sia attaccata tanto a Ele. E non è difficile capire cosa farebbe se scoprisse che è morta.

DENTRO

«Regola numero dieci...»

«Di nuovo?» L'angoscia prende Elèna. Si sente strana da quando il gas l'ha addormentata. Quanto è passato? Le luci si sono spente tre volte. Nel suo mondo, significa tre giorni. Sente ancora dentro le mani dell'uomo. Mani che frugano, che cercano, che trovano, che strappano.

Dentro di lei, dove tutto è morto.

Esegue tutti i gesti. Il cappuccio le riporta la notte. Respiri lenti, profondi. Cerca di calmarsi.

Ma quando il meccanismo scatta, il suo cuore accelera. Il bisbigliare incomprensibile sembra alzarsi nell'aria, rimbalzare contro le pareti azzurrine, moltiplicarsi. La mano dell'uomo è delicata. Le blocca il polso, indugia sulla pelle scoperta. Forse è solo l'impressione di Elèna, ma basta per farle trovare il coraggio di parlare.

«Cosa mi hai fatto?»

Sente l'uomo irrigidirsi. Lo immagina in piedi, accanto al letto. Ne sente il respiro, l'odore. Nessuna risposta.

«Cosa mi hai...» La voce si spezza a metà della frase. Si fa forza. «Cosa mi hai tolto?» Perché qualcosa le è stato tolto. Si sente vuota. Morta e vuota.

«Oh» dice l'uomo. E basta, per lunghi secondi. Poi riprende. È titubante. Come se cercasse le parole. «Tolto nulla. Anzi, avrai di più. La tua missione sta per compiersi.»

Elèna deglutisce più volte prima di riuscire a parlare.
«Non capisco...»

«Non c'è niente da capire.»

Sente i passi dell'uomo che si allontana. Il meccanismo.
Dopo pochi minuti arriva il gas.

Lacrime silenziose e immobili. Non si dimena, non resiste. Piange e aspetta. Dipende dall'uomo. Può addormentarmi o ammazzarmi, pensa, e io non posso impedirlo.

Poi il buio.

6

«Da quanto sei in Italia?» chiede Francesca, con la bocca piena. Ha ordinato la coppa più grande dalla lista, solo gusti cremosi e abbondante panna. La aggredisce a cucchiaiate di cui non sente il sapore, è già un miracolo che il vetro non vada in frantumi.

Uno schermo televisivo appeso in un angolo calamita l'attenzione dell'unico altro cliente della gelateria. La calamita sino a quando non nota le gambe di Susana che spuntano dagli short.

«È passato, Francesca. Non dovremmo parlarne.»

«Non si può parlare di un cazzo» sbuffa. La sua coppa è finita. Si tiene una mano sullo stomaco, come se provasse dolore.

«Hai fatto tu le regole, *garota*.»

«Ele parla benissimo italiano, sai? Meglio di te. E meglio di tanta gente di qua.» Si ferma. «Di lei parlo, perché Ele è il presente, Ele è viva...»

«Dev'essere una ragazza in gamba.»

«Non si è arresa. Come te.» Francesca fissa Susana negli occhi.

«Come vi siete conosciute?»

«All'università...» Prima che possa proseguire, il volume della televisione si alza.

«Può abbassare?» chiede Susana, maledicendo l'interruzione.

e rabbia. Quattro cadaveri. Quattro ragazze. Una bielorussa. Ele. Ecco. Ele è morta. Ele è nel lago. Francesca travolge Susana che cerca di frapporsi. Esce. Il cielo, ora, è coperto, scuro. L'aria sottile e tesa annuncia pioggia imminente.

Francesca arriva alla bici. Le mani tremano, incontrollabili. Non riesce a sbloccare il lucchetto. Susana le torna addosso. L'afferra per il chiodo, fa per abbracciarla.

Con forza inaspettata, Francesca la spinge via. Ansima come un animale ferito. E reagisce come un animale ferito. Armeggia ancora con il lucchetto, riesce ad aprirlo.

Susana le torna vicino. Viene colpita in pieno viso da uno schiaffo improvviso.

«Se ci riprovi ti arriva questa.» Brandisce la pesante catena di metallo. Non ci sono dubbi che dica la verità. Susana resta a distanza, la guarda salire in bicicletta. Dopo due pedalate, è già lontana.

Susana però ne sente le grida. Grida che Roberto riconoscerebbe. Grida identiche a quelle lanciate dalla finestra dopo aver trovato la propria famiglia sterminata.

Il cielo inizia a scaricare a terra la propria rabbia di acqua e di fulmini.

7

Attraverso il parabrezza, la strada è appena visibile. Scrosci violentissimi prendono a secchiate il tetto.

Le ruote slittano. Destra, sinistra, destra. Di nuovo in carreggiata. L'unica alleata di Roberto è la velocità ridotta. Si dirige verso Treviso, per chiedere aiuto a Mixielutzi. Ha provato a cercarlo alla mobile, ma gli hanno detto che è impegnato in un'operazione importante. *Lo so. Ma io devo trovare Francesca.*

La strada spiana. La pioggia, invece, non accenna a scemare. Sullo sfondo, le immagini di morte. I cadaveri sul pavimento. Due ragazzini. Due adulti nella camera da letto. Forse lo scarico dello scaldabagno era difettoso. Forse è stato il monossido di carbonio ad ammazzarli. Si insinua, mangia l'ossigeno, lo schiaccia a terra. Le persone cadono, cercano di respirarlo. Ma è tardi. La casa si trasforma in una camera a gas. *È una morte dolce*, cerca di consolarsi. *Ma la vita di chi sopravvive è distrutta.* Gli occhi di Francesca allo specchio sono impossibili da dimenticare. L'adolescenza cancellata. Il dolore che, come il gas con l'ossigeno, ha divorato la sua anima.

I miei occhi non dovevano essere diversi su quell'autostrada, davanti all'auto in fiamme con i corpi dei miei genitori dentro. Si cerca sempre un rifugio. Francesca ha trovato Ele e un rabbioso desiderio di ribellione. Io... Il viso di Alice compare prepotente al centro dei pensieri. La rivede in una e in mille pose, in un'espressione che le condensa tutte. *Ti capisco, Francesca.*

Al giornale radio spunta la voce tronfia di Ernesto Serna-giotto. Stride come unghie sulla lavagna. Cambia stazione. Vinicio Capossela lo incalza con la sua tarantella.

"Salsicce, fegatini e viscere alla brace, e fiaccole danzanti, lamelle dondolanti sul dorso della chiesa fiammeggiante..."

Il contrasto tra le immagini di quel Sud torrido e questo Nord in cui la primavera sembra annegare nella pioggia è stridente.

"... terra di confine, terra di dove finisce la terra..."

Roberto cerca di intuire le distese di capannoni oltre la cortina d'acqua e l'asfalto. Senza nemmeno rendersene conto, si trova a cantare a squarciagola. A buttare fuori la tensione e il timore per la sorte di Francesca assieme a tutta la voce che ha in corpo.

«... cerchio che chiude, cerchio che apre, cerchio che strin-ge, cerchio che spinge, cerchio che abbraccia e poi ti scaccia...»

Appena il brano finisce, spegne la radio. Resta solo pioggia. Da come si annuncia, resterà a lungo.

Tiene gli occhi fissi su quel poco di strada che riesce a vedere. Il cellulare vibra sul sedile del passeggero. Lo prende e risponde. «Pronto?»

La voce di Susana è concitata. L'accento molto più marcato. Raddoppia tutte le "r", le appesantisce. «Oi, Roberto, final-mente! Ai que bom... Francesca...», non riesce a proseguire.

Dita gelate nella schiena di Roberto. «Cosa?»

«Eravamo assieme, a prendere un gelato. Poi ha sentito alla televisione... il questore ha detto che c'è un assassino, che hanno trovato dei cadaveri in un lago... quattro donne, e dei neonati. Una cinese, una rom, e... Roberto, hanno detto che c'è anche una ragazza bielorussa! Francesca è scappata, non so dove sia... aveva due occhi che... non riesco a dirti...»

Roberto rivede gli occhi di una Francesca più giovane, castana, allo specchio. Occhi che indossava lui, poco pri-ma. *Capisco, ti giuro che capisco.* Inchioda sulla Pontebbana. Dietro, uno strombazzare furioso. La sagoma di un TIR si fa imponente nello specchietto, lo schiva sollevando una nube d'acqua. Un altro pensiero, un altro schiaffo. *Ieri Mixielutzi mi ha detto che non avevano tracce, che Sernagiotto avrebbe annunciato soltanto il ritrovamento dei cadaveri. Oggi conoscono la nazionalità delle vittime.* Rivede il capo della mobile parlargli senza muovere un muscolo. *Mi sono fidato di uno che chiamano Sfinge. Che coglione.*

«È andata via in bicicletta... sto andando a prendere la Mini» si affanna Susana. «Vado a cercarla.»

Automobilisti schivano Roberto, si attaccano al clacson, al momento del sorpasso si rendono conto che si tratta di un'auto della polizia e si rimangiano improperi e dita alzate.

Il cuore batte a mille. «Forse sta tornando a casa» sussurra. *Saremmo sulla stessa strada, in direzioni opposte.* La immagina nel traffico, in mezzo alla tempesta. *Potrei anche averla superata,* pensa. *Con quest'acqua non l'avrei vista.*

Accende il lampeggiante. E inizia a fare un'inversione che, nel migliore dei casi, gli costerebbe il ritiro della patente. «Torno verso casa di Francesca.»

«Torni?»

«Vengo da lì. Volevo avvisarla. Non volevo che facesse sciocchezze.»

«Mi ha parlato di tatuaggi, una storia strana. Ma mi ha detto che quando saranno venti lei...» Non riesce a proseguire. *Quel che succede a Ele, succede a me.*

«Mi... mi dispiace tanto» conclude Susana.

«Non è colpa tua.» *È colpa mia, che non le ho dato subito ascolto, che non l'ho aiutata.*

Sul sedile del passeggero ballonzola il flacone delle pastiglie. Si allunga per afferrarlo, sfidando muscoli ancora indolenziti. Compie il gesto conosciuto di svitare il tappo con una mano. Sotto la lingua si sciolgono pace e refrigerio. *L'ultima. Se solo avessi potuto prenderla prima.* Getta il flacone con rabbia e riprende il cellulare.

Cercando di guardare la strada, Roberto digita il numero del centralino della questura. Sbaglia un paio di volte. Impreca. Stacca entrambe le mani dal volante, confidando nel rettilineo. Squilla.

«Passami Mixielutzi. Sono Serra.»

«Commissario» dice l'agente al centralino, con tono supponente. «Sono tutti molto impegnati. Lei all'ufficio immigrazione forse non lo sa, ma sono stati trovati dei cadaveri...»

«Ho detto di passarmi Mixielutzi» ringhia Roberto. «Digli che sono io e mi risponderà.»

«Come vuole.»

Un'attesa di qualche minuto, durante la quale Roberto si accoda a un autoarticolato. Impossibile anche solo immaginare un sorpasso.

«Commissario» risponde alla fine Mixielutzi, «proprio lei. Volevo dirle...»

«Mixielutzi, non me ne frega un cazzo di quello che voleva dirmi. Ha già parlato abbastanza.»

«In che senso?»

«Io le racconto della sparizione di alcune ragazze, e il giorno dopo il questore convoca una conferenza stampa. Bella coincidenza, no?»

«Mi lasci spie...»

«No, non le lascio. Si segni questo nome: Francesca Campo, ventidue-ventitré anni. Alta un metro e sessanta, molto magra, metà testa di capelli rosa e metà testa rasata. Veste di nero, indossa un chiodo di quelli da metallari anni Ottanta, ha molti tatuaggi sul corpo. Probabilmente è su una bicicletta bianca e rossa. È sparita. Dirami la descrizione ai suoi uomini, fidati e non fidati.»

L'altro resta in silenzio qualche istante.

«Un'altra vittima?»

«Sì, ma non nel senso che intende lei.»

8

Francesca non si trova. Roberto e Susana consumano serbatoi di carburante, improvvisando ognuno una propria traiettoria ondivaga sferzata dalla pioggia inclemente. Si arrendono quando il buio è sceso. Si incontrano davanti al Chiostro, si rifugiano all'interno per sfuggire agli scrosci violenti.

«Devo iniziare a lavorare» dice Susana. Per la prima volta da quando Roberto la conosce, gli sembra stanca. Sfinita.

«Io resto davanti a casa sua.» *Non entro, non violo più quel luogo senza di lei.* «Prima o poi tornerà, non ha altro posto dove andare.»

Non trovano la forza di dirsi altro. Susana fissa Roberto e gli appoggia un leggero bacio sulle labbra. Come se fosse dovuto, un gesto naturale. Poi si stringe a lui. E lo stringe. Non c'è malizia, non c'è proposta. Vicinanza, comprensione. Compassione.

«Ti chiamo quando finisco» gli dice. Si dirige verso la cucina, verso Alvise. L'ultimo sguardo significa che sa che deve tenerlo d'occhio. Roberto si arrampica in camera, prende il fascicolo blu. Sceglie una musicassetta, nella Tipo che lui avrebbe già dovuto restituire non si può ascoltare altro. Infila tutto nello zaino e si avvia a Zuel di Qua.

Parcheggia davanti casa di Francesca. La pioggia tamburella sul tetto dell'auto al ritmo dei pensieri di Roberto. Gli alberi del bosco fitto diventano sagome, poi scie. Poi nulla. Alla fine dell'ennesima esecuzione di *Una giornata uggiosa* di Lucio Battisti, spegne la musica. E prende il fascicolo. Il primo foglio è il Perimetro, piegato in due. Lo stira con le mani, se lo sistema sulle gambe e, con l'ausilio della luce di cortesia, legge il poco che c'è scritto.

Scorre i nomi nel cerchio delle VITTIME: Elèna Žvereva, Suellen Ceolin, Arianna, turista smemorata, Jasmine. Poi, in senso antiorario: LUOGO DEL DELITTO, MOMENTO DEL DELITTO. Gli ultimi due, AZIONE e MOVENTE, sono desolanti. *Vuoti, nulla.* Prende il pennarello, come se potesse essergli di qualche aiuto. Si sforza di scrivere nel cerchio dell'AZIONE: corpi tagliati (esame autoptico?). In realtà si tratta di eventi successivi al delitto, o almeno così Roberto si augura. Ma è comunque qualcosa per riempire il vuoto. Per il MOVENTE, invece, non ha nulla da aggiungere. *È sempre l'ultimo tassello ad andare a posto. Cosa spinge a uccidere?*

Il cellulare gracchia. Roberto lo ignora, cerca un sottile filo rosso che congiunga quei nomi, quelle date. Scorre per l'ennesima volta tutti i documenti contenuti nel fascicolo blu. L'ultimo è un articolo della "Tribuna di Treviso". Il titolo recita: *Adolescente sparisce, si teme rapimento.* C'è la foto di una ragazza graziosa, mora, con un leggero strabismo. Suellen Ceolin. *Eppure è sana e salva, mentre le altre...*

Con il pennarello la cancella dal Perimetro. E qualcosa si incastra nella sua mente. Una connessione. Un dettaglio. Il cuore accelera.

Ora sono tutte straniere, e...

Fissa il foglio con tale intensità che potrebbe incenerirlo. Trattiene il fiato. *Ogni sparizione avviene dopo tredici mesi circa dalla precedente Elèna a gennaio 2000, Arianna dicembre 1998, le tracce della turista smemorata si sono perse a novembre 1997, Jasmine è sparita durante le Fiere di San Luca del 1996, quindi a ottobre.* Butta fuori l'aria. Non sa come valutare l'informazione. *Caso? Coincidenza?* O forse lo sa. *Spesso gli assassini seriali colpiscono a intervalli regolari.*

Allontana il Perimetro. La testa inizia a fargli male. L'abitacolo è angusto, troppo angusto. Roberto abbassa il finestrino, fa entrare aria bagnata e fresca.

Dov'è Francesca?

La casa è immersa nel buio, respira dalla finestra aperta, lo fissa con quell'unico occhio spalancato, cieco. Roberto immagina le gocce schiantarsi su quanto copre il pavimento, inzuppare carta e stoffa. Il cellulare gracchia di nuovo. Roberto legge il nome sul display. Risponde, col cuore in tumulto. «Dimmi, Susana.»

«Quel tizio che è venuto qualche sera fa, il poliziotto con le basette...» Voce svuotata da ogni energia.

«Sì?»

«È tornato. Ha voluto sapere dove fossi...»

In quel momento, due fari proiettano la loro luce sullo specchietto retrovisore.

9

Mixielutzi si avvicina ai finestrino abbassato.

«Commissario, buonasera. Ultimamente, di notte vedo più spesso lei che mia moglie.»

«Non sapevo fosse sposato.» *Nessuno sa nulla di quest'uomo.*

«Non lo sono. Altrimenti vedrei più spesso mia moglie che lei, glielo assicuro.» Indica il sedile libero accanto a Roberto. «Posso? Non mi piace stare sotto la pioggia.»

Roberto tentenna. Ma c'è qualcosa nell'atteggiamento dell'altro che lo convince. Gli apre lo sportello del lato passeggero. Mixielutzi si siede.

Gira appena la testa verso Roberto. «Commissario, voglio che lei sappia che non ho gradito il modo in cui si è rivolto a me oggi al telefono.»

Roberto non riesce a trattenere una risata. «Ed è venuto fin qui, a quest'ora, per dirmelo?»

Mixielutzi muove appena la testa a destra e a sinistra. «No. Sono venuto a dirle che non sono stato io a passare le informazioni al questore. E non è stato nemmeno l'uomo di fiducia di cui le ho parlato. Anche perché non esiste. Mi sto occupando io della cosa. Personalmente.»

Roberto apre la bocca. Poi la richiude.

«Dopo l'Accademia a Roma, sono tornato in Sardegna. A mia volta, ho fatto parte di un Nucleo speciale. Ci occupavamo di sequestri di persona, erano gli anni dell'Anonima Sarda. Il mio battesimo del fuoco, letterale, l'ho avuto a Osposidda. Abbiamo liberato Tonino Caggiari, ma abbiamo dovuto sparare, ammazzarne tre. Il nostro Vincenzo Marongiu ci ha perso la vita. Allora erano banditi, poi negli anni Novanta si sono organizzati. Ricorda il giovane Farouk Kassam? O Silvia Melis? Il mio ultimo caso è stato quello di Giuseppe Soffiantini. La pallottola che ha ammazzato l'ispettore Samuele Donatoni, pace all'anima sua, poteva colpire me. Samuele era un fratello per me.»

Mixielutzi sta raccontando tutto questo senza muovere un muscolo. Fissa Roberto con occhi fiammeggianti, senza sbattere le palpebre. «Commissario, quando si ha a che fare con organizzazioni nate prima e molto più presenti sul territorio rispetto allo Stato, si diventa diffidenti. Non si dà fiducia all'ingenuo pastore, né al compaesano che si conosce da sempre, né al collega. Prima scherzavo su un mio presunto matrimonio. Una fidanzata ce l'avevo, ma non l'ho presa in moglie perché avevo paura per lei. E per i figli che sarebbero potuti nascere. Non mi piaceva la sua famiglia. Sentimento reciproco, mi guardavano strano. Se non avessi portato la divisa mi avrebbero amato di più. Ecco, in quella situazione, in quel contesto, ci si appiccica addosso un modo di lavorare che è anche un modo di vivere. A Treviso è diverso, certo. Ma ci sono comunque legami, reti sotterranee anche qui, cosa crede? E io procedo così. Non mi fido di nessuno. Non ho tradito la confidenza che mi ha fatto. E non ho commesso errori, io.» Una breve pausa. Mixielutzi calca sulle parole successive. «E lei?»

«Mi sarei tradito da solo?» Il tono di Roberto oscilla tra il sarcasmo e un timore che affiora.

«Ci pensi.»

Un lampo, lontano. Si ramifica, precipita da qualche parte. Non segue tuono. Nella testa di Roberto sì. Un tuono amaro ma, in fondo, non inatteso. Il nome gli sale alle labbra. «Lorenzon...»

Mixielutzi annuisce. Forse. Il movimento è quasi impercettibile. «Lei conosce Ernesto Sernagiotto. Sa che è capace di promettere, di blandire e di minacciare. Sa anche che la tiene d'occhio. Come poteva pensare che chi le era vicino non fosse, diciamo, caldamente invitato a non perderla di vista?»

Roberto si colpisce più volte la testa col palmo della mano.

«Lei ha anche provato a dirmelo l'altro giorno, sulla soglia...»

«Era comunque troppo tardi.»

Le dita si chiudono sul palmo. Il pugno di Roberto si abbatte sul volante. Ancora. E ancora. *Avrei bisogno di una pastiglia.* Principio di panico. *Non ne ho più.*

Quando si è sfogato, si gira verso il sardo. «La ringrazio, commissario. E le chiedo scusa per aver dubitato di lei.»

«Non si deve scusare. Io dubito di tutti» dice Mixielutzi. «Adesso, se non le dispiace, tornerei a parlare di cose serie. Dopo la conferenza stampa di oggi» continua il sardo «la nostra diventa un'indagine ufficiale. Disporremo di analisi di laboratorio, delle autopsie, degli archivi.» Si ferma un istante. «Non ho trovato traccia della ragazza con la bicicletta. Chi è?»

Roberto torna nel suo abisso di sensi di colpa. La rabbia verso Sernagiotto però non scema. «È la ragazza che mi ha fornito i documenti che le ho passato. Era fidanzata con una delle possibili vittime, l'ultima, Elèna Žvereva. Ha perso...», qui è costretto a fermarsi. Nonostante la Danza è titubante. «*Credo* abbia perso la famiglia in un incidente domestico», indica alle sue spalle. «Esattamente qui.» *Quell'assegno era la riscossione della loro assicurazione sulla vita.*

Mixielutzi allunga lo sguardo oltre Roberto, verso la casa. E sgrana gli occhi.

Roberto ci legge sorpresa. E paura. Si gira.

La porta, ora è spalancata. Sulla soglia c'è una sagoma eterea, illuminata dalla luce del lampione, una creatura diafana che tiene le braccia stese. Una mano aperta, una chiusa a pugno. E si avvicina a passi lenti, sotto la pioggia.

10

Nel suo peregrinare, era arrivata al Terzo lago. O, meglio, ci aveva provato. Assiepate nello spiazzo soprastante, c'erano centinaia di persone, tenute lontane dagli agenti che stavano transennando l'area. La strada che permetteva l'accesso al rudere del centro balneare era sbarrata. Un'auto di traverso. Agenti anche lì.

Allora era andata nell'unico posto dove si sentiva di andare. La pioggia non l'aveva abbandonata un secondo, ma lei era riuscita ad arrampicarsi fino a Termine. Aveva raschiato il fondo delle sue esigue forze. Aveva imposto al suo corpo un sacrificio. L'ultimo, aveva promesso.

Dietro la chiesa vuota, un recinto di terra e lapidi. Poche, sbiadite, coperte di muschio fradicio. Tranne quattro recenti. Si era seduta in mezzo a queste. Anzi, si era sdraiata. La quinta lapide sarebbe stata lì, per lei. Tra mamma e Luca. Una mano su mamma, una mano su Luca. Il piccolo era il suo preferito. Il piccolo era quasi arrivato alla maniglia. Il piccolo era morto a dieci centimetri dalla salvezza. Se solo lei fosse rientrata prima. Se solo non fosse uscita. Se solo la porta fosse stata aperta.

Aveva fissato il cielo che vomitava incessantemente. Gocce pesanti che poi le scorrevano sulle guance, le finivano in bocca mischiate al sale del sudore e delle lacrime. Freddo, acqua.

«Tutto qui?» aveva gridato rabbiosa, sino a quando non

era sceso il buio. A quel punto si era sentita in pace. Aveva detto al cielo tutto ciò che doveva. Aveva regolato i conti. Nessuno aveva varcato il cancello di ferro arrugginito. Nessuno l'aveva vista. Nessuno l'aveva sentita. Si erano accese le finte fiammelle votive. Era ora di andare. Aveva inforcato la bici ed era salita dal sentiero nel bosco. Il fango si trasformava in rivoli insidiosi. Un calvario infinito per un fisico già debilitato. Era caduta più volte. Mistero doloroso, era arrivata alla villetta da dietro.

Aveva intravisto l'auto della polizia, davanti, sotto al lampione. Poco male, anche la porta della cucina sul retro restava sempre aperta. Sarebbe bastata quella a salvarli, quel giorno. E per salvare me, aveva pensato mentre la sua mente precipitava in un magma oscuro.

Si era arrampicata in camera. Si era spogliata. Si era guardata allo specchio. Uno scheletro che cammina. Un cadavere che porta su di sé il proprio epitaffio.

Dal magma era emerso un solo pensiero, ossessivo, circolare. Anche Ele se n'è andata. Sono sola. Sono inutile.

Aveva voglia di musica, ma non voleva segnalare la propria presenza. Fuori dalla finestra spalancata, strappo nella notte di Zuel di Qua, era arrivata un'altra auto.

La musica era salita prepotente nella sua testa. Violenta, assurda. La faceva stare bene.

Il mondo aveva preso a ondeggiare, ruotare fuori asse.

Francesca si era fatta largo. Vestiti, biancheria. Libri, giornali, fogli stampati. «Macerie. Macerie della mia vita» aveva sghignazzato, sottovoce. Aveva riso. «*I'm the passenger and I ride and I ride...*» aveva iniziato a cantare, accennando persino a qualche sbilenco passo di danza. Scheletriche ali d'uccello ondeggiavano su un vuoto immaginario. La musica nella testa.

«*I ride through the city's backsites...*»

Attorno a lei, tutto girava. Attorno a lei, tutto parlava di sconfitta. La smemorata, Arianna, Jasmine erano le sue sorelle. Nate e sparite. In mezzo, niente vita. Come Ele. E come lei.

«*I see the stars come out of the sky...*»

181

Si era fermata. Fissava le parole sul foglio appeso al pc. Aveva appallottolato la poesia, l'aveva stretta nel pugno. Barcollava. Si era tenuta in equilibrio allargando le braccia. Non sentiva freddo. Non sentiva più nulla. Un corvo scheletrico che cercava un punto su cui planare.

Aveva allungato una mano sotto al letto. Al buio aveva trovato ciò che cercava.

Non aveva provato dolore, mentre lo faceva. Era dolce. Era... soffice.

Aveva continuato a sorridere.

Si era trascinata. Era arrivata alla balaustra. Vi si era aggrappata. La sua mente vagava, liquida.

Aveva sceso le scale, aveva aperto la porta. Si era mostrata nuda alla notte. Pochi passi.

Uno sforzo. Ancora uno. L'ultimo.

11

Francesca vede Serra uscire dall'auto. Con lui un altro uomo. Fluttuano in un'atmosfera rarefatta. Galleggiano nella pioggia. O forse è lei.

Qualcosa gocciola sulla pietra del vialetto, qualcosa che viene subito lavato via dagli scrosci furibondi del temporale. Non se ne accorgerebbe, se non fosse il suo sangue.

Ora Serra è vicino. Muove la bocca. Parla, forse. Ma lei non lo sente. Si concentra. Ha solo una cosa da dire. L'ultimo sforzo. Stavolta è vero.

Francesca solleva il braccio destro. «Diciannove.» Schizza Roberto del suo sangue. Lui è come impietrito, non colma quell'ultimo spazio, non si avvicina.

Francesca solleva il braccio sinistro. «Venti» sospira. «Luca aveva... otto anni... Lorenzo ne aveva... dodici... un tatuaggio per ogni anno dei miei... fratelli...»

Francesca bisbiglia: «Venti». Vorrebbe dire altro, dire "ora l'oblio", dire "panta rei", ma l'oblio arriva prima delle parole. La luce scompare del suo sguardo.

Cade come corpo morto.

Cade, ramo secco spezzato da una folata troppo forte.

Cade.

Solo allora Roberto trova la forza di muoversi.

DENTRO

Elèna emerge dall'incubo gridando e piangendo. È nel letto, nella stanza. Le luci si accendono all'improvviso.

«Regola numero uno!»

Lei non sente. Grida. Ha sognato le immagini che le aveva mostrato quel medico, dopo il disastro della centrale. Il medico che le aveva detto che lei era morta.

Il 26 aprile 1986 aveva dieci anni. Era notte quando aveva sentito l'esplosione. Erano usciti assieme, lei, la mamma, il papà. Il nonno era arrivato un po' dopo. Si erano fermati sulla soglia a guardare la colonna di fiamme e fumo all'orizzonte. Elèna ricorda di avere pensato che fosse bella. Sembrava un dito che toccava il cielo. E nel cielo si fermava, allargandosi in una nube che avvampava alla luce delle fiamme.

«Cos'è?» aveva chiesto. Nessuna risposta. Allora aveva preso la mano del babbo e aveva indicato la luce. «Cosa c'è là?»

«L'Ucraina» aveva risposto il babbo senza smettere di guardare quell'alba artificiale di fuoco e fumo. «Pryp'jat'. Černobyl'. La centrale.»

«La centrale» aveva ripetuto il nonno.

Altre due esplosioni, poi si era alzato il vento. Non era un vento normale. Era caldo, anche per quella stagione. Soffiava nella loro direzione. Elèna lo ricorda perfettamente. Portava fumo. Sembrava solido, fatto di cenere. Portava piogge sulle coltivazioni, sui vestiti stesi ad asciugare, sulle persone che lavoravano, andavano a scuola. Giocavano.

È stato solo anni dopo che Elèna ha capito la portata di ciò che era accaduto, che ha sentito parlare dei Röntgen/ora. Che ne sarebbero bastati cinquecento per uccidere un essere umano. E a Černobyl' si era arrivati fino a ventimila, una quantità di radiazioni quattrocento volte superiore a quelle dell'ordigno lanciato su Hiroshima.

Allora non lo sapeva, né lo sapevano i suoi familiari. «Devo andare a vedere» aveva detto il padre di Elèna. Era partito con la loro macchina sgangherata, mentre nel cielo iniziavano a passare gli elicotteri che sganciavano acqua sulla colonna di fiamme. Era tornato a giorno fatto, stranito, con il viso e le mani ustionate. Non aveva parlato di ciò che aveva visto, aveva solo chiesto da bere. Non era più riuscito a mangiare, eppure continuava a vomitare. Era morto il 9 maggio del 1986, tredici giorni dopo lo scoppio.

L'acqua buttata sul reattore per spegnerlo, per raffreddarlo, alimentava gigantesche nubi di vapore tossico che il vento diffondeva rapidamente. Attorno al reattore erano stati schierati i liquidatori. Migliaia di persone che facevano turni di due minuti per liberare a braccia la zona dai detriti. E che da questi turni vennero uccise.

Erano cominciate le evacuazioni. Le persone venivano prese nelle loro case, con pochi effetti personali, fatte salire su bus militari e portate altrove.

«Non mi muovo, non ho attraversato la steppa gelata per finire a morire chissà dove» aveva concluso il nonno. Elèna sapeva che se si fossero presentati i militari, lo avrebbero costretto a partire. Volente o nolente. Ma non accadde. Non si presentò nessuno. La casa di tronchi era isolata, nascosta nel bosco.

Nonno Giuseppe era morto prima che giugno diventasse luglio. Quando già era costretto a letto, sofferente, Elèna gli aveva letto il *Purgatorio*, più volte, fino all'"io ritornai da la santissima onda rifatto sì come piante novelle rinovellate di novella fronda, puro e disposto a salire a le stelle" sperando che lo aiutasse a trovare una qualsiasi forma di salvezza. Era stato seppellito accanto alla ragazza che gli aveva aperto la porta durante la ritirata, quella moglie tanto amata che lo aveva preceduto di alcuni anni.

Quando aveva smesso di piovere, l'erba attorno a casa era tutta bruciata, le piante seccate. E loro avevano bevuto acqua del pozzo, mangiato verdure dell'orto. Olga, la madre, si era ammalata a luglio ma l'aveva negato sino a quando era stata in grado di reggersi in piedi. Era morta a metà agosto. Elèna non sapeva cosa fare del corpo, era una bambina. Meno di quattro mesi prima viveva con il padre, la madre e il nonno. Ora era sola.

Allora aveva abbandonato la casa di tronchi con la *Divina Commedia* sotto braccio, percorrendo l'unica strada che conosceva. Quella che andava verso il lago. Doveva aver superato il confine perché a un certo punto si era imbattuta in un soldato ucraino che l'aveva presa in braccio e portata all'ospedale di Kiev, in una zona meno pericolosa. Non sicura, perché di zone sicure in quei giorni non ne esistevano. I venti avevano portato nubi e piogge tossiche ovunque.

Elèna era stata nutrita, vestita, lavata, visitata. Era radioattiva, lei stessa, e lo era rimasta per mesi e mesi. I medici aspettavano solo che sviluppasse una qualche forma di tumore. Non era accaduto. Dopo due anni, Elèna era uscita dall'ospedale ma solo per essere rinchiusa in un istituto per le vittime di quello che ora veniva chiamato "il disastro".

Continuava a essere sottoposta a esami e visite periodiche. Era stato durante una di queste che un giovane medico l'aveva guardata con occhi seri. «Stai diventando grande» le aveva detto. Elèna aveva annuito. Aveva avuto il suo menarca.

«Non potrai avere figli, lo sai? Sei stata troppo esposta alle radiazioni. Dentro di te è tutto morto. Ed è meglio così.»

Il medico le aveva mostrato delle immagini. Un cane rachitico, con due teste, la bocca spalancata in una richiesta di pietà. Altra foto. Un ragazzino con le gambe storte e i piedi deformi, orribili. Altra foto. Un neonato con un cranio abnorme, due occhi minuscoli e spalancati, una bocca senza denti. «Ecco cosa potresti generare.»

Elèna era uscita dall'ambulatorio devastata. Era troppo. Aveva perso tutte le persone a cui aveva voluto bene, avrebbe voluto avere la possibilità di dare la vita. Di insegnare a un bambino la lingua di nonno Giuseppe. Le spettava. Non potevano negarglielo.

Quelle immagini sono tornate a tormentarla. Si è svegliata invasa dall'orrore. Non riesce a smettere di gridare.

«Regola numero uno!» ringhia la voce.

«Usa pure il gas, non me ne frega niente! Non puoi ammazzarmi, io sono già morta...» la voce di Elèna si spezza in singhiozzi «morta dentro.»

Il meccanismo scatta. La porta si apre. L'uomo entra. Lei non è legata, non ha il cappuccio. Lo vede. È alto, massiccio. La maglietta nera tira sul petto. I pantaloni neri faticano a contenere le cosce possenti. Indossa un passamontagna attraverso cui brillano gli occhi azzurri, febbricitanti, che lei aveva visto la notte in cui l'aveva presa. Indossa anche gli stessi guanti di quella sera. Bisbiglia come sempre, ma a voce più bassa. Poi si ferma. Carezze morbide. Il guanto sulle braccia, sulle mani. La mano sale al collo. Al viso. Asciuga le lacrime.

«È tutto fatto» dice lentamente, scandendo le parole. «Sei stata brava.»

La voce la calma. Il complimento le fa salire un calore inatteso. Un calore che scatena un dolore profondo, violento. Elèna si contorce. L'uomo si alza, si allontana senza smettere di fissarla.

«Cosa mi hai fatto?» mugugna lei. «Cosa mi hai fatto?»

12

«Come sta?»

Il medico, grasso dietro lenti appannate, scruta i due uomini. Allarga le braccia. «È stazionaria. Abbiamo suturato le ferite, fermato l'emorragia. Per fortuna eravate lì quando è successo.»

Roberto e Mixielutzi avevano tamponato subito il taglio, avevano immerso le mani nel sangue. Avevano spinto forte, per impedire al fluido scuro, denso, di uscire portando via la vita di Francesca. Mixielutzi si era sfilato la cintura e aveva detto a Roberto di fare lo stesso. Avevano stretto in una morsa salvifica quelle ali striminzite, stretto a costo di rompere l'osso protetto solo dalla pelle sottile. L'emorragia si era quasi arrestata.

Il sangue fluiva a rivoli sulle dita bianche di Francesca. Bagnava qualcosa che lei teneva nella mano. L'avevano caricata sulla pantera di Mixielutzi e portata all'ospedale più vicino, a Conegliano.

«C'è un ma, vero?» chiede Roberto al medico.

«Dire che la ragazza è anemica è riduttivo, siamo oltre la soglia della denutrizione. Pesa trentanove chili, si direbbe non mangi da giorni. Nel sangue abbiamo trovato più alcol e oppiacei che globuli rossi. Quella ragazzina non faceva altro che bere e drogarsi. È debole, molto debole. Avrebbe bisogno di sangue.» Un sospiro. «Subito.»

«Perché non le fate una trasfusione, allora?»

L'altro scuote la testa calva circondata da ciuffi disordinati. «Conegliano è un piccolo ospedale. Non disponiamo di sangue della tipologia giusta. È raro.»

«Che gruppo ha?»

Prima ancora che il medico risponda, Roberto scandisce il proprio gruppo sanguigno, completo dell'antigene negativo. Il grasso sotto il mento del dottore ballonzola. «È quello» sospira. «Siete parenti?»

«Sino a pochi mesi fa non sapevo nemmeno che quella ragazza esistesse.»

Il medico spalanca le braccia. «È un miracolo, allora.» Negli occhi una fiammella. Speranza. «Se facessimo in fretta...»

Il sangue non mente, anche se ci sforziamo di mentire noi.

13

La notte è fatta di silenzio e attesa. Dopo l'asettica procedura di prelievo, Roberto sente la testa leggera e il cuore pesante. Resta nella stanza a fissare il viso da bambina sotto la mascherina d'ossigeno. Osserva la trama e il tessuto della pelle di lei, dei tatuaggi che la veste da ospedale lascia esposti. I polsi sono fasciati, coperti di garza sterile e cotone. Bianchi di un bianco identico a quello delle lenzuola. Il petto si alza lentamente e ogni volta si arresta un attimo prima di riabbassarsi. Nel letto accanto a Francesca dorme una signora anziana, magra, che nessuno veglia.

Mixielutzi se n'è andato verso le due. Sul viso non c'era traccia di stanchezza. Ma gli occhi parlavano. Occhi di metallo duro.

Il sangue di Francesca è rappreso sul foglio che teneva in mano, stretto come per difenderlo. Ora è rigido, umido agli angoli. Sembra un messaggio dall'inferno. E, in fondo, lo è. Roberto lo rilegge, seduto accanto al letto. Ad alta voce, perché lei senta, dovunque si sia rifugiata.

«Amor, ch'al cor gentil ratto s'apprende...» Evita gli ultimi due versi. Non le legge dell'amore che condusse Paolo e Francesca a una morte. *Quel che succede a Ele, succede a me.*

Quelle parole gli girano in testa. Non dorme, non

chiude nemmeno gli occhi. Non si alza mai per fare qualche passo nel corridoio. Si tormenta la barba e fa la sola cosa che il grasso dottore gli ha detto che può fare: aspettare.

Si sente debole, vulnerabile. La condizione ideale per la Danza. Controlla spesso gli odori. Malattia. Medicine. L'atmosfera chimica degli ospedali, niente di più. Ma è inquieto. *Non ho più pillole.*

Quando manca poco all'alba, improvvisamente il respiro di Francesca si fa così corto e irregolare che sembra incastrarsi nei polmoni, inciampare nei denti.

«Non te ne andare» sussurra. Sfiora le bende ai polsi. «Così è arrendersi, gettare la spugna.»

Non riesce a trovare perdono o giustificazioni per sé. *E tu? Quante volte ti sei arreso?* Pensa all'assassinio dei suoi genitori, alla fuga a Case Rosse. Alla fuga quando Francesca è venuta a chiedergli aiuto. Poi, senza preavviso, spunta il ricordo di Alice. Alice che se ne va e lui immobile sulla soglia del ristorante, mentre la pioggia la porta via.

Alice non c'è più. Alice è Prima. Ora è Dopo. Tocca a me. Dipende da me.

L'alba passa. Il respiro torna regolare. Le infermiere iniziano i propri giri. A mattino inoltrato, Roberto comincia a sentirsi inutile. Capisce che potrebbe fare altro per Francesca piuttosto che vegliare la sua incoscienza. Si alza. Fissa il viso dolente e pacifico della ragazza. E si risiede. Resta lì. Non riesce ad allontanarsi.

«Te lo prometto» sussurra. *Troverò chi ha ucciso Ele, te lo prometto. Sarò qui a lottare con te, te lo prometto. Sarò qui quando ti sveglierai, te lo prometto.*

Non si rende conto di quanto la sua cieca speranza sia simile a quella di Francesca di trovare viva Ele. E di quante promesse abbia fatto, alcune in contrasto tra loro.

Nel frattempo, il suo sangue si mescola a quello di Francesca. Le riporta vita goccia a goccia. Ora è lui a stringere il foglio di carta, come un talismano. Come un filo a cui aggrapparsi. Lo gira, non ne può più di leggere quei versi.

Sull'altro lato, sotto il colore ormai amaranto, vede un'intestazione. Proviene da un bloc-notes.

CENTRO MEDICO PRIVATO
LA BUONA VITA

Una semplice scritta, senza logo. Osserva il petto andare su piano, giù piano, afferrare il lembo di una vita che buona non è.

14

Ogni notte, Roberto è lì. E ogni giorno. Le infermiere hanno tentato di allontanarlo, poi, di fronte al suo rifiuto netto, l'hanno adottato. Gli hanno portato una poltrona più comoda, e una coperta. E per lui c'è sempre un vassoio del cibo riservato ai malati, che Roberto quasi non tocca.

Mixielutzi arriva, resta poco, in silenzio, e se ne va dopo aver sussurrato una domanda: «Perché non riprende a indagare? Qui non serve a nulla».

La riposta è sempre la stessa: «Questo è il mio posto, ora». È la sua unica consapevolezza. Non si è allontanato nemmeno per cambiarsi, non può. *Ho promesso.* Roberto può solo stare lì, in ospedale, ad aspettare. A guardare il fiato di Francesca appannare la plastica della mascherina. Ad ascoltare il mugugnare dissonante dell'anziana sempre sola, in coma nell'altro letto.

Arriva una notte, uguale alle altre in apparenza. Ma, a un certo punto, Roberto sente passi in corridoio. Passi femminili, ma non quelli rapidi e consapevoli delle infermiere. Tende i sensi.

La porta si apre. Roberto non riesce a nascondere la sorpresa. «Come hai fatto a entrare a quest'ora?»

«Al pronto soccorso lavora un'infermiera di Porto Alegre, una mia amica» sussurra Susana e si appoggia l'indice sulle labbra. Poi, con lo stesso dito, indica Francesca. Ha i capelli sciolti, porta su una spalla una grande borsa dai

«C'è una conferenza stampa del questore. Pare che ci siano stati degli omicidi a Treviso» si giustifica il gelataio, un uomo sulla sessantina con baffi spioventi e pochi capelli.

Il questore, un lungagnone azzimato, deve ancora iniziare a parlare. La scritta nel sottopancia è eloquente.

IL LAGO DELLA MORTE:
CADAVERI DI DONNE E NEONATI TROVATI A REVINE

Il viso di Francesca è una maschera. Fissa lo schermo come se potesse incenerirlo.

«Vi ho convocati per evitare che si diffondano notizie errate riguardo ai ritrovamenti nel Terzo lago di Revine» esordisce il questore, tra i flash dei fotografi. Nonostante si sforzi di tenere un tono grave, è evidente quanto gli piaccia quel che sta facendo.

«Confermo che la squadra di sommozzatori dei vigili del fuoco, sotto la mia supervisione, ha ripescato dalle acque quattro cadaveri di giovani donne.» Una pausa, a sottolineare la drammaticità dell'evento. «E otto cadaveri di neonati.»

Dalla sala si alza un brusio che arriva sino nella gelateria. Il questore alza una mano dalle lunghe dita. Aspetta che tutti tacciano. Compare il suo nome, QUESTORE ERNESTO SERNAGIOTTO, mentre dice: «Dalle prime evidenze, per la prima volta la città di Treviso deve misurarsi con un omicida seriale. Abbiamo fondati motivi per ritenere che il colpevole di tutti i delitti sia lo stesso».

Silenzio in sala. Silenzio nella gelateria.

«Chi sono le vittime?» chiede una giornalista.

Il questore fissa l'obiettivo della telecamera. «Quattro giovani donne: una cinese, una bielorussa, una di etnia rom e una di nazionalità non precisata, probabilmente straniera. E otto neonati, di cui al momento non sappiamo nulla. Ma stiamo lavorando, e posso assicurarvi che...»

«Francesca!» Susana grida.

La ragazza è scattata in piedi. Ribaltando la sedia, la coppa, il tavolo. Non ha luce nello sguardo. Vuoto. Vuoto colori sgargianti. Entra nella stanza, va verso il letto, in silenzio, nella penombra. Accarezza il viso diafano di Francesca. Lentamente, dolcemente. Un gesto che Roberto non ha trovato il coraggio di fare. Le sussurra qualcosa nella sua lingua. Appoggia la sua fronte a quella di lei, come se volesse trasmettere forza, o un pensiero.

Quando si rialza, scintille negli occhi di giada. Lacrime. Allunga una mano verso la guancia di Roberto, la barba.

Lui le indica la poltrona vuota. «Mettiti lì, starai comoda.»

Susana scuote la testa. Prende la sedia vuota accanto al letto dell'anziana. Roberto sa che non ci sarà verso di convincerla. Può solo cercare l'infermiera del turno di notte e parlarle. Le poltrone diventano due.

Susana estrae un panno pesante dalla borsa e se lo sistema addosso. Si prepara per la notte. Anticipa nuovamente le proteste di Roberto portando ancora l'indice alle labbra.

Anche Roberto si siede, rigido. Oscilla. Ha bisogno di stare solo, ma nel contempo di qualcuno con cui condividere quel peso. Inconsapevole di quei pensieri, lei gli appoggia la testa sulle spalle e chiude gli occhi. Roberto assapora stupito quel contatto morbido e caldo. Come una corda d'arco, contrae e rilascia i muscoli, al ritmo dei visi che gli affollano la mente. Visi femminili, sorrisi.

Alice, l'unica in grado di farlo diventare altro da sé. E di farlo a pezzi. *Dove sarà Alice, ora?*

Francesca, il viso di una bambina rivestita di una corazza piena di lacerazioni.

Susana, lampo di un sorriso aperto, sole, vaniglia. Susana, che gli gira attorno, non fa domande, lo aspetta. Susana che c'è, ora, e gli dorme addosso.

Alla fine compare una donna con i capelli scuri, seduta in un'auto, il viso rivolto verso il sedile posteriore. Di fianco a lei, la nuca di un uomo che fissa un'autostrada deserta. Oltre il parabrezza, un sole basso. Il rombo di una moto nera, un'arma spianata. Vetri in frantumi, crani in frantumi, vite in frantumi. Sangue. Poi lo schianto. Quella donna è sua madre Miriam. Accanto, c'è suo padre Saverio. Sono stati ammazzati il 14 agosto 1976, il giorno del suo sedicesimo compleanno. Forse una resa dei conti per un'indagine scomoda a cui aveva partecipato suo padre. Quel giorno era finita la sua adolescenza. Quel giorno, per la prima volta, la Danza lo aveva preso e lo aveva obbligato a vedere con gli occhi di altre persone. Aveva visto con gli occhi degli assassini dei genitori, aveva provato la loro stessa esaltata gioia per la morte che stavano infliggendo. Da quel momento, la sua vita si era trasformata in una continua ricerca della verità, in una lotta quotidiana contro la Danza che si manifestava in modo imprevedibile, incontrollabile. Mentre di quei due uomini con i caschi neri non si è saputo più nulla. Gli assassini di Miriam e Saverio Serra sono ancora senza nome.

E i miei genitori non possono riposare in pace, pensa confusamente mentre il sonno svanisce. L'arco si tende allo spasimo. Dalla tapparella entra un pallido raggio di sole. È di nuovo l'alba.

DENTRO

Il dolore si spegne. Resta una sensazione orribile, di qualcosa di anormale dentro. Ogni notte tornano le immagini di corpi deformi. Ogni mattino l'uomo le porta la colazione. Lei lo aspetta. Lo sente accanto. Lui si toglie i guanti, le accarezza il polso, dove la stoffa lascia la pelle nuda. Le dita sono ruvide, la pelle spessa, ma l'uomo si sforza di essere delicato.

Dopo una settimana, le parla. «Devo farti un prelievo» sussurra. Lei non ha paura. Passa un'altra settimana, e la scena si ripete. Il mattino successivo, la accarezza più a lungo. «Sei stata brava» le dice. «Niente più cyclette» aggiunge.

Elèna non riesce a trattenere un sorriso compiaciuto. Anche dopo che l'uomo se n'è andato, continua a ripetere: «Piccola Ele è stata brava, piccola Ele è stata brava, piccola Ele è stata brava...».

15

Seguono molte notti, e molti giorni.

Roberto non riesce a uscire dal campo gravitazionale del letto all'ospedale di Conegliano. Le giornate sono scandite dalle domande alle infermiere che entrano per cambiare flebo, o ai medici che eseguono controlli. La risposta, sempre la stessa: «Sta lottando. È incredibile che in quel corpo minuto ci sia tanta forza. Se crede, preghi per lei. È l'unico aiuto che può darle». E un invito: «Vada a casa».

Roberto ci va, il tempo di una doccia, di cambiarsi, di guardarsi allo specchio, di stupirsi di ciò che vede.

Durante l'ennesima notte di silenzio e attesa, lo assale un senso d'impotenza annichilente. La boccetta diventa pesante in tasca. Sempre più pesante. Un peso insostenibile. Immagina la pillola sotto la lingua. La salivazione diventa grassa, fluida. Desiderio. È costretto ad affrontare ansie e paure lì, nell'ospedale, nel silenzio. Senza appigli. Senza salvagenti chimici.

Quella notte, Roberto suda senza controllo e trema piano. Cerca di contenersi, di non svegliare Susana, che arriva tutte le notti e tutte le notti gli dorme addosso. Cerca di concentrarsi sul contatto con lei. Ma è terrorizzato di sentire un odore marcio, sotto quello dolce di vaniglia.

Appena lei lo lascia, dopo l'alba e un caffè orribile, decide. *Non sono mai stato un periodo così lungo senza medicine.*

La Danza è un nemico infido. Appena ti vede in difficoltà, ti at-
tacca. E vince. Vince sempre.

Il cellulare è scarico, morto, inutile. Nell'atrio dell'ospedale c'è un telefono a monete. Contatta il servizio abbona-
ti, si fa dare il numero del Policlinico Sant'Orsola a Bologna. Chiama. È fortunato, Gardini è in servizio. Roberto lo
ricorda anziano, ma scattante e nervoso come un ragazzino. Anche Gardini si ricorda di lui.

«Credo siano tre anni che non la vedo o la sento» specifica. «Un caso davvero interessante.»

Strappa a Roberto un sorriso. «Nessuno mi aveva mai
definito così.»

«Mi perdoni, sono in servizio da molte ore, forse troppe alla mia età. Come si sente? Ha avuto altre crisi di quella che lei chiama in quel modo bizzarro... Danza, giusto?»

«È stato un suo collega a trovare quel nome. Diceva che
non esisteva nessun termine medico che inquadrasse il
mio...» Pausa. Cerca la parola. *No male. No malattia. No di-*
sturbo. «... la mia brutta cosa.» *La definizione di Bernini.* «Altri medici avevano parlato di epilessia. Una forma rara, una
manifestazione eclatante del grande male. Uno voleva addirittura che mi sottoponessi a un ciclo di elettrochoc, un
ciclo molto lungo. Per quanto, secondo lui, l'unica terapia
veramente efficace sarebbe stata la lobotomia. Passò diversi
minuti a spiegarmi che la medicina aveva quasi abbandonato quella pratica, ma i risultati che si potevano ottenere
erano strabilianti.» Roberto si ferma di nuovo, sospira. Non
gli piace rievocare quegli anni in cui passava da uno specialista all'altro come un pacco indesiderato. «Dopo quel
colloquio, ho deciso di smettere di prendere le medicine
che mi venivano prescritte. Ero maggiorenne, potevo farlo.
I dottori non ci hanno mai capito molto di me. A parte lei.»
In un angolo del corridoio, Roberto cerca di sottrarsi agli
sguardi dei primi visitatori, a quelli ormai familiari delle
infermiere. «Le pillole che mi ha prescritto sono le uniche
che hanno avuto risultati» dice «e non so nemmeno come
si chiamano. Le ho finite, dottore, e ho paura che la Danza
torni. È da quando ho iniziato a prenderle che non ho più

crisi.» *Quel che è successo in casa di Francesca non conta. Se le avessi avute con me, la Danza si sarebbe fermata.*

Gardini si prende qualche istante, prima di parlare. «Tre anni quindi. Un ottimo segnale» risponde compiaciuto. «Mi lasci qualche giorno per riflettere e per confrontarmi con sua moglie.»

Moglie? Come uno schiaffo. *Alice, certo.* «Deve confrontarsi con me» si sforza di dire.

Gardini non fa domande. Forse intuisce, oppure non gli interessa. «Mi venga a trovare a Bologna, allora, così potrò constatare i suoi progressi e formulare una diagnosi più accurata.»

Roberto si appoggia al muro. Un cerchio che gli si stringe attorno al cranio. «Ho bisogno di quelle pastiglie» si sente dire. «Non posso stare senza.» È la prima volta che lo ammette, anche con se stesso. Non è una bella sensazione.

Un sospiro all'altro capo. «Non è così semplice, a lei mancano alcuni passaggi...»

Allora Roberto capisce. Capisce perché quelle pastiglie placano la Danza. Perché lo fanno sentire così bene. Perché non riesce a farne a meno. Perché quella notte ha tremato e sudato.

«Contengono qualche sostanza stupefacente...» sussurra. «Sono... sono un drogato.»

Non è una domanda. Arriva comunque una risposta.

«È l'esatto contrario.»

«In che senso?»

«Vuole davvero saperlo?»

Roberto si sente sempre più agitato. Infila le ultime monete. «Voglio sempre la verità.»

Un silenzio, lungo. «Le pastiglie che ha assunto per anni e che hanno dato gli eccellenti risultati che mi ha descritto non sono medicinali.»

Roberto balbetta qualcosa. Gardini prosegue. «Vede, io, come i colleghi che l'hanno visitata prima di me, non ho capito cosa sia il... insomma, il disturbo che la affligge. Epilessia? Forse. O forse no. Invece di imbottirla di medicinali a caso, le ho fornito un aiuto, una spinta per tenere a bada la Danza da solo. Si chiama effetto placebo. Si verifica quando le reazioni a una terapia dipendono solo dalle attese del paziente. È sottostimato dalla medicina ufficiale ma può avere risultati eccezionali.» Si ferma per cercare le parole giuste. «Come nel suo caso. Altro che stupefacenti, lei per anni ha assunto pastiglie di acqua e zucchero, senza alcun principio attivo, al limite un po' di vitamina C. Per dirla in una parola: caramelle.»

A Roberto si secca la bocca. Vorrebbe rispondere, dovrebbe rispondere. Ma non riesce a elaborare un solo pensiero sensato. Le conclusioni le trae Gardini.

«Ha controllato *da solo* la Danza. Se per tre anni non ci sono state manifestazioni, credo di poter dire che lei è guarito.»

Arriva immediata l'impressione di sentire un odore di fiori marci. *No, professore, la Danza non si ferma. È incontrollabile. È imprevedibile. E non è vero che non si è verificata per tre anni...*

«Alice lo sapeva?» bisbiglia. Si rende conto che Gardini non ha sentito. «Alice lo sapeva?» ripete a voce molto più alta, facendo girare un'infermiera.

«Sua moglie? Certo. È stata una decisione che abbiamo preso insieme e...»

La linea cade. Roberto non ha più spiccioli. Ma non ha bisogno di chiedere altro. Non serve nessuna prescrizione per comprare delle caramelle.

16

«Ciao papà» quasi grida Alice, rientrando dall'ambulatorio.

Il padre non risponde. Dal suo studio, però, provengono delle voci. Una chiacchierata amichevole che si conclude con un «Allora siamo d'accordo?» nel momento in cui lei si affaccia.

Il sorriso di Ettore Steiner è splendente anche attraverso il fumo che invade la stanza.

«Ciao tesoro» dice. E si alza. Tiene in mano un grosso sigaro, come Ruggero Maria Capelveneri. Fa per dare un bacio ad Alice, che si scosta.

«Non ci pensare neanche! Non dopo aver fumato quella robaccia!» Anche se la domanda che le si agita dentro è: cosa ci fa qui?

«So che non ti piace, ma... dovrai abituarti» dice. E strizza l'occhio rivolto al padre di Alice, che si abbandona a una risata grassa, esagerata.

«In che senso?» chiede lei, sempre più stupita.

«È meglio se ne parlate a quattr'occhi» risponde Steiner. Prima di andarsene stringe la mano all'avvocato Capelveneri e tenta di dare una carezza a lei, che storce il naso. Anche le dita odorano di tabacco.

«Non mi ero mai accorta che fumassi.»

«Non lo faccio mai in tua presenza» dice con la sua voce da incantatore di serpenti. Poi lascia la stanza canticchiando: «All'alba vincerò...».

«Che ragazzo premuroso» commenta Ruggero Maria Capelveneri quando resta solo con la figlia. Siedono nel salotto, fuori dalla stanza invasa dal fumo. «Finalmente un fidanzato alla tua altezza.»

Alice scuote la testa. «Non è il mio fidanzato. Usciamo assieme.»

«Oh, questo è un dettaglio che risolveremo presto.»

«Non capisco, papà. E mi sto incazzando.»

«Ettore sta prendendo in mano lo studio di suo padre. Sono i più importanti fiscalisti di Bologna, sai?»

«Santapolenta, me l'avrai ripetuto cento volte!»

Il padre le mette una mano sul ginocchio. «Vuole fondersi, Alice. Vuole fondersi con lo studio Capelveneri. Sai cosa significherebbe?»

Alice si sente a disagio. Scosta la mano. «Un sacco di soldi per te?» Prova un'inspiegabile voglia di una passeggiata con Roberto. Uno degli strani desideri che le vengono da qualche settimana, accompagnati da un inusuale senso si spossatezza. Si è decisa a fare delle analisi per capire cosa le sta succedendo.

«Anche per te, Alice, anche per te. Sei la mia unica erede, e anche se hai deciso di fare il medico, quel che guadagno resterà a te. Perciò vedi di trattare bene Ettore Steiner.»

«Sono affari miei come lo tratto. E basta con questi discorsi. Gli affari sono una cosa, la mia vita privata è un'altra.»

«È che tu cambi idea così spesso... non vorrei che facessi come con gli studi...»

All'università, Alice aveva scelto medicina e non legge per ripicca, per rimarcare le distanze dal padre. E non a Bologna, dove sarebbe stata costantemente sotto controllo, ma a Roma. E a Roma aveva conosciuto Roberto, dopo l'inizio della specializzazione in medicina legale, un mezzo passo indietro che sapeva di compromesso. Quindi una nuova fuga in avanti, il salto a medicina generale. E, una volta finito, una giravolta: dal pronto soccorso degli ospedali all'ambulatorio privato; dalla gente comune alla Bologna bene. Uomini in sovrappeso (spesso clienti del padre) e donne ipocondriache e stressate (spesso le mogli dei clienti del padre).

«E se anche fosse?» chiede. Ruggero Maria Capelveneri inizia a spazientirsi. «Non deve succedere. Non si può litigare con un socio.»

Alice alza le braccia al cielo. «Ho bisogno di un bagno. Rilassante»

«Non fare stronzate, Alice.» Il padre fa per rientrare a passo pesante nello studio. Sulla soglia, si gira. Indica gli alti soffitti del palazzo. La scalinata in marmo. «Questa è la tua vita, che tu lo voglia o no. Non fare stronzate» ripete.

Alice sale i gradini a quattro a quattro. Sente un nodo in gola. Non riesce a inghiottirlo, non riesce a sputarlo. È vero, nella sua vita ha spesso cambiato idea e direzione. Ma ha imboccato ogni nuova strada sempre con l'idea precisa di dove sarebbe voluta andare.

Ora non ce l'ha. E comincia a credere che la fusione tra gli studi Capelveneri e Steiner sia il minore dei suoi problemi.

17

Ventesima notte. Venti notti sulla poltrona. Susana sarà lì a momenti, si sistemerà, gli dormirà addosso. Roberto si è abituato a quel contatto, al calore e al profumo. La aspetta senza farsi domande. Non sa se lei se ne faccia, ma avranno modo di parlarne dopo. *C'è un Prima, il coma, l'attesa, lo stallo, l'impotenza, e ci sarà un Dopo, quando Francesca si sveglierà. Quando si sveglierà, io ci sarò.*

Ha imparato a distinguere i rumori dell'ospedale, quelli diurni e quelli notturni; è in grado di anticipare il passaggio di un'infermiera o la consegna dei pasti.

Ma non sente nessun rumore mentre, alla luce della lampada sul comodino di Francesca, legge il brano del quinto canto ad alta voce, sperando che lei possa sentire. Esistono ombre che si avvicinano senza produrre suoni. E di cui ci si accorge quando ormai sono troppo vicine.

«Non la facevo così poetico. Non credevo le piacesse Dante.»

Roberto si gira di scatto. Riconosce la sagoma compatta, il viso senza espressioni. Ripiega il foglio macchiato di sangue e lo infila nella tasca della tuta. «Piace a lei» dice indicando Francesca.

L'altro occupa la sedia libera. «È molto che non la si vede in questura.»

«La manda l'ufficio del personale? Mi hanno già cercato.» Gli hanno comunicato che se non si presenterà in ufficio l'indomani lo stipendio sarà sospeso, lui sarà sospeso e si potrebbe esporre a sanzioni più gravi. «Si metta in malattia» era stato il freddo consiglio di chi l'aveva chiamato. Non è difficile capire chi ci sia dietro a tanta sollecitudine. *Ti piacerebbe, eh, Sernagiotto? Che presentassi un bel certificato medico che dice che ho qualcosa che non va, che sono depresso, instabile. Che sono fuori di testa, che non posso fare nemmeno il mio lavoro di passacarte.*

«Non sia puerile, commissario Serra. Lei regolerà i suoi conti con il questore come meglio crede. E farà lo stesso con la sua coscienza.» La voce di Mixielutzi non tradisce nessun disappunto.

Roberto si lascia scivolare addosso il commento. Si alza. «Venga, le offro il peggior caffè della provincia di Treviso.»

Appena imboccano il corridoio azzurrino, qualcosa si fa strada in Roberto. Qualcosa di lacerante. *E se si svegliasse proprio ora?* Rallenta. Mixielutzi fa altrettanto.

«Ha fatto un voto, vero? Ha promesso a quella ragazza di stare con lei sempre. Lo facevo anche io con gli ostaggi. Mentalmente. Dicevo loro che non li avrei abbandonati. Che potevano contare su di me. Mi faceva stare meglio. E a lei, commissario? L'aiuta a scaricare la coscienza? La alleggerisce?»

Arrivano alla macchinetta. Roberto butta dentro abbastanza monete per entrambi. Non guarda Mixielutzi. Lui, invece, non smette di fissarlo. E di parlare.

«Il questore Sernagiotto sta per chiudere l'indagine, lo sa? Non ufficialmente, certo. Ma ci ha chiesto, per non dire imposto, di impegnarci meno, di dedicare meno risorse al caso. Facciamo pochi progressi, commissario. Procediamo troppo lentamente per i gusti del questore, e...» Mixielutzi si ferma un istante, incerto se pronunciare le ultime parole.

Roberto le conosce già. Gliele ha dette Francesca, la prima volta che si sono visti, al Chiostro: «Lo so, sono tutte straniere. Immigrate clandestine. Persone che nessuno reclama. Invisibili».

L'altro annuisce impercettibilmente. «Sono arrivati i risultati delle autopsie.»

Roberto allarga le narici, animale in caccia. Assorbe l'odore di bruciato del liquido scuro che ha nel bicchiere di plastica. «Cosa dicono?»

«Cosa gliene frega? Lei sta qua a crogiolarsi nel suo dolore. Un bel lusso, piacerebbe anche a me.» Mixielutzi butta giù il suo caffè in un sorso, non si concede nemmeno una smorfia di disgusto, stringe il bicchiere, sporcandosi, poi lo butta nel cestino.

«Ma io...»

«Io, io, io! Non ne posso più di sentirle dire "io". Vuole aiutare quella ragazza? Bene. Mi dia una mano a scoprire che fine ha fatto la sua fidanzata.»

Roberto spalanca le braccia. «È morta, Mixielutzi», un soffio.

Il sardo muove impercettibilmente il capo. «Non credo che Elèna Žvereva sia stata ammazzata. È ancora nelle mani del suo rapitore.»

Il cuore di Roberto accelera a mille. «Ma il suo corpo è stato trovato nel lago...»

Rabbia immobile negli occhi di Mixielutzi. «Se non fosse così? Gliene fregherebbe qualcosa, commissario? Cambierebbe qualcosa per lei?»

Roberto annuisce. *Cambierebbe, eccome. Potrebbe cambiare tutto.*

«Allora ascolti. Sono stato nel monolocale in cui abitava Elèna Žvereva. Un palazzo schiacciato tra la stazione e il cavalcavia, abitato solo da stranieri. Sembra un alveare. Nell'appartamento, ora, ci stanno dei cingalesi che la sera vendono rose nelle osterie. Non hanno mai sentito parlare della ragazza. Ma ho interrogato il padrone di casa. Ho minacciato di sbatterlo in galera. Alla fine mi ha dato un sacco con la roba di Elèna. Pochi vestiti, libri. E una spazzola. Sa cosa significa, vero?»

«Che c'erano dei capelli...»

«Esatto. Abbastanza per eseguire il test del DNA. Bene, il corpo di Elèna Žvereva non è tra quelli ritrovati.»

Un pugno dritto nello stomaco. Francesca... Francesca, è stato inutile. La tua Ele non è morta.

Mixielutzi tira fuori da sotto il cappotto un mucchio di fogli spiegazzati. «Qua trova i principali risultati delle autopsie. E brevi schede delle ragazze su cui mi ha chiesto di fare una verifica.» Volge gli occhi da un'altra parte. «Loro sì, sono state ammazzate. Ne siamo certi.»

Roberto viene invaso dalla tristezza e dal dolore. Allora è vero. Pensa a Laura che non rivedrà mai più Arianna. Ripensa anche alle parole della ragazza cinese. *Non sto rispettando il mio obbligo morale. Io e le vittime formiamo una* guanxi.

«Se Elèna Žvereva non è morta, resta un cadavere non identificato» riesce a dire con un filo di voce.

«Esatto.» Mixielutzi prende una lunga pausa. «Il questore Sernagiotto è andato fuori di testa. Era convinto di avere la soluzione in mano, il suo serial killer. Ora abbiamo un rapimento, e quattro corpi di cui uno totalmente sconosciuto. Non è la guerra lampo che pensava. Perciò vuole fare in modo che il caso venga dimenticato, tanto nessuno reclamerà. E io lo accontenterò, dedicherò meno uomini alle indagini, come ordina. Anzi, ne dedicherò uno solo: me stesso. Ma io continuo a cercare.» Fissa Roberto con occhi immobili. «Chi è più utile alla ragazza in coma? Lei che sta qui a controllare che respiri o io che cerco di darle una ragione per sopravvivere?»

Il caffè non sale e non scende. Elèna è viva. Un altro pugno, molto forte, di quelli che spezzano il fiato. *Ha ragione. Sto tradendo tutto ciò in cui credo. Sto tradendo anche Francesca.*

«Le altre...»

«Sono quelle che ha individuato lei. Arianna, Jasmine e la turista... credo di aver dato un nome alla turista.»

Quando si dà il nome alle vittime, tutto cambia. Iniziano ad avere una storia. Una storia spezzata. Sacchi di stracci, questore Bernini? Lei per primo non riusciva a considerarle sacchi di stracci. «Come si chiamava?»

«Mahira Pjanić. È una scoperta di stamani. All'inizio mi ero fissato su quanto scrivevano i giornalisti o quanto credevamo tutti: che si trattasse soltanto di clandestine. Poi ho cercato negli archivi dell'ufficio immigrazione, nei suoi archivi», il tono è di accusa. «Non risultavano ragazze dell'Europa dell'Est entrate e poi non uscite. Ma una svedese sì.»

«Il nome non sembra svedese.»

«Il nome è bosniaco. Bosniaco musulmano, per la precisione. Forse qualche giornalista ci aveva parlato, per questo aveva dedotto che provenisse dall'Europa dell'Est. Non c'è andato molto lontano, era nata a Srebrenica. Se osserva la foto del passaporto svedese di Mahira Pjanić e la confronta con quella della turista smemorata credo le resteranno pochi dubbi. Hanno la stessa cicatrice, sulla fronte. Ce l'ha anche uno dei cadaveri. Sto cercando di mettermi in contatto con la famiglia. Si è registrata come studentessa e la residenza è a Stoccolma.» Si ferma un istante, come se rimettesse a posto qualche tassello nel puzzle che ha in mente. «Era, non è. Quando si passa tanto tempo in compagnia di queste persone, si finisce per dimenticare che sono morte. Che sono state assassinate. Lei lo sa.» Fissa Roberto, duro. «Ho di nuovo sbagliato tempo verbale. Lei lo sapeva.»

Bernini diceva che la Danza era una brutta cosa, ma preziosa: una maledizione e un dono. Soltanto sentendo ciò che sentivano le vittime si capiva cosa sentiva l'assassino. Grazie alla Danza io lo vivo. E vivo anche ciò che prova l'assassino, a volte. È straziante. «Conosco quella sensazione meglio di quanto lei possa capire.»

«Bene» commenta Mixielutzi. Nella sua voce non c'è traccia di ironia.

«Come sono morte le ragazze? E... e i bambini...»

«Trova tutto nelle carte.»

Nel burocratese non resta impigliata la realtà. «Me lo racconti lo stesso.»

«Gli esami tossicologici hanno rivelato almeno tre sostanze nei loro tessuti.»

«Veleno?»

«Così pare.»

«Mostruoso.»

«No, commissario. Mi permetto di dire che questo è l'aspetto meno mostruoso di tutta la vicenda. Se le dico che le tre sostanze sono tiopental sodico, pancuronio bromuro, e cloruro di potassio lei cosa ne deduce?»

Ricordi dell'Accademia. «Un'iniezione letale.»

«Se la procedura è la stessa che si usa negli Stati Uniti per le esecuzioni capitali, e non ho ragione per dubitarne, sono state iniettate nell'ordine in cui gliele ho citate. Un forte barbiturico per rendere incoscienti, un bloccante neuromuscolare per impedire la respirazione e il vero veleno, quello che ferma il cuore. Indolore, o quasi. Eutanasia, buona morte.»

«Anche...» Roberto deglutisce. «Anche i bambini?»

«Così si direbbe. Dosaggio regolato alla perfezione, pare.»

Cala il silenzio nel corridoio. Solo il ronzio della macchina del caffè. E i passi di qualcuno, lontano. La mente di Roberto si è messa in moto, frenetica. *La firma. Eccola. Ogni assassino ne lascia una, consapevolmente o meno. Non è un modo comune di uccidere. Ci vogliono conoscenze, competenze...*

Mixielutzi pianta di nuovo gli occhi in faccia a Roberto, il viso si fa di marmo duro. Di granito. «C'è una cosa che non le ho detto sui neonati. Abbiamo eseguito il test del DNA anche su di loro. Sono accoppiati a due a due, sono gemelli. Gemelli omozigoti, tutti di sesso maschile. E ogni coppia corrisponde a una delle ragazze.»

Nella mente di Roberto si scatena un inferno. Così nel suo cuore. «Sono madri e figli...»

«Non mi chieda com'è possibile, perché non lo so. Legga le analisi e i referti. Dobbiamo capire perché quel pazzo fa quel che fa. Perché senza dubbio è pazzo. Ed è un pazzo soltanto. Uno solo. Dobbiamo fermarlo prima che uccida anche Elèna Zvereva.»

«Uno solo? Ne è certo?»

Un raro movimento nel viso della Sfinge. Le mandibole si contraggono. A Roberto sembra di sentire il rumore dei denti che sfregano uno sull'altro. «I neonati sono tutti figli suoi. Il DNA li accomuna. Feconda le ragazze, le fa partorire. Dopo pochi giorni, ammazza madre e bambino con un'iniezione letale. Dà loro la buona morte, ed esegue le autopsie.»

Quelle parole sussurrate sottovoce sono una lama che si conficca nel cervello di Roberto. Il silenzio torna a regnare. Forse dovrebbe fermarsi qui, non andare più a fondo. Ma non è più lo stesso Roberto di quando hanno iniziato a parlare. Impossibile, dopo quello che ha sentito. Ha fame di verità. Vuole sapere.

«Le ha violentate?»

Il sorriso di Mixielutzi è inatteso. «Tenga conto dello stato in cui sono stati trovati i cadaveri, che non consente una precisione assoluta. Il medico legale si è concentrato soprattutto sul più recente, quello della ragazza cinese. Pare non sia stata toccata. O, per lo meno, che non abbia subito violenza. Quindi o ha avuto un rapporto consensuale, e tenderei a escluderlo, oppure è stata fecondata in altro modo.»

La firma, pensa di nuovo. *Per padroneggiare veleni letali e le tecniche di fecondazione artificiale bisogna avere un'approfondita preparazione in medicina.*

«Le autopsie sulle donne e sui bambini sono state eseguite correttamente?»

«A regola d'arte. Il medico legale ha detto che se fosse solo per le autopsie, potrebbe essere inserito anche lui nell'elenco dei sospetti. Elenco che, per inciso, attualmente non esiste.»

La mente di Roberto comincia a incastrare i pezzi. «Conosce il centro medico La Buona Vita?»

Il viso dell'altro si ricompone nella granitica assenza di espressioni. «Mai sentito, in verità.»

«Elèna Žvereva aveva un foglio di carta intestata di quello studio. Ci ha scritto sopra i versi che mi ha sentito leggere quando è arrivato. E noi probabilmente stiamo cercando un medico.»

«Ne convengo.»

«Potrebbe raccogliere qualche informazione sui medici del Buona Vita? Chi sono, che curriculum hanno.»

Mixielutzi resta in silenzio qualche istante. «Può contare su di me, commissario Serra. E lo sa. Ma io non so se posso contare su di lei.»

Roberto annuisce. «Può farlo. E la ringrazio per essere venuto qui a... svegliarmi.»

Mixielutzi scuote impercettibilmente il capo. «L'ho fatto per me, commissario. Non si possono dedicare meno risorse a questo caso solo perché non si riesce a portare a casa un risultato in poco tempo. E le vittime non sono glamour, per così dire.» Mentre parla, gli allunga il pacco disordinato di carte. Roberto lo prende.

Appena resta solo, torna verso la stanza di Francesca. A testa bassa, con un vortice di pensieri dentro. Il vuoto lasciato da Alice, lo stupore atterrito di non avere un'ancora di salvezza sotto forma di pastiglia. La consapevolezza che dipende tutto da lui.

Si ferma sulla porta della camera. L'anziana e la ragazza sembrano respirare all'unisono, aggrappate alle loro vite sfilacciate.

Sopra tutti gli altri pensieri, ora, domina quello dell'indagine. Un pazzo, uno solo. Ha una voglia feroce di fermare quell'uomo. Vuole guardarlo negli occhi, chiedergli il motivo di tanta crudeltà. Vuole portarlo davanti a Francesca, vuole che lo ripeta a lei.

Senza guardare il viso parzialmente nascosto dalla maschera a ossigeno, solleva la poltrona e la sistema nel corridoio, proprio sotto la luce al neon. Si siede, in grembo i documenti che gli ha lasciato il capo della mobile. Li sente pesare, li sente bruciare sulle cosce attraverso il tessuto. La testa e il cuore pesano e bruciano allo stesso modo.

È lì che Susana lo trova quando arriva. Lo saluta, ma lui non risponde, tanto è concentrato. Forse nemmeno sente. Lei capisce che non è il caso di fare domande. Entra nella stanza di Francesca da sola.

18

All'alba Roberto è ancora lì, con la schiena appoggiata alla parete azzurrina, gli occhi spalancati a fissare il neon perennemente acceso, le carte sparse sul pavimento.

«Ciao» lo saluta Susana. Ha dormito poco e male, senza la spalla su cui si addormenta da diverse notti.

Roberto non riesce a rispondere. È come se avesse esaurito le parole. Susana resta sorpresa dalla durezza che vede nel suo sguardo. Indica i fogli.

«Cosa sono?»

Roberto batte più volte le palpebre. «Torni a Treviso?» chiede con la voce impastata di chi non parla da tempo.

«Sì.»

«Sai dove si trova rivale Filodrammatici?»

«Ti sembra normale chiedere informazioni sulla città dove lavori a una brasiliana?»

Lui si stringe nelle spalle. Si schiarisce la voce. «Io faccio sempre lo stesso tragitto, dalla stazione delle corriere fino alla questura, e ritorno. Magari tu...»

«So dov'è.»

«Mi dai uno strappo?»

«E Francesca?» chiede Susana. Si morde le labbra subito dopo aver pronunciato l'ultima lettera del nome. Non vuole metterlo in difficoltà ora che finalmente sta reagendo.

Roberto abbassa lo sguardo. Si passa la mano sul viso,

la barba punge, ma qualcosa lo punge anche dentro. *Non si torna indietro. Non più.*

«Non ha bisogno di compagnia. Ha bisogno di tempo e di medicine. E di una speranza a cui aggrapparsi. Penso di esserle più utile là fuori. Cercando Elèna.»

Susana spalanca gli occhi.«Elèna? Elèna è morta.»

«È viva.»

Susana porta una mano alla bocca. «È fantastico» sussurra.

«Aspetta a dirlo. È nelle mani di un pazzo criminale. Morirà se non la troviamo in fretta.»

Roberto si alza, cerca le chiavi della Tipo. «Vado a indossare la divisa. Vieni a prendermi a Termine tra venti minuti.»

19

A Roberto sembra di soffocare nell'abitacolo della Mini. Lo sportello gli sta addosso come un vestito stretto, a fatica lo zaino trova posto tra i piedi. Dentro, il fascicolo blu. Ora contiene anche le carte che gli ha lasciato Mixielutzi. Tutto ciò che sa del caso.

Susana accende la radio. Parte una musica sudamericana. Dolce, lenta.

«Caetano Veloso. Lo ascoltavo da bambina. Sono passati secoli.»

Il paesaggio cambia. Autostrada. La canzone cambia. Roberto la conosce. L'ha cantata anche Fiorella Mannoia, "cupa curva dell'occulto, è il culo del mondo questo posto..." ripete mentalmente.

La giornata ha cambiato colore rispetto all'alba, nuvole leggere ora punteggiano un cielo azzurro carico. «Parcheggiare in centro è un casino. Lasciamo la macchina da me» dice Susana quando sono in vista delle mura che proteggono il centro. «Ci vogliono dieci minuti» lo rassicura mentre scendono. «Ci vogliono dieci minuti per arrivare dappertutto, a Treviso.»

Roberto aspetta che Susana gli dia le indicazioni. Invece lei gli fa segno di seguirlo. «Ti accompagno.»

Lui ricorda la scena nel chiostro, quando lei e Francesca hanno deciso di andare a cercare Suellen Ceolin. Sa che non le farà cambiare idea. Si arrende.

Ippocastani secolari spandono primavera, le foglie frusciano appena a un vento gentile. Da un lato, la guida del fiume. Dall'altro, le mura curve di mattoni rossi in cui sono incastonati bianchi Leoni di San Marco, a ricordare chi per secoli ha comandato su quelle terrre. Dopo un palazzo settecentesco e il cantiere del Quartiere Latino, imboccano una via pedonale con portici e case a barbacane che termina davanti a dei gradini. E a un glicine in fiore che fa capire a Roberto quanto tempo abbia trascorso accanto al letto di Francesca.

«Che silenzio» dice.

Rivale Filodrammatici è in leggera salita, lastricato di ciottoli di fiume.

«Meno male che porto ballerine comode» dice Susana. I tacchi alti risalgono a un altro periodo. Passato. «Che numero cerchi?»

Lui indica col mento una torre di mattoni rossi, mozzata, accostata a un palazzo intonacato in grigio scuro. Una lapide di marmo ricorda in latino transiti papali. Fissano l'edificio, come per assorbire qualcosa. I luoghi comunicano, s'impregnano di ciò che le persone lasciano. E di persone, nei secoli, ne sono passate tante da quelle parti. La città è nata lì, tra i gradini e una piccola curva che si perde in uno slargo circondato di edifici austeri. La torre che Susana e Roberto stanno fissando altro non è che un campanile. La chiesa sconsacrata, giusto accanto, possiede un insolito giardinetto con ulivi secolari orgogliosamente protesi verso il fiume.

La porta d'ingresso, rimaneggiata, è sormontata da un arco la cui chiave di volta è un mascherone con un naso bitorzoluto e un ghigno da commedia greca. Una targa di metallo recita:

CENTRO MEDICO PRIVATO LA BUONA VITA
DR.SSA SONIA CRESTANI – PSICOLOGIA
DR. VITTORIO REVERI – CHIRURGIA ESTETICA
DR. ORAZIO SELLERIO – ODONTOIATRIA
DR.SSA MAURIZIA TONIETTO – SCIENZE DELL'ALIMENTAZIONE
DR. LUIGI VAZZOLER – GINECOLOGIA

«Non è il genere di medici che frequenta una clandestina» abbozza Susana. «Quelli li conosco, io.»

«Elèna aveva un foglio di carta intestata di questo ambulatorio» risponde Roberto. E sta già suonando l'unico campanello. Un meccanismo scatta. Soffitto altissimo, con volta a botte. Alle pareti brandelli di affreschi protetti da lastre di plexiglas, appena visibili nella penombra. Fa freddo, si sente una leggera eco quando una receptionist giovane, mora con gli occhiali e un neo giusto un centimetro sopra il labbro superiore, scandisce: «Buooongiorno».

Roberto improvvisa. «Sono il commissario Serra della questura di Treviso. È lei che tiene le agende dei medici?»

La ragazza s'impettisce, allarga il sorriso. «Sono io, per tuuutti e cinque.» Lo dice col tono di chi si fa carico di una grande responsabilità. E inizia ad accarezzarsi i capelli. «Volevi un appuntamento?»

Anche Roberto passa al tu. «Mi servirebbe il tuo aiuto.»

Gli occhi di lei s'illuminano. «Chiedi pure...»

«Elèna Žvereva è una delle vostre pazienti?»

La ragazza si sgonfia. Un fugace sguardo a un altro arco protetto da una porta a vetri oltre la quale s'intravedono persone in attesa. Scuote la chioma scura.

«Non pooosso darti queste informazioni. Sono riservate.»

Susana interviene. «Te l'avevo detto che la segretaria non lo sapeva, collega. Bisogna chiedere ai medici.»

Collega? Roberto apre la bocca ma un calcetto di Susana lo convince a chiuderla.

«Lo so, inveeece» ribatte la ragazza. «Solo che non posso dirlo.»

Susana si stringe nelle spalle. La ragazza contrae le labbra, getta un altro sguardo oltre l'arco. Non è cambiato nulla, porte chiuse e gente in attesa. A confronto con la bolgia degli ambulatori delle ASL, sembra di essere davvero in chiesa. Poi si mette a battere furiosamente sui tasti. Fissa lo schermo. Batte sui tasti di nuovo. Sopracciglia corrugate. Alza gli occhi.

«Nooo, non è una nostra paziente.»

«Sicura?»

Fissa Susana. Lo sguardo si addolcisce passando su Roberto. «Al cento per cento. Non credere alla tua collega» strizza l'occhio. «Le segretarie sanno *tuuutto*.» Carica l'ultima parola.

Eppure Elèna ha scritto una poesia sulla carta intestata del centro La Buona Vita. Prova un desiderio inaspettato, improvviso. *La Danza potrebbe aiutarmi. Potrebbe farmi vedere qualcosa. Se posso dominarla, forse posso anche provocarla.* Scaccia subito quel pensiero. *La Danza mi farebbe vedere solo ciò che vuole. E mi farebbe male.*

«Andiamo?» chiede Susana, vedendolo incantato su un punto indefinito.

«Aspetta.» Estrae il fascicolo blu dallo zaino, trattenendo a fatica i fogli che ormai lo colmano. Trova una foto. «È lei.»

La segretaria la fissa alcuni secondi. Poi guarda Roberto. Espone un sorriso impeccabile, bianchissimo. «Ma queeella non è una paziente. È la donna delle pulizie. O meglio era. Sono mesi che non si vede, ne abbiamo presa un'altra. Però non si chiamava Èlena ma Beatrice» spiega, sbagliando l'accento.

È normale che una clandestina non usi il suo vero nome e Beatrice non è stato certo scelto a caso. Roberto è già oltre. *Francesca l'aveva detto che Ele lavorava, puliva appartamenti e uffici, a Treviso. Anche studi medici, evidentemente. Forse usciva proprio dal Buona Vita la sera che è stata rapita. O forse no. In ogni caso, è il primo contatto con qualcuno che l'ha incontrata, a parte Francesca.*

«La conoscevi bene?»

«Oh, no» risponde la ragazza, come per difendersi da una grave accusa. «Pochiiissimo. Puliva di sera, quando io vado in palestra.»

«E i medici?»

Annuisce tre volte, convinta. Una massa di capelli scuri le copre il viso. «Loro sì.»

Il cuore di Roberto accelera. *Un legame. Un appiglio. Anche il più lungo dei percorsi inizia sempre dal primo passo, vero questore Bernini?* «Devo parlarci.»

Stavolta il triplice gesto è di diniego. «Non è possibile.

Ci sono taaanti appuntamenti, vedi?» La ragazza esce da dietro il bancone, esibendo una gonna corta di jeans e tacchi alti. Susana si chiede se cambi le scarpe in ambulatorio o si massacri le caviglie sui ciottoli di fiume. Apre la porta della sala d'attesa, un campionario umano di donne incinte, bambini con guance gonfie, un energumeno palestrato, una signora di almeno un quintale.

«E se aspettiamo che le visite finiscano?»

Le labbra si contraggono. «Tutta la giornata è piena.»

Roberto si avvicina alla ragazza. Le appoggia la mano sul braccio. «Non ci vorrà molto. Ci infileremo tra un paziente e l'altro. Saremo discreti.»

Lei si morde il labbro. Sospira. «D'accordo. Appena esce qualcuno da uno dei dottori, affacciatevi e chiedete se potete entrare. Ma fate in fretta, se no qui scoppia un casiiino.» Una pausa dubbiosa. «Non è un'indagine ufficiale, vero? Se no servirebbe un mandato o cose così.»

O cose così, giusto. «Non so davvero come ringraziarti» dice Roberto. Si fiondano nella sala d'attesa.

Susana gli si accosta. «Lo saprebbe lei» sussurra. Quando vede lo sguardo perplesso di Roberto, scuote la testa. «Tu di donne non capisci niente.»

Su questo non ha nulla da eccepire.

I pazienti, più o meno agitati a seconda del grado di urgenza o ipocondria, fissano sottecchi la divisa di Roberto. L'energumeno palestrato, invece, non stacca gli occhi da Susana. Ha due brutte rientranze sui lati del cranio. Uno dei bambini in attesa dal dentista si lascia scappare un «Chi sono quelli?» piagnucoloso, zittito dalla madre fasciata in un abito troppo elegante e troppo stretto.

Si apre la porta della psicologa. Prima che una signora algida possa anche solo pensare di avvicinarsi, Roberto è già dentro, seguito da Susana che fronteggia gli sguardi feroci con un «Ci mettiamo un attimo».

Sonia Crestani è una signora di cinquant'anni, capelli corti e biondi e occhiali a mezzaluna sulla punta del naso. Mette a fuoco i nuovi entrati. «Desiderano?» chiede cortese. Non indossa il camice ma un empatico maglioncino beige e un paio di pantaloni scuri. L'ambulatorio è ospitato in quella che doveva essere una cappella laterale. La parete dietro la scrivania è curva, ferita al centro da una finestra lunga e stretta. Un grande tappeto occupa tutto il pavimento, e un'altra porta permette ai pazienti di sfilare senza incontrare quelli successivi. Come mobili, un lettino da psicanalisi, due poltrone, un tavolino basso, librerie stipate di volumi. E la scrivania pesante dietro cui siede la dottoressa.

Roberto le mostra la foto di Ele. «Proprio una ragazza d'oro» commenta la Crestani. La voce è lenta, suadente.

Ogni parola è scandita con attenzione. Il succo di un quarto d'ora di monologo è che la psicologa trovava Beatrice deliziosa. «Conosceva la letteratura italiana meglio dei ragazzini depressi che mi tocca visitare» conclude. Tenuto conto che svolge una professione di ascolto e riservatezza, Sonia Crestani è decisamente loquace.

«Da quanto non la vede?» chiede Roberto, appena riesce a inserirsi.

La psicologa giocherella con una penna. Strappa un foglio da un bloc-notes e inizia a scarabocchiare. Roberto sussulta. *La poesia di Ele è stata scritta su un foglio come quello.*

«Non saprei. Mi pare di averla vista anche ieri. Ma perché mi fate queste domande? Le è successo qualcosa?» Il tono sembra sinceramente preoccupato.

«È sparita. Da metà gennaio. Dubito che l'abbia vista ieri.»

Secondi di prestidigitazione con la bic. «Ora che mi ci fa pensare, forse è più tempo che non la vedo. Ma cosa vuole, con tutte le cose che ho da fare... mi dispiace per lei, comunque.»

«Le dispiace così tanto» sputa Susana «che non si è nemmeno accorta che non la vedeva da più di tre mesi. Eppure era una così brava ragazza...»

Poi si alza, e spalanca la porta. Torna in sala d'attesa a passo di carica. «Che ipocrita» sibila, sostenendo lo sguardo della signora algida. C'è meno gente, ora. L'energumeno se n'è andato. La donna sovrappeso è alla sua inutile seduta dal dietologo. Appena esce, Roberto e Susana s'infilano dentro.

Maurizia Tonietto è tutt'altro tipo rispetto alla Crestani. Alta, magra, austera. Indossa un camice bianco su una camicia nera e pantaloni aderenti di pelle. Parla come se avesse di fronte due entità di cui non comprende la natura ma che sa essere peggiori di lei. Le risposte sono secche e aspre. Fa orari diversi dai colleghi, finisce prima. Non incrocia mai chi fa le pulizie, perciò.

«Non ricorda niente di Beatrice?»

La Tonietto finge di riflettere. Guarda verso l'alto. Si tocca platealmente le labbra con l'indice. Scuote la testa.

«Quanto la pagavate?» chiede Susana.

Roberto la fissa stupito. Gli occhi neri dicono: "Lasciami fare".

«Non ne ho idea. Siamo una specie di condominio, qui. C'è un amministratore che si occupa di queste cose.»

«Ha almeno idea di che tipo di contratto avesse?»

La Tonietto avvampa. Roberto capisce dove voleva arrivare Susana. «Aveva un contratto, vero? Non lavorava in nero» incalza.

«Io... non lo so. Ora, se non vi dispiace, avrei un appuntamento.» Si alza e apre loro la porta.

«Ha un bloc-notes del Centro?» chiede Roberto mentre le sfila davanti.

«Dovrei averlo, ma non lo uso mai.»

Restano i medici di sesso maschile. Il primo a liberarsi è il chirurgo estetico. Il suo studio è semplice. Un lettino, una scrivania, qualche apparecchiatura montata su rotelle. Alle pareti, poster di visi e corpi. Prima e dopo. Ritagli di pelle che fanno cambiare le fisionomie quanto le aspettative. Un odore di pulito nell'aria, un ordine estremo sulla scrivania e sugli scaffali. In bella evidenza, il bloc-notes dello studio medico. Vittorio Reveri è sui quaranta, biondo, magro, abbronzato. Indossa una giacca leggera grigia sopra una camicia bianca, come bianco è il fazzoletto nella pochette. La stretta di mano è franca, la voce priva di accenti. «Ricordo Beatrice. Non posso dire di averla davvero conosciuta.» Ormai è un ritornello. Cambia ciò che viene dopo. «Mi è molto dispiaciuto quando non è più venuta. Ma non aveva un telefono, e non so dove abitasse.»

«Questo lo sappiamo noi» interviene Roberto. «E sappiamo anche che lavorava in nero, qui.»

Gli occhi di Reveri restano fissi su di loro. «Mi rendo conto che è una violazione della legge, ma era lei a volerlo.» Si sporge verso di loro con fare complice. Incrocia le dita. Non indossa la fede. «Temo che fosse una clandestina. Non gliel'ho mai chiesto apertamente, così potevamo fare finta di non saperlo e continuare a farla lavorare. Ne aveva così bisogno...»

Susana apre la bocca. Poi la richiude.

«Comunque sono contento di vedervi» prosegue Reveri approfittando del silenzio. «Stavo per venire in questura.»

«Come mai?»

«Qualcuno ha sottratto medicinali dal mio ambulatorio. E da quello dei colleghi. Non gliel'hanno detto?»

Roberto scuote la testa.

Reveri sospira. «Tutti curano il proprio giardinetto, ormai. Nessuno pensa più al bene comune. Si guarda il dito, non la luna.»

«Che medicinali sono stati rubati?»

«Da me poca roba, ma dagli ambulatori dei colleghi sono spariti psicofarmaci e tranquillanti, dallo studio dentistico del dottor Sellerio anche anestetici. Sarà stato qualche drogato. In effetti non siamo particolarmente attenti ai sistemi di allarme, la città è talmente tranquilla.»

Roberto drizza le antenne. «Qualcosa a base di tiopental sodico o bromuro?»

«Be', sì. Del Pentothal, ad esempio. E anche spasmolitici a base di bromuro, in effetti. Vedo che è preparato in medicina...»

«Tutt'altro. Ma se fossi in lei andrei a sporgere denuncia.»

«Lo farò senz'altro.»

Sulla soglia, il medico si sofferma a osservare Susana. «Posso lasciarle il mio biglietto da visita?» chiede, e si esibisce in un impeccabile baciamano. «Lei è in forma splendida. Ma se un giorno dovesse avere bisogno di me, non esiti a chiamarmi. Renderò eterna la sua bellezza.»

«Secondo te, dovrei essere lusingata o offesa?» chiede a Roberto in sala d'attesa. Lui non risponde. Sta ancora pensando ai medicinali rubati. Medicinali che potrebbero essere usati per preparare le iniezioni letali. *Per la buona morte. Altro che buona vita.*

Allora Susana rivolge un sorriso falso alla signora algida che, dopo lo psicologo, sta per entrare dal chirurgo estetico. «Giornata piena, eh?»

Per loro invece è il turno del dentista. Orazio Sellerio è basso, calvo, sovrappeso. Ha mani grandi con dita tozze e una peluria che arriva sino alla falangetta. L'ultima cosa che verrebbe in mente è di lasciarsele infilare in bocca. Ma se ha uno studio in quell'ambulatorio, devono esserci molti disposti a pagare profumatamente per farselo fare. Lo studio del dentista è in posizione speculare rispetto a quello di Sonia Crestani, doveva essere l'altra cappella laterale. Stessa finestra allungata al centro di un muro semicircolare che racchiude una poltrona avvolta da apparecchiature da astronave. L'arredamento è leggero, di plastica. La tecnologia impera. Sellerio dice di essere di origine siciliana e di abitare a Treviso ormai da vent'anni. Non è il suo unico studio, ne ha altri due, a Mirano, sulla riviera del Brenta, e a Montebelluna, sulla fascia pedemontana. Quindi, non è tutti i giorni lì. E quindi, ha visto raramente la ragazza. Anzi, quasi mai. Non ricorda nemmeno il suo nome.

Non fa caldo, eppure il dentista non smette di sudare. E di fissare Susana con occhi sfuggenti. Stranamente, anche lei sembra provare interesse per quell'uomo privo di qualsiasi fascino.

«Ha subito furti di medicinali?» chiede Roberto a bruciapelo. L'espressione nervosa del dentista dice sì, ma la voce dice no. «È una fissazione di Reveri. È paranoico.»

«Ne è sicuro?»

L'altro cincischia. Continua a guardare Susana. «Qualcosa, forse... dovrei controllare meglio.»

«Lo faccia. E se manca qualcosa, venga a sporgere denuncia in questura. E guardi me, non la... collega.»

Sellerio si gira di scatto.

«Ha un blocco di carta intestata dello studio?» lo incalza Roberto. Qualcosa lo spinge a fare altre domande, come se gli stesse sfuggendo qualcosa.

Sellerio apre un cassetto. Fruga con manone sgraziate. Ne apre un altro. Fruga. Al terzo lo trova. Lo mostra a Roberto. Roberto annuisce. Gli basta.

Resta l'ultimo ambulatorio, quello di ginecologia. Un paravento, un lettino con i sostegni per i piedi. Dietro la scrivania campeggia una bandiera rossa col leone giallo di San Marco. Luigi Vazzoler è calvo, ha baffi spioventi e indossa grandi occhiali. È trevigiano. «Pura razza Piave» sottolinea. Roberto non commenta. A furia di sentire questa definizione, gli è passata la voglia di far notare che si tratta di una razza di cavalli.

«Potrei vedere il suo tesserino?» chiede Vazzoler subito dopo le presentazioni. Lo esamina, prende carta e penna e annota tutti i dati su un blocco dello studio medico. *Una domanda in meno.*

«Vorrei vedere anche il suo» dice a Susana.

Lei scuote la testa. «Non ce l'ho con me.»

«Mi lasci le sue generalità. Chiamerò in questura per avere conferma.»

Ci manca solo questa. «Susana Lima è una collaboratrice esterna. Mi affianca per la soluzione di questo caso.»

«Scommetto che non è nemmeno una poliziotta. Ha un accento strano. Non sarà mica foresta? O straniera? Non ce n'era una de noantri per farsi affiancare?»

«È meglio se esco» dice lei.

«È meglio se uscite tutti e due» completa il medico, secco.

Roberto appoggia sulla scrivania grigia la foto di Elèna. «Devo solo chiederle se sa qualcosa di questa ragazza.» La smorfia di disgusto di Vazzoler è evidente. «Se n'è andata da un giorno all'altro. Non che ci si possa aspettare altro da certa gente. Se non avessimo il sindaco che abbiamo, saremmo diventati la periferia di Tirana.»

«È bielorussa.»

Vazzoler batte il pugno sulla scrivania. «È lo stesso. Questa è venuta qua a mangiare il *nostro* pane, a portar via il lavoro alla *nostra* gente.» Fissa Susana, come se pensasse lo stesso di lei.

Roberto sente le tempie pulsare. «Però non vi dispiaceva pagarla in nero per le pulizie, eh? Faceva comodo risparmiare qualcosa sulla pelle di una ragazza immigrata.»

«Non riconosco le tasse italiane. Il mio Stato è il Veneto.»

Quelle parole accendono una lampadina nella testa di Roberto. «Fa parte anche lei di Veneto Nasiòn, scommetto.»

«Certo! Dovrebbero farne parte tutti quelli che tengono alla sicurezza delle nostre terre!»

Sembra di sentire Lorenzon. «Chissà cosa pensa la finanza italiana delle sue opinioni sulle tasse...»

Vazzoler indica la porta. «Andatevene» dice. «Oppure chiamo il mio buon amico Ernesto Sernagiotto e chiedo a lui cosa ne pensa di questa incursione.»

«Lo chiami, che ci facciamo quattro risate assieme. Come si fa tra *buoni amici.*» Roberto non accenna a uscire, apre il fascicolo blu ed estrae le immagini sgranate di Jasmine, e di Mahira. «Le conosce?»

Vazzoler si sofferma sulle immagini, spalanca gli occhi dietro le lenti. «Le pare che io possa conoscere certa gente, cio'?»

21

Nonostante rivale Filodrammatici sia una via pedonale e chiusa, quando escono dal Buona Vita trovano una fila di auto parcheggiate. A qualsiasi ora della giornata, Treviso ha i ritmi di una sonnolenta cittadina di provincia, ma nel tardo pomeriggio, i pochi osti sopravvissuti e i sempre più numerosi barman officiano il sacro rito dello spritz e delle ombre con i cicheti. La gente spunta da chissà dove, e comunque arriva in auto – quasi tutte di grossa cilindrata – anche se il centro è talmente piccolo che per attraversarlo in diagonale ci vogliono dieci minuti.

L'atmosfera festosa stride con lo stato d'animo di Roberto e Susana. Camminano a testa bassa, in silenzio. Riprendono la Restera. La giornata vira decisamente verso la sera, le persone di ogni età e forma fisica in tenuta da jogging sono molto più numerose e contendono lo spazio a ciclisti bardati da Milano-Sanremo.

Davanti alla Mini, i due si fermano. Roberto finalmente parla. «Abbiamo scoperto uno stronzo razzista e forse un furto di medicinali. Un successone. Nessuno sa qualcosa di Beatri... Elèna.»

Solo allora nota il buio negli occhi di Susana. «Che c'è?» chiede.

Susana fissa le papere sul fiume. Una grande seguita da uno stuolo disordinato di piccoli implumi. «Era un mio cliente» butta fuori tutto d'un fiato.

«Chi?»

«Sellerio, il dentista.»

Roberto capisce il motivo delle sue reazioni esagerate. E dell'inspiegabile scambio di sguardi tra una donna bellissima e un uomo grottesco. Prova una strana sensazione, una morsa allo stomaco. Gli dispiace che il passato torni a tormentare Susana. Ma c'è anche altro. Una punta di gelosia. Una sensazione che non si ferma ad analizzare.

Senza pensarci, le accarezza il viso. E lei sorride di nuovo.

«Già allora faceva cose poco chiare con i medicinali. Rivendeva i campioni delle case farmaceutiche o si procurava medicinali illegali, che poi passava ai pazienti facendosi pagare profumatamente. Ci ha provato anche con me.»

«E tu?» chiede Roberto.

«Ho accettato, che domande. Vuoi mettere il piacere di uno sballo di anestetico?»

Roberto resta con la bocca spalancata.

«Scherzavo» dice Susana aprendo lo sportello. «Dove ti porto?» chiede.

Lui non ha dubbi. «Io torno all'ospedale.» *Voglio vedere come sta Francesca. Voglio dirle che Ele è viva.*

«Vengo con te.»

Escono da Treviso senza parlare. Quando ormai le colline sono in vista, Susana gli rivolge una domanda. «Pensi che quei medici c'entrino qualcosa?»

È la domanda che Roberto si sta facendo da quando sono partiti. «Non saprei» risponde. «Un medico dovrebbe salvare la gente, non...»

Non termina la frase. Non ce n'è bisogno. E alla mente gli ritornano i risultati dei referti. Tagli precisi, padronanza degli strumenti. Dubbi, un mare di dubbi.

«Spero di non averli messi in allarme» dice solo. *Devo parlarne con Mixielutzi. Devo dirgli di tenerli sotto controllo, comunque.*

Il cuore di Francesca smette di battere alle diciotto e dodici di quello stesso giorno.

Quando muore, è sola.

ALLEGAGIONE

Nascono le gemme. I fiori non fecondati, inutili, cadono.

1

Davanti allo specchio, a torso nudo.

Roberto si guarda. Gli occhi cerchiati di nero, i capelli disordinati. Sul torace, le costole troppo visibili. E al centro un battito pesante, lento.

Si passa una mano sulla barba ispida. Prende il pennello e il sapone. Si copre le guance e il mento di schiuma. La lama traccia un solco tra il Prima e il Dopo. Le lacrime premono, prepotenti. *Non piangere!*

Case Rosse emerge sulla pelle del volto. Tagli, cicatrici, l'incidente. Il parabrezza in frantumi. Segni. Segni dentro di lui.

Vengo da te con il volto scoperto, Francesca. Senza nascondere nulla. Nudo.

Diluvia senza sosta. La bara arriva assieme a un prete preso in prestito da Pieve di Soligo, la chiesa di Termine è senza parroco da dieci anni. Piegata in due, passa Lina. Fuma fin sull'ultimo gradino, poi spegne la sigaretta con due dita e se l'infila in tasca. Dopo di lei entrano alcune donne venute dai paesi vicini in gruppo compatto, per non perdersi lo spettacolo.

Susana è già dentro, vestita di nero. Si è occupata di tutto. Piange da giorni. Alvise si è seduto accanto a lei, nel primo banco, quello più vicino alla bara. Roberto invece resta fuori, non vuole sentire le parole vuote di un prete che non conosce Francesca, né vedere le false lacrime di chi finge di soffrire.

Cammina avanti e indietro tra gradini e sagrato, senza ombrello. La divisa è fradicia. A cerimonia quasi finita, a incenso già diffuso, Loris sale dai vigneti, con gli stivali coperti di fango e un ombrello scuro. Si toglie il cappello da elfo e si ferma accanto a Roberto, sembra capire dove si trova il dolore vero in tutta quella pantomima. In mano tiene un tralcio di vite, con le gemme appena spuntate. «La vita rinasce in questo ramo» dice per rincuorare Roberto. Come se potesse fargli credere che sarà così per Francesca.

Quando la cerimonia termina, una piccola processione segue il feretro fino al minuscolo cimitero dietro alla chiesa. Accanto alle quattro lapidi della famiglia Campo c'è una fossa. Loris appoggia il tralcio sulla bara appena vi viene calata. Lo fa in silenzio, con compostezza, sotto una pioggia così rumorosa da sostituire le campane a morto che nessuno suona. Con gesto identico, Roberto appoggia il foglio con i versi di Dante trascritti da Elèna. È un indizio, un elemento di prova. Ma è giusto che stia con la persona a cui era dedicato.

Dal gruppetto delle anziane di Zuel di Qua si stacca una donna, protetta da un vistoso ombrello giallo canarino, butta qualche gerbera comprata per l'occasione, poi una manciata di terra imbevuta d'acqua. «Povera ragazza» mormora.

Roberto scatta verso l'anziana, con il dito puntato.

«Lei lo sa chi stiamo seppellendo?» ringhia.

Tutto il gruppo fa un passetto indietro, spaventato dagli occhi di quell'uomo. «Certo, giovanotto» ribatte quella che ha buttato i fiori. «La figlia dei Campo. Poverina, era diventata matta dopo quella tragedia...»

«NO!»

Sembra che si fermino anche le gocce, che non cadano, timorose di quell'urlo dolente. Roberto prende l'anziana per le spalle. La scuote. Le altre donne si allontanano, le mani sulla bocca.

«Ma cosa...»

«Chi è...»

«Oddio...»

«Troppo facile» prosegue Roberto, scegliendo le parole, scolpendole con la sua rabbia prima di farle uscire. «Troppo facile dire che chi soffre è matto. Troppo facile lasciarlo solo per fare finta che non sia successo niente, che il dolore non esista.»

Parla di Francesca, parla di sé. Loris e Lina lo fissano, muti. Alvise resta in disparte.

Roberto indica la bara. «Francesca era sola, non matta.» Crede di sussurrare. È un grido.

La bocca dell'anziana resta spalancata. Le gocce ricominciano a cadere. Fanno un rumore sordo sul legno, sulla terra.

Susana gli va accanto. Lo prende dolcemente per un braccio.

«Vieni.»

Susana stringe la mano di Roberto come se fosse quella di un bambino che rischia di perdersi. Entrano al Chiostro, salgono le scale. Gocciolano acqua e tristezza. L'acqua scivola sul pavimento di legno. La tristezza resta, li avvolge.

Nel suo ambiente, è come se Roberto si risvegliasse. Si sottrae alla presa. Si porta le mani al capo. Prende a muoversi a scatti, tremando di freddo e dolore. Le parole che gli escono dalla bocca sono lame che tagliano la carne.

«È colpa mia. Se mi fossi mosso subito, invece di piangermi addosso, lei...»

Susana gli prende la mano, lo porta in camera da letto. Sono di fronte al letto, sono vicini. Anzi, Susana è vicina a Roberto. Roberto, lui, è lontano. Vede una maniglia che piccole mani non sono riuscite a girare. Giace in una cassa che stanno coprendo di terra e fiori bugiardi.

Le dita di Susana scorrono sui bottoni della divisa. Li aprono, a uno a uno. Poi salgono sulle spalle, a buttare a terra la giacca fradicia. La camicia è appiccicata alla pelle. Le dita trovano anche quei bottoni. Tutti, in fila. E anche la camicia cade a terra.

La pelle di Roberto è fredda, bianco e duro ghiaccio. Quella di Susana è calda e morbida. Si stringe a lui e lo nutre, lo consola.

Le labbra di Susana trovano la guancia. Trovano le cicatrici, tutte. Quelle vicine all'orecchio, quelle accanto alla bocca, quelle sulla nuca vicino al collo. Bacia i segni della sua sofferenza, li lecca. Potesse, li mangerebbe per toglierglieli di dosso.

«Finalmente vedo il tuo viso. Finalmente vedo te, come sei.»

«Susana, io...» prova a dire.

Lei si stacca. Ha occhi di fuoco nero. «Non dire altro» sussurra, e stavolta cerca le labbra, trova resistenza. La scioglie. Scioglie il ghiaccio.

In un attimo è nuda. Trascina Roberto nel letto. Lui si abbandona a un calore sconosciuto, a un piacere dimenticato. È travolto.

Sino a quel giorno, Alice era stata l'unica donna della sua vita.

Ora, Susana è consolazione e desiderio. È passione e affetto. È sesso. È un abbraccio.

Il pomeriggio è fatto di luce grigia, e di buio. Luce che entra dalla finestra, quando sono svegli, quando si mangiano, si cercano affamati. Buio che cala quando crollano, non ancora sazi, incapaci di staccarsi. Dicono addio a Francesca consumandosi, sparendo, per rinnovarsi e ricreare loro stessi.

La notte, invece, è silenzio e quiete. La pioggia cessa, Susana finalmente parla.

«Grazie.»

Roberto non sa cosa rispondere. Vorrebbe essere capace di ricambiare, vorrebbe continuare a stare con lei per non doversi confrontare con la realtà. La guarda e basta, alla luce della lampada del comodino, sperando che lei capisca.

Lei gli accarezza il petto. «Scegli una canzone per me. Per noi. Una canzone che sia solo nostra.» Sorride. «E preparami da mangiare. Una cena per noi due.»

Roberto si alza. Le gambe gli fanno male, nello stomaco ci sono nodi che non si sono sciolti, ma il macigno sulle spalle sembra più leggero. Va in salotto, ascoltando dentro di sé per scegliere la musica. Il primo pensiero è per Luigi Tenco. *Mi sono innamorato di te...* Un pensiero fuori luogo. *La canzone mia e di Alice.* Alice. Una stilettata dolorosa. Un assurdo senso di colpa difficile da scacciare.

Sceglie un vinile di Sergio Endrigo. Cerca la traccia giusta senza bisogno di consultare la copertina. Inizia *Io che amo solo te.*

Va in cucina per preparare la cena. Lo stereo porta una voce graffiante in tutte le stanze.

"C'è gente che ha avuto mille cose, tutto il bene, tutto il male del mondo... io ho avuto solo te..."

Cerca nel frigorifero. Nella mente forma sapori, amalgama aromi. Pensa già al vino da abbinare. Parte sempre dal cibo per scegliere cosa bere, mai viceversa.

"C'è gente che ama mille cose e si perde per le strade del mondo... io che amo solo te, io mi fermerò..."

«Questa canzone non è per me, não é?»

Roberto si gira di scatto. Susana è sulla porta della cucina. Nuda e splendente.

«Ma Alice, cosa...» dice, prima di riuscire a fermarsi.

"... ti regalerò quel che resta della mia gioventù..."

Susana sorride. «Lo sapevo, sai? Anche mentre facevamo l'amore... o forse io facevo l'amore e tu... chissà... lo sapevo...»

Torna in camera, si riveste in silenzio. Roberto resta a fissarla dalla soglia, senza sapere cosa dire. Non ci sarà cena. *Forse non ci sarà nient'altro tra noi.*

Spettinata, di nuovo nell'abito del dolore, lei lo bacia sulla cicatrice all'angolo della bocca. «Lo volevo con tutta me stessa» gli sussurra all'orecchio.

Sulla soglia dell'appartamento si gira. Negli occhi, dolore nero e rabbia nera.

«Trovalo. Trova chi ha fatto morire Francesca.»

DENTRO

Elèna spalanca gli occhi. Buio.

Nessuna luce accesa ad annunciare il giorno. Odore di umidità, non quello consueto del disinfettante. Arriva la paura a gelarle il sangue. Non è nella stanza. Si alza di scatto, sbatte la testa.

«La nuova si è svegliata» bisbiglia qualcuno alla sua sinistra. Una donna, forse. La voce sembra lo scalpiccio dei topi nella cantina della casa sul lago.

«Stai zitta, stai zitta» implora un'altra.

Elèna riesce ad alzarsi. Allunga una mano. Tocca assi di legno, un pagliericcio. Sotto i piedi nudi sente terra dura e fredda. La stessa aria è dura e fredda. Sulla pelle, una camicia di tela pesante, un paio di pantaloni sformati. E basta.

A tentoni trova altre assi all'altezza del viso. Ci si aggrappa.

«Chi... chi siete?» chiede, cercando di ricacciare indietro le lacrime.

Artigli le ghermiscono il collo. Un sibilo. «Devi tacere.»

Altre voci formano un macabro coro. «Taci, taci, taci, taci, taci...» Elèna afferra il braccio, lo scosta. È rinsecchito, gelido. Non può appartenere a una persona viva. Prende fiato.

«Dove sono?»

Un rumore. Pesante, lontano. Passi. Passi lenti. Un chiavistello che gira.

Le donne gemono, mugolano, singhiozzano. «Sta venendo per te» dicono.

Un cigolio. Poi un respiro cavernoso, freddo. Altri passi. Vicini.

L'uomo che entra nella stanza è gigantesco. Impossibile vedergli il viso, tanto è alto. Solo due occhi azzurri che bruciano nel buio. Indica una direzione. Elèna si avvia, a testa bassa. Con lei altre decine di donne, a cui si aggiungono anziani e bambini. Ologrammi, spettri identici.

Sulle caviglie dello scheletro che cammina davanti a lei scorge qualcosa. Spine. Un tuffo al cuore. Alza lo sguardo, stupita. E vede Francesca. Francesca con i suoi occhi d'acqua, Francesca con il suo sorriso tirato.

«Mi sei mancata» dice Elèna.

Francesca continua a sorridere. Un sorriso dolce, lontano. Scuote la testa. Nasconde le braccia dietro la schiena. Non risponde. La fiumana di esseri derelitti s'infrange contro il frustino che tiene in mano un ufficiale. Gli stessi occhi azzurri del gigante, impassibili.

Col frustino, l'ufficiale indica una porta spalancata. Docce, all'interno. Uomini, donne, bambini si stipano. Anche Francesca. Quando è il turno di Elèna, l'ufficiale allunga il braccio con il frustino. Glielo tende davanti al petto. Le impedisce di entrare.

La porta si chiude. Tutti dentro, tranne lei. Un oblò permette di vedere l'interno. Elèna guarda dentro. Francesca guarda fuori. Un sibilo. Il gas entra nella stanza chiusa. Francesca sorride davvero, ora. Alza una mano. Accenna a un saluto. Lascia che Elèna veda il taglio sul polso.

«No!» grida Elèna. Ma è troppo tardi. I corpi nella stanza si ammassano, cercano di saltarsi addosso per catturare le ultime molecole d'ossigeno. Francesca li lascia fare. Non combatte. Scompare.

«No!» grida di nuovo Elèna. Le luci si accendono. Elèna spalanca gli occhi accaldata, intontita. Sente l'odore del sudore e della paura sulla pelle, sugli abiti. Il cuore che esplode nel petto. È nella stanza, nella solita stanza, il suo mondo. Inghiotte avidamente l'aria asettica, le pareti azzurrine le sembrano addirittura rassicuranti. Così come la voce.

«Nella stanza ci sono delle regole.»

«Francesca» sussurra. Il sogno è stato terribile. Il sogno sembrava reale.

La musica inizia a diffondersi. Arpe, nenie, cinguettii, acqua, cascate. Elèna non la sopporta, le fa esplodere la testa. Le pareti azzurrine, la temperatura confortevole, gli abiti puliti sono una messinscena. Una quinta dietro cui si cela un lager. Il suo mondo è Auschwitz, è Mauthausen, è Dachau, è Chełmno. Il suo mondo è Maly Trostenets, dove la portarono con la sua classe alle elementari. Per non dimenticare, aveva spiegato il professore. Per lei, da allora, è stato impossibile dimenticare. Non c'era più nulla, file di alberi e un monumento. Ma l'atmosfera era terribile. La sofferenza e la morte impregnavano l'aria. Perché là dentro ci si andava a morire. E basta.

«Basta!» grida. «BASTA!» Aspetta la punizione. Il gas.

Non arriva, ma la musica cessa. Elèna non la sentirà mai più.

4

La pioggia smette di cadere due notti dopo il funerale di
Francesca. C'è solo una sedia accanto al tavolino al centro
del chiostro. Susana toglie l'acqua e si siede con le mani
infilate nelle tasche di un giubbotto leggero. Gli occhi in
alto, a un cielo in cui la luna è solo un alone oltre le nuvole. Sente addosso il calore di Roberto, il suo peso. Vorrebbe stringerlo ancora a sé. Gli deve molto, ma non è gratitudine quella che prova. È un groviglio strano che s'incastra
nello stomaco, vivo e pulsante. Inatteso. Meraviglioso. Assurdo che debba scioglierlo, ignorarlo. Ucciderlo. Pensa a
Francesca. Piange.

Alvise è in cucina. Al cimitero ha visto Susana andare via
con Roberto. Ora ha visto lo sguardo di lei. Ha immagi-
nato il resto. È andato a prendere una bottiglia in cantina,
una di quelle con i nomi francesi composti. L'ultima l'ha
stappata quando è morto il Faber, dopo essere tornato dalla sua visita a Genova per respirare la sua aria, calpestare
la sua terra. Versa un bicchiere per sé senza trovare il coraggio per uscire e offrirne un secondo a Susana. Canta *La
città vecchia*: «... se non son gigli, son pur sempre figli, vittime di questo mondo...». Sembra cucita addosso a Francesca Campo. Brinda a lei. E a se stesso che cerca «felicità
dentro al bicchiere, per dimenticare...».

Alice è lontana, ignara. Eppure, nemmeno lei dorme. Si gira e rigira nel letto senza trovare una posizione. Fa troppo caldo, fa troppo freddo. Fa troppo tutto. Non riesce a credere di trovarsi in quella situazione. Non vuole nemmeno mettere le cose in fila, perché la getterebbe in un'ansia che non può concedersi. Quando sceglie una strada, lei è in grado di percorrerla fino in fondo. Il problema è che non sa che strada prendere. E non può chiedere aiuto a nessuno. Né a suo padre, né – tanto meno – a Ettore Steiner. Non ha amiche abbastanza strette con cui confidarsi. Cambia di nuovo posizione. Le hanno consigliato di stare tranquilla e riposare. Ma proprio non ci riesce. Un brillante enorme, assurdo nella sua forma di cuore, occhieggia sul comodino. Non al dito. Avrebbe così bisogno di sentire Roberto, maledizione.

Neppure Roberto dorme, pieno di sensazioni. E di pensieri. Prima e Dopo non esistono. *Il passato è vischioso, ti resta appiccicato addosso. E io ci sono dentro, in pieno.*

5

Maggio arriva come uno schiaffo. Roberto esce in una giornata in bilico, con il vecchio zaino Invicta sulle spalle, imbocca il sentiero cercando di restare in piedi. Il cielo conserva memoria del temporale. Le strade sono bagnate, dal vigneto davanti al Chiostro viene rumore di passi.

Le viti sono rinate, plasmate mentre dormivano dalle dita rovinate dal gelo dei contadini in due bracci divergenti assicurati a fili di ferro che sembrano perdersi all'orizzonte. Una sequenza infinita di crocifissioni.

Loris è già al lavoro. Si muove sicuro, eliminando foglie in eccesso e selezionando i germogli. Mostra un tralcio simile a quello che ha lasciato nella tomba di Francesca. «Qua ci sono tutti questi germogli. Tutti vivi, ma non tutti possono vivere.» Con mano sicura ne elimina diversi.

Roberto resta in silenzio. Loris indica il cielo con le cesoie. «Lui fa così con noi. Ma a volte sbaglia. Io ricordo quella ragazzina, la vedevo sempre passare in bicicletta. Mi sorrideva, era gentile. Dopo la disgrazia è cambiata. Era arrabbiata col mondo, ma... non sono sicuro che quello lassù abbia eliminato la gemma giusta» conclude.

Roberto riprende la sua strada. «Quello lassù non c'entra. È stato un uomo, un uomo come me e te.» *E io lo prenderò.*

Varcata la soglia della questura, il primo passo è legnoso, il secondo sicuro, il terzo è già di carica. Come se avesse attraversato il sipario, fosse finalmente entrato in scena. Passa davanti alla guardiola. Passa davanti alla lapide che ricorda i poliziotti caduti in servizio. Passa davanti all'ufficio immigrazione e alle persone in coda.

Sale le scale a quattro a quattro. Arriva all'ultimo piano. Bussa a una massiccia porta di legno. Un giovane agente apre. Annuncia che il questore è impegnato in una riunione con il procuratore, per cui dovrà attendere.

Per tutta risposta, Roberto lo travolge. Sordo ai richiami, attraversa l'anticamera e bussa a un'altra grande porta.

«Chi è?» chiede una voce dall'interno. Una voce indispettita. Mattoni, intonaco bianco. Una vista su un cortile interno. Un tavolo pesante, di legno scuro al centro di una grande stanza. Poltroncine in cuoio, riviste, un televisore. La scrivania è nell'angolo, carica di carte ordinate. Carte che devono essere notate da chi entra, non lette da chi occupa l'ufficio.

Due persone sedute. Un uomo in camicia e pantaloni, viso lungo, naso lungo. Braccia lunghe. E dita lunghe con cui indica l'altra persona. L'ospite.

«Sono con il signor procuratore, mi sembra evidente. Serra, non puoi aspettare?»

La voce vorrebbe essere ferma ma trema leggermente. C'è un rapporto tra Roberto e il questore. Un rapporto nato nel sangue di Case Rosse nel 1995 e lì interrotto. Ripreso nel momento in cui Ernesto Sernagiotto era diventato questore di Treviso. Quando si era trovato davanti Roberto, la smorfia che gli si era stampata in viso era stata eloquente. Entrambi desideravano dimenticare le vicende che li avevano uniti.

«Sono contento che ci sia il procuratore. Così sentirà anche lui.»

Osorio Dal Prà indossa cravatta e pochette verdi in abbinamento con un completo gessato scuro. È grosso dove Sernagiotto è lungo, e il sorriso è scintillante. «Cosa ha da dire?»

Sernagiotto fa scattare un appariscente accendino d'oro. Non è la prima sigaretta della giornata, a giudicare dai resti nel posacenere e dall'odore che ristagna nella stanza.

Roberto sente il cuore battere forte. «Non si può chiudere il caso dei corpi trovati nel lago. L'assassino è ancora là fuori e ha in mano un'altra ragazza.»

Sernagiotto ostenta tranquillità. «Sei male informato, Serra. Il caso non è chiuso. Sto indagando. Il problema è che all'ufficio immigrazione forse non arrivano queste notizie. Soprattutto non arrivano se si viene al lavoro ogni tanto, e per il resto si è *ingiustificatamente* assenti.»

Il messaggio è chiaro. Sernagiotto è pronto a rispondere colpo su colpo, a fare male. Roberto tira fuori dallo zaino il fascicolo blu, ormai pieno da scoppiare; e dal fascicolo estrae le foto dei corpi gonfi, scuri. Violati. Bambini e madri. Le butta sulla scrivania. Dal Prà e Sernagiotto distolgono lo sguardo.

«L'assassino le ammazza dopo poco più di un anno, il tempo di fecondarle e farle partorire. Elèna Žvereva è stata rapita a gennaio, e tra pochi mesi potremmo avere tre cadaveri in più.» Indica la foto di un viso adulto, lucido per la saponificazione. I denti scoperti, i capelli ancora lunghi, in qualche modo aggraziati. «Una donna.» Poi indica un corpicino con le braccia e le gambe rannicchiate, il ventre ricucito. «E due neonati, due gemelli.»

Lo sguardo di Roberto è la miglior risposta a Sernagiotto. *Sono pronto alla guerra.*

Dal Prà fissa il questore. «Un'altra donna rapita? Nella mia città?»

«Be'...»

Roberto lo interrompe. «Il questore lo sa. Ha i suoi informatori. Si è fatto fare una copia di un mio fascicolo su quattro ragazze scomparse. Tre le avete davanti. La quarta è ancora nelle mani dell'assassino.»

Sernagiotto diventa paonazzo. Lancia in cielo le lunghe braccia. «Io sono il capo, qua. Devo sapere se qualcuno che è pagato per fare altro si lancia in qualche bislacco progetto d'indagine.»

Dal Prà sembra indifferente alle giustificazioni. «È vero?»

«Aveva tre foglietti su quelle ragazze... uno zelante agente del suo ufficio ha ritenuto io dovessi saperlo. Ma si trattava di...»

Roberto lo ferma. La voce è dura. «Si trattava di una ragazza identificata come Mahira Pjanić.» Prende la foto del cadavere dalla scrivania e la solleva in modo che i due possano vederla. «E di Arianna Xu Shengyi» solleva la foto. «E di Jasmine.» Solleva l'ultima foto. «Con il ritrovamento nel Terzo lago si sono scoperti i bambini.» Li indica.

Dal Prà si sforza di guardare le immagini. Indica quella della quarta vittima. «Come fa a essere così sicuro che la donna che lei ritiene di poter salvare non sia in realtà questa qui?»

Roberto scuote la testa. «La ragazza scomparsa si chiama Elèna Žvereva. È bielorussa.»

«E questa?»

«Le rilevazioni antropometriche e le analisi dicono che si tratta di una donna africana, di colore. E che potrebbe avere sedici anni. È tutto nel referto del medico legale, che il questore dovrebbe conoscere. E avrebbe dovuto conoscerlo anche quando ha raccontato ai giornalisti che Elèna Žvereva era una delle vittime.» *Francesca è morta per questo.*

«Lo conosco perfettamente. Si tratta solo...»

«Stia zitto, Sernagiotto!» lo incenerisce il procuratore. Fissa un punto sul soffitto per qualche secondo, con le mani intrecciate sul ventre. Quando abbassa gli occhi grigi, lo sguardo è freddo.

«Sono tutte straniere.»

Sernagiotto mentre si accende un'altra sigaretta fissa Roberto. Gli occhi dicono: ti ho portato dove volevo. Anzi, ci sei andato da solo. «Tutte» conferma. «Una rom, una a quanto pare slava, una cinese, immigrate clandestine, come quell'Èlena che il qui presente commissario vorrebbe continuassimo a cercare.»

«Neanche un'italiana?»

Sernagiotto schiaccia la sigaretta dopo averne fumata appena metà. «Nei foglietti, che secondo Serra costituirebbero un'indagine, c'era anche qualche nota su una ragazza italiana: Suellen Ceolin.»

«Ma come si fa a chiamare così una figlia, con tutti i bei nomi che gh'avemo? Su di lei avete indagato?»

Gli occhi di Sernagiotto si fissano ancora su Roberto, taglienti. «Certamente. Una settimana dopo la sua...» fa un vistoso gesto delle virgolette con due dita di ogni mano «scomparsa era a casa. Due puntate di "Chi l'ha visto" e poco più. Era andata al funerale di De André.»

«Il cantante? La tosa è scappata di casa per andare al funerale di un cantante?»

Sernagiotto annuisce. «Mica da sola. Con un cinquantenne che ulteriori indagini hanno rivelato essere un conoscente del nostro buon commissario Serra.»

Roberto sente la propria credibilità precipitare.

«E la negretta, qui...» chiede dal Prà.

«Non ne sappiamo nulla. Ma cosa vuole, se non fosse stata una poco di buono, qualcuno sarebbe venuto a cercarla, no? Lei sa cosa succede di notte sul Terraglio o sulla Pontebbana... nonostante le multe e i controlli è pieno di puttane.»

Quello scambio lascia Roberto senza parole. La vena sulle tempie gli martella dolorosamente. «Arianna. Su Arianna c'era una denuncia. Anche su Elèna» dice calcando la pronuncia corretta.

Sernagiotto emette una risata asinina, sforzata. «Il denunciante della cinese era un ragazzino di Asolo, appena ho letto il suo cognome, un cognome molto importante e conosciuto» rimarca a uso e consumo di Dal Prà, «ho chiamato la madre. Mi ha detto di lasciare perdere, che quella ragazza puntava solo ai soldi, e che probabilmente era tornata da dove era venuta.»

Roberto immagina senza difficoltà la "signora" pronunciare quelle parole.

Sernagiotto lo fissa. «Chi denunciò la scomparsa di questa Élena invece...»

Roberto si alza. Ringhia. «Fermati. È meglio per te.»

Restano così, occhi negli occhi. Alla fine li distoglie il questore.

Dal Prà sospira. «Ieri sera ho cenato con il sindaco. Mi ha ribadito la sua idea. Se gli stranieri causano problemi, la polizia deve vigilare di più. È meglio.» Si alza, agile nonostante la mole, e indica Sernagiotto. «Voglio vedere poliziotti in giro a tutte le ore. La *nostra* gente deve sentirsi sicura.»

«E la ragazza scomparsa?» chiede Roberto, a voce alta. Troppo alta.

«Scomparsa come Suellen Ceolin?» ironizza Sernagiotto.

«Eh, quella è gente che viene e che va» conclude il procuratore. «E io son più contento quando va. Lei lavora nell'ufficio immigrazione, sa che siamo in un'emergenza continua. Saprà anche quanti furti ci sono ogni anno in città durante le Fiere di San Luca, quando arrivano i baracconi dei giostrai. Zingari, zingari come una di quelle tose che purtroppo ci ha lasciato la pelle. È a 'sta roba che dovemo pensare.» Senza preavviso, Dal Prà assesta una pacca sulla spalla di Roberto. Quella ferita nell'incidente a Case Rosse. Un dolore sordo s'irradia fino alla punta delle dita. «Servono maggiori controlli, tutto qui» ribadisce. «Sono certo che il questore non dimenticherà queste ragazze, ma la nostra priorità è di proteggere la *nostra* gente. Chi sta al di fuori delle regole, chi è senza documenti, chi viene con intenzioni poco chiare...» Allarga le braccia come per sottolineare l'ovvietà della conclusione.

Nella testa di Roberto si forma una parola: *invisibili*.

DENTRO

Elèna ha la nausea. Le mestruazioni sono in ritardo, e di troppi giorni perché sia solo un caso. La conclusione è ovvia, solo che per lei è impossibile raggiungerla. Si tocca continuamente la pancia. Ha l'impressione di sentirla crescere, secondo dopo secondo. Ma cosa c'è, dentro? E... come è successo? L'uomo ha abusato di lei mentre dormiva, stordita dal gas? L'ha violentata?

Appena lui appoggia il vassoio della colazione, si fa forza. Nel suo rifugio cieco di stoffa grezza, gli parla. La bocca formula le parole che la mente ha rifiutato. «Sono incinta?»

Nessuna risposta, solo il consueto bisbigliare incessante. Elèna sente i passi che si allontanano, verso la porta.

«Sono incinta? Dimmelo!» grida. Deve parlargli, deve dirgli che lei non può avere figli, che nasceranno dei mostri.

Il bisbiglio si interrompe. «Sì» dice l'uomo dopo qualche secondo.

Elèna non riesce a provare gioia. Non vuole concedersi nemmeno il lusso della speranza. «Non è possibile! No!» grida. «No! No! No! No!» Attraverso la trama fitta del cappuccio si diffondono nella stanza urla nere, di terrore e pena.

Lui resta immobile. Bisbiglia alla ricerca di una soluzione che non trova. Si zittisce. Poi riparte, lento. «Se non fossi incinta, saresti già morta.»

La voce di Elèna non esce dalle labbra ma da ferite più profonde, intime. «Io sono già morta. Morta dentro...»

Elèna sente che l'uomo torna verso di lei. Percepisce la sagoma. L'energia cattiva, calda. Poi sente davvero qualcosa che la tocca sui capelli. È la mano dell'uomo. Ed è leggera. Incredibilmente delicata anche se le dita sono ruvide.

«Sono stata esposta alle radiazioni di Černobyl'» prosegue lei. Vomita terrore e dolore. «Ho bevuto l'acqua, mangiato cibo contaminato. Non posso avere figli...»

«Sei incinta» risponde l'altro. Riprende a bisbigliare. Come se cercasse parole diverse. Con rabbia. Con impotenza, forse.

«Nascerà un mostro...»

Lo sente muoversi. Si fa più vicino. La mano scende dai capelli alla guancia, poi al collo. Armeggia con il cappuccio. Solleva il bordo inferiore. Elèna sente la pelle scoprirsi. Un brivido. «Cosa fai?» sussurra. Le labbra sono nude, ora. Il respiro accelera.

L'uomo si avvicina, lentamente. Arriva a pochi millimetri dalle labbra di Elèna. Lei sente la stoffa del passamontagna vicina alla sua bocca. Vuole baciarmi, pensa. Tenta di ritrarsi. Di scomparire nel cuscino. Inutile. Il respiro dell'uomo si fonde con quello della ragazza.

E il desiderio copre la paura. In quel momento, Elèna smette di scappare. Si rilassa. Si abbandona. Aspetta.

Non è un bacio quello che arriva. Sono parole fredde e lente. «Aspetti due bambini. E non sono mostri» sussurra. Poi si allontana.

Il tempo riprende a scorrere nel modo assurdo in cui scorre nella stanza. Ci sono secondi che durano eternità e ore che svaniscono in un respiro. L'uomo le libera il polso. Passi echeggiano nel nulla. Il meccanismo della porta scatta.

Elèna resta immobile. Spera. Piange. Le braccia spalancate, le gambe divaricate. Singhiozzi la squassano. Una voce diversa, che esiste solo dentro di lei, le sussurra in continuazione che non è morta dentro. È viva.

Non è la voce di Francesca, ora. Francesca non c'è più nei suoi pensieri. E nemmeno nei suoi sogni.

6

Sernagiotto tira profonde boccate da una Marlboro, poi rilascia anelli di fumo verso il soffitto di travi. Spegne la sigaretta. Si protende verso Roberto mettendo in mostra le iniziali "E.S." sui polsini della camicia. Congiunge le punte delle dita. Assume il tono di una maestrina che fa lezione a un allievo particolarmente lento.

«Serra, anche se ti sei tagliato la barba per sembrare quello di allora, qui non siamo in mezzo alle vacche e ai maiali come in quel paesino di merda dell'Appennino. Qui non siamo nemmeno nel Nucleo, dove eri intoccabile perché Bernini ti parava il culo. Qui non conti un cazzo. Sei un numero. Una questura è come un'azienda. Fornisce servizi alla città e deve stare attenta ai budget.» Calibra una pausa per lasciare il tempo all'allievo tardo di assimilare. «Ci sono delle cose che non possiamo permetterci. Te ne elenco un paio.» Stende prima l'indice, poi il medio. Dita lunghe, da pianista. «Uno: il capo di un ufficio che scompare e riappare quando ne ha voglia. Due: indagare su tutto. Hai sentito il procuratore? Servono poliziotti sulle strade, dobbiamo dare idea di sicurezza. Posso dedicare poche risorse a questo caso. L'ho spiegato anche a Sfinge».

Roberto chiude gli occhi. Vede rosso dietro le palpebre. Li riapre. Vede ancora rosso. Imita il tono del questore. «Un poliziotto non fornisce servizi. Un poliziotto protegge le persone. Dà sicurezza, non l'*idea* di sicurezza. C'è un tizio, là fuori, che ammazza delle ragazze dopo averle messe incinte e fatte partorire. Poi ammazza anche i figli.» Fa quasi fatica a respirare dopo aver pronunciato quelle parole. «Girare la testa dall'altra parte è da vigliacchi.» *Lo so bene. È quello che ho fatto quando Francesca è venuta a cercarmi.*

Sernagiotto si accende un'altra sigaretta. «Tu lavori all'ufficio immigrazione, non so se te lo ricordi visto che ultimamente ci hai passato poco tempo. Così poco che è pronta una lettera di sospensione. Sta a me farla partire o meno. Potrei considerare i prossimi mesi come un periodo di prova. Se ti dedicassi al *tuo* lavoro, potrei dimenticarmene.»

Respira, respira, respira... A Roberto risuonano in mente le parole di Francesca. *Cosa vuoi che gliene freghi alla gente di una sguattera clandestina?* Rivede i tagli sui polsi, quel sangue che accusava lui. *Respira un cazzo.*

«Sernagiotto, ti faccio un riassunto. Tuo zio è stato ministro della giustizia. Ha superato Mani Pulite non si sa come. Ti ha messo nella scientifica, il corpo più alla moda. Quello dove si pretende di risolvere i casi senza capire nulla di vittime e colpevoli ma solo attraverso dati e rilievi. Se non avessi fatto cazzate saresti già a Roma nella direzione generale. Solo che ne hai fatte. È evidente che ne capisco più di te d'indagini.»

Il questore resta con la bocca e gli occhi spalancati. La sigaretta pende da un lato. «Come ti permetti?» dice, paonazzo. «Come cazzo ti permetti?»

Roberto sbatte un pugno sulla scrivania. «Delle ragazze spariscono. Vengono trovate morte. Ammazzate, assieme a dei bambini che sono state forzate ad avere. Come fai a lasciare che succeda? Come fai a dormire di notte pensando che ce n'è una che potresti salvare?»

Sernagiotto spalanca le braccia con gesto plateale. Ali da albatro sgraziato. «Udite udite, Serra vuol tornare a fare l'eroe.»

Roberto si alza, si protende oltre la scrivania. Arriva così vicino a Sernagiotto che i loro nasi quasi si toccano. L'odore di fumo è sgradevole.

«Io indagherò su questo caso» gli sibila in faccia. «E tu

me lo lascerai fare. Me lo devi. Ti ho salvato il culo a Case Rosse. Se non era per me, stavi ancora cercando chi ha sterminato quella famiglia cinque anni fa»

Sernagiotto si alza. Supera Roberto di una testa. Forse due. «Tu non indaghi su un cazzo. Altrimenti avvio l'azione disciplinare.»

«Fallo pure. Se fare il poliziotto significa essere come te, be'... me ne vergogno.» Roberto si gira ed esce dall'ufficio. Scende la scala senza vedere i gradini. Entra nell'ufficio immigrazione scansando la consueta coda multicolore all'ingresso.

Si ferma davanti a Lorenzon. L'agente evita di guardarlo negli occhi. Resta immobile. Aspetta un attacco frontale che non arriva. Il silenzio è un macigno. «Stai attento» sibila solo, alla fine. «Non finisce qui.»

Recupera la tazza gialla, strappa dalla parete il poster di Bikila e se ne va.

7

Il cellulare squilla appena Roberto rientra nel suo appartamento. Solo pochi hanno il suo numero. *Sarà il questore. Sarà l'ufficio del personale. Sarà Mixielutzi incazzato perché ho rivelato a Sernagiotto dell'identificazione di Mahira Pjanić.*

Il nome che legge sul display lo lascia attonito. L'ultima volta in cui è stato lui a chiamare quel numero, gli ha risposto un uomo. Un uomo che gli ha detto di farsi gli affari suoi.

Alice. Alice desiste. Roberto tira un sospiro di sollievo. Il suo cuore però batte all'impazzata. *Non posso parlarti, non adesso. Non ci riuscirei.*

Il telefono ricomincia il suo trillo fastidioso. Stesso numero. Sempre la stessa persona. Ci vuole un attimo ad aprire la finestra. Il cielo di inizio maggio è di un azzurro talmente terso da fare male agli occhi. Uno di quei cieli che fanno pensare che non possa esistere altro che il presente, che negano ciò che è stato, e nascondono quello che sarà. Un ultimo sguardo, e il braccio disegna un arco. Il cellulare vola nell'aria, verso la vigna al di là della strada.

A Roberto sembra di sentire il rumore attutito con cui finisce sulla terra. Di sicuro sente una voce. «Sei matto? Eh?»

Il cellulare è caduto a pochi centimetri dai piedi di Loris Follador.

«Non voglio nella mia vigna robaccia del genere!» dice il contadino, iniziando a risalire verso il Chiostro tenendo il telefono con due dita, come se fosse infetto. «Te lo lascio al ristorante.»

Con gesti lenti, misurati, Roberto ripone la divisa nell'armadio. Gli sembra di togliersi la pelle. In pochi mesi, la sua vita è cambiata radicalmente. *Alice se n'è andata, le medicine che secondo me tenevano a bada la Danza si sono rivelate caramelle. Poi Francesca... e Susana.* Si passa una mano sulla guancia senza più barba. Un altro cambiamento. *Ho un assassino da braccare.*

Si siede allo scrittoio. Prende il Perimetro. *Rapimenti e omicidi. Dovrei farne due,* riflette. Quasi sente Bernini tuonare: *Un solo Perimetro per ogni caso! Così vedrai tutte le connessioni!*

«Come vuole, come vuole.» Non si accorge di aver risposto ad alta voce. Non si accorge nemmeno di aggiungere: «Sperando che ci siano, le connessioni».

Prende il pennarello. La definizione "turista smemorata" scompare, diventa "Mahira Pjanić". Ripassa mentalmente ciò che sa di lei. *Vent'anni, studentessa di medicina all'università di Stoccolma. Di origine bosniaca.* Nei fogli che gli ha passato Mixielutzi c'è anche una fotocopia del passaporto. Il viso sorridente, pulito, si sovrappone all'immagine di quello nero, secco del cadavere saponificato. Vede il nome di Elèna in quella lista. Lo mette tra parentesi. *Avevi ragione, Francesca, la tua Ele è ancora viva.*

Le sue mani proseguono a scrivere. Nel cerchio VITTIME aggiunge "ragazza sconosciuta". *Dal referto del medico legale, sembrerebbe il primo omicidio. Sei la prima e non sappiamo nulla di te, tranne, forse, il colore della tua pelle.* L'unica foto che c'è è quella di un corpo steso in un sacco da cadaveri. Si ferma a riflettere. *Sarà davvero la prima? O da qualche altra parte troveremo un altro cimitero?* Sospira, si fa forza. La mano trema leggermente quando aggiunge tra le VITTIME: "otto neonati, due per ogni ragazza". Nessuna idea su dove siano state ammazzate le vittime. Il cerchio LUOGO DEL DELITTO resta vuoto. *Forse in uno studio medico, servono attrezzature specialistiche, medicinali adeguati...* Più facile stabilire dove siano state rapite. *Ele e Arianna in centro a Treviso. Stando ai giornali, Mahira dormiva in centro a Treviso.* Ricorda gli appunti di Mixielutzi. *Jasmine aveva finito alle giostre ed era venuta in centro.* MOMENTO DEL DELITTO. *I rapimenti sono avvenuti a tredici mesi l'uno dall'altro. Vale per Mahira, partendo dagli articoli di giornale, Jasmine dalle dichiarazioni del padre. Vale per Arianna. Vale per Ele.* Mette di nuovo tra parentesi Ele. *La ragazza senza nome dovrebbe essere stata rapita a settembre-ottobre del 1996.* Un brivido. *Ero appena arrivato a Treviso. E non mi sono accorto di niente.* Prova a consolarsi: *Non era compito mio.* Non funziona. *Certo che lo era, ero un poliziotto.*

Anche su AZIONE possiede informazioni nuove. Scrive: "iniezione letale". Istintivamente, la mano si porta al centro del foglio. Nel cerchio COLPEVOLE scrive: "uomo". E di questo è certo. Aggiunge: "medico", poi un punto di domanda. Scrive "La Buona Vita". E ne aggiunge un altro. Prima di uomo scrive "un". *Il DNA appartiene a uno solo.*

"Un uomo."

"Medico?"

"La Buona Vita?"

Scuote la testa. Porta il pennarello sulla casella MOVENTE. *Tutto quel che so è che rapisce le ragazze in centro a Treviso, una ogni anno. Le feconda, le fa partorire, le ammazza. E ammazza i bambini. Ecco tutto.* Un tutto orrendo e talmente assurdo da sembrare irreale.

Perché?

Butta il pennarello sul foglio, senza avere la minima idea della risposta.

8

L'umore di Alvise sembra nero quanto quello di Roberto. Si salutano a fatica.

«Frittatina di s'ciopet, risotto con i bruscandoli e tagliata di manzo con insalata di pissacàn. Un trionfo di erbe di campo» annuncia. Non chiede cosa ne pensi Roberto. Anzi, chiude dicendo: «Tutte ricette tradizionali», in modo che lui non cerchi chissà quali varianti.

«Se facessimo uno sformato con gli s'ciopet, magari con una crema di...» prova a proporre.

«No» risponde Alvise senza nemmeno girarsi.

Roberto rinuncia a discutere, a capire perché ce l'abbia con lui. Ha solo voglia di prendere un coltello e iniziare a pulire le erbe. «Io penso al risotto.» Dimentica di chiedere la ricetta ad Alvise, che dimentica di dargliela. La sua mente in fiamme trova sollievo nell'acqua in cui lava i bruscandoli. Toglie la parte finale del gambo e li lascia asciugare.

«Io farei un soffritto di porri, non di cipolla.»

«Fai come ti pare.»

«Quanta gente c'è stasera?»

«Pieno, orcocàn. E se non ti tasi, resteranno senza mangiare. Il brodo è pronto» indica un pentolone. «È ora che ti metti a lavorare.»

Pieno significa trenta persone. Roberto calcola mentalmente le quantità, poi si mette ad affettare finemente il porro, solo la parte più bianca e dolce. Una grande padella. Olio quanto basta, l'odore del piatto che nasce. Gomito a gomito con Alvise che sbatte furiosamente uova e s'ciopet. Si muovono nello spazio ridotto della cucina, si sfiorano senza toccarsi. Silenziosi, coordinati.

Quando il porro è imbiondito, Roberto fa per unire i bruscandoli. Poi vede l'immancabile bottiglia di Prosecco aperta. Ne versa qualche goccia nella padella. Giusto per sfumare. Alvise scuote la testa ma non protesta. Roberto aggiunge i bruscandoli e li fa insaporire.

Intanto entra Susana. Roberto la guarda, lei lo guarda. È più distante, sembra faccia attenzione a non toccarlo, a non sfiorarlo nemmeno. Prende gli antipasti e comincia a servirli in tavola.

«E se aggiungessi del formaggio al risotto? Uno fresco, tipo la Casatella!»

Alvise sbuffa, ma non dice no. Roberto prende il riso, lavato e asciugato, e lo mette nella padella. Sfuma nuovamente con un po' di vino. Poi solo con brodo. Due minuti prima della fine della cottura, aggiunge la Casatella. E mescola con cura per mantecare.

Susana entra di nuovo, con i piatti sporchi. «Che profumo» dice. «Com'è?»

Roberto si stringe nelle spalle. «A me è piaciuto» risponde. Intende la preparazione, la ritualità, il tempo speso a fare andare le mani e a placare i pensieri. Non il piatto in sé, quello non lo ha assaggiato. Non ne ha bisogno.

Susana prende una forchetta. Chiude gli occhi. «Squisito» dice. Solleva un'altra forchetta colma. La tiene all'altezza delle labbra. Sorride, finalmente. «Facciamo finta che sia questa la cena che ti ho chiesto di prepararmi.»

In cucina, a fine serata, c'è la quiete dopo la tempesta. Alvise si versa un generoso bicchiere di Prosecco. Ne versa un altro, uguale, a Roberto. «Ne abbiamo bisogno» dice. Non specifica cosa intenda, non serve.

«Ne abbiamo bisogno» replica Roberto, accennando a un brindisi. La pace è finita, la sua mente si sta già rimettendo in moto.

«Quella ragazza che è morta mi fa pensare a mia figlia Viviana, sai? Sembrano adulte, poi invece sono così piccole. Fragili. Ancora bambine.»

È la prima volta che Alvise si apre, confida qualcosa della sua famiglia. Il ghiaccio torna subito, però. Ha la forma delle dita magre e bianche di Francesca. Dei polsi tagliati.

«Dopo il funerale ho persino chiamato mia moglie» continua Alvise stirandosi la lunga barba a punta. «Così, per sentirla. Per sentire come sta la piccola. La vedo così poco. Solo qualche fine settimana. Facciamo giri in moto, la riporto direttamente a scuola il lunedì. Fa il liceo artistico.»

Come Suellen. È andato via con una compagna di scuola di sua figlia! Arriva a un pelo dal chiedergli notizie della ragazza, pur sapendo che quella pista non porta da nessuna parte. Che lui non c'entra nulla. Che era una fuga per andare al funerale di De André. Uno sguardo alla foto accanto al banco da lavoro.

«Non sapevo che fossi sposato.» Per non dire cose sbagliate, dice la più sbagliata. La voce di Alvise si abbassa. Anche gli occhi si abbassano. Passa la grossa mano che non tiene il bicchiere sui fornelli freddi. «Non lo sono più.» Inconsapevolmente, gli occhi fuggono verso la porta a molla, verso Susana di là, da qualche parte. «Ma non è facile buttarsi alle spalle il passato.»

Il pensiero di Roberto ha peso e fisicità. Ha occhi ambra e capelli rossi, crespi, disordinati. Gambe lunghe. Efelidi su una pelle bianchissima. Efelidi la cui disposizione saprebbe riprodurre a memoria. «Capisco» sussurra.

Alvise alza gli occhi con un sorriso sghembo. «A volte, dopo aver accompagnato Viviana a scuola, passo in studio da mia moglie, come per caso. Mendicando un caffè e una sigaretta, orcocàn! Mendicando cinque minuti assieme.»

«Che lavoro fa?»

Alvise si gira per prendere la bottiglia e versarne di nuovo. «È psicologa. Lavora in un centro medico privato a Treviso. La Buona Vita... che nome del cazzo, orcocàn.»

Il cuore perde un battito. «Sonia Crestani?» chiede Roberto tutto d'un fiato. Pensa a quella donna loquace. Cerca di abbinarla ad Alvise, come fa con gli ingredienti di un piatto. Non ci riesce.

Alvise alza un sopracciglio. «Come fai a sapere il suo nome?»

Roberto stringe le mandibole. Cerca di collocare l'informazione. *Appena escludo Alvise da questo quadro, qualcosa ce lo riporta. Forse dovrei parlarne con Mixielutzi.*

Prima che possa dire o fare qualsiasi cosa, Susana rientra in cucina.

«È arrivato quel poliziotto, il quinto Beatles. Puoi dirgli di venire quando il ristorante è aperto?»

9

Mixielutzi è seduto al solito tavolo vicino all'ingresso. Davanti a sé tiene una cartelletta, chiusa da un elastico. In mano un bicchiere di Prosecco.

«Mi sono permesso di chiederlo alla signora» dice indicando col mento Susana che porta altri piatti in cucina. Lo sguardo si punta su Roberto. «Mi ricorda una ragazza che abbiamo fermato qualche tempo fa.» Beve.

«Se fosse lei?»

«Sarebbe riuscita a rifarsi una vita, non capita spesso. Ne sarei lieto.»

Roberto prende un bicchiere e si siede. Si versa da bere.

«Vuole qualcosa da mangiare o le basta il vino?»

«Sono digiuno, arrivo direttamente dalla questura.»

«Sua moglie si lamenterà. Comunque è rimasto un po' di risotto, se vuole.»

Una luce attraversa lo sguardo di Mixielutzi. L'equivalente di un sorriso.

«Mi hanno detto che il cuoco di questo ristorante è piuttosto scarso» risponde.

L'equivalente di una battuta. Tocca a Roberto sorridere.

Mixielutzi mangia lentamente, in silenzio. Solo le mandibole che si muovono lo distinguono da una statua.

«La sua piazzata a Sernagiotto è già leggenda» dice appena finito. «Oggi non si è parlato d'altro in questura.»

«Vorrei fosse servita a qualcosa.»

«Oh, è servita: dal personale sta per partire una lettera per lei.»

«Quanto?»

«Sei mesi. Senza stipendio. E deve restituire l'auto, il tesserino e l'arma d'ordinanza.»

Roberto soffia aria fuori dalla bocca. Aria amara. Pensa alla vecchia Tipo parcheggiata davanti al ristorante e alla pistola che conserva in una cassaforte nell'armadio in camera da letto. *Me le tengo. Sospeso per sospeso, tanto vale fare le cose per bene.*

«Nessuno aveva visto il questore così incazzato. Pare che Dal Prà voglia che il caso resti aperto. Se occorre, dice che farà venire gente da Roma per le indagini. E creerà una squadra mista con i carabinieri.»

A Roberto s'illuminano gli occhi. «Bene! Allora...»

«Non si entusiasmi, commissario. Sernagiotto ha detto che non ha bisogno di rinforzi. Che ci penserà lui...»

«... così potrà fare soltanto finta di indagare» completa Roberto. «Lasciare che si calmino le acque e provare di nuovo a chiudere tutto tra qualche settimana.»

«Esattamente» dice Mixielutzi. «Ma a noi questo non sta bene, vero?»

Finalmente mette mano alla cartelletta appoggiata sul tavolo. «I curriculum dei medici. Sono pubblicati sul sito del Buona Vita, ma ho comunque messo un agente della postale a curiosare qua e là. Sono loro che si beccano questo nuovo mondo, Internet.»

«Non ci capisco nulla.» *Forse mi nutro davvero di carne di pterodattilo, Francesca.*

«Tutti connessi. Tutti in comunicazione. Nulla di reale. Pericoloso, a mio avviso. Noi vecchi dovremo adattarci, commissario. Altrimenti ci aspetta il cimitero degli elefanti.»

«L'agente della postale non ha chiesto spiegazioni?»

«Gli ho detto che era per una possibile evasione fiscale.»

«E non si è accorto che lei non è della finanza?» ironizza Roberto.

«Quelli di Internet vivono in un mondo tutto loro.»

Roberto si chiede se il capo della squadra mobile abbia presente quanto sta rischiando. Lui, ormai, è fuori dai giochi. Ha rinunciato alla carriera nel momento stesso in cui ha lasciato Roma e il nucleo nel 1990. *Dieci anni. Sono già passati dieci anni.* E guidare il commissariato di Case Rosse, il più piccolo d'Italia, come aveva fatto fino al 1995, non poteva essere definito un progresso.

Mixielutzi non perde tempo. Gli porge un foglio. «Luigi Vazzoler, ginecologo. Il primo della lista.»

Roberto scorre con gli occhi titoli e pubblicazioni. *Una carriera ordinaria. Non si è mai mosso dal Veneto, in pratica. Laurea a Padova, specializzazione a Venezia, studio a Treviso. Coerente con il suo orgoglio di razza Piave.* Nel secondo foglio trova una stampata di documenti dell'ufficio anagrafe. Luogo di nascita e comune di residenza: Cappella Maggiore (TV).

«Su di lui abbiamo qualcosa» spiega Mixielutzi. «Poca roba. È iscritto a un sedicente movimento secessionista.»

«Veneto Nasiòn?»

Mixielutzi annuisce.

«Anche l'agente Lorenzon ne fa parte.»

«Lo so.» Gli occhi hanno uno scintillio inquietante. «Ho informato i colleghi della Digos. La carriera di Lorenzon potrebbe subire un brusco scossone. Anche se non sono pericolosi, commissario. Si riuniscono, sbraitano e poco più. Stampano carte d'identità della Serenissima Repubblica di Venezia e provano a varcarci le frontiere, qualche tempo fa si organizzarono per fare ronde nei comuni dove abitano. Si beccarono servizi sui telegiornali, ma all'arrivo dei primi freddi passavano di nuovo le sere all'osteria. Molto rumore per nulla.»

«Quel rumore è pericoloso. Porta a disprezzare le persone, a eccitare gli animi, a fare qualcosa di... brutto. E Vazzoler è aggressivo, astioso. E l'uomo che cerchiamo potrebbe essere un ginecologo come lui.»

L'immagine dei neonati morti si deposita fra loro. Mixielutzi prende un altro foglio.

«Vittorio Reveri, chirurgo estetico. Curriculum completamente diverso.»

Roberto legge. *Nato in Brasile, laurea negli Stati Uniti, specializzazione in Svezia. Un giramondo. Poi, nell'estate del 1996, arriva a Treviso.*

«Avrei giurato fosse italiano. Parla senza accenti.»

«Anche il nome è italiano. Potrebbe essere figlio di emigranti.»

«Qui c'è scritto che ha lavorato all'università di Stoccolma fino alla fine del 1995...»

Mixielutzi non cambia espressione. «Esatto. La stessa che frequentava la ragazza bosniaca.»

Il cervello di Roberto tenta freneticamente di incastrare le tessere. «Bisognerebbe chiedere all'università perché se n'è andato, ma lo svedese non è una lingua facile...»

«Parlano tutti inglese, in Svezia.»

Roberto allarga le braccia. «Io no.»

«Ma io sì.»

«Lei è una continua fonte di sorprese, Mixielutzi.»

«Non sono finite. Ho telefonato all'ufficio del personale dell'università di Stoccolma. Mi hanno ripetuto allo sfinimento che il rapporto di collaborazione con Reveri si era concluso. Nessuna spiegazione.» Prende un altro foglio. «Allora ho chiesto al nostro amico della postale di curiosare. Non ha trovato molto, salvo questo elenco delle pubblicazioni relative al periodo in cui era Stoccolma.»

«È già sul suo curriculum ufficiale, se non sbaglio.»

«Li confronti.»

Roberto tiene i due fogli davanti agli occhi. Poi li riappoggia. Indica un titolo sull'elenco ufficioso.

Eugenetics: a modern approach between science and utopy.

«Un moderno approccio all'eugenetica? Tra scienza e utopia?»

«Esatto.»

«L'etimologia della parola è greca, e significa "buona vita". E che per qualche ragione quel lavoro è sparito dall'elenco ufficiale delle pubblicazioni.»

Uno scossone al cuore di Roberto. Sente arrivare l'adrenalina. Le narici assorbono aria. Pensa al modo di uccidere dell'assassino. *Eutanasia, buona morte. Eugenetica, buona vita. Qual è il collegamento?* Poi pensa al centro medico La Buona Vita. *Un collegamento c'è.*

«E Sellerio, il dentista?»

Mixielutzi prende il curriculum. «Tutto a posto. Se si fida del mio istinto, qua non c'è nulla.»

Roberto legge. Rivede le mani pelose del dentista. Le immagina addosso a Susana. Prova un moto di disgusto.

«E il suo istinto cosa dice riguardo a Reveri e Vazzoler?» chiede dopo.

«Meritano un approfondimento, ma quale lo merita di più?»

«Io penso Reveri. Oltre a quello che abbiamo detto, è chirurgo. Sa tagliare.»

Tornano le immagini dei ventri delle ragazze, aperti per asportare gli organi. E richiusi.

«La residenza è nel comune di Crocetta del Montello» si limita a rispondere Mixielutzi. «Proprio nel bosco.»

Roberto sente fame. Adrenalina da caccia. «Andiamo.»

«Ora?» chiede Mixielutzi.

«Se non ora, quando?»

«Speravo lo dicesse», ed è già in piedi.

Dalla cucina, Susana e Alvise hanno sentito tutto. Si guardano. Una luce indecifrabile negli occhi del cuoco.

10

Dove i boschi del Montello si fanno più fitti, le strade perdono i nomi. Diventano Prese indicate con un numero romano da I a XXII e, irradiandosi dalla Provinciale 144, si incuneano nella vegetazione di robinie e lecci, moderni sostituti delle piante autoctone che costituivano le scorte di legname della Serenissima Repubblica di Venezia.

Nel punto più alto, questo relitto di Alpi arriva a trecentoventi metri. Ed è lì che Roberto e Mixielutzi stanno andando.

«Per lei è un problema se prendiamo la mia auto?» aveva chiesto il sardo.

«Meno vado in giro con quella» aveva risposto Roberto, indicando la Tipo, «meglio è. E detesto guidare.»

Poi più nulla. Silenziosi a fissare l'inizio ripido della salita, il susseguirsi di cartelli difficili da individuare nel buio e gli abitati nati dopo le leggi dell'Ottocento che assegnavano le terre ai privati. La Presa XXII è l'ultima, vicina al minuscolo borgo di Santa Maria della Vittoria. Mixielutzi la imbocca facendo stridere le gomme sulla svolta, salvo rallentare dopo pochi metri, quando l'asfalto lascia spazio allo sterrato. Il bosco è oscuro, incombe. Alcuni cartelli gialli indicano, ai lati, una zona militare, relitto della Grande Guerra, quando il Montello fu strategico per la difesa del Piave che scorre a nord.

Roberto si sporge in avanti. Vince la sua paura dell'auto e della velocità.

«Acceleri.»

«È meglio per lei e per me che non lo faccia.»

La salita si fa ancora più ripida. Buio e alberi incombono. «Ma dove cazzo abita?» Si lascia scappare Mixielutzi.

«Lì», Roberto indica una luce più in basso.

Mixielutzi inchioda, sollevando una nube di polvere e sbalzando il collega in avanti. Al termine di un sentiero in discesa, stretto e ghiaioso, c'è una casa. Il lampioncino sopra la porta è acceso. Una finestra illuminata. In quel buio, bastano per rivelare buona parte della facciata bianca.

«Dobbiamo andare a piedi» conclude il capo della mobile. L'uomo d'azione prende il sopravvento. «Altrimenti ci sentirà, sempre che non ci abbia già sentito. Non voglio che abbia il tempo di organizzarsi. Per scappare o per... fare altro.» Apre la fondina, estrae la pistola. «Lei ha un'arma?»

Roberto scuote la testa.

11

Scendono fianco a fianco, a passi brevi, veloci. Il bosco è vivo, animato di rumori. Un gufo lancia un richiamo, lo ripete. Un altro risponde. La ghiaia scricchiola sotto le suole di Roberto, Mixielutzi invece si muove silenzioso. Si ode una specie di ululato, più a valle. Qualcosa taglia loro la strada, veloce, sfuggente, con una grande coda. Il resto è buio.

Se quelle luci non fossero state accese, non avremmo mai trovato la casa. Una voce maligna, nella testa. *Sembra fatto apposta.*

I sensi di Roberto sono tesi, all'erta. Il viso di Mixielutzi è una maschera. Dietro una curva del sentiero in discesa spunta una villetta moderna, bianca come appariva dalla Presa XXII, circondata da un giardino cinto da un muro e da un cancello alto più di due metri.

«Come entriamo?» chiede Roberto sottovoce.

Non c'è bisogno di farsi venire in mente nulla. Il cancello inizia a scorrere sulle guide metalliche.

«Una fotocellula» bisbiglia Mixielutzi.

«No» dice Roberto. «Ci stava aspettando» si convince. Il fresco del bosco diventa gelo sulle loro schiene. «Ci ha aperto lui.»

Oltre il cancello appare una lama di luce. Quella della finestra del primo piano. Quella del lampioncino sopra l'ingresso. Quella della porta, ora aperta.

Sulla soglia c'è un uomo.

12

«Tenga le mani bene in vista!» ringhia Mixielutzi puntando l'arma.

Vittorio Reveri indossa una veste da camera in seta, lunga fino ai piedi. I capelli biondi sono pettinati in modo impeccabile. Emana tranquillità. Toglie le mani di tasca e le solleva. Inizia a camminare nella loro direzione.

«Commissario Serra, la stavo aspettando. Vedo che oggi con lei non c'è quella bella signora» dice con voce suadente. «Dica al suo collega di mettere via la pistola, non sono pericoloso.»

Mixielutzi ribatte. «Non ci penso nemmeno. E lei non si muova se non glielo dico.»

Reveri resta immobile al centro dello spiazzo davanti alla casa. «Come desidera.»

«Ci stava aspettando?» chiede Roberto.

«In realtà, aspettavo solo lei. E non se ne stupisca, una persona intellettualmente normodotata si sarebbe resa conto che quel can can seguito al ritrovamento dei corpi nel lago avrebbe portato a qualcosa. E la natura mi ha reso ben più che normodotato. Per non parlare di quando lei è venuto al Buona Vita facendo tutte quelle domande su Beatrice... pardon, Elèna Žvereva. Ho capito che era solo questione di tempo prima che arrivasse a me.»

«Quindi lei sta ammettendo...» dice incredulo Roberto.

Troppo facile.

«Lo ammetto, certamente. Ammetto tutto. Se il suo collega mi permette di abbassare le mani, sono pronto a produrvi il mio esame del DNA. L'ho eseguito io stesso. Possiedo apparecchiature piuttosto sofisticate, come avrete modo di verificare.» Reveri punta occhi che Roberto non ricordava così azzurri. Non c'è traccia di dispiacere, nessun dolore. Serenità, piuttosto. «Noterà una corrispondenza con quello dei neonati. Sono io l'uomo che state cercando.»

«È in arresto» grida Mixielutzi. «Avanzi verso di noi, lentamente, con le mani sempre in alto.» Poi, porge qualcosa a Roberto. «Lo ammanetti.»

Roberto si sente in preda a una febbre altissima, che gli ottunde i sensi e gli obnubila i pensieri. È stupito dalla confessione, dall'arrendevolezza di quell'uomo che sta andando incontro a una condanna all'ergastolo, con tutte le aggravanti. *Come vorrei avere una pastiglia.* Una consapevolezza cristallina: *non mi serve.*

Prende le manette. E va verso Reveri. Mixielutzi lo guarda in viso, e quello che vede non gli piace.

«Serra, cosa...» prova a fermarlo.

Roberto nemmeno lo sente. «Perché?» grida. Pensa alle foto. Ai corpi. Alle loro espressioni che non erano più espressioni. Alla bara di Francesca. «Perché?» grida più forte, scatenando una fuga di uccelli.

Reveri tiene le mani in vista. Non solo, porge i polsi. Si concede addirittura un sorriso, prima di parlare con voce pacata. «Il motivo è semplice. E nobile. È più alto e più grande di lei, del suo collega e di me. L'ho spiegato in un messaggio che ho inviato ai giornali via posta elettronica appena ho sentito un'auto in avvicinamento. Vede, non è che riceva molte visite di notte.»

Roberto gli afferra i polsi, glieli porta dietro la schiena. «E che motivo sarebbe? Quale motivo porta a uccidere delle donne e dei bambini?» sibila. «Bambini di cui lei era il padre. E le madri erano...» I gesti sono bruschi, nervosi. Prova una rabbia cieca e una voglia fortissima di colpire quell'uomo. Mixielutzi segue la scena, con l'arma puntata.

«Erano *lebensunwertes Leben*» completa Reveri.

«Che cosa?»

«Vite indegne di essere vissute. Vite senza valore.»

Roberto e Mixielutzi restano immobili, raggelati da quelle parole. Raggelati dallo sguardo sereno e fiero di Reveri.

Il sardo è il primo a scuotersi. «Salga in macchina. Dobbiamo portarla in questura.»

«Un attimo!» si intromette Roberto. «Elèna Žvereva è qui?»

L'altro sospira. Il viso si distende in un sorriso appena accennato. «Non sempre la realtà è come appare, commissario. A volte le cose che sembrano lineari sono doppie, ambigue. A volte la scienza deve scendere a compromessi con la forza bruta. L'importante è il bene supremo, l'obiettivo finale.»

«Ma è viva?»

«Lo era l'ultima volta che l'ho vista.»

Roberto sente la rabbia montare. «Cosa significa?»

«Bisogna che leggiate il messaggio che ho mandato ai giornali. Che capiate le mie ragioni. Parleremo dopo. Ora non siete pronti.» Scavalca Roberto con lo sguardo. Fissa Mixielutzi. «Quando vuole.»

In auto la rabbia di Roberto defluisce, lo lascia stanco, spossato. Avrebbe voglia di considerare chiusa quella storia orribile. Invece, riesce solo a fare un patto con la sequenza di alberi neri. *Finché non troveremo Ele, non sarà finita.* E poi ci sono quelle parole tremende, pronunciate da Reveri con voce pacata. Gli si sono appiccicate addosso, gli si sono appiccicate dentro.

Vite indegne di essere vissute. Vite senza valore.

13

Le forbici non riescono a seguire una traiettoria lineare. La mano trema mentre cerca di costringerle lungo il perimetro dell'articolo. Roberto fatica a dominare l'ira. Fatica a vincere l'incredulità. La carta sottile del giornale sembra bruciare. Le lettere prendono corpo, diventano pesanti, insostenibili.

I quotidiani hanno riaperto le pagine. Il manifesto ideologico e di follia di Vittorio Reveri campeggia ovunque. Dal Prà e Sernagiotto sono riusciti a farsi mandare in anteprima il testo, ma non a evitarne la pubblicazione, nemmeno smuovendo le amicizie più altolocate. Le testate si sono avventate sullo scoop come avvoltoi sulle carcasse.

VITE INDEGNE DI ESSERE VISSUTE

La più grave colpa dell'uomo del ventesimo secolo è avere le conoscenze per cambiare il corso della propria storia ma non farlo per scarsa lungimiranza o per paura del progresso. *Lebensunwertes Leben* è un'espressione tedesca che identifica le vite che non sono degne di essere vissute, ben elencate nelle leggi di Norimberga del 1935 sulla selezione della razza. Ma non furono i Nazisti gli elaboratori di questo concetto e non furono i Nazisti i primi né gli ultimi a metterlo in pratica.

Quali sono queste vite prive di valore? Quelle delle persone che non sono perfette. Persone che vivono a spese dello Stato. Dementi, debosciati, afflitti da handicap. E ci sono razze più portate a essere colpite da questi disturbi. L'eugenetica è la scienza che studia i metodi per perfezionare la specie umana attraverso selezioni artificiali operate tramite la promozione dei caratteri fisici e mentali ritenuti positivi, o eugenici (eugenetica positiva), e la rimozione di quelli negativi, o disgenici (eugenetica negativa). L'eugenetica è nata per impulso di Sir Francis Galton, scienziato inglese, cugino di Charles Darwin e da lui stimato. Evoluzionismo ed eugenetica vanno di pari passo. O, meglio, dovrebbero farlo. Perché – come avvisava proprio Galton – la selezione naturale, invece che rigenerare, può rovinare la nostra razza, visto che sovente i migliori sono i meno prolifici.

L'uomo bianco occidentale sta andando inesorabilmente verso l'estinzione. Prima di occuparmi di chirurgia estetica, mi sono occupato di un altro tipo di abbellimento della nostra razza: biologia genetica. E sono certo che la difficoltà di riprodursi dell'uomo occidentale sia un segno inesorabile della sua prossima estinzione. Solo la scienza può salvarci. La genetica ci permette di procreare anche se non siamo più in grado di farlo naturalmente. E l'eugenetica deve tracciare la via maestra: procreare meglio ed eliminare gli scarti della produzione come si fa in ogni attività.

Il professor Josef Mengele è passato alla storia come l'Angelo della morte per aver lavorato a Birkenau, il campo di sterminio del complesso di Auschwitz. L'uomo che, con il frustino in mano, decideva la sorte delle persone che scendevano dai treni in arrivo. Ridicole semplificazioni. Io ritengo Josef Mengele una delle menti più illuminate del secolo appena concluso. Il suo obiettivo era grande, nobile: creare individui perfetti. I suoi sforzi per studiare i gemelli prima, durante e dopo Auschwitz hanno fatto compiere passi in avanti straordinari alla genetica. Capire cosa li rendesse identici, cosa creasse differenze. E cosa si potesse manipolare per eliminare le imperfezioni. Mengele è riuscito a teorizzare metodologie straordinariamente avanzate anche per la nostra epoca, non solo per quella in cui è vissuto. L'umanità gli deve moltissimo. Invece lo ha condannato a morire in esilio in Brasile.

I tedeschi hanno provato a creare la razza perfetta, nei *Lebensborn*, centri in cui venivano fatte accoppiare donne perfette con uomini perfetti per raggiungere i centoventi milioni di ariani puri che Heinrich Himmler invocava. Un progetto rimarchevole. Ma essendo stato ideato dal *Reichsführer* delle SS, lo abbiamo bollato come inumano. E intanto la nostra razza continua a degradarsi.

Eppure, con le odierne tecniche di riproduzione assistita sarebbe molto semplice creare una razza perfetta. Io non sono un Nazista, io sono uno scienziato. La mia scienza è l'eugenetica. Una scienza studiata e praticata nei Paesi più sviluppati. Come negli Stati Uniti, dove mi sono laureato, e in Svezia, dove ho lavorato e insegnato. Due Paesi all'avanguardia, baluardi di civiltà. Negli Stati Uniti, di fronte all'immigrazione incontrollata della fine del diciannovesimo secolo, l'eugenetica è divenuta l'ideologia centrale, sostenuta da Henry Ford e dalla famiglia Rockefeller, esponenti di una classe dirigente già poco prolifica che pensava a difendersi. Vennero sterilizzati decine di migliaia di individui, i matrimoni tra puri e impuri erano puniti con dieci anni di reclusione. Tutto dimenticato, quando è scoppiata la guerra ci si è resi conto che qualcuno stava realizzando lo stesso progetto su scala molto più ampia. I Nazisti, il nemico.

In Svezia si è realizzato un vero piano statale di eugenetica. In tutti i Paesi scandinavi è normale parlare di "individui di Tipo A" e "individui di Tipo B". Sono Paesi avanzati, ricchi, che difendono la propria razza. Le prime leggi, in Svezia, risalgono al 1935 e sono rimaste in vigore ufficialmente sino al 1975. Prevedevano la sterilizzazione di pazienti la cui riproduzione non era auspicabile. Dopo il 1975, la procedura è continuata in via ufficiosa sino a un'inopportuna commissione d'inchiesta del 1997 guidata da Carl-Gustaf Andrén. Dal 1935 al 1996 un programma massiccio di sterilizzazioni statali ha permesso di ridurre considerevolmente gli assegni di sussidio. Era l'obiettivo dei coniugi Myrdal, fondatori dello stato sociale svedese, e per questo insigniti del premio Nobel, per l'economia lui e per la pace lei.

Il progresso del genere umano dipende dalla possibilità di migliorare la produttività degli individui di Tipo A piuttosto che dalla repressione degli individui di Tipo B. Questa è la mia sfida, questo è ciò a cui mi sono dedicato negli Stati Uniti e poi in Svezia. Ho deciso di essere io stesso demiurgo della razza pura. Io sono puro. Sono un individuo di Tipo A. Ho un Quoziente Intellettivo superiore a duecento. Possiedo i tratti somatici della razza ariana. Ho unito i miei spermatozoi con gli ovuli di donne svedesi perfette. E abbiamo procreato coppie di gemelli perfetti. Loro erano convinte che il seme fosse quello del partner con cui avevano deciso di seguire la procedura di fecondazione assistita. Stavo molto attento a far sì che i gruppi sanguigni fossero compatibili. Senza un esame genetico, nessuno poteva accorgersi di quello che facevo. I miei figli vivono la loro vita. Li ho donati al mondo.

Prima della pubblicazione dei dati della commissione d'inchiesta sulle sterilizzazioni, ho deciso di lasciare la Svezia e tornare in Italia, a Treviso. Da qui era partita la mia famiglia, decenni fa. Ho capito subito che questa poteva essere la terra ideale per proseguire i miei esperimenti. Una terra di forte immigrazione, spesso clandestina e mal tollerata. Ho tentato di rendere perfetta una razza imperfetta, di fecondare con il mio seme soggetti imperfetti, cercando di produrre figli perfetti.

Sinora gli esperimenti non sono andati a buon fine. Seguendo gli insegnamenti di Josef Mengele, sono riuscito a produrre coppie di gemelli omozigoti ma, dopo pochi giorni, le analisi e le misurazioni antropometriche rivelavano l'imperfezione dei neonati e la loro appartenenza, almeno parziale, ai ceppi imperfetti delle madri slave, africane, zingare, asiatiche.

Ma adesso ho un altro esperimento in corso, e se non verrà distrutto da chi ora l'ha in custodia, potrebbe portare finalmente al risultato sperato. Lasciate che lo prosegua. Fatelo per il bene della nostra razza.

Se la selezione dei migliori non avviene per via scientifica, avviene comunque per via innaturale e cruenta. Un genocidio altro non è che la volontà di una razza di eliminarne un'altra che considera inferiore. Pensate allo sterminio dei nativi americani, o a quanto sta accadendo ai kosovari o ai curdi o in Ruanda. O a quanto successo appena cinque anni fa a pochi chilometri da Treviso tra serbi e musulmani bosniaci. Di quanti soggetti eliminati parliamo? Impossibile dirlo con precisione. Alcune migliaia in certi casi, qualche decina di migliaia in altri. Milioni, in altri ancora. Erano tutte vite prive di valore? Presumibilmente no. Perché, allora, lasciare che sia la natura bruta a scegliere? Perché non farsi guidare dalla scienza e salvare la nostra razza? Non facciamo finta di nulla, non aspettiamo di essere massacrati o estinti. Agiamo prima.

Osorio Dal Prà si era precipitato in questura appena era stato avvertito dell'arresto. Impeccabile nel suo gessato, nella sua brillantina, nella sua cravatta verde. Si era congratulato con Mixielutzi. Mixielutzi aveva indicato Roberto. «È merito del commissario Serra.»

Dal Prà gli aveva dato una robusta pacca sulla spalla sinistra. Dolore che si era irradiato sino al cervello. Rabbia che iniziava a risvegliarsi. «Parlerò con Sernagiotto. La farò reintegrare immediatamente!»

Roberto, sentendosi di nuovo la divisa addosso, aveva provato una sensazione di calore confortante. Poi aveva visto entrare il questore, trafelato, i capelli fuori posto, il lungo naso che sembrava rimbalzare nell'aria, piegarsi fino al mento sporgente, risalire. La prima domanda era stata: «Avete già parlato coi giornali? Dobbiamo farlo prima che vadano in stampa».

Roberto si era diretto verso l'uscita della questura, l'aria aperta, il cielo. Dal Prà lo aveva inseguito. «Non si preoccupi, consideri tutto già sistemato.»

Roberto lo aveva incenerito con lo sguardo. «Non è sistemato nulla. C'è ancora una ragazza da trovare.»

In testa le parole di Reveri. *L'ultima volta che l'ho vista era viva.* Come se non ce l'avesse più lui. E quelle, ancora più sibilline. *Non sempre la realtà è come appare.*

14

Treviso scende in piazza, in modo spontaneo, non organizza-to. I primi a farlo sono studenti, seguiti da operai e impiega-ti. Uomini e donne di tutte le età. E molti bambini. Migliaia di persone. Bianche, nere e gialle, per una volta mescolate. Si trovano in silenzio, e in silenzio arrivano sino al carcere di Sant'Anna, dove Reveri è stato rinchiuso. Lì si fermano. A un certo punto, un gruppo di studenti srotola un len-zuolo. Una scritta visibile dal penitenziario, ripresa dal-le telecamere.

TUTTE LE VITE SONO DEGNE DI ESSERE VISSUTE!

Subito dopo, esplode la rabbia. La gente comincia a gri-dare, rivolta verso l'edificio. Invoca vendetta. Urla di met-tere a morte Reveri.

Vittorio Reveri sente le grida. Riesce persino a scorge-re un lembo di stoffa bianca. «Non capite» sibila, incredu-lo. Scuote la testa. Gli occhi azzurri diventano di ghiaccio. «Peggio per voi.»

Dura tutta la giornata. Le forze dell'ordine sono costrette a chiudere la strada, a transennarla. «Noi non ci muoviamo» gridano i manifestanti. E nessuno si prende la responsabilità di tentare di disperderli. Molte persone restano davanti al carcere anche dopo il tramonto, alla luce di falò improvvisati.

Osorio Dal Prà decide che è abbastanza. Un'auto con i

vetri oscurati si defila da un ingresso posteriore del carcere, imbocca strade secondarie, s'immerge senza clamori nella notte. Il detenuto Vittorio Reveri viene trasferito nel penitenziario di Venezia.

Arriva un'alba diversa. L'indignazione contagia prima i quartieri periferici, più popolari. Poi penetra attraverso porta San Tomaso, sfila lungo il parcheggio di piazzale Burchiellati, arriva alla minuscola piazza San Francesco, vince il vento dell'arco dei Soffioni e raggiunge il cuore di Treviso. Da piazza dei Signori imbocca l'elegante corso Calmaggiore, fino al Duomo, poi tocca borgo Cavour, le ville incantate della Città Giardino e infila un'altra porta monumentale, Santi Quaranta, e dopo la passeggiata alberata sulle mura. Si diffonde in ogni via, vicolo, piazza, riviera o rivale. Circonda le fontane di acqua di fonte, i fiumi e le chiuse. E finalmente trova sfogo. Un lenzuolo a ogni finestra. Treviso piange lacrime bianche. Treviso grida.

Roberto non espone lenzuoli, non va a manifestare, non partecipa alla festa organizzata dal questore per l'arresto di Reveri. *Le indagini non sono finite.*

Sul tavolino nella sua camera, accanto al Perimetro del caso in cui campeggia il nome di "Vittorio Reveri" nella casella centrale, quella del COLPEVOLE, c'è un ritaglio di giornale. Il manifesto ideologico, le sue teorie. Un passaggio è sottolineato:

"Adesso ho un altro esperimento in corso, e se non verrà distrutto da chi ora l'ha in custodia, potrebbe portare finalmente al risultato."

L'esperimento in corso è Ele. Chi l'ha in custodia? Chi rischia di distruggerlo?

INVAIATURA

*Gli acini si trasformano, cambiano colore.
È l'inizio della maturazione.*

1

Mixielutzi, al telefono, ha la voce esausta. «Vuole parlare solo con lei.»

Sono passati dodici giorni dall'arresto. Maggio è esploso. Il giardino di Lina è diventato un caleidoscopio disordinato di gerani. Roberto lo vede dalla finestra. Davanti a ogni filare è sbocciata una rosa. «Non è decorazione» gli ha spiegato Loris mostrandogli orgoglioso quelle del suo vigneto. «Ma difesa. La rosa è delicata, viene aggredita prima dalle malattie. Così c'è tempo di difendere le viti.» Ed è arrivato un caldo inatteso, umido e pesante. Da luglio più che da maggio. Un caldo che schiaccia a terra, rende difficile correre, rende difficile pensare, rende difficile persino camminare.

Dopo il trasferimento nel carcere di Santa Maria Maggiore a Venezia, Reveri si è trincerato dietro un silenzio assoluto. I lenzuoli pendono immobili dalle finestre e sono meno candidi.

«Dal Prà e Sernagiotto hanno provato a convincerlo in tutti i modi, con le buone e con le cattive, senza successo. Oggi mi hanno chiesto di essere presente. Reveri mi ha riconosciuto, mi ha salutato con un gesto del capo. Poi finalmente ha pronunciato quattro parole: voglio vedere Roberto Serra.»

Perché?

«Sernagiotto è diventato paonazzo. Sembrava un bambino sul punto di fare le tigne. Ha puntato il dito contro Reveri. Vediamo se un po' di cella liscia ti farà cambiare idea, gli ha detto.»

«Cella liscia?»

«La cella d'isolamento. Un buco senza finestre, senza appigli alle pareti. I turisti non immaginano che possa esistere un luogo del genere a Venezia. La pensano immune dal male, dimenticano a cosa deve il proprio nome il Ponte dei Sospiri.»

Roberto non prova pena per Reveri. Nessuna.

«Commissario, io credo che dovrebbe parlarci» cerca di convincerlo Mixielutzi.

Roberto pensa agli ultimi giorni. Non è rientrato in servizio. Non in questa situazione, non alle loro condizioni. Gli sviluppi delle indagini le ha seguite sui giornali e alla televisione. E grazie ai racconti del capo della mobile. La casa di Reveri è stata setacciata minuziosamente. Ogni angolo è stato esplorato, ogni dettaglio esaminato. Ha rivelato tutti i suoi orrori. In superficie, tutto normale. Il buon ritiro di una persona di successo. Ma sotto...

Sotto c'era l'inferno. Un laboratorio pieno di attrezzature sofisticate. Una stanza dai muri azzurrini con un letto a una piazza. Vuoto, e cinghie di cuoio aperte. Una doccia, una cyclette. Mixielutzi era stato gli occhi di Roberto. Mixielutzi gli aveva raccontato tutto. Mixielutzi gli aveva portato foto. Quel luogo trasudava paura e solitudine.

Nel laboratorio, Reveri conservava relazioni su ogni paziente. Quattro relazioni sulle donne. Otto sui bambini. Si concludevano con "Esperimento imperfetto" per le donne e "Risultato negativo" per i bambini. E poche parole che accomunavano i loro destini: "Vita indegna di essere vissuta".

Nel laboratorio c'erano dosi di pentothal e bromuro per le iniezioni letali. Reveri non aveva ancora finito. Ogni esperimento, come li definisce lui, è stato catalogato e ogni passaggio descritto minuziosamente. Le ragazze non sono indicate per nome, ma per numero.

"ESPERIMENTO II. Di razza zingara, dichiara di avere diciassette anni. Come tutti i membri di questa razza, è imperfetta perché presenta inclinazioni ai furti e al crimine..." *Jasmine.*

"ESPERIMENTO III. Di razza slava, dell'età di circa vent'anni. Imperfetta per demenza, presenta un evidente stato di confusione mentale..." *Mahira Pjanić.*

"ESPERIMENTO IV. Paziente di razza asiatica, dichiara di avere diciotto anni. Imperfetta perché, come tutti i membri di questa razza presenta..." *Xu Shengyi, Arianna.*

E poi c'era l'Esperimento I a cui non si era ancora riusciti ad associare un nome: "Razza negroide, come tutti i membri di questa razza è indolente, svogliata, incapace di lavorare. Per questo si è dedicata alla prostituzione. Età presumibile: sedici/diciassette anni...".

Di Elèna, l'Esperimento V, mancava la cartella. Reveri l'aveva nascosta, portata via assieme alla ragazza. *Ha sistemato ogni dettaglio, ogni particolare. Ci aspettava.* Roberto ne è sempre più convinto. Mentre ascolta Mixielutzi, sfoglia le fotocopie delle cartelle. Indicazioni precise di dimensioni di crani, ossa, orecchie... numeri. *Erano numeri, non persone, per lui.* E da quei numeri dipendeva la loro vita. Era evidente consultando le relazioni sui bambini, i Risultati, come li identifica Reveri. Poche righe per ciascuno.

"Nonostante la terapia messa in atto, ovvero l'inseminazione dell'ovulo della madre Tipo B con spermatozoi Tipo A, il Risultato I-I presenta tratti genetici e morfologici della razza di appartenenza della madre. Vita indegna di essere vissuta. Si procede a eutanasia."

Una sentenza di morte, identica per il Risultato I-II, per il II-I e per il II-II, per il III-I e per il III-II, per il IV-I e per il IV-II. La ricerca della buona vita che conduce a una morte buona solo per un artificio linguistico.

«È ancora lì, commissario?»

La voce di Mixielutzi riporta Roberto alla realtà. «Ci sono.»

«Credo che dovrebbe andare a parlare con Reveri. Se Elèna Žvereva è ancora viva, tutto lascia presumere che sia...»

Roberto completa la frase per Mixielutzi. «Incinta.»

«Già, e che i bambini siano due, gemelli. E maschi. Come per le altre vittime.»

Mixielutzi gli aveva detto che il perito tecnico interpellato dalla procura di Treviso, un famoso genetista, aveva manifestato ammirazione per Reveri. Aveva assicurato che allo stato attuale della scienza era quasi impossibile indurre parti gemellari omozigoti. Diverso sarebbe stato per gli eterozigoti: bastava inserire più ovuli fecondati e tenere monitorato il loro sviluppo, assumendosi il rischio di indurre parti plurigemellari. Invece, Reveri aveva ottenuto da tutte le donne due gemelli maschi con lo stesso patrimonio genetico. Figli suoi, che poi aveva ammazzato.

Il procedimento per ottenere questo risultato, invece, era piuttosto standard, per quanto fosse uno standard d'eccellenza. Anche le apparecchiature nella sua casa laboratorio lo testimoniavano. La sintesi del perito era stata: si sottopone la paziente a un bombardamento ormonale, tramite iniezioni sottocutanee. Con un'ultima iniezione di uno stimolante si induce una iperovulazione. Si prelevano gli ovuli e si fecondano all'esterno con lo sperma desiderato e si reimpiantano continuando a somministrare farmaci che permettano l'attecchimento. Procedura FIVET o ICSI, aveva concluso. Si pratica in diversi laboratori, in tutto il mondo. Per pazienti così giovani, il rischio è l'iperstimolazione ovarica. Dovevano avere provato dolore, dopo il prelievo degli ovuli.

Il genetista non si era sbilanciato sulla questione del sesso, invece. Il fatto che i neonati fossero tutti maschi poteva anche non essere un caso. «Ma se riesce a condizionare pure questo aspetto» aveva concluso «è molto più che un medico capace. È un genio.»

È ancora Mixielutzi che richiama Roberto alla realtà. «Commissario, guardiamoci in faccia, Mahira e Jasmine si sono rivelati binari morti.»

Era toccato a Mixielutzi avvertire la famiglia di Mahira Pjanić. Erano fuggiti per miracolo da Sebrenica a fine giugno 1995, pochi giorni prima del massacro. Nella città accerchiata dalle truppe serbo-bosniache di Radko Mladić e dai paramilitari della Tigre Arkan erano rimasti i fratelli, i nipoti, e i nonni. Ora giacevano in fosse comuni, irriconoscibili tra gli oltre ottomila cadaveri. In Svezia, la famiglia Pjanić aveva ottenuto una pace relativa. Il problema era proprio Mahira, che viveva nell'ossessione della strage. Una ragazza mora, magra, alta, nervosa, che voleva a tutti i costi capirne le ragioni, e si logorava studiandone lo svolgimento. Anche se aveva scelto di frequentare medicina, convinta di poter riscattare una colpa non identificata aiutando la gente. Dopo il primo anno all'università di Stoccolma, però, «la sua mente era svanita» era stata la spiegazione della madre. «Un giorno abbiamo sentito delle grida provenire dalla sua camera da letto, l'abbiamo trovata a terra con il viso pieno di sangue. Aveva cercato di spaccarsi la testa contro il muro. Le era rimasta una cicatrice proprio sulla fronte.» Mixielutzi faticava a dimenticare la voce della donna, rassegnata come chi sa che il fato non distribuisce a caso gioie e dolori ma tende a elargire e infierire sempre in un senso o nell'altro. Quando i giornali avevano iniziato a parlare di genocidio, Mahira si era documentata. Era in quel momento che aveva iniziato a sentire parlare di eugenetica. E a sentirsi imperfetta. «Se fossimo stati perfetti» ripeteva, «non sarebbe successo. Non ci avrebbero massacrati.»

«Perché la ragione della strage era stata la voglia di una razza di cancellarne un'altra» aveva riassunto la madre, inconsapevole di avere utilizzato più o meno le stesse parole del manifesto ideologico di Reveri. Mixielutzi le aveva chiesto di cercare un libro tra quelli di Mahira. «Leggeva tanto, tantissimo» aveva risposto la madre. Dopo una breve ricerca ecco *Eugenetics, between Science and Utopy*. «Un'ossessione, gliel'ho detto. Mahira era andata anche a trovare Carl-Gustaf Andrén.» Si trattava del coordinatore della commissione di inchiesta stigmatizzata da Reveri, quella che aveva sancito che, dal 1935 al 1996, in Svezia era stato negato il diritto di riprodursi a duecentotrentamila persone, per il novanta per cento donne, nel quadro di teorie eugenetiche e per ragioni di igiene sociale e razziale. Poi, la domanda cruciale. «C'era un italiano tra i professori di Mahira?» C'era. Vittorio Reveri. Lei lo adorava, in apparenza. Era difficile capire cosa provasse davvero. «Era peggiorata, ne-

285

gli ultimi tempi. Aveva completamente perso la testa, anche se una madre non dovrebbe dirlo della propria figlia.» Era perciò plausibile che la ragazza fosse venuta in Italia a cercarlo. «Ma io non ne avevo idea, non potevo nemmeno immaginarlo. Avevo denunciato la scomparsa in Svezia, ma... Cosa le è accaduto?» Era stata la penultima domanda della madre. L'ultima: «Che ne sarà del suo corpo?». E lì era iniziata la parte più dolorosa. E un pianto dirotto.

Le frontiere sono aperte. Si può viaggiare in treno o in autostop, dalla Svezia all'Italia, senza che i documenti siano controllati neppure una volta. E una ragazza giovane non ha difficoltà a trovare passaggi. Era stata una pura fortuna che durante un qualche controllo le fossero stati chiesti i documenti e poi che l'ufficio immigrazione ne avesse conservato copia. Altrimenti i cadaveri senza nome sarebbero due.

La telefonata al padre di Jasmine era stata di tutt'altro tenore. Parlava un italiano stentato, ma la dinamica dei fatti era semplice. Jasmine era uscita per fare un giro in centro dopo una serata ai baracconi. Era una ragazza d'oro, gran lavoratrice, senza grilli per la testa, a sentire il genitore.

«È stato quell'uomo che dicono i giornali?»

Mixielutzi non era riuscito a mentire. L'altro si era messo a imprecare in una lingua sconosciuta, minacciosa. Poi dal telefono erano arrivati sospiri, singhiozzi. E parole rivolte alla bambina. Il dolore dei genitori è identico a ogni latitudine.

«Io voglio vedere lui» aveva proseguito il padre di Jasmine. «Solo cinque minuti. Ci penso io. A voi non ve ne frega niente. Nessuno fa niente. Lasciate a me.» Una litania. «Lasciate a me, lasciate a me.»

La voce di Roberto è stanca. «Incontrerò Reveri.»

DENTRO

L'uomo è venuto a prenderla una notte. Era notte perché le luci erano spente. Nel suo mondo di prima, le luci si spegnevano quando doveva dormire e si accendevano quando doveva stare sveglia. C'erano delle regole. E l'uomo le aveva infrante. Non c'era stata nessuna voce ad annunciarlo. Niente "Regola numero dieci" dall'altoparlante.

Elèna aveva sentito solo il meccanismo scattare. E se l'era trovato davanti, nella penombra. Aria. L'uomo aveva lasciato la porta aperta. Il panico l'aveva presa. Non si era legata. Stava violando le regole. Si era tirata su in fretta, aveva cercato a tentoni le cinghie. La mano dell'uomo era partita, fulminea. Le aveva afferrato il polso. Nessuna delicatezza. Stringeva forte, le faceva male. Le dava l'idea che avrebbe potuto spezzarglielo se solo lei non avesse obbedito.

«No» aveva ordinato. «Andiamo.» Era vestito di nero, come sempre. Con il passamontagna. Sembrava il gigante dell'incubo. Anche gli occhi erano gli stessi. Bruciavano più del solito. Aveva la febbre. O stava male. Bisbigliava frenetico, incomprensibile. In tono più alto del solito.

Elèna era rimasta immobile. Aveva paura. E quello era il suo mondo. Perché voleva portarla via?

«Andiamo!» aveva ripetuto l'uomo, e le aveva dato uno strattone violento. Lei si era alzata, si era lasciata trascinare fin quasi sulla soglia. Ma l'uomo l'aveva bloccata. L'aveva trascinata di nuovo verso il letto. Aveva preso il cappuccio. Gliel'aveva passato con malagrazia. «Mettitelo!»

Elèna aveva eseguito. Dopo si era fatta portare nel buio. Inciampava, sbatteva. Rischiava di cadere. Respirava a pieni polmoni un'aria diversa, che il cappuccio appena copriva col solito odore di disinfettante. Aveva paura di farsi male. Di fare male alle creature che portava in grembo.

A un certo punto aveva sentito freddo. «Dove siamo?»

«Se vuoi vivere...» aveva detto l'uomo, poi si era fermato. Respirava affannosamente. «TACI!» le aveva gridato a pochi centimetri dal viso. Lei si era sentita gelare. Quella voce era diversa da quella dell'altoparlante. Era diversa da quella dell'uomo con i polpastrelli ruvidi. Era la voce di qualcuno fuori controllo. Che avrebbe potuto farle male.

Era stata gettata su qualcosa di morbido. Aveva cercato punti di riferimento a tentoni. Forse era sul sedile di un'auto. Poi l'uomo aveva preso a toccarle il lembo del cappuccio.

«Cosa fai?» aveva provato a chiedergli.

Lui l'aveva afferrata per il collo con una mano. Il fiato di Elèna si era spezzato subito. Aveva smesso di respirare. «Devi tacere. E devi stare ferma. Hai capito?»

Lei aveva annuito con il cuore che impazziva nel petto. Portava la vita, dentro. Doveva vivere.

La stretta sul collo si era allentata. Aria. Aria nuova nei polmoni. Aria buona. Subito dopo, una puntura.

Di nuovo la nebbia calda a invaderla. Di nuovo buio.

Era arrivata nel suo nuovo inferno.

2

Venezia è l'ultimo posto al mondo in cui Roberto vorrebbe vivere. Alice l'adorava, insisteva spesso per andarci. Spesso e senza successo. Prima. Roberto ora è costretto a venirci. Dopo.

Detesta la bolgia di turisti, le vie strette, l'odore di acqua marcia nelle strade. E l'umidità assassina che fa somigliare la gente a pesci boccheggianti che si contendono le poche molecole di ossigeno. Appena il treno lo scodella alla stazione di Santa Lucia, comincia a sudare. Anzi, sudava già sul regionale, l'aria condizionata guasta, il finestrino bloccato.

Poi a piedi per campi e calli. Nessuna passione per quel barocco ostentato. Solo tanta attenzione a schivare le persone inebetite. Si scusa continuamente. Una botta col gomito a un cinese fermo a fotografare l'insegna di un negozio di chincaglierie venezianeggianti made in China. «Scusi.» Una spinta involontaria a una coppia francese con l'espressione da luna di miele. «Scusate.» Prendere il vaporetto è fuori discussione. Roberto non sa nuotare, non ha un buon rapporto con l'acqua, e la calca di turisti estasiati e veneziani inferociti lo renderebbe ancora più nervoso.

A piedi dunque. Testa bassa, pensiero fisso. I ventri straziati dei neonati morti si sovrappongono a quelli dei bambini festanti che lo urtano e che urta («Scusa, scusa, scusa»), gli pestano i piedi, lo indicano.

L'aspetto più terribile di tutta la vicenda, quello che oscurava persino quel cielo quasi bianco, era la scelta delle vittime. *Reveri colpisce nel mucchio, e uccide. Però, secondo un criterio. Colpisce nel mucchio ma non a caso.*

Senza quasi accorgersene, è arrivato. Sestiere Santa Croce, numero 324. Una torre neogotica anni Venti a vigilare il perimetro di alti muri di mattoni. Addirittura merli sulle sommità. E agenti della polizia penitenziaria in divisa e armati sotto il sole cocente. *Anche questa è Venezia.*

Si annuncia in guardiola. Lo fanno aspettare qualche minuto, poi a prenderlo vanno direttamente Dal Prà e Sernagiotto.

«Non credo sia una buona idea» sbotta il questore, senza nemmeno salutare. Indossa una camicia bianca con tre bottoni aperti, pantaloni, giacca e panama beige.

Roberto sente il sudore colargli nel colletto della polo. Non ha voluto mettere la divisa. Respira a fondo. Guarda Dal Prà, impeccabile nel gessato scuro nonostante la temperatura. Il procuratore è più pragmatico. Ha capito di essere su una torre e che a cadere giù potrebbe essere proprio lui. Meglio sacrificare Sernagiotto, nel caso. «Se la sente?» chiede a Roberto, ignorando il questore.

«Altrimenti non sarei qui.»

«È una stronzata, lo ripeto! Ed è contro...»

«Sernagiotto, stai zitto. Non ci sono alternative.» Roberto sente i denti dell'altro sbattere mentre chiude la bocca. «Bene allora» prosegue il procuratore. «Cerchi di scoprire più che può.»

«Ci ascolterete?»

«Ovviamente.»

Roberto viene scortato da Dal Prà e da un Sernagiotto silenzioso. Attraversano il cortile rotondo, da cui si irradiano i bracci del carcere. Ne prendono uno apparentemente identico agli altri. Dentro, l'odore stantio di sudore e dolore rende l'aria quasi irrespirabile. Roberto si sforza di trattenere il fiato sino alla porta della sala dove si svolgerà l'incontro. Ad aprirla c'è Mixielutzi. Sul viso non gli si legge nulla, ma la mano che appoggia fuggevolmente sul braccio di Roberto è eloquente.

Appena Roberto si siede a un tavolo quadrato di plastica grigia, la porta della sala incontri opposta a quella d'ingresso si apre lentamente. Nella stanza entra un uomo di dieci anni più vecchio rispetto al momento dell'arresto. Indossa una camicia stretta, stinta. Ha i polsi ammanettati. Ma negli occhi azzurri non c'è segno di resa. E nemmeno nella voce.

«Commissario Serra, benvenuto nella mia nuova dimora.» Solleva i polsi. «È destino che tutte le volte che ci incontriamo, mi trovi in questa condizione.»

«Ci resterà per parecchio, Reveri. Direi per sempre.»

Reveri si allunga sulla sedia. Sbuffa. «Non usi questa tattica, Serra. C'è già quell'altro spilungone che fa il duro. Che pensa di piegarmi mettendomi in cella di rigore.» Ride, una risata gutturale che sale dal centro dello stomaco, supera l'esofago, si estingue appena fuori dalle labbra.

Reveri si sporge in avanti. Gli occhi bruciano di eccitazione e malattia. «Non capisce che io ero pronto da tempo? Sia sincero: è convinto che sia finita? È convinto di aver preso l'uomo giusto?» Una luce maligna negli occhi. «Di aver preso *tutti* gli uomini giusti?»

La domanda che Roberto si sta rivolgendo da quando è stato arrestato Reveri. Gli dà l'unica risposta che ha trovato. «Sono convinto che il suo posto sia in galera», una pausa, per piantare gli occhi in quelli di Reveri, vedere se dentro quell'abisso azzurro c'è qualcosa. «Ma non è finita. Non può esserlo finché una ragazza è ancora prigioniera.»

Reveri sorride. Un sorriso da lupo, con i canini scoperti. «Possiamo darci del tu, Serra?»

«Io le darò del lei. Non è rispetto. È distanza.»

Il sorriso da lupo si allarga. «Ha paura di guardare nell'abisso. La capisco. Ha paura che poi l'abisso guardi in lei.»

«Lei sembra lucidissimo, invece è completamente folle.»

«No, no, no.» Reveri sottolinea il gesto con tre lenti movimenti del capo. «Non folle. Sono più intelligente di tutti voi. Sa perché è qui? Sa perché ho voluto parlare proprio con lei?»

Roberto risponde senza pensare. Usa le parole di Francesca. Ne rivede lo sguardo. «Perché io sono lo straniero» dice in un soffio.

Reveri sembra colpito. Riacquista compostezza sulla sedia. «Questa risposta mi dice che ho scelto bene. Serra, io sono uno scienziato. Un ottimo scienziato.»

Roberto ripensa alle parole del genetista interpellato dalla polizia. «La sua non è scienza.»

Reveri sgrana gli occhi. «Cosa può fare la scienza, più che aiutare il progresso?»

«Parliamo di Elèna Žvereva.»

«Giusto, parliamo dell'esperimento cinque.»

«È viva?»

«Non saprei. Da alcuni giorni ho qualche impedimento nei miei movimenti. Dovessi scommettere, direi...», s'interrompe. Scuote la testa. «Gli scienziati non scommettono mai. Hanno bisogno di prove, di verità inconfutabili.» Indica Roberto. «Esattamente come lei, Serra.»

Roberto non riesce più a dominare la rabbia. «La verità non è quella che cerca lei, no di certo.»

Reveri abbassa lo sguardo sul tavolo. Quando lo rialza, i suoi occhi brillano di una luce strana. «La verità non è sempre quella che si mostra in superficie, Serra. Ha visto a casa mia, vero? La verità era sottoterra, nei laboratori. Sopra c'era la normale abitazione di un normale medico. Sotto, il laboratorio dove uno scienziato compiva esperimenti per migliorare la razza. E la verità era sotto. Il mio vero Io si esprimeva sotto.»

Roberto fatica ad articolare le parole. «Lei... lei ci crede davvero a queste stronzate?»

Reveri stira le labbra in un nuovo sorriso. «È l'unica cosa in cui credo, Serra. Io, col mio seme, posso purificare alcuni esemplari imperfetti, portandoli a procreare figli di Tipo A.»

«Perché gemelli?» *Non mi importa come fa. Voglio capire il motivo. Perché infligge sofferenza a due neonati invece che a uno soltanto?*

«Il parto gemellare serve per avere il campione di verifica. È così che si conducono gli esperimenti scientifici. Avevo un protocollo. Sottoponevo un risultato a trattamenti specifici e l'altro no. Volevo vedere come progredivano. Perché, vede, anche se gli omozigoti partono da un substrato genetico identico, poi si evolvono in modo diverso. È questo che studiava Mengele.»

«Poi li ammazzava!» grida Roberto. Le vene sulle tempie iniziano a pulsare. «Reveri, lei ammazza i suoi figli. E da quello che dice, il...» fatica a usare quelle parole «... il campione di verifica era condannato sin dalla nascita.»

«Da prima, dal concepimento. Ma questa è la fase sperimentale. A regime avrei potuto creare due esemplari perfetti per volta, con risparmio di tempo e di risorse.» Si infervora. «Se avessi a disposizione molti esemplari, potrei fecondarne di più, avere più risultati...» Il viso esprime disgusto. «Purtroppo, nel corso delle settimane, chi più, chi meno, quei neonati manifestavano i tratti di Tipo B. Si corrompevano. Le analisi genetiche non lasciavano scampo. Nemmeno quelle morfologiche. Crani grandi, zigomi piatti. Come potevo considerare dei risultati imperfetti come figli miei? Non mi restava che agire da scienziato scrupoloso: annotare gli esiti, cercare gli errori, eliminare l'esperimento andato male e preparare il successivo. Nell'antica Sparta i neonati imperfetti venivano gettati dal monte Taigeto. E la selezione permise di creare una razza di guerrieri, capaci di sconfiggere gli ateniesi, padroni di quello che allora era il mondo.»

«E perché tutti... maschi?» domanda Roberto.

Sul viso di Reveri si dipinge una smorfia di disgusto. «Perché è importante che sia il seme maschile quello perfetto. Ai geni femminili si può lavorare, come stavo tentando di dimostrare. Le donne sono soltanto un veicolo.»

Non è un essere umano. Roberto si passa una mano sulle guance sbarbate. «Come può dire delle cose del genere... lei... conosceva anche una delle vittime, Mahira Pjanić...»

Sul viso di Reveri si dipinge disgusto. «Una slava. E per di più con problemi mentali. Mi è venuta dietro sin dalla Svezia. Se l'è cercata. Ha avuto la possibilità di fare una cosa buona per l'umanità, generare risultati perfetti. E ha fallito.»

Roberto si asciuga il sudore dalla fronte. Respira a fondo. Deve trattenersi, deve cercare di avere più informazioni possibili. «Cosa... cosa vuole da me?»

Reveri, addirittura, sorride. «Lei sembra uno che può misurarsi con me, da pari a pari. Che può capire dove voglio arrivare. Mentre quella massa di bifolchi in divisa...»

Roberto si alza, ribaltando la sedia. «Non ci provi, Reveri! Non abbiamo niente in comune! Niente!»

L'altro si stringe nelle spalle. «Lei ha bisogno di me. Senza di me non arriverà da nessuna parte. Posso aiutarla, però lei deve promettermi che salverà il mio esperimento e chi lo sta portando avanti. Se lasciamo andare le cose da sole, saranno rovinati entrambi.»

«Io...» Roberto sibila «io non scendo a patti con lei.»

«Allora Elèna Žvereva morirà.»

«Dov'è?»

L'altro fissa gli occhi azzurri in un punto oltre Roberto. «Il braccio e la mente, Serra. Se si ferma il braccio, la mente procede solo per via speculativa. Se si ferma la mente, il braccio può solo assecondare la propria brutalità. Colpisce per fare male, per punire. Accetti il patto. Sarà meglio per lei e per chi le sta vicino.»

Roberto si tuffa in avanti, gira attorno al tavolo. Gli si mette davanti. Stringe i pugni. Sente la rabbia invaderlo. Gli occhi lanciano fiamme. «Mi sta minacciando, Reveri?»

«Il fulmine non sempre centra l'albero che lo ha attirato. A volte colpisce un albero vicino. A volte uno molto, molto vicino.»

3

«È un tentativo di depistaggio.»

Sono le parole con cui Sernagiotto apre la riunione che si tiene in un ufficio spoglio del carcere di Venezia. «Ci sono soltanto le impronte digitali di Reveri nella stanza in cui teneva le prigioniere. Oltre a quelle delle stesse prigioniere, ovviamente. Tutti i neonati hanno il suo DNA. Ci sta prendendo per il culo, è lui l'unico assassino.»

Dal Prà si toglie il fazzoletto dal taschino del gessato e inizia ad aprirlo, poi a ripiegarlo, poi ad aprirlo, poi a ripiegarlo. Fissa Mixielutzi. «Lei cosa ne pensa?»

«Vittorio Reveri si considera un genio e forse a suo modo lo è. Non è impossibile che cerchi di portarci fuori strada. Sinora, le nostre indagini hanno svelato con sufficiente precisione le modalità degli omicidi, ma non ci hanno detto nulla dei rapimenti. Nulla salvo che presumibilmente sono avvenuti tutti in centro a Treviso. In astratto sarebbe possibile che il rapitore fosse un altro. Che prendesse la ragazza prescelta e la consegnasse a Reveri. Forse dovremmo riesaminare alcune prove. Cercare meglio in alcuni luoghi, come la casa dove abitava.»

Sernagiotto batte la mano sul tavolo. «Stronzate, Sfin... Mixielutzi. Qua non siamo in Barbagia o nel Sulcis. Qua siamo nel Nord Est dell'Italia. Nel suo cuore produttivo. Dove la gente lavora per guadagnare e non va in giro a rapire persone e...»

«Stiamo indagando sull'omicidio di quattro ragazze e di otto neonati nonché sul rapimento di una quinta ragazza, e tutto è avvenuto nel cuore produttivo dell'Italia» lo interrompe Roberto. Tiene gli occhi fissi sul tavolo. È concentrato sul sorriso freddo di Reveri.

Il questore punta il dito. «Tu non dovresti nemmeno essere qui!» strilla.

«Basta!» La voce di Dal Prà riporta il silenzio. Il procuratore ripone il fazzoletto nel taschino. «Mixielutzi ha detto una cosa giusta. Serve un supplemento di indagine nella casa del Montello.» Indica prima il sardo, poi Roberto Serra. «Ve ne occuperete voi, con qualcuno della scientifica.»

«Serra è ancora sospeso...» abbozza il questore.

Dal Prà lo fulmina. «Lo nomino seduta stante consulente della Procura della Repubblica. Il tempo di rientrare in ufficio e preparo gli incartamenti. Le sta bene?»

Sernagiotto allarga le braccia. «Non capisco...»

«Oh, ci sono tante cose che lei non capisce.» Dal Prà fissa Roberto. «Non ci ha ancora detto cosa pensa lei, Serra.»

Roberto si alza. «Penso che stiamo perdendo tempo stando qui a chiacchierare.»

4

Il buio cala alla fine di una infruttuosa giornata di rilievi. La casa sul Montello viene illuminata da luci artificiali come se fosse un set cinematografico. Nella cantina fa più freddo di quello che sarebbe normale aspettarsi, mentre all'esterno l'afa continua a opprimere, nonostante il refrigerio che portano gli alberi fitti del bosco. Roberto respira a fondo, girando attorno al letto con le cinghie. Indossa la tuta bianca in stoffa leggera, i soprascarpe, i guanti. Tiene i sensi sempre all'erta, cercando di captare il minimo segnale di odori particolari. Ma la Danza lo risparmia, nonostante si trovi in un luogo di dolore e morte. *Sono io che tengo a bada la Danza*, cerca di convincersi, *non è la Danza che risparmia me.*

L'ufficiale della scientifica, Giosuè Dosson, è un omino magro e calvo. Resta costantemente sulla difensiva, senza dubbio messo in allarme da Sernagiotto che conosce le opinioni di Roberto sulla scientifica; le stesse di Augusto Bernini.

Dosson rallenta tutte le operazioni con indicazioni ridondanti, concludendo ogni frase con: «I rilievi sono stati eseguiti alla perfezione». Lo dice anche mentre indica i punti in cui sono state rinvenute le impronte di Reveri. «Parziale, qui.» Sulle cinghie. «Completa, qui.» Sulla maniglia. «Parziali e complete, qui.» Sulle pareti. Dappertutto. Prosegue come se leggesse la lista della spesa. «In diversi punti sono state rinvenute tracce delle vittime e alcune compatibili con...», verifica il nome su un foglio. E lo sbaglia. «... Èlena

Žvereva. Che, mi pare di capire, non è una vittima, dato che non abbiamo trovato residui dei suoi organi interni.»

Mentre Mixielutzi fa domande, Roberto perlustra per l'ennesima volta il laboratorio. Quel luogo sembra assorbire la luce e il colore. Ci si respira la follia di chi l'utilizzava. Tutto è asettico, freddo, regolare. Niente sangue, niente scene raccapriccianti. Eppure appena ci entra Roberto viene preso da un'inquietudine nera. Un tavolo professionale, sterilizzato. Un forno per bruciare gli organi. Piccolo, troppo piccolo per infilarci un corpo. Ma non per infilarci quanto prelevato da un corpo durante l'autopsia. Reveri ha misurato e catalogato tutto. Con precisione metodica. Nel pc dello studio sono stati rinvenuti file con le relazioni che Roberto ha visto stampate. Con le misurazioni e le analisi. Con le foto dei corpi e degli organi. Ma tra apparecchiature sofisticate, centrifughe, aghi di ogni dimensione, microscopi e vetrini, l'oggetto che lo impressiona di più è il più quotidiano e normale: un piccolo fasciatoio. Ci vede i neonati spaesati. Riesce persino a immaginare le mani eleganti di Reveri che li pulisce, li accudisce. Le stesse mani che, poi, iniettavano la dose letale. *Cosa facevi? Portavi subito via i bambini alle madri? O li lasciavi con loro per un po'? E dove le facevi partorire?* La risposta è immediata. Uno sguardo oltre una porta aperta. *Legate al letto. Costrette a sopportare il dolore naturale del parto e quello così innaturale della perdita.*

Roberto passa nella stanza accanto. Una stanza con un letto sfatto. E alcune statue di gesso alte più o meno un metro. Tutte senza testa. Le teste giacevano a terra, spaccate. Erano rimaste esattamente nella posizione in cui si trovavano quando la scientifica era entrata per la prima volta. *Statue comuni, da giardino. Statue decapitate. Statue identiche a quelle trovate nelle sacche assieme ai neonati, le teste assieme alle madri. Perché? Cosa significano? E cosa significa questo letto? Reveri ci dormiva? Voleva stare vicino alle ragazze?*

«Abbiamo trovato solo tracce dell'imputato in questa stanza, ma in misura minore rispetto al laboratorio.» Dosson, pedante, segue Roberto passo passo. «Capelli e poco altro. E impronte sparse» dice indicando il pavimento. «L'imputato aveva una passione per il giardinaggio. A parte le statue decorative che vede, abbiamo trovato confezioni di fertilizzante, attrezzi da giardino. E il gasolio per il tosaerba.» *Reveri che passa i fine settimana a tagliare il prato. Che, dopo aver iniettato una dose letale a un neonato, esce a curare le piante. Non ce lo vedo.*

Entra nell'ultima stanza, quella con il letto, dove le ragazze erano tenute prigioniere. Apre e chiude la porta. Si chiede cosa dovevano aver provato quando era il loro aguzzino a compiere quei gesti.

«Le impronte delle vittime sono sparse in questo ambiente. Potevano muoversi, qui. Abbiamo trovato in misura maggiore impronte di Elèna Žvereva, l'ultima, della quale abbiamo rinvenuto anche qualche capello, peli pubici e tracce organiche. Sempre meno tracce delle vittime via via che si va indietro nel tempo» spiega Dosson. «Nessuna impronta di Vittorio Reveri, invece. Sembra che non abbia mai messo piede qui dentro» dice *en passant*. Poi indica con la penna una presa d'aria. «E da lì usciva il gas. Abbiamo trovato confezioni di sevoflurano e cloruro di etile. Sono anestetici ospedalieri. Il sevoflurano è tra i più utilizzati, oggi. Il cloruro di etile ormai si usa solo in veterinaria perché dà allucinazioni.»

Roberto non lo ascolta più. Immagina il gas uscire da quella feritoia, l'aria saturarsi. *Allucinazioni... cosa avranno visto quelle povere ragazze? Dove sarà finita la loro mente?* Tocca la cyclette. Poi tocca la sedia, passa il palmo sulla spalliera, come per sentire il calore delle schiene che vi si sono appoggiate. *Alle famiglie non restituiremo corpi ma involucri vuoti e neri.*

Roberto alza gli occhi e vede la telecamera nell'angolo in alto. *Le guardavi, eh? Le volevi vedere, le tue prede. I tuoi esperimenti.* Tutti i filmati sono stati cancellati. Di Elèna non c'è nulla. Nessun fascicolo, nessuna foto, nessun documento sul pc. Se non ci fossero le tracce sparse nella stanza si sarebbe potuto pensare che non fosse mai stata lì.

«Maledetto» geme a mezza voce. Fissa le cinghie con cui le ragazze erano state legate. Sente la loro pena. Le piastrelle azzurrine sono impregnate del terrore delle prigioniere.

Quel luogo è pieno di dolore. E di speranza. *Perché qui dentro le ragazze diventavano madri. Vivevano tredici mesi. Confidavano, forse, in una salvezza.*

Roberto si muove a passi nervosi, a testa bassa. Torna nel laboratorio accolto dallo sguardo impassibile di Mixielutzi.

«... e questo corrisponde a tutto ciò che sappiamo» conclude Dosson.

Quelle parole, senza alcuna ragione, aprono una breccia nella mente di Roberto. Si blocca. Riflette qualche istante guardando un punto indefinito. Poi comincia a scuotere la testa.

«No» dice, in modo che gli altri lo sentano. «Non corrisponde.»

Dosson replica piccato. «Cosa intende insinuare? Le analisi sono state eseguite...», ma viene immediatamente interrotto da un gesto perentorio di Roberto.

«Che non ci siano foto di Elèna Žvereva e dei suoi organi, questo ha senso» dice Roberto in tono sommesso, come se stesse completando un ragionamento. «Che ci siano tracce di Elèna Žvereva qui, in quella che è la sua prigione, ha senso. Che non ci sia altro su di lei invece non ha senso. O, meglio, ha un senso solo. Elèna Žvereva è stata portata via perché Reveri si aspettava di essere arrestato. Delle due l'una, quindi.» Alza l'indice della mano destra. «È stato lui a portarla via. In questo caso, non c'è fretta di terminare le indagini: è già morta di sete o di inedia.» Alza il medio. «Non è stato lui a portarla via. Vittorio Reveri ha un complice. O più di uno.»

«Lei cosa pensa?» chiede con atteggiamento indisponente Dosson.

Roberto lo fissa. «Cosa dicono le sue analisi?»

L'altro balbetta qualcosa, poi tace. Roberto gli si para davanti.

«Non lo sa. Non può saperlo. I rilievi che ha elencato così minuziosamente dicono tutto, eppure lei non ci arriva. Sa perché?»

L'altro non risponde.

«Perché la scientifica può solo trovare i tasselli, poi ci vuole qualcuno che i tasselli li componga. Ci vuole un uomo per prendere un altro uomo. Bisogna entrare nella testa, nel cuore di chi uccide, e di chi è ucciso.»

«E lei come li compone, questi tasselli?»

Roberto sospira. Gli fa male quello che sta per dire. «Reveri mi ha parlato di braccio e mente. Credo che abbia un complice, il braccio. Perché la mente senza dubbio è lui.»

L'ufficiale della scientifica sfoglia furiosamente gli incartamenti che tiene in mano. «Impossibile» decreta. «Abbiamo trovato solo impronte di Vittorio Reveri. Complete e parziali. Dappertutto nella casa.»

«No. Non ci sono impronte qui» compie un ampio gesto con la mano «nella stanza dove teneva prigioniere le ragazze.» Indica le cinghie. «Qui.» Indica un punto sulla parete. «E qui» il dorso della sedia. «E qui.» Poi si blocca. «Non ce ne sono. Come mai?»

Nessuna risposta. Lo sguardo di Dosson dietro le lenti sembra quello di un pesce rosso nella vasca.

Roberto allarga le braccia. Sbuffa. Chiude una mano a pugno e se la sbatte più volte sulla fronte. «Cazzo!» grida. Ed esce dalla stanza quasi correndo, lasciando attonito l'ufficiale della scientifica.

Mixielutzi gli corre dietro. Lo guarda in viso. Vede rabbia, concentrazione.

«È uno specchietto per le allodole. Uno come Reveri non avrebbe lasciato tante impronte se non avesse voluto che le trovassimo» riflette a voce alta Roberto.

Mixielutzi si ferma. «Quindi...»

Roberto imbocca la scalinata che riporta al piano superiore. Dagli inferi a un'apparenza di normalità. «Quindi non lo so. So solo che vuole portarci fuori strada.» Il suo cuore batte sempre più forte.

«Perché?» chiede Mixielutzi ancora da sotto.

«Per lasciare il tempo al braccio di organizzarsi.»

Anche Mixielutzi riemerge. «Organizzarsi per cosa?»

«Per scappare, forse.» Ma non ne è convinto. Gli tornano in testa quelle parole.

Non sempre il fulmine colpisce l'albero che lo ha attirato. A volte colpisce un albero vicino. A volte uno molto, molto vicino.

5

Tarda sera, si respira. L'afa, così inattesa, risparmia finalmente le colline, si schianta sulla piana, la copre con un telo
grigio e liquido. Il cielo su Termine è rischiarato da un'enorme luna piena color arancio carico.

Roberto corre. Corre su un percorso di saliscendi aspri,
sempre su asfalto. Avrebbe voglia di buttarsi sul sentiero
tra le vigne, scendere a perdifiato, lasciare andare la testa.
Ma al buio ha paura di cadere, di non vedere una buca, una
pietra, un ostacolo.

E allora congiunge i punti di luce dei rari lampioni, passa
davanti al Chiostro pieno di clienti. Sfiora le macchine parcheggiate, sfiora col pensiero Susana e Alvise. Ed è come se
tutto l'orizzonte visivo fosse invaso dalla salita per Zuel.

Accelera.

L'affronta rabbiosamente. Vola sul primo tornante, si arrampica sul secondo e sul terzo, arranca sul quarto. Restano soli, lui e la salita. Ma i piedi non vanno oltre. I muscoli
bruciano. Si inchioda, come se ci fosse una barriera invisibile. Una barriera che diventa quella del sudore che cola
copioso, sugli occhi, sulle labbra, sul collo.

L'aria che porta nei polmoni a ondate impetuose è solida, è calda. A passi lenti sale ancora. Nella sua testa, c'è posto solo per Vittorio Reveri. Per le sue teorie. *Teorie, certo.
Ma teorie che sono alla base di stragi, di guerre, di rivoluzioni.*

Di genocidi. La mia razza è migliore della tua. Io sono perfetto, tu sei imperfetto. E nel mondo non c'è posto per gli imperfetti.

La strada spiana, i pensieri no. E io? Rivede immagini sbiadite di vecchi filmati. Un treno su una rotaia. Un uomo in uniforme, con un frustino. Un semplice tocco. A destra, vita. A sinistra, morte. E un sorriso. Quell'uomo sorrideva. *Di me cosa avrebbe detto Mengele? Sarei stato tra i sommersi o tra i salvati?*

Un susseguirsi di visi, di persone. Francesca, tra le fiammelle che intravede nel cimitero. Alvise alla ricerca di qualcosa che gli faccia dimenticare il passato, Susana che il passato sostiene di averlo superato. Alice lontana, chissà dove... persa.

Senza quasi accorgersene, arriva al giardino della villetta. La finestra è chiusa. I sigilli e i nastri della polizia in bella mostra. Qualcuno ha lasciato fiori, ormai secchi. Liberano nell'aria voglia di dimenticare. Il lampione rivela le erbacce che hanno infestato il giardino. Sono il miglior segno del tempo che sta passando, dell'entropia che si sta mangiando l'ordine fasullo. Si appoggia al cancello. Fissa le finestre chiuse. Cerca quella musica, nell'aria.

I'm the passenger... Francesca, passeggera di questa vita per una breve stagione. Con biglietto della classe più scomoda. Francesca che ora non c'è più.

Tra l'erba, coglie una macchia bianca. Una coda. Un balzo. Un miagolare cacofonico.

Scorge un piatto pieno di misericordiosi avanzi. Il gatto salta sul muretto, passa attraverso le sbarre della ringhiera. Si struscia su Roberto, esibendo il muso schiacciato.

«Ti senti solo, eh?»

Un miagolio fastidioso.

Lo accarezza per un paio di minuti. Poi fa per ripartire. «È ora che rientri» si giustifica col felino.

Un nuovo miagolio.

Roberto si ritrova il gatto tra i piedi. Rischia di inciampare. Si ferma. Lo fissa. Viene fissato di rimando.

«Al diavolo.»

DENTRO

«Dove sono?»

Una voce dolente, flebile. Elèna non ha paura di parlare. L'uomo non la sente più, non c'è più la telecamera. Non ci sono più regole. Il suo dio è diventato un diavolo impietoso e imprevedibile, cattivo. È scesa in un altro cerchio. Un altro girone.

A terra c'è cemento. Sulle pareti mattoni. E freddo. E umidità. Nel suo nuovo mondo c'è puzzo di urina, e di escrementi. Non ha più il gabinetto, solo un secchio. Niente più doccia. Elèna emana un odore sgradevole persino per se stessa. In un angolo sono accatastate alcune bottiglie di plastica piene d'acqua. All'inizio si lavava con quelle, poi ha smesso. L'uomo non gliene porta altre, e lei di quell'acqua ha bisogno. Vuole vivere. E per vivere deve bere.

Nel suo nuovo mondo c'è sempre il sole. Il sole è una lampadina da pochi watt che illumina una stanza spoglia.

«Ho freddo...» sussurra. Piange, ma non per sé. Si massaggia il ventre, lo scalda. «E ho fame...» Potesse, staccherebbe brandelli della propria carne per nutrire la vita che cresce dentro di lei.

«La bocca sollevò dal fiero pasto quel peccator, forbendola a' capelli del capo ch'elli avea di retro guasto...» mormora.

Elèna non odia il suo dio enorme e lento, nemmeno se l'ha gettata in questo nuovo mondo, freddo e scuro.

«Tu vuo' ch'io rinovelli disperato dolor che 'l cor mi preme...»

Gli è grata. Ha compiuto un miracolo. Ha resuscitato una parte di lei che credeva morta. La renderà madre. Si chiede solo perché non le dia da mangiare. Perché non nutra i gemelli. Sono figli suoi, in fondo. Elèna lo sa. Elèna ne è certa. Non capisce come abbia fatto, forse la prendeva mentre era stordita dal gas. O forse, quella notte che ha sentito delle mani sconosciute dentro di sé... non lo sa.

«Quando fui desto innanzi la dimane, pianger senti' fra 'l sonno i miei figliuoli ch'eran con meco, e dimandar del pane...»

Si siede per terra. Comincia a oscillare avanti e indietro. Continua ad accarezzarsi la pancia.

«Ho fame...» ripete. Poi prova a rannicchiarsi, tirandosi addosso l'unica coperta che ha. Forse avrà meno freddo, così.

«Poscia, più che 'l dolor potè 'l digiuno.»

6

I tavoli del Chiostro sono vuoti, i clienti andati. Resta Susana, con una bottiglia di Prosecco. E due bicchieri.

Indica il gatto che Roberto tiene in braccio. «Gli animali non sono ammessi in questo locale.»

«Spiegalo a lui.»

Susana non solo non glielo spiega, ma prende a grattarlo sotto al collo, dietro all'orecchio.

«Come si chiama?»

«Non lo so. L'ho trovato nel giardino di Francesca.»

Gli occhi di Susana vengono velati da una profonda tristezza. «Credo che lei lo chiamasse Iggy, come il cantante.» Glielo aveva raccontato tra un tiro e l'altro dello spinello che si erano fumate aspettando il rientro dei Ceolin. E le aveva spiegato che lo detestava ma non poteva fare a meno di accudirlo. Poi si era rifugiata nei loro divieti. Passato, aveva detto. E stop. Sembra successo secoli fa.

Roberto si sente in imbarazzo con la pettorina gialla e il sudore che gli si asciuga addosso. Ma le endorfine della corsa riescono a fargli provare una sensazione indefinita di essere nel posto giusto. Appoggia a terra il felino e si siede. L'odore delle erbe aromatiche è forte, ora. Salvia, rosmarino, timo, dragoncello. Sopra, però, c'è un altro odore, come un velo sottile, una patina. Loris ha spiegato a Roberto di cosa si tratta. *È l'odore della vigna, amarognolo e pungente, leggero. Ti dice già come sarà il vino. È il mio odore, dice Loris, l'odo-*

306

re dei contadini di queste parti. L'odore che stiamo perdendo, per colpa delle macchine e delle diavolerie chimiche.

Susana porge a Roberto un bicchiere di Prosecco. «Com'è andata la corsa?»

Il gatto gironzola cercando tracce conosciute in quella ghiaia sconosciuta. L'enorme luna sembra essersi abbassata, tanto che se solo uno dei due lì dal chiostro provasse ad allungare una mano... ma i due non la guardano nemmeno.

Susana fissa le bollicine nel bicchiere. Roberto fissa Susana. *Da quella sera, qualcosa è cambiato. Era inevitabile.*

È lei a rialzare gli occhi neri. «Io...» dice. «Io e Alvise...» ricomincia. E si blocca.

Roberto prova due sensazioni contrapposte. È contento. Loro hanno bisogno uno dell'altra. Hanno bisogno di dimenticare, di cominciare qualcosa. *Anche io ne avrei bisogno.* È il sentimento opposto, una sorta di stilettata nello stomaco. *Susana avrebbe potuto essere la persona giusta per iniziare... qualcosa?* Un'altra domanda per risposta. *Cosa conta, ora?* Conta quello che resta loro dentro dopo quel giorno intero trascorso l'uno nelle braccia dell'altra. Conta il Prima, non il Dopo che comincia con il bicchiere alzato da Roberto e l'"auguri" pronunciato con fin troppa convinzione.

Lei sorride. Un sorriso quasi triste. «Ho capito che è un uomo buono e solo. Sembra che ce l'abbia col mondo, ha bisogno di qualcuno che lo aiuti a capire quanto il mondo sia bello.» Vuota il bicchiere. «Come tu hai fatto con me.»

«È un uomo fortunato.» Alcuni pezzi vanno automaticamente a posto nella mente di Roberto. Compongono un disegno che, in fondo, aveva già presente ma che ora esprime ad alta voce. «Ed è completamente cotto di te.»

Susana abbassa gli occhi. «Vedremo. Forse la fortunata sono io.»

Il silenzio torna a impossessarsi del chiostro e di loro due. Lo accolgono con piacere per lunghi minuti in cui ognuno finisce a pensare all'altro, anche se non se lo confesserebbero mai. Poi Susana pronuncia una sola parola, che è un salto di tempo e di spazio, una pagina girata.

«Elèna?»

Un'altra stilettata. Roberto racconta come può, incagliandosi. Racconta del dialogo, del fulmine, del braccio, della mente.

«È un mostro, ma un mostro geniale. Ha organizzato una messinscena che ci ha fatto perdere giorni preziosi. E la cosa peggiore è che è convinto di quello che fa. Mette incinta delle ragazze, fa in modo che partoriscano due gemelli... poi ammazza madri e figli. E crede di agire per il bene dell'umanità!» Si obbliga a completare il ragionamento. «Probabilmente anche Ele è incinta... dovunque si trovi...»

A quelle parole, lo sguardo di Susana si rabbuia. Si alza. Rientra nel ristorante e torna con alcuni fogli. «Il tizio coi basettoni li ha dimenticati la sera dell'arresto.»

Roberto lo ricorda. Lui e Mixielutzi si sono precipitati sul Montello, a guadagnarsi l'illusione di avere chiuso qualcosa che non è mai stato così aperto.

«Ecco, io li ho letti» prosegue Susana. «So che non avrei dovuto... ma ho notato una cosa in questo.» Ne indica uno. Il curriculum di Vittorio Reveri. «Senti, forse è solo una sciocchezza...»

Nessun dettaglio è abbastanza piccolo da essere trascurato.
«Vai avanti» la invita Roberto. Sente una strana elettricità nell'aria. Come se stesse per arrivare un temporale.

«Vittorio Reveri è nato in Brasile» sussurra Susana.

Roberto annuisce. «Da emigranti trevigiani.»

«Il Brasile è grande, ma lui è nato proprio a Cândido Godói.»

Roberto annuisce, meno convinto. Non capisce.

«È un puntino a sud del paese, ai confini con l'Argentina. Una zona molto povera. Cândido Godói è un mondo a sé... ci abitano settemila persone, in gran parte discendenti di immigrati. La lingua ufficiale è il tedesco, ma ci sono anche polacchi, russi. E italiani. All'ingresso del villaggio c'è un arco con la scritta TERRA DOS GÊMEOS, terra dei gemelli...»

Roberto non ascolta più. La sua mente sta scrutando in un nuovo abisso.

Roberto esplode. Corre nel suo appartamento senza lasciare il tempo a Susana di terminare il racconto. Cerca il fascicolo blu. Cerca un documento in particolare. Scorre la relazione di Giosuè Dosson. Confronta le impronte digitali rinvenute in diversi punti della casa sul Montello. Dito per dito. Molte sono identiche. Alcune sono solo simili nell'aspetto complessivo, ma differiscono nelle *minutiae*, ovvero i punti in cui le creste terminano.

I dubbi lo assalgono. *Non esistono due persone che abbiano le stesse impronte digitali. Nemmeno i gemelli omozigoti. Se ha un complice, perché non ci sono impronte di altri?*

Girandole e vortici mentali. Si gira di scatto e si trova Susana davanti. Di nuovo in quella stanza. Di nuovo soli. Ma è impossibile che si crei ancora quello che si era creato la notte del funerale di Francesca. Lei lo fissa negli occhi e resta colpita dalla forza disperata che vi legge dentro.

«Roberto, c'è un'altra cosa che volevo dirti. Ho fatto una cosa che avresti dovuto fare tu da tempo. L'ho fatta per te. E mi è costato tanto, credimi.»

Roberto resta interdetto. «Cosa?»

«Ho telefonato alla *doutora*.»

«A chi?» Ma il suo cuore ha capito, sussulta.

«Alice sta venendo qui.»

La Celica esce dall'autostrada a Conegliano e si dirige verso i colli.

La mano destra di Alice si stacca dal volante e fa ampi gesti nell'aria, come se volesse sottolineare pensieri ed emozioni impossibili da contenere.

Stava per andare a letto, dopo un lungo bagno. C'era silenzio, nella grande casa di strada Maggiore. Il trillo del telefono l'aveva infastidita, temeva fosse Ettore Steiner che voleva farle cambiare idea. Alice aveva ricevuto una proposta di matrimonio in piena regola, con ginocchio piegato, brillante da qualche carato e bottiglia di Dom Pérignon. E aveva ricambiato con un "no" da antologia, aspro, sicuro.

Quando aveva riconosciuto la voce di Susana, era rimasta come imbambolata, senza parole. Di fronte al suo mutismo, era stata Susana a parlare. «Sei sorpresa, *doutora*?»

«Sei l'ultima persona che mi sarei aspettata di sentire.»

«E tu l'ultima che avrei pensato di chiamare.»

«Cosa vuoi?»

«È per Roberto.»

Alice aveva sentito un morso tremendo nella carne. Nello stomaco, e più in profondità, dentro di lei. Gelosia. Gelosia pura. Aveva scosso la testa, alzato la voce. «Vuoi dirmi che ce l'hai fatta? Che te lo sei scopato? Che state assieme? Non è il momento, non è proprio il momento.»

C'era stato un silenzio denso di significati. Pieno di cose non dette. Il morso si era fatto insopportabile. Alice aveva avuto la sensazione di aver fatto centro, in qualche modo.

Ma la voce di Susana aveva raccontato una storia diversa. «Roberto sta combattendo una battaglia troppo grande. Ha bisogno di te.»

Alice era rimasta di nuovo senza parole. «Cos'è? Uno scherzo? Santapolenta, se mi incontrasse per strada, Roberto cambierebbe marciapiede.» Ripensa a quando aveva provato a chiamarlo, in preda all'ansia. Dopo il risultato di quel test a cui non voleva credere. Non le aveva risposto. Non l'aveva richiamata.

«Hai presente i cadaveri nel lago? Ne hanno parlato tutti i telegiornali. Le donne, i neonati...»

«Ma... lui è all'ufficio immigrazione» aveva sussurrato Alice. «Non si occupa più di casi del genere.» E il motivo, lei, lo conosce bene. Il motivo è lei.

«Invece a questo caso ci sta lavorando. È una storia davvero brutta. Lo sta consumando.»

«Ma perché mi racconti queste cose?»

«Perché io... io ho provato a stargli vicino. Pensavo di esserci riuscita, ma...» Un sospiro lungo, pesante. «Ma Roberto ha bisogno di te, non di me.»

Alice si era seduta sul letto. Aveva lasciato che i capelli le coprissero il viso. Protetta, in quel mondo riccio e soffuso, aveva chiesto: «Come sta?».

«Vieni a vedere. Non credo cambierà marciapiede. Anzi.»

Alice si era fissata i piedi nudi attraverso i capelli. Tutto era diventato rosso, sfocato, nebbia di lacrime nei suoi occhi ambra. Pesi che si sollevavano da ogni centimetro del suo corpo. Sensazione di qualcosa che tornava a posto. Al posto giusto.

«Va bene.»

«Quando?»

«Subito.»

Si era cambiata. Jeans, maglietta. Nessuna valigia. Non sapeva quanto sarebbe restata. Non sapeva nulla di nulla.

Voleva parlare con Roberto. Sentire la sua voce. Guardarlo negli occhi.

Il piede schiaccia di più l'acceleratore. Le foglie tremano al passaggio dell'auto.

9

Nella testa di Roberto, solo le parole di Reveri. *Il fulmine cade vicino.* Cerca affannosamente il cellulare in salotto. Nulla. *Il fulmine colpirà Alice. Non deve venire qui.*

In camera, sul comodino. Le mani tremano, la cornice si ribalta. La foto di Bernini si sfila, cade a terra. Il questore lo fissa, sbilenco e consapevole. Sembra dire che capisce come si sente.

«Dove cazzo è quel telefono di merda?» grida al nulla.

10

Alice adora guidare sulle curve, mettere alla prova l'assetto dell'auto, sentire il turbo esprimere tutta la sua potenza. Niente autoradio, solo la musica dei duecentocinquanta cavalli. E quella, ben più caotica, dei pensieri che collidono, che stridono. Dei dubbi che crescono sino a esplodere e svanire circondati da un mare di vigne e da poche case che si mimetizzano nella notte.

Cosa gli dirò? Cosa mi dirà? E se fosse una trappola della brasiliana?

Scuote la testa. Era sincera.

Resta con gli occhi inchiodati sull'asfalto, sulla mezzeria che viene mangiata dagli pneumatici. Si perde lo spettacolo delle vigne illuminate da una luna enorme, rossa.

Un faro, davanti, la induce a rallentare.

«Santapolenta, cosa succede?»

Si ferma. Fa per scendere dalla vettura. In quel momento, il cellulare squilla. Risponde senza guardare chi la stia chiamando.

«Alice!»

Non sente quella voce da mesi. Stava giusto fantasticando su come sarebbe stato ascoltarla di nuovo. Certo, non l'immaginava così. Piena di ansia, di panico.

«Roberto, ciao...»

«Dove sei?»

Alice non risponde.

«So che stai venendo qui, me l'ha detto Susana.»

«Ah.»

«Alice, ti prego. È importante. Dimmi dove sei.»

«A venti chilometri da Termine» si arrende lei. Immaginava qualcosa di diverso. Qualcosa di completamente diverso.

«Torna a casa. Torna a Bologna. Stai lontana da me.»

Le guance di Alice avvampano. Osserva il trattore blu completare la manovra davanti alla Celica. Alto, con lunghe zampe. Come un gigantesco insetto.

La voce è piena di rabbia e umiliazione. «Non è stata una mia idea. Sapevo che non dovevo venire.»

Il tono di Roberto cambia, si ammorbidisce. «Alice...», si ferma. Deve trovare un varco nel muro che ha eretto per poter proseguire. «Ho voglia di vederti. Ho bisogno di vederti, ma non ora, non qui. È pericoloso. Torna indietro.»

Il trattore sfila oltre. Lascia Alice sola tra le vigne e la luna.

«Sono quasi arrivata, Roberto.»

La voce di lui non ammette repliche. «Torna indietro.»

E lei lo fa. Gira l'auto. Scende verso Bologna, di nuovo.

«Però c'è una cosa che devo dirti...» annuncia. Solo quando hanno riattaccato. Prima non ha trovato il coraggio.

Le luci sembrano ovatta, in fondo alla vallata, come se la terra stessa si dissolvesse in afa e calore. Susana lascia a malincuore Termine, e Roberto. Ma sa che il suo posto non è lì.

Il rumore del motore della Mini si somma a quello dei pochi trattori impegnati nei vigneti, con fari impertinenti che bucano la notte. Susana sospira pensando che soltanto sentimenti molto profondi provocano reazioni come quella di Roberto. Era sconvolto quando lei gli ha rivelato di aver chiamato Alice.

La morte di Francesca è stata uno spartiacque. Ha destabilizzato Roberto, oltre quello che lui immagina. Si chiede se si sia accorto di quanto lui e Francesca fossero simili. Entrambi tentavano di addomesticare il dolore, lo portavano sul corpo, disegnato e nascosto. Roberto nei suoi tagli in viso e la barba a coprirli, Francesca nei suoi tatuaggi e negli abiti impenetrabili.

Sospira mentre la Mini asseconda la notte lungo declivi ormai meno ripidi. Non ha bisogno di un amore tormentato e incerto. Non può permetterselo. Rivede lo sguardo di Alvise, tenero e quasi commosso. E raggiunge la consapevolezza di aver fatto la scelta giusta. Ha scelto la sicurezza, la tranquillità. Forse la prima scelta di testa e non di pancia della sua vita.

Non starò diventando grande? si chiede. E sorride.

La paletta della polizia le si mostra dopo la curva, dopo i sospiri, dopo il sorriso. Le divise la gettano ancora nel panico. La riportano dove non vuole tornare, nemmeno col pensiero.

12

Roberto aspetta nella sala riunioni del carcere di Santa Maria Maggiore. Non riesce a stare seduto, non riesce a trovare la calma che vorrebbe imporsi. Ha capito. Ha paura. Ha bisogno di sapere. E c'è Alice, di nuovo, che non lo lascia tranquillo.

C'è voluto tutto l'impegno di Mixielutzi per avere quell'incontro in tempi così brevi. Ha dovuto scavalcare Sernagiotto, convincere Dal Prà.

La porta si apre. Vittorio Reveri è ammanettato, vestito con una tuta grigia che sembra un pigiama. Strizza gli occhi come se non fosse più abituato a vedere la luce. I capelli biondi sono tagliati cortissimi, ora. È pallido, molto pallido. E ha perso diversi chili. Eppure sorride appena scorge Roberto. E gli occhi azzurri splendono di una luce maligna.

«Ero certo che l'avrei rivista» dice, sedendosi. L'agente che l'ha accompagnato scompare dietro la porta.

«Io speravo di non rivederla mai più.»

«Temo che lei non sia in condizione di mostrarsi sgradevole» ribatte l'altro, protendendo le mani ammanettate sul tavolo.

«Lei ha un gemello. Omozigote.»

Appena un sopracciglio che si alza, sul viso pallido. Abbastanza per far capire a Roberto di aver colto nel segno. «Cândido Godói» aggiunge. «Il paese dei gemelli.»

Reveri accenna a un lento applauso, per quel poco che

gli permettono le manette. «I miei complimenti. Merita un premio. Conosce la storia di Cândido Godói?»

«Non ha alcuna importanza.»

«Le assicuro che ne ha. La mia famiglia fuggì dal Veneto per evitare le feroci epurazioni partigiane del dopoguerra. Erano fascisti della prima ora. Lo sono rimasti fino alla morte. Per questo scelsero Cândido Godói, una delle colonie tedesche.»

«Colonie tedesche... in Sud America?»

«Hitler incoraggiò la crescita della Nueva Germania, fondata dai cattolici tedeschi integralisti nel diciannovesimo secolo. Dopo la guerra, queste colonie divennero rifugio dei nazisti e dei fascisti in fuga. In molte zone non si è mai smesso di credere negli ideali del Reich.» Si interrompe. Fissa Roberto per essere certo di avere tutta la sua attenzione. «Negli anni Sessanta, Cândido Godói divenne l'enorme laboratorio di esperimenti del più grande scienziato del secolo appena concluso: il dottor Josef Mengele.»

Un nome che basta a far diminuire la luce nella sala, a togliere ossigeno all'aria.

Reveri prende fiato. Fissa il soffitto come se cercasse ispirazione. «All'inizio del 1945, quando Josef Mengele è fuggito da Auschwitz nell'imminenza dell'arrivo dei russi, aveva compiuto esperimenti su milleottocento bambini, quasi tutti gemelli. Giunto in Italia, ha avuto falsi documenti in Alto Adige, ha trovato accoglienza in Vaticano, poi da Genova si è imbarcato per il Sud America. Un percorso piuttosto usuale per i gerarchi nazisti. Ha vissuto nell'Argentina peronista dal 1949, grazie al supporto economico della ricca famiglia di origine, e non ha smesso di coltivare la sua passione per le scienze: biologia, chimica e genetica, soprattutto. All'inizio degli anni Sessanta un commando israeliano arrestò a Buenos Aires Adolf Eichmann, il responsabile degli affari ebraici del Terzo Reich, il fautore della soluzione finale. La sua vicenda era stata spesso accomunata a quella di Mengele. Più volte era stata richiesta l'estradizione di entrambi. Più volte era stata negata. Israele aveva deciso di agire autonomamente. Mengele raggiunse la certezza che presto sarebbe toccato a lui, e preferì lasciare l'Argentina per trasferirsi a Hohenau, in Paraguay. A Hohenau ancora oggi non vivono ebrei, i cartelli stradali sono in tedesco ed esistono forze dell'ordine private che non hanno alcun riconoscimento ufficiale ma di fatto dettano legge. In quei luoghi, Josef Mengele era un eroe da proteggere e aiutare.» Una pausa, come per raccogliere i pensieri. «Da Hohenau, Cândido Godói dista solo centotrenta chilometri. Mengele fece quel tragitto diverse volte, fermandosi sempre per lunghi periodi. A partire dai primi anni Sessanta.»

Reveri sospira. «Il picco di parti gemellari a Cândido Godói si è registrato nel 1963. L'anno della mia nascita. Da allora, continuano a nascere gemelli con percentuali superiori a quelle di ogni altro luogo. Se nel mondo se ne registra uno ogni cento, a Cândido Godói ce n'è uno ogni cinque. Nella comunità agricola della Linha São Pedro, in cui sono nato io, la percentuale sale ancora. E i gemelli sono quasi tutti biondi, con gli occhi azzurri. Ma non da sempre. Solo da quando il dottor Mengele si stabilì da quelle parti.»

Cala il silenzio nella stanza.

«Non è la *tua* nascita. È la *vostra*. La tua e quella di tuo fratello.»

«Ci diamo del tu, ora. Bene. Vedo che inizi a capirmi.»

Roberto si alza in piedi. Afferra Reveri per il colletto della tuta. Lo solleva per farsi guardare in faccia. «Ho detto agli agenti di non intervenire se sentiranno rumori di colluttazione. Se provi a paragonarmi a te un'altra volta» dice, «ti tolgo le manette. E la risolviamo in altro modo.»

Reveri fa per aprire la bocca, poi guarda la luce negli occhi di Roberto. E abbassa lo sguardo.

Roberto lo lascia. «Lo hai conosciuto?» chiede.

«Chi?»

«Mengele.»

L'altro riprende a fissarsi la punta delle dita. «Morì a causa di un arresto cardiaco mentre nuotava a Bertioga, non lontano da San Paolo. Era il 7 febbraio 1979, aveva sessantotto anni. E io sedici. L'ho incontrato qualche volta. Mi regalava del cioccolato. Un grande scienziato, una mente eccelsa.»

Roberto scuote la testa. «Dov'è il tuo gemello?»

Reveri ricomincia a sorridere. «Non ho mai detto di avere un gemello.»

«Ce l'hai. Dov'è?»

«Salverai il mio progetto?»

Roberto non ce la fa più. «Cosa cazzo intendi?» grida.

Reveri non si scompone. «Mettiamola così. Se la mente compie il gesto di benevolenza di indicare dove sia il braccio, il braccio dovrà essere risparmiato. Inoltre, io potrò visitare la ragazza, compiere i miei test.» Si ferma, sorride. «È la mia paziente ideale. È stata sottoposta a un'incredibile quantità di radiazioni, da bambina. Questo la rende speciale. Se sottoponessimo gli individui di Tipo B a radiazioni, allora forse...»

«Come fai a chiedermi una cosa del genere?»

Reveri si stringe nelle spalle. La sua voce, ora, è stanca. «È la tua unica via, Serra.» Si alza. Bussa alla porta da cui è entrato. Prima che la guardia apra, si gira. «Altrimenti condanni a morte Elèna Žvereva.» Si ferma un istante. «C'è un particolare di cui non sei al corrente: il braccio sapeva che avrebbe dovuto mantenere in vita l'esperimento per quindici giorni nel caso fossi stato arrestato. Dopo avrebbe avuto carta bianca. E al primo mal di testa...»

Roberto salta oltre il tavolo. Nel naso l'odore di pulito di quell'uomo e sotto quello vero, di malattia.

Sono necessari Mixielutzi e una guardia per separarli. Reveri sanguina da un sopracciglio, e ha un odio profondo inciso nell'espressione. «È tutto inutile» sibila. «Così facendo non aiuti Elèna.» Si rimette in piedi con qualche difficoltà. «Sai benissimo quando scadono i quindici giorni, Serra...»

«Domani. Scadono domani. E tu non ne ha mai parlato!»

Mixielutzi trattiene Roberto, che ansima come un animale ferito.

«Devo essermi scordato.» Reveri scopre i denti come un cane pronto a mordere. «Ho tanti di quei pensieri per la testa...» Il vero motivo del silenzio è nello scintillio febbricitante degli occhi azzurri. Lo traduce Mixielutzi a Roberto, troppo sconvolto.

«Gli piace avere il controllo, dominare. Sta giocando. Si sta divertendo.»

È ormai sera e l'umidità a Venezia è insopportabile. Sembra una membrana viscosa che ricopre la gola e i polmoni, i piani nobili dei palazzi e i ponti a gobba. Roberto suda già prima di uscire dal carcere, poi inizia a grondare. Il peso sulle sue spalle è insostenibile, lo schiaccia a terra.

«Dal Prà era con me nell'altra sala. Sernagiotto lo verrà a sapere. Ci potranno essere conseguenze» sussurra Mixielutzi, accanto a lui.

Lo sguardo di Roberto è una voragine. «Non me ne frega

un cazzo!» grida. Le oscure minacce di Reveri lo tormentano. *Alice è al sicuro. L'ho fermata in tempo. Oppure no?*

Scansa una coppia di turisti in posa per un autoscatto. Fruga affannosamente nelle tasche, sul bordo di un canale, capillare dell'arteria Canal Grande. Trova il cellulare. Prima che possa formare il numero di Alice, si accorge della gran quantità di chiamate che ha ricevuto. Tutte dallo stesso numero. Il numero del Chiostro.

C'è anche un messaggio in segreteria. Lo ascolta. La voce di Alvise. Stridula, affannata. Terrorizzata.

«Roberto... rispondi, orcocàn! Non trovo Susana da nessuna parte, orcocàn. Non è venuta al lavoro, e non risponde né al cellulare, né a casa... io... orcocàn... sono preoccupato...»

Il gelo sostituisce il caldo afoso. In un istante.

Il fulmine colpisce vicino...

IL GIUSTO GRADO DI MATURAZIONE

È il momento di scegliere i frutti migliori.
E di raccoglierli.

DENTRO

Susana dorme un sonno artificiale. Rivede sempre la stessa scena, all'infinito, e ciò che vede ha una consistenza vivida e reale.

Lei che accosta. Fruga nel cruscotto. Apre il finestrino. Porge i documenti a un paio di guanti scuri. Gli occhi che salgono. Il tempo di notare che il poliziotto non indossa la divisa. Il tempo di chiedersi perché porti un berretto nero che arriva a metà fronte. Il tempo di vedere quegli occhi azzurri. Poi un braccio possente le blocca il collo. Lei tenta di divincolarsi. L'uomo la colpisce al viso, sulla bocca, sulla tempia. Ha una forza spaventosa. La tira verso di sé. Lei si sente soffocare. Sente la maniglia interna dello sportello conficcarsi nelle costole. Non ha il tempo di gemere, figurarsi di gridare. Qualcosa le punge il collo. Il buio scende, ben più pesante e scuro della notte. Poi sprazzi di luce. Il mostro la scaraventa in una stanza. Senza alcuna pietà. Lei resta inanimata sul pavimento.

Niente più afa, sente freddo. Nausea. Penombra, pareti che si muovono, che girano. Pareti che improvvisamente diventano altri occhi. Occhi increduli. Una voce titubante. Una voce che ripete: «Ho fame».

Susana trasalisce, cerca di alzarsi. Cerca appigli alla luce di un'unica lampadina che pende dal soffitto. Non trova altro che le intercapedini, tra mattone e mattone. Si aggrappa. Si solleva. La ragazza resta seduta a terra. Indossa una tuta marrone.

«Ho fame» ripete. È pallida.

Susana sente il sapore di sangue in bocca. Il labbro gonfio. L'occhio sinistro è semichiuso. Le costole fanno male. La testa fa male. Più di tutto le fa male qualcosa dentro. È senso di sopraffazione. È rabbia pura.

«Chi...» fatica a parlare. «Chi sei?» riesce a chiedere, anche se conosce la risposta. Si sforza di non vomitare. Se solo la stanza si fermasse...

«Elèna.» Indica i muri di mattoni, il pavimento, il soffitto. Nell'angolo un secchio bianco che doveva contenere vernice, in origine. Ora è colmo di un liquido scuro in cui galleggiano escrementi, l'odore si propaga per il piccolo ambiente. «Questo è il mio mondo, adesso. Mi hai portato da mangiare?»

Susana scuote la testa. «Non ho niente.» Resta impressionata dal vedere in carne e ossa la ragazza per cui Francesca si è consumata. Di cui era innamorata. Solo che non sembra quella delle foto. È più magra, ha un'aria svagata, assente. Le rivolge una domanda di cui conosce la risposta.

«Da quanto sei qui?»

«Non lo so. Due anni? Non so più cos'è il tempo. Già nell'altra stanza avevo smesso di contare i giorni.» Una smorfia. «Ma almeno là si spegneva la luce, c'erano delle regole. Sapevo cosa fare.» Si rabbuia. «Ora la lampadina è sempre accesa. E io posso solo aspettare.»

«Aspettare? Cosa?»

Ele indica verso l'alto, all'altezza del punto in cui nella stanza con le pareti azzurrine si trovavano la telecamera e l'altoparlante. «L'uomo», poi riprende ad accarezzarsi la pancia. Sorride. Un sorriso vuoto. «Ogni tanto mi porta qualcosa» dice. «Ora che siamo in due forse verrà più spesso. Anzi...», continua ad accarezzarsi la pancia. «Siamo in quattro. Aspetto due gemelli. Li sento, scalciano anche se sono ancora piccoli...»

La stanza comincia a ritrovare stabilità. Susana si siede a terra, accanto a Elèna. Prova a prenderle una mano. Lei non la ritrae. Susana osserva il ventre. È vero, è incinta. Ma il rigonfiamento appena pronunciato. È impossibile che li senta scalciare, c'è qualcosa che non va. Ha visto altre persone ridotte in quello stato. Prostitute che dipendevano da protettori. Bambine che dipendevano da adulti che offrivano spiccioli chiedendo in cambio troppo. Le accarezza i capelli. La stringe.

Lei lascia fare. In quello stato si lascerebbe fare qualsiasi cosa. È sporca. Puzza. Fa la faccia seria, si scosta. «Prima mi lavavo tutti i giorni, adesso l'acqua mi serve.» Indica un angolo della stanza. Ci sono una dozzina di bottiglie di plastica, in gran parte vuote. «Qui... è più brutto.»

Susana si alza. Ha la gola arsa. Afferra una delle bottiglie, la stappa. Annusa. Nessun odore. Ne prende un sorso. È buona, le porta sollievo.

«Bevi poco. Non so quando ce ne porterà ancora. Ho provato a chiederglielo ma... l'uomo non mi dice più niente.»

Susana appoggia la bottiglia dopo averla tappata con attenzione. «Quell'uomo è un mostro, Elèna.»

Gli occhi azzurri si fissano in quelli neri di Susana. Scuote ricci che sembrano più grigi che biondi. «Se facciamo le brave, l'uomo ci aiuterà.»

Susana torna verso Elèna. «Fuori ti aspettano, sai?»

«Chi?» chiede, stupita.

«Francesca non vede l'ora di rivederti» mente.

Elèna cambia espressione. Cambia dentro, e cambia fuori. Occhi cattivi, voce cattiva. «Francesca mi ha abbandonato!»

«Non è vero, lei...»

Elèna si alza, si mette in un angolo, con le braccia strette attorno al ventre. Prende a oscillare avanti e indietro. «Non viene più neanche nei sogni. Mi ha abbandonato. Francesca è cattiva. Non voglio parlarne, non voglio parlarne, non voglio parlarne...»

«Tá bem, tá bem. Non ne parliamo più.» Susana viene invasa da una tristezza infinita. Immagina Francesca al cospetto di questa Elèna che non è più la sua Ele. Che non è più Ele, e forse non tornerà più a esserlo. Arriva a pensare che non è un male se, almeno, questo scempio le è stato risparmiato. Se ne pente subito. Le chiede scusa con la mente e con il cuore.

«Io le volevo molto bene, sai?» dice Elèna, guardando con gli occhi spalancati il pavimento di terra. «Le avevo anche trascritto... il quinto canto dell'*Inferno*, che parla di una Francesca, Francesca da Polenta... Amor ch'a nullo amato amar perdona...»

«Francesca porta sempre con sé il foglio in cui gliel'hai scritta.» A Susana si stringe lo stomaco. Questa non è una menzogna. Non aggiunge che Francesca lo porterà con sé per sempre.

«Come fai a saperlo?»

«L'ho vista. La conosco.»

«Oh» dice Elèna. Scuote la testa. «Lei non c'è più, però.»

Susana apre la bocca. La richiude. «In che senso?» riesce a dire.

«Lei non è qui. Non fa più parte del mio mondo. Mi ha abbandonata. Io ho solo l'uomo.» Un risolino infantile, sciocco. «Ho bisogno di lui.»

Susana fissa la porta pesante, sbarrata. Negli occhi c'è odio. Odio assoluto.

1

Giorni di caldo soffocante, fuori stagione, inatteso. Le viti rischiano di seccarsi. La vendemmia sarà anticipata, Loris ne è certo. E non è preoccupato: la vite dà il meglio di sé quando è stressata.

Il Chiostro è chiuso.

Roberto rientra dopo una giornata senza pause, ma infruttuosa. Sente trafficare. Trova Alvise in cucina. Non sta preparando nulla, mette in ordine. Roberto conosce bene quel bisogno di sistemare il proprio mondo perché altro non si può sistemare. Si ferma con lui, non sa cosa dirgli.

«Come stai?» chiede.

«Sono stato tutto il giorno in moto. Fino ai laghi di Revine, poi fino al mare. Avanti e indietro. Come se potesse portare a qualcosa.» Stappa una bottiglia di Prosecco, ne versa anche a Roberto. Un bicchiere per lenire l'amarezza. Uno per scacciare il terrore. Uno per avere la scusa per abbandonarsi alla tristezza. Alvise indica un mucchio di foglie di vite. «Sono quelle di Loris. Non sono trattate. Mi chiedevo cosa ci si potesse fare.»

Roberto ne prende una manciata. Le annusa. È l'odore di Termine. *Cucinare gli farà bene.* Si corregge. *Cucinare ci farà bene.*

«Tagliatelle. Impastiamo uova e farina con le foglie di vite sminuzzate.»

Alvise lo fissa. Annuisce. Esce dalla cucina, torna con una cassetta di fiori di zucca.

«Me li hanno portati oggi. Ci facciamo il sugo.»

Gli aromi si creano nella testa di Roberto. L'amaro delle foglie, la delicatezza dei fiori. «Ottimo. Ci vorrebbe anche un po' di maggiorana.»

Alvise porta una mano alla tasca del grembiule. «Eccola. È quella delle botti nel chiostro.»

Poi si abbandonano alla semplice ritualità del cucinare. Il silenzio si impossessa dei loro gesti.

Ma c'è un'accusa in quel silenzio, Roberto lo sa. Alvise stava tornando a trovare felicità. E qualcuno gliel'ha portata via. È colpa di Roberto, dice l'istinto. In quel silenzio c'è anche un'assoluzione. Non è colpa di Roberto, lui è solo un'altra vittima, dice la ragione.

Le tagliatelle avrebbero suscitato l'entusiasmo dei clienti, se ce ne fossero stati. Invece, i piatti raffreddano mestamente tra di loro. Appena un boccone ciascuno, per dire: "È buono". L'obiettivo era cucinare, non mangiare.

Alvise fa scattare, rapida, la sua manona. Ghermisce il braccio di Roberto. Gli occhi sono rossi per il sonno perduto. L'alito rivela che la bottiglia stappata assieme non è la prima della giornata.

«Dimmi la verità» dice con la voce stridula di chi ha perso l'abitudine a parlare. «La troverete?»

Roberto apre la bocca e la richiude subito. *Cosa gli dico? Abbiamo ritrovato la sua macchina sul ciglio della strada pochi chilometri fuori Termine. Non abbiamo le prove che sia stata rapita dal gemello di Reveri. Non sappiamo se questo gemello esiste. Non sappiamo un cazzo. Solo che anche Susana è sparita.* Sente una rabbia forte salirgli dallo stomaco. Si ferma in gola, non esce. Implode. Non gli resta che sussurrare: «Non lo so».

Alvise stringe di più. «Devi saperlo!» implora. «Devi!» Il suo viso si sgretola. Come se una crepa partisse verticale dalla fronte al mento coperto dalla barba, poi si diramasse verso gli occhi. E lì trovasse sfogo. Grosse lacrime tracimano, rotolano, si spingono fuori a vicenda. La voce si incrina.

«Non ho mai avuto culo nella vita, Serra. Mai. Mia moglie mi considera un coglione, mia figlia mi saluta a mala-pena. Tutto ciò che ho sono questi quattro muri...», lascia il braccio di Roberto, indica la cucina. I singhiozzi si fanno forti. «E lei. Lei. È entrata piano qua dentro», si percuote il largo petto, con forza. «Non pensavo mi avrebbe mai guar-dato in faccia. Pensavo che volesse te... invece l'altra sera...»

Alvise non riesce a proseguire. Deve appoggiare entram-be le mani al viso e lasciarsi andare a un pianto profondo, violento.

A Roberto fa male. *Tutto quel che tocco, lo distruggo. La mia storia con Alice, Francesca... ora Alvise e Susana.* Le parole di Francesca. *Tu sei lo straniero, quello che porta disordine. Quel-lo che fa esplodere il sistema in cui entra.* Davanti alle lacrime dell'amico che soffre, dell'amico che ha persino sospettato di essere coinvolto nei rapimenti, e negli omicidi, Roberto raggiunge una consapevolezza. Una consapevolezza sem-plice, fredda.

C'è una cosa che posso fare. Lo devo a tutto il mio mondo. Il mio mondo che ho fatto esplodere. Alvise, Susana, Francesca, Alice... Si corregge. *No, Alice no. Anzi, Alice non dovrà mai saperlo.*

Senza dire nulla, lascia la cucina.

2

L'odore aspro delle vigne, l'odore dolce di quella primavera che è diventata estate troppo presto. Le erbe aromatiche, che spargono i loro aromi sottili, pungenti. L'aria immobile, senza un refolo. I tavoli sparsi sulla ghiaia, sgombri, inutili. Cicale sull'edera che mangia le pareti antiche. Stelle a manciate in cielo.

E un uomo, in piedi, davanti all'arco aperto sui vigneti. Un uomo che cerca di ignorare la paura. Richiamato da chissà cosa, Iggy arriva a passi affrettati, felpati. Si siede giusto sotto l'arco, come se stesse aspettando qualcosa.

Non l'ho mai fatto. Non ho mai cercato di stimolare la Danza.

Non sa nemmeno come si possa fare. *Ma non ho altro, se non il mio male.* E lo ammette, per la prima volta. Ammette con se stesso di avere un male. *Se posso dominarlo, posso anche indurlo.*

Percepisce i vigneti attorno. Illuminati dall'unico lampione, vede i primi filari distintamente, poi sempre meno, sempre meno. Sino a che diventano un mare oscuro. Ma presente. Un corpo unico, un essere gigantesco sdraiato, immobile. Anche Roberto resta fermo. Ascolta.

Aspetta di essere invaso. L'atto disperato di un uomo disperato. Forza la mente a tornare alla prima volta che si è manifestata.

Ero seduto sull'asfalto caldo. Il sole era un disco ocra basso all'orizzonte. Davanti a Roberto, un'auto schiantata contro il palo del cartello che indicava l'uscita per il mare. *Dentro c'erano i corpi dei miei genitori, crivellati di proiettili. In qualche modo, io ero nella testa di chi aveva sparato. Del passeggero di quella moto nera. Sentivo l'odio per mio padre, la gioia per averlo ammazzato.*

Nei ricordi di Roberto, l'auto esplode. In quel momento, esplode anche Roberto. L'odore di fiori marci arriva violento, improvviso. Sovrasta tutti gli altri. Potrebbe portarlo via, annullarlo, se solo si arrendesse.

Ma Roberto non si arrende. Lotta contro i muscoli che si contraggono. Lotta contro la mente che svanisce. Lotta contro gli occhi che vorrebbero chiudersi per riaprirsi su un altro mondo. Lotta opponendo unicamente la propria forza a quell'altra forza sconosciuta. Non ci sono medicine. Non c'è alcun soccorso.

Roberto non può vincere. Le gambe iniziano a tremare per uno sforzo impossibile. I denti digrignano. E quell'odore di fiori marci...

L'odore di fiori marci inizia a regredire. Da qualche parte, sotto, riemerge quello a un tempo aspro e dolce delle vigne. Le viti hanno iniziato nuovamente il loro mormorio sommesso, invitate da un vento brusco e improvviso.

Il pugno in cui stava costringendo le dita inizia a schiudersi. Solleva la mano. Dita stese.

Vedo con i miei occhi.

Fissa in alto il cielo. Nubi dense e scure stanno mangiando le stelle. *Ho vinto la Danza*, si dice. *Da solo.* Ha persino paura di ammetterlo. *Per stavolta*, attenua. I muscoli sono roventi per il dolore. Faticano a rilassarsi. Roberto si sente stanco, ed euforico.

«Cos'era?» chiede una voce d'uomo. Si gira. Alvise è sulla porta del ristorante, gli occhi fuori dalle orbite, il fucile da caccia in mano.

3

Roberto scuote la testa. Non risponde. Non può. Non vuole. Il fucile di Alvise resta puntato verso l'alto, verso un cielo che un vento sempre più violento copre rapidamente di nuvole.

Dipendeva solo da me. Se l'avessi capito prima, la mia vita sarebbe stata diversa. Un morso allo stomaco. *Sarebbe stata migliore. Io pensavo che la Danza facesse parte di me, che non fosse possibile vivere senza. Invece...*

Muove qualche passo incerto. *Non è il momento di pensarci. Devo salvare Elèna. E Susana. E devo farlo io. La Danza non serve. La Danza distrugge e basta.*

«Cos'era?» ripete timoroso il cuoco.

«Non lo so» risponde stavolta Roberto, sincero. «Ma è passata.»

Sale le scale. Torna nella sua stanza. Si siede alla scrivania. Si sente pronto ad affrontare qualsiasi sfida. Davanti a lui, il Perimetro dove il nome di Vittorio Reveri campeggia nella casella del COLPEVOLE.

Non è solo lui! Dov'è il suo gemello? Poi gli altri punti. Il MOVENTE, ora più chiaro. Crudele nella sua assurdità. Gli occhi azzurri di Reveri glielo ricordano. Roberto lo scrive. "Vite indegne di essere vissute."

Il MOMENTO DEL DELITTO è una sequenza di date a circa tredici mesi di distanza l'una dall'altra. Ma non si riferisce agli omicidi. Si riferisce ai rapimenti, alle sparizioni.

E poi il LUOGO. Il centro di Treviso. La bomboniera protetta dalle mura, dai fossati, dai leoni di marmo. La tranquillità opulenta e scintillante, ostentata e violata con la medesima indifferenza. *Il Perimetro descrive di nuovo soltanto i rapimenti. Gli omicidi non sono avvenuti qui.*

Si sforza di prendere in mano il pennarello. *Un solo Perimetro stavolta non basta,* quasi si giustifica con il questore Bernini. Disegna un secondo cerchio accanto al LUOGO. Scrive: "casa sul Montello". *Il laboratorio degli orrori. La stanza della prigionia. Il letto in cui dormiva Vittorio Reveri...*

Un'idea fugace, rapida. Non verificabile. *Forse non era per lui. Forse era il gemello a dormire lì. Ancora una messinscena? Eppure c'erano le impronte. E i capelli.* Un lampo rischiara il cielo. Fuori dalla finestra, Roberto vede brillare la distesa dei vigneti. Un mare nero che riflette la folgore.

Mare nero...

Il cuore di Roberto accelera improvvisamente. *Acqua nera.* Afferra il pennarello. Disegna un terzo cerchio. Sembra un terzo lago accanto agli altri. "Terzo lago di Revine" scrive. Un luogo che è sempre restato al centro e al margine dell'indagine. *Trattato come una discarica per i cadaveri e niente di più. E se non fosse così?*

Si affanna a cercare documenti nel fascicolo blu. Ritrova gli articoli dei giornali, quelle foto prese da un punto distante per corredare pezzi che parlavano ancora di rinvenimento di reperti archeologici. Continua a frugare. Trova le foto della scientifica scattate durante i primi sopralluoghi. Molte ritraggono l'acqua nera mentre rilascia il suo tesoro di morte. Poche si addentrano in un rudere bianco giusto accanto. Le osserva da vicino. Uno stanzone vuoto. Grandi finestre sull'acqua, alle pareti o per terra vecchi cartelli di latta che magnificano aperitivi e digestivi.

Un'istantanea della cucina. Mobili ammassati, tavoli ribaltati, sedie incastrate. Foto di altri ambienti. Uno stanzone con il pavimento di terra battuta, aperto verso l'esterno, verso il lago. Altri due ambienti più piccoli con i mattoni alle pareti e il cemento a terra.

Foto dall'esterno. La strada piena di buche che porta da uno spiazzo al rudere. Attorno erba alta, incolta. Nota qualcosa, in mezzo. Avvicina l'immagine agli occhi. Se potesse, ci entrerebbe dentro con tutto il corpo, andrebbe a verificare se quelle tracce bianche che intravede in mezzo al verde sono pezzi di statue di gesso. Teste, magari. O corpi decapitati.

Le statue. Le statue erano in casa di Reveri. Le statue erano nei sacchi, con i cadaveri. Le statue sono sul Terzo lago.

Si alza, trova il cellulare. Mixielutzi risponde al primo squillo, nonostante l'ora. «Commissario, è l'una di notte. Mia moglie potrebbe ingelosirsi.»

Roberto non ha nessuna voglia di scherzare.

«Il rudere che c'è a Revine, quello dello stabilimento balneare, è stato perquisito dopo il ritrovamento dei cadaveri?»

«Certamente. Nulla di interessante.»

«E dopo l'arresto di Reveri qualcuno ci è tornato?»

Un attimo di esitazione. «Avremmo dovuto?»

«Andiamo là, subito.» *La verità è sotto, vero Reveri? La verità è doppia.* Sente urgenza, e rabbia. Sente anche la diffidenza di Mixielutzi.

«Una delle leggendarie intuizioni di Roberto Serra, presumo. Quelle che gli permettevano di risolvere casi impossibili, nel Nucleo. Temo di non avere scelta. Accetto.»

Allora era la Danza, Mixielutzi. Questo sono io.

«Vediamoci al Terzo lago.»

«D'altronde, non avevo impegni per stanotte» commenta Mixielutzi. «Lei comprende, commissario, che sulla base di... un'intuizione non potrò allertare alcun collega? Siamo io e lei.»

Roberto non smette di ansimare. Non è più fatica, è l'inizio della caccia. «Basteremo.»

Prima di uscire, Roberto estrae la pistola dalla cassaforte nell'armadio. La Beretta che possiede dai tempi del Nucleo, e che l'ha seguito a Case Rosse e poi a Termine. E che avrebbe dovuto riconsegnare dopo la sospensione. Controlla che sia carica. Quando indossa la fondina, gli sembra di sentire la voce di Bernini: *Ben fatto, Pacifista.* Il soprannome che si era guadagnato nel Nucleo dopo essersi dimenticato l'arma durante un'operazione pericolosa.

Scende di corsa. Appena il tempo di incrociare lo sguardo di Alvise carico di domande.

Io sono lo straniero, pensa. È l'unica risposta che potrebbe dargli.

4

Appena Roberto sale sulla Tipo, iniziano a scendere secchiate d'acqua; una risposta apocalittica alle tante invocazioni affinché piovesse. Dall'asfalto, arroventato da giorni di solleone, si alzano sbuffi di vapore. Una nebbia bassa e sottile che nasconde i piedi e i tronchi delle vigne. Il tergicristalli fatica a spazzare la massa d'acqua. Si sono già formati rivoli e pozze che fanno slittare le ruote.

Roberto guida alla massima velocità possibile per lui. Non commette errori. In venti minuti è all'imbocco della via che costeggia i laghi di Revine. Supera la fila di case dormienti, pacifiche. Tra gli scrosci pesanti riesce a indovinare la strada che porta allo spiazzo sovrastante il Terzo lago. Appena lo raggiunge, vede un'auto in attesa. A fari spenti. Spegne anche i suoi. Si apre uno sportello. Roberto si affanna, cerca la pistola nella fondina. Non la trova.

Dove diavolo... La scorge sul sedile del passeggero. Quando rialza gli occhi, una figura scura è davanti al suo finestrino. Il cuore perde un colpo.

«Commissario» dice la sagoma, bussando al vetro.

«Mixielutzi» sospira Roberto. Abbassa il finestrino.

«Bel tempo. Grazie per l'invito» dice senza muovere un muscolo. Indossa un impermeabile nero, leggero, col cappuccio. Sotto, pantaloni impermeabili. Tiene un fagotto in mano. «Non ha nulla per ripararsi?»

Roberto scuote la testa. Mixielutzi gli porge il fagotto.

«Metta questo, le pallottole sono più pericolose del raffreddore.» È un giubbotto antiproiettile. Si percuote il petto per significare che lo indossa anche lui.

Roberto obbedisce, compiendo acrobazie nello spazio ridotto dell'abitacolo.

«Stavolta ce l'ha un'arma?» chiede il sardo. Non ci sono dubbi su chi sia l'uomo d'azione.

Roberto mostra la Beretta.

Il rumore del temporale copre i passi. La pioggia imbeve gli abiti di Roberto, penetra nella stoffa, lava il sudore. La sente sul viso, sulle cicatrici. Un lampo, lontano. Poi un tuono. Imboccano la stradina che dallo spiazzo porta al lago, nel buio della notte, rischiarato appena dai lampioni lontani di qualche borgo. E da una luce che non dovrebbe esserci.

Roberto la indica senza parlare. Intuiscono la sagoma del rudere, più che vederlo. All'altezza del secondo piano, una finestra è illuminata.

La pioggia copre anche il battito accelerato dei loro cuori.

DENTRO

Susana pensa di aver capito cos'è l'inferno: angoscia. Angoscia sempre presente, di giorno e di notte. Anche se non ha alcun senso parlare di giorno e notte, là dentro. Riesce a regolarsi con l'orologio che ha al polso. L'uomo le ha lasciato gli abiti che portava, non le ha dato nulla per difendersi dal freddo e dall'umidità.

Si ripete che ha visto di peggio, ma la stanza la terrorizza. Le ricorda l'altra stanza, di mattoni grezzi, col pagliericcio a terra, dove il padre conduceva i turisti assetati di sesso con una dodicenne e la vendeva per una manciata di rubli, dollari, yen, o qualche real. E talvolta faceva un omaggio a un amico. Da quella stanza era fuggita. Aveva cominciato lei stessa a vendere il suo corpo. E un italiano l'aveva presa con sé. Un imprenditore di settant'anni, in viaggio di lavoro. L'aveva portata in Italia. Le aveva trovato un appartamento. La nutriva, la vestiva. Ma dopo la prima lite, l'aveva buttata fuori. E a Susana non era restata che la strada, per raggranellare qualche soldo. Batteva. Mangiava alla mensa della Caritas. Dormiva dove poteva, spesso da qualche cliente.

Poi, una sera, si era fermata una Mercedes nera. Dentro, quattro uomini. E quattro coltelli. L'avevano fatta salire. L'avevano stuprata, a turno. Dopo, solo dopo, le avevano spiegato che non poteva prostituirsi in proprio. Non poteva disporre del proprio corpo. Ed era arrivato il bordello in

pieno centro, dove c'erano le lenzuola di seta e la vendeva-
no per centinaia di migliaia di lire. Per lei solo le briciole,
ma era comunque riuscita a mettere via dei soldi. Poteva
permettersi l'affitto della mansarda in Restera. Ma non voleva più padroni. Si era promessa di liberarsi, e ce l'aveva
fatta. Si sarebbe liberata anche questa volta.

Le poche volte che entra, l'uomo tiene sotto tiro lei ed
Elèna con una pistola. Indossa sempre un passamontagna,
una maglietta nera tesa sopra i muscoli possenti e un paio
di jeans neri. Emana un odore forte, animale. Un odore acido, sporco. Ha sempre uno sguardo perplesso, come se non
fosse sicuro di cosa fare. Dagli occhi azzurri nessun lampo
di intelligenza, solo un ardore febbricitante. A Susana non
sembra possibile sia il gemello di quel medico brillante e di-
sinvolto che ha visto al Buona Vita. Deve essergli successo
qualcosa. Non importa, quell'uomo è il nemico. Deve bat-
terlo. Ammazzarlo, se necessario. Farlo soffrire, se possibile.

Agirà presto, perché inizia a sentirsi debole. L'uomo porta loro da mangiare di tanto in tanto, senza regolarità. Elèna le ha spiegato che è così da quando è chiusa in quella
stanza. Capita che un giorno l'uomo venga due volte, poi
sparisca per tre. Buste surgelate di patate, pesce, verdure
che dovrebbero essere cotte, ma loro inghiottono, crude,
appena possibile. Con l'acqua va anche peggio. E la gola
e la fronte bruciano, Susana è spossata dal poco sonno, a
terra come le bestie. E inizia ad avere paura che la mente
cominci a vacillare, come quella di Elèna che ormai vive
in un mondo tutto suo. «È tanto che non mi punisce. Ele
è brava. Vostra mamma è brava...» ripete, accarezzando-
si la pancia.

Susana cerca di abbinare quella creatura sparuta con Francesca. Non c'è possibilità di incastro, né di vicinanza. Elèna
ha perso un pezzo di sé durante la prigionia. Ha abdicato,
si è arresa. Prova gratitudine verso il mostro. «Io credevo
di essere sbagliata, sai?» dice, mentre Susana va nell'angolo dove stanno le bottiglie d'acqua. «Di essere morta dentro... invece l'uomo mi ha dato questo.» La mano sinistra,
incessante, ad accarezzare il ventre. «È stato più forte delle

radiazioni, più forte della centrale...» Parole senza senso. Un sorriso vuoto. «Non so ancora come chiamarli.»

Susana pensa di dirle che i nomi non serviranno. Che quei bambini moriranno assieme a lei, o subito prima o subito dopo. Rinuncia.

«Prima non era così, sai?» continua Elèna, sottovoce, con aria cospiratrice. «Avevo tre pasti al giorno. E dovevo mangiare tutto. Tutto. Era la regola numero due.»

Una volta era Vittorio Reveri a occuparsene, pensa Susana mentre fruga tra le bottiglie. O direttamente o dando istruzioni a quel bestione che potrebbe essere il gemello. Adesso il bestione fa di testa sua.

«E ora...» mugola Elèna.

«Ora è finita l'acqua» conclude Susana porgendo alla ragazza incinta l'ultimo sorso. «Se l'uomo non ci porta da bere, moriremo di sete.»

5

Quando sono più vicini al rudere dello stabilimento balneare, vedono un fascio di luce rischiarare anche il lato che
affaccia sul lago. Le gocce frenetiche che gli passano attraverso danno l'illusione che si muova. Trema come fosse la
fiamma di una candela. Proviene dal secondo piano e arriva sino alla fine del pontile.

Deve avere finestre anche su quel lato.

La luce arriva sino alla fine del pontile, poi non può nulla contro il nero delle acque. E sul pontile si intravede una
sagoma. Immobile.

È lui, pensa Roberto. *È qui!* Il cuore accelera a mille. Fissa la sagoma. Una nota stonata, qualcosa stride. *Eppure...*

Mixielutzi impugna salda la pistola e gli fa segno di aspettare. Buio, pioggia torrenziale. Rischia di scivolare sulla stradina ghiaiosa invasa da rivoli d'acqua. Vuole prenderlo di
sorpresa, aggredirlo alle spalle.

Non è lui. Roberto ha capito. Insegue il capo della mobile e lo prende per un braccio.

«È troppo piccolo per essere un adulto e troppo rigido
per essere fatto di carne» sussurra.

Mixielutzi tiene l'arma puntata verso la sagoma. «Cosa?»

«È una di quelle statue di gesso.» Non c'è bisogno che
aggiunga altro.

Mixielutzi non muove un muscolo. Segugio che punta.

Butta fuori il fiato tutto assieme, di colpo. «Ha ragione.» Abbassa l'arma.

E ora che è scaduto il termine che gli ha dato la Mente, il Braccio può fare ciò che vuole. Le ammazzerà. Quelle statue sono lì per accompagnare i cadaveri.

Roberto respira a pieni polmoni quell'aria fetida.

Afferra Mixielutzi per la manica e lo trascina. «Dobbiamo muoverci.»

«Andiamo dove c'è la luce accesa.»

DENTRO

Qualcuno armeggia con la serratura. Susana ed Elèna si alzano, uscendo senza difficoltà da un torpore costantemente insidiato dal freddo e dalla paura.

Susana si sente appesa a un filo. Un filo che può essere reciso in qualsiasi momento.

La porta si apre. È l'uomo. E ha una pistola in pugno. La punta su Elèna. Poi su Susana. Poi di nuovo su Elèna. Sembra che non sappia cosa fare. Bisbiglia come per ripassare una lezione mandata a memoria. La stoffa del passamontagna si muove al ritmo delle parole, il petto ampio si alza e si abbassa rapido. Ansima. Susana vede risplendere gli occhi azzurri, nelle fessure del suo copricapo. Sente la paura diventare terrore. Rivede in quell'uomo tutti quelli che entravano nella sua capanna per violare lei e la sua fanciullezza già violata. Anche se si impone di non farlo, trema. Freddo, paura. La sua vita è appesa a un filo. Dipende da cosa ci sarà nell'ultima parola della litania che l'uomo ripete.

C'è lei. «Tu» dice.

Gli occhi azzurri si fissano nei suoi. Le scendono sul corpo. La percorrono tutta. Forse potrebbe sedurlo, potrebbe provare a stimolare qualche istinto bestiale. Spinge il seno in avanti, come per porgerlo. Ma lo ritrae.

Non sarà così. Quella Susana è già morta e sepolta. È stata venduta troppe volte, non accadrà di nuovo.

«Cosa vuoi da lei?» piagnucola Elèna. Si avvicina, la stringe. La ghermisce.

«Non le farai...» Deglutisce. «Non le farai quello che hai
fatto a me?» Continua ad accarezzarsi la pancia, non lascia
dubbi su cosa intenda.

«No» risponde l'uomo. «Solo tu.» Cammina piano verso di loro.

A quel punto, Elèna sorride e spinge Susana verso di lui.

«Come ha fatto a ridurti così?» riesce a dire Susana, prima che l'uomo allunghi su di lei la mano libera dall'arma
e la strattoni in malo modo per farla alzare. Indossa gunti
neri, sempre quelli. Sempre gli stessi.

6

La porta del rudere del centro balneare è scardinata. Ci sono ancora i segni delle perquisizioni della polizia. Gli occhi dei due uomini restano fissi sulla finestra illuminata, per scorgere ombre, per capire se qualcuno possa tenerli sotto tiro.

Appena dentro, Mixielutzi accende una torcia. Percorre il perimetro della grande stanza. Il rudere è in stato di abbandono. Uno stanzone unico, senza mobili, senza sedie. Nel lato di destra, una porta che comunica con quella che doveva essere la cucina. La torcia illumina i mobili tolti dal salone, sedie rotte, tavoli rovesciati, accatastati uno sull'altro contro una parete. Vecchi cartelloni arrugginiti pubblicizzano prodotti non più in commercio.

I vetri delle finestre sono tutti saltati, i telai tremano sotto un vento sempre più impetuoso. Piove di traverso, piove sul pavimento di mattonelle dozzinali. Le acque del lago perdono l'immobilità, si increspano, si agitano. Odore di idrocarburi nell'ambiente.

Accanto alla porta della cucina, una scala con i gradini di legno porta al piano superiore. Mixielutzi la percorre con lo sguardo gradino per gradino. Indugia sul metallo scrostato della struttura. Si ferma sulla porta chiusa che c'è sopra.

«Saliamo» bisbiglia.

Roberto resta immobile. Qualcosa si è incastrato nella sua mente, ma non riesce a capire cosa sia, e dove.

«Cosa aspetta?» chiede il sardo.

348

Roberto scuote la testa. «Non mi convince» dice sotto-voce. «Il Braccio esegue gli ordini della Mente, una mente glaciale, fredda. Pianificatrice. Possibile che lasci una luce accesa a indicare la sua posizione?»

Mixielutzi resta immobile un secondo. «No» concorda. «A meno che...»

«... a meno che non sia un'istruzione che la Mente ha dato al Braccio per attirare ospiti indesiderati dove vuole.»

«Una trappola.»

Roberto allarga le braccia. «Forse.» *Cosa mi sfugge?* Capisce. *L'odore!* «Sente questa puzza?»

«Purtroppo sì. È l'acqua di questo lago. Non so come possano aver pensato di farci il bagno...»

«Non è solo il lago, Mixielutzi. È gasolio.»

Il sardo si irrigidisce. Sembra annusare l'aria come un se-gugio. «Potrebbe essere» ammette.

Roberto fa un gesto d'ira con la mano con cui non tiene la pistola. *Pensi di essere furbo, eh? Pensi di poterci fottere. Che tutti caschino nei tuoi tranelli, che nessuno possa capirti!*

Vorrebbe gridarlo all'aria ferma. Ma non può, non può segnalare la loro posizione. *Posto che non siamo già stati sco-perti. Che qualcuno non ci stia aspettando.*

Mixielutzi gli punta la torcia in viso, lo acceca. Lo riporta nella stanza, alla realtà. «Vuole spiegarmi cosa...»

«Esplosivo, Mixielutzi! Esplosivo. Ricorda Dosson? C'era nitrato di ammonio nella casa sul Montello. Un fertilizzan-te tra i più diffusi. E qui c'è odore di gasolio!»

Gli occhi del sardo si spalancano. Guizzano, nervosi. «Le bombe dell'ETA...»

Roberto annuisce. «E quelle di tanti altri movimenti ter-roristici. Semplici da fabbricare, gli ingredienti sono faci-li da reperire, un fertilizzante e un combustibile. E posso-no essere devastanti.»

La torcia esplora i gradini. «È sicuro che ce ne sia una, qui? Che se fossimo saliti...»

«Non lo so.» Respira profondamente, dal naso, per ritro-vare calma e controllo. «Ma se vuole andare a controllare...»

«Non vorrei dare un dispiacere a mia moglie, commissario.»

Riesce a strappare un sorriso a Roberto, un sorriso che si spegne subito. «Cerchiamo di essere prudenti. Potrebbe esserci esplosivo anche in altri punti.»

«Non sarebbe meglio aspettare gli artificieri? Chiamare la questura e chiedere rinforzi?»

Quindici giorni. Quindici giorni che sono già scaduti. Ora il Braccio è libero di fare ciò che vuole. E forse è proprio qui, vicino, a pochi passi. «Non abbiamo tempo. Ma se vuole, proseguo da solo...»

«Lei mi offende» taglia corto Mixielutzi. E, partendo dalla scala, torna a percorrere la grande stanza con il raggio della torcia. Torna sulla cucina. Sui mobili accatastati.

Come mai sono lì? «Mi dia la torcia» dice Roberto.

Mixielutzi gliela passa. Roberto la muove davanti a sé camminando con prudenza. La cucina è un ambiente di dimensioni molto più ridotte, anche la finestra è più piccola.

Dietro il groviglio di tavoli e sedie, spunta una piccola porta. Alta poco più di un metro e mezzo, nascosta.

Un lampo cade vicino, con un fragore tremendo che il vento non disperde subito. Un lampo anche nella mente di Roberto.

«La verità è sotto.»

«Prego?»

«Me l'ha detto Reveri. La verità è sotto. Era troppo sicuro che non ci sarei arrivato. E quando si è troppo sicuri, si commettono errori.» Passa di nuovo la torcia a Mixielutzi. Legge qualcosa negli occhi del collega.

«Ha ragione» dice il sardo. «Noi e quelli della scientifica eravamo così sicuri che soltanto il lago fosse interessante, che questa porta non l'abbiamo nemmeno considerata.»

«Però io ho visto delle fotografie di ambienti che sembravano sotterranei. Ci siete andati, sotto.»

Mixielutzi annuisce. «Ci sono tre vani» dice. Gli occhi si muovono come se li percorresse nuovamente. «Siamo entrati dall'esterno, da uno stanzone aperto sul lago, presumibilmente un ricovero per le barche. Vuoto. Abbiamo spinto una porta, ostruita da una ghiacciaia. Era una cantina, con scaffalature alle pareti... vuote. Di seguito la dispensa, l'ambiente più piccolo. Un corridoio e alla fine una scala. L'abbiamo vista, ma non ci siamo saliti. Abbiamo dato per scontato che portasse qua, al ristorante.»

«Nessun dettaglio è abbastanza piccolo da essere trascurato, Mixielutzi!» Roberto tenta di smuovere la catasta. I mobili risalgono al periodo del trionfo della plastica, non sono pesanti. Scopre la piccola porta quanto basta per provare a spingerla. Si apre, lascia intravedere una scala di legno che sparisce nel buio.

Dal basso proviene un ronzio.

«La ghiacciaia» spiega Mixielutzi.

«È in funzione?»

«Lo era quando abbiamo perquisito gli ambienti. Attaccata alla corrente ma vuota.»

«Forse Reveri non gettava subito i corpi nell'acqua. Forse li teneva nella ghiacciaia aspettando il momento in cui non ci fosse nessuno nei paraggi. Chiusi nei sacchi neri, in modo che non lasciassero tracce. Magari adesso contiene provviste per le prigioniere... per Susana ed Elèna...»

Nella penombra, lo sguardo di Mixielutzi sembra ancora più cupo. Illumina le scale che scendono sottoterra. «O forse i loro corpi.»

Forse, forse, forse. Quanto odio questa parola! «La verità è sotto» sussurra Roberto. Fissa i gradini.

Si butta dentro.

DENTRO

«Si fermi!»

La voce di Mixielutzi rimbomba nel vuoto. Roberto si immobilizza sul quinto gradino. Il sardo gli arriva dietro. «Commissario Serra, io la stimo» dice a voce più bassa, «ma la pianti di fare cazzate. Non serve a nessuno se si fa ammazzare.»

Mixielutzi illumina i gradini. Una ventina, sino a un pianerottolo cieco. Da lì parte un corridoio verso sinistra di cui si intuisce appena l'imbocco. Ai piedi delle scale, un altro ammasso. Il fascio sottile illumina lattine vuote, barattoli, pentole arrugginite, bottiglie.

«Fantastico» mugugna Mixielutzi. «Difficile passare. Facile appostarsi per colpire chi scende.» Il silenzio è totale. Sembra che siano piombati in un'altra dimensione, in cui vento e pioggia non esistono. Solo il ronzio della ghiacciaia, i loro respiri. Le parole sussurrate si fermano nell'aria, ristagnano. C'è qualcosa di molto pericoloso, là sotto. Letale. Entrambi lo percepiscono.

«Se il nostro uomo fosse passato da poco, avrebbe lasciato tracce d'acqua» commenta Roberto. Come stanno facendo loro, con le scarpe e gli abiti.

«Scendo in fretta» sussurra il sardo. «Arrivo all'angolo e illumino dall'alta parte. Mi copra.»

Roberto impugna saldamente la sua Beretta.

Mixielutzi scende di corsa. Tre gradini, quattro, cinque. *Forse sarebbe meglio se passassimo dall'esterno, dal ricovero delle barche*, ha appena il tempo di pensare Roberto. Poi Mixielutzi precipita. Un gradino di legno a metà scala si spezza. Una frattura netta, precisa. Troppo perché sia un caso.

Mixielutzi finisce sull'ammasso ai piedi della scala. Su vecchi cartelloni di latta, barattoli vuoti, bottiglie che vanno in frantumi. Sacrifica la torcia, che vola in aria. La sacrifica per la pistola, che resta salda nell'altra mano. E per avere un braccio libero con cui tentare di parare l'urto. Si schianta. Pesantemente. Rumorosamente.

La torcia rimbalza su una parete, poi si spacca. Buio. Buio totale. Dopo, solo il fruscio provocato dal gesto rabbioso di Mixielutzi che si rimette in posizione, in mezzo ai rottami. Punta l'arma verso il buio, verso il nulla.

Da fuori la stanza arriva un rumore forte. Rompe un silenzio che sembrava assoluto. L'uomo sgrana gli occhi. Si gira verso la porta.

Eccola, l'occasione. Susana si getta in avanti. Mette nel movimento la poca forza che le resta, che la disperazione e la rabbia moltiplicano.

È come un'onda che s'infrange su uno scoglio. L'uomo si smuove appena. Ma la sorpresa negli occhi azzurri è genuina. Smette di bisbigliare. Non ha istruzioni, non sa cosa fare. Un secondo di indecisione.

A Susana basta. Si precipita verso la porta aperta. L'uomo allora ritrova lo schema da seguire. Fuga. Morte.

Spara. Un lampo sulle pareti. Un boato che taglia il silenzio. Impossibile mancare il bersaglio da quella distanza. Susana crolla a terra.

Per lunghi secondi, l'ambiente è riempito soltanto dai loro respiri affannati. All'erta.

Poi una detonazione sfonda i timpani di Roberto. E il suo cuore. La mente si scollega. Diventa puro istinto. Si getta verso il basso, attento a superare il punto dove ricorda essere il gradino spezzato. A tentoni intuisce una parete. A tentoni intuisce Mixielutzi.

Non gli chiede se si è fatto male. Non si ferma.

Si mette a correre nel buio. Tiene una mano tesa davanti al viso, per parare eventuali ostacoli. Nonostante questo, quasi sbatte contro una porta. La mano scorre rapida dove dovrebbe esserci una maniglia. Non c'è. Non serve. È aperta.

Una lampadina pende dal soffitto, accesa. Diffonde una luce fioca. È la dispensa. Un piccolo ambiente con la ghiacciaia su un lato. Il ronzio è più forte. Scansie vuote alle pareti di mattoni. A terra, cemento. Sul cemento una branda. Sulla branda, un sacco a pelo. Piatti di plastica sporchi. Buste di surgelati vuote. E due statue di gesso di un metro l'una. La testa attaccata al collo. Un pensiero raggelante. *I corpi sono per i gemelli di Elèna. Le teste sono per lei. La statua sul pontile, invece, è per Susana.*

Una rabbia sorda che monta. Davanti a lui, un'altra porta. Tre passi e ci arriva. La spalanca senza pensare alle conseguenze, a cosa potrebbe trovare al di là.

Una stanza altrettanto male illuminata. Cemento a terra. Sul cemento, un corpo. Susana. Sotto di lei, una macchia di sangue che si allarga.

No, no, no!

Sopra di lei, un uomo con un passamontagna in viso, occhi che bruciano fiamme azzurre. Una pistola in pugno.

Una figura femminile, bionda, dietro l'uomo. Nota e ignota.

Ele. Elèna.

L'uomo spara. Il petto di Roberto esplode.

Lo sparo si rifrange nella testa di Elèna. Le mani tremano, anche i bambini nella pancia tremano, o almeno così a lei pare. Si alza in piedi. Si muove con cautela, con attenzione, quasi al rallentatore. Non vuole fare male ai gemelli. Vede quella ragazza che aveva detto di chiamarsi Susana cadere a terra. Il sangue uscire. Porta una mano alla bocca, incredula.

Vede un uomo comparire sulla porta. Vorrebbe avvisarlo, ma non riesce. Un nuovo sparo le sfonda i timpani. Le mette angoscia. Il ventre le sembra di un peso insostenibile, anche se è appena pronunciato. È debole. È affaticata. È lenta.

Un uomo a terra. Una donna a terra. Sente una stretta al cuore.

L'uomo si gira verso di lei. Sotto il passamontagna, i suoi occhi sono spalancati, fiammeggianti. Le fa segno di stare indietro. Lei si avvicina.

«Ho bisogno di vedere chi sei» sussurra. Non ci sono più regole. Ora sono soli, lui e lei. Elèna gli va vicino continuando a tenere una mano sul ventre. Arriva a malapena al petto dell'uomo. Allunga una mano. Gli accarezza la guancia. Vede lo sguardo addolcirsi. Bisbiglia, bisbiglia ancora. Cerca un ordine, un'istruzione.

«Come ti chiami?» sussurra lei.

Il bisbiglio si arresta. Un secondo, due, tre. «Antonio» dice alla fine.

«Io Elèna.»

L'altro annuisce. «Lo so.»

Elèna prosegue. «Che faccia hai, Antonio?»

Gli occhi dell'uomo si spalancano, stupiti. Il bisbigliare riprende, più veloce, più aspro. L'arma si alza verso il petto di Elèna. «Via, via!» dice. Lei si ritrae, spaventata. Smette di accarezzarlo. Fa un passo indietro. «Perché? Perché fai così? Io...», deglutisce. Abbassa lo sguardo. «Ho voglia di vedere il tuo viso. Cosa...», deglutisce di nuovo. Le lacrime ora le solcano il viso. «Cosa c'è di male?»

E l'uomo si ferma. Immobile. Solo gli occhi guizzano verso l'alto, verso la luce fioca della lampadina. Non trova nessuna parola della Mente che gli chiarisca cosa fare. Il Braccio, allora, agisce. Alza la mano sinistra. Afferra il lembo inferiore del passamontagna.

E lo sfila.

Appare un volto regolare, duro. Le stesse labbra sottili di Vittorio Reveri, lo stesso naso diritto, le stesse orecchie proporzionate. Appaiono occhi azzurri e frenetici che sembrano più grandi non costretti nel poco spazio lasciato libero dalla stoffa. Appaiono, sulle tempie, due rientranze circolari. La carne penetra di qualche centimetro nel cranio.

È in quel punto che le mani di Elèna salgono. Dita leggere. «Cos'hai fatto?»

Le labbra dell'uomo tremano. Scuote la testa. «Un incidente quando sono nato.»

Lei appoggia appena medio e anulare ai bordi di quelle rientranze. «E... e ti fanno male?»

L'uomo deglutisce. «A volte. Poi passa.»

Elèna abbassa le mani, le tiene lungo i fianchi. Abbassa lo sguardo. China il capo. E lo porta sul petto dell'uomo. Lo sente sussultare. Sente che trattiene il fiato. Sente il cuore accelerare, poi rallentare. Sente il suo calore. Sente il suo odore selvaggio. L'uomo resta immobile qualche secondo. Poi si sfila i guanti, lentamente. Una mano dopo l'altra.

In una mano tiene la pistola, con l'altra accarezza il viso di Elèna. Una carezza tenera. E ruvida.

«Che dita strane che hai» sussurra lei. Gli prende la mano. La guarda. «Cos'è successo ai tuoi polpastrelli?» Sono rossi, in rilievo. Sembrano gonfi. Elèna ne ricorda il tocco sul polso, sulla pancia.

Prima che possa esserci una risposta, qualcuno grida.

«Butta la tua arma!»

Dietro il primo uomo riverso a terra ce n'è un altro, giusto sulla soglia. Indossa un impermeabile nero. Gocciola. Ha il viso impassibile. E una pistola in pugno.

Elèna sente dentro di sé la certezza che sparerà. Che lo ucciderà.

«No!» grida a sua volta. Non può permetterlo. Chi si occuperebbe di lei? E dei gemelli? Quell'uomo è il padre dei suoi bambini.

Mixielutzi segue il rumore del secondo sparo, prova a correre, zoppica verso la luce. Segue l'odore della preda, del sangue. Vede Roberto a terra. Vede una ragazza a terra.

Un'altra ragazza è in piedi. Bionda, e spenta. Mixielutzi non riconosce Elèna Žvereva, anche perché vede solo una porzione del viso che tiene appoggiato al petto di un uomo muscoloso, con un passamontagna in una mano e una pistola nell'altra. Ma non ha dubbi che sia lei.

«Butta la tua arma!» grida.

«No!» urla lei di rimando. E lo fissa.

A Mixielutzi non piace ciò che vede nei suoi occhi. Col pensiero anticipa di una frazione di secondo il movimento della ragazza.

Elèna si mette sulla linea di fuoco. Fa da scudo all'assassino. Lo protegge, senza smettere di accarezzarsi la pancia. L'uomo sgrana gli occhi. Le labbra tremano, si muovono. Solo in quel momento Mixielutzi nota le rientranze ai lati del cranio. Cerca di puntare l'arma al centro della fronte. Tende tutti i muscoli.

Non può sparare. Non può rischiare di colpire Elèna. Cerca di ragionare freddamente. Di trovare un appiglio. «Butta la pistola!» grida di nuovo.

L'uomo si muove a una velocità insospettabile. Alza la mano sopra la spalla della ragazza. Spara. E va a segno.

Colpisce il braccio destro di Mixielutzi, all'altezza del gomito. Mixielutzi si accascia senza un grido. La sua arma piroetta nell'aria, vola via, cade addirittura nell'altra stanza.

Elèna sente un fischio continuo nelle orecchie. Prova un dolore pulsante al ventre.

«Perché?» sussurra. «Perché?» ripete, appoggiando le mani sulle spalle dell'uomo per cercare di nuovo un contatto con la sua anima.

«Perché non è altro che un assassino» dice una voce dietro di lei.

Roberto è in ginocchio. La pistola stretta in pugno. All'altezza del petto un segno bruciacchiato. Ma il giubbotto antiproiettile ha retto.

Il gemello di Reveri reagisce da animale. Afferra Elèna. La trascina verso di sé. Le tiene un braccio muscoloso attorno al collo. Il sinistro. Con il destro le punta l'arma alla testa. Ha ripreso a bisbigliare. Nulla di intelligibile, ma non ci sono dubbi che stia minacciando. Che stia promettendo morte. Che il braccio stia seguendo uno schema disegnato dalla mente.

Il cuore di Elèna sobbalza, all'unisono con quello dei gemelli che porta in grembo. «Cosa fai?» chiede.

«L'unica cosa di cui è capace» risponde Roberto. «Ammazzare.» Lo fissa. Fissa quel cranio menomato, bizzarro. Lo ha già visto. *Dove?* Tiene la mano destra dietro la schiena. Nella concitazione seguita all'ingresso di Mixielutzi ha visto la sua Beretta a pochi passi dal suo viso. L'ha recuperata. È pronto a usarla, ma deve trovare il momento. Lo spiraglio.

«No» ribatte Elèna. «Non me.» Ma nella sua voce, la certezza è incrinata.

Roberto è in piedi. Si muove come all'inizio della Danza, lentamente, in cerchio.

L'uomo resta fermo al centro della stanza. Strattona Elèna per farla girare e permettergli di seguire il movimento di Roberto. La pistola resta saldamente puntata alla tempia della ragazza.

Il cuore di Roberto batte piano. Si sente freddo, padrone di sé. Sa che non può sbagliare. Ha visto Susana a terra, nel suo sangue. Ha visto che non si muove. Ha visto Mixielutzi cadere colpito. Riesce a confinare il dolore in un angolo lontano, in attesa di affrontarlo. *Non ora. Non ci devono essere altre vittime. Devo fermare quell'uomo.* Continua a camminare in cerchio.

«Ammazzerà te» dice alla ragazza. «E i bambini. Forse morirai già oggi. Oppure ti farà partorire e vi ammazzerà solo dopo. Non dipende da lui. Lui è il Braccio. Esegue degli ordini. Lo ha fatto molte altre volte. La Mente è il suo gemello. Vittorio Reveri, il dottore del centro La Buona Vita. Te lo ricordi?»

Nello sguardo di Elèna si accende una luce. Roberto capisce che c'è una possibilità. Che qualcosa si muove. E finalmente ricorda. *È al Buona Vita che l'ho visto. Nella sala d'attesa. L'energumeno con il cranio anomalo. E lui mi ha visto con Susana. Per questo ha deciso di prendere lei. Alice non è mai stata in pericolo. Il fulmine è caduto vicino.* La Beretta che stringe in mano sta diventando pesante, troppo pesante. *Dov'è lo spiraglio? Cosa devo fare?*

«Francesca» dice d'un fiato.

Elèna cambia espressione. Istintivamente, appoggia una

mano al ventre. Come se portasse un po' di Francesca, lì. L'uomo la strattona in malo modo. Le labbra si muovono frenetiche. Sta trovando le istruzioni. Sta prendendo una decisione.

«Francesca...» bisbiglia Elèna. «La mia Francesca... amor ch'al cor gentil ratto s'apprende... lei...»

«È morta. Ha ucciso anche lei.»

Le labbra di Elèna tremano. «... prese costui della bella persona che mi fu tolta...» Riesce a girare il collo. Ad alzare gli occhi verso l'uomo. L'uomo la fissa. Appena un istante. Sufficiente per capire che qualcosa sta cambiando. È quasi di spalle rispetto alla porta. Sposta l'arma. Roberto se la vede puntare contro. Il tempo di pensare una parola. *Alice.*

Uno sparo, violento, assordante. Uno sparo per uccidere.

Uno sparo in aria, perché Elèna si è avventata sul braccio dell'uomo, è riuscita a spostarlo abbastanza per deviare il tiro. E ora si dimena. Sul viso tutto il suo dolore.

L'uomo ringhia. Tenta di stringerle il collo, di soffocarla nell'incavo del braccio possente. Ma lei è una furia. «Francesca no! Francesca no!» È tutto quel che dice, tra le lacrime.

Roberto non riesce a trovare lo spiraglio. Lei si dimena troppo. *La colpirei.*

In quel momento il mondo esplode. Le fondamenta del rudere vengono scosse, il pavimento oscilla. *L'esplosivo. Ma cosa l'ha fatto...*

Una luce balugina dietro le spalle dell'uomo. Fiamme che scendono dai piani superiori. Lui si gira. Elèna riesce a scivolare verso il basso, sguscia fuori dalla sua stretta. Appena un istante. È lo spiraglio.

Roberto sente la voce di Bernini sfondargli la mente. *Spara, Pacifista! Cosa cazzo aspetti? ORA!*

Un altro sparo esplode nella stanza. Gli occhi azzurri dell'uomo vengono cancellati dal viso. L'uomo riesce ad alzare il braccio, puntare la pistola. Un riflesso involontario. La riabbassa. Precipita a terra.

Dietro di lui, Roberto vede le fiamme brillare oltre la dispensa, in fondo al corridoio. E sente l'odore di bruciato.

Siamo in trappola. È stato inutile. Moriremo soffocati qua sotto. Elèna è a terra, coperta del sangue dell'uomo. Trema. Si rannicchia stringendo le ginocchia al petto, nascondendo il viso. Tutto il suo mondo è crollato. E sente un dolore tremendo al ventre. Sente il bagnato allargarsi sulle sue cosce. Non vuole guardare. Ha paura che sia sangue.

Roberto corre verso Susana. Il suo cuore ha preso ad accelerare. La calma apparente è svanita. Il viso della ragazza è pallido, inanimato. Ma appena le appoggia due dita sul collo, sente una vena battere. *È viva.* L'odore di fumo è più intenso. E c'è sempre più luce. E calore.

Corre verso Mixielutzi. Sembra che un bambino capriccioso si sia divertito a disegnare il suo braccio destro storto, sbagliato, spezzato all'altezza del gomito.

Gli occhi del sardo sono aperti. Roberto lo schiaffeggia sulle guance.

«Mi sente? Mi sente?»

La coscienza riappare nello sguardo di Mixielutzi. Scuote la testa. Fissa Roberto. Ricorda. Capisce. Si mette a sedere di scatto. Il movimento del braccio ferito gli trasmette un dolore lancinante al cervello. La smorfia, stavolta, è evidente. Ma viene cancellata da altro. Dalla tensione di guardare oltre Roberto. Di cercare l'assassino.

«Lui...»

«È morto, Mixielutzi. È morto. Ma noi siamo in trappola.»

Allora il sardo scorge le fiamme, ormai a metà corridoio. Si accorge del fumo nell'aria. Sta divorando l'ossigeno, l'odore è sempre più pesante.

Mixielutzi si aggrappa col braccio sano a Roberto. «Mi aiuti ad alzarmi.» Non smette di fissare le fiamme.

«Dietro la ghiacciaia» dice.

Roberto impiega un secondo a ricordare. «La porta, quella che dà sul deposito di barche.»

Zoppicando sulla gamba il capo della mobile varca la soglia e va nell'altra stanza. Tossisce appena al di là. Prova a spingere la ghiacciaia. La smuove di pochi centimetri. «Forza!» grida a Roberto. «Non c'è tempo da perdere!»

Ma Roberto sta fissando altro. Elèna non è più rannicchiata. Si è distesa a fianco dell'uomo, e lo sta accarezzando. Roberto va verso di lei.

«Vieni via, non c'è tempo...» la esorta.

Ammutolisce. La ragazza tiene un'arma tra le mani. La pistola dell'uomo.

«Mettila giù.»

«Non ho più niente...» dice lei. Nei suoi occhi dolore e rassegnazione. «Francesca è morta. Lui è morto.»

«Cosa vuoi fare?»

«È colpa mia.» Elèna spalanca la bocca. Infila la canna tra le labbra.

Il cuore di Roberto si ferma. *No, non posso essere arrivato fin qui, poi...*

Corre verso Elèna. Le si inginocchia accanto. La guarda. Guarda quegli occhi azzurri che liberano lacrime pesanti, assolute. E le labbra che tremano attorno al ferro dell'arma. Allunga una mano. Le accarezza i capelli.

«Francesca ti ha cercato fino all'ultimo. Francesca non ha mai smesso di amarti. Ha dato la sua vita per te. Non puoi farle questo. Non puoi arrenderti adesso.»

Lei scuote la testa. Stringe gli occhi provocando il precipitare di altre lacrime dure. Ma sfila la pistola dalla bocca quel tanto che basta per sussurrare.

«Francesca è... morta...»

Roberto fissa l'arma. Si chiede se farebbe in tempo a sottrargliela. Il fumo, ora, entra ad ampie volute dalla porta. Pochi minuti e l'aria sarà irrespirabile.

Elèna pianta i suoi occhi disperati in faccia a Roberto. La canna resta sulle labbra, quasi appoggiata. «Anche l'uomo è morto e...», fa una pausa. Aggrotta le sopracciglia. Butta fuori con rabbia le ultime paure. «Ho perso i gemelli. Sento il sangue che mi cola tra le gambe.»

Roberto abbassa gli occhi. I pantaloni della tuta che indossa Elèna sono sporchi, stropicciati. Ma asciutti, inequivocabilmente asciutti.

«Ma no...» tenta di dire.

«Non raccontarmi stronzate!» grida lei. Un grido stridulo, isterico. «Sono morti. E io li raggiungerò. Non ho più niente. Questi non hanno speranza di morte, e la lor cieca vita è tanto bassa che 'nvidiosi son d'ogne altra sorte...»

«Non capisco...» In realtà Roberto capisce sin troppo bene. Dagli occhi di Elèna è scomparsa ogni luce. *Lo stesso dolore che c'era negli occhi di Francesca*. Roberto è certo che stia per sparare.

In quel momento, una mano sbuca da dietro la ragazza. Afferra la canna della pistola. La sposta, puntandola verso la parete. La strattona appena. Elèna lascia l'arma. Fissa con occhi increduli Mixielutzi sbucato dal nulla. Roberto aveva visto la sua sagoma ritagliata nel fumo. Si era sforzato di non seguirlo con lo sguardo mentre si muoveva senza emettere suono. Aveva fatto parlare Elèna, aveva cercato di distrarla.

«Andiamo. Non riuscirò ancora a resistere per molto con questa ferita aperta» dice Mixielutzi. Subito dopo si affloscia sulle ginocchia, poi cade a terra senza luce negli occhi, gli abiti inzuppati di sangue.

Roberto si alza. «Vieni» dice a Elèna.

Lei scuote la testa. «Io resto qui.»

«Non esiste!» Con un movimento rapido, Roberto le infila le mani sotto le cosce e dietro la schiena. La solleva. «Andiamo!»

Si dirige verso la porta, cercando di distinguerla tra il fumo ormai denso. L'odore è acre, penetrante. E il calore a ogni passo più intenso. Forse è troppo stupita, forse è il contatto con il corpo di un altro essere umano. Elèna non si dibatte. Anzi, nasconde il viso nel collo di Roberto. E lo bagna di lacrime.

«Ce la farai, piccola Ele» dice lui, senza rendersi conto di usare il soprannome coniato da nonno Giuseppe. «Piccola Ele...» ripete lei in un soffio.

Nel corridoio il fumo brucia gli occhi. Raschia la gola. Volute fuggono veloci sulla sinistra.

Mixielutzi è riuscito a spostare il freezer in quello stato, con un braccio solo e una gamba fuori uso. Si infila nell'apertura. Il pavimento diventa di terra battuta. In fondo, la parete è aperta. O, meglio, dovrebbe esserlo. Un muro d'acqua sostituisce quello di mattoni, la pioggia battente impedisce di vedere all'esterno. Ma il nero del lago, illuminato dall'incendio, riesce a stagliarsi. L'aria sa di gasolio bruciato. Ma è respirabile, c'è ossigeno. Roberto la fa penetrare nei polmoni, li pulisce dal fumo.

Non c'è tempo. Adagia Elèna a terra, accanto ai relitti ormai scrostati di due barche.

«Torno subito» le dice. «Resta qui.»

Lei lo fissa. Annuisce. Sembra svuotata di ogni forza, ma nei suoi occhi brilla una scintilla che rassicura Roberto. *Forse l'inizio di un Dopo.*

Le fiamme hanno inglobato le scale di legno. Roberto non riesce a vedere che a pochi centimetri dal naso. Gira a destra, attraversa il primo ambiente. Quando entra nel secondo, trova Mixielutzi di nuovo in piedi, accanto a Susana. *Quante vite ha?*

«Per il gigante non c'è nulla da fare. Un ottimo colpo, commissario. Invece, la ragazza è ancora viva» sussurra, pallido. Senza ombra di espressione. «Ma non resisterà a lungo. Dobbiamo fare in fretta.»

Roberto corre verso Susana. La solleva. La tiene al collo. Sente il suo sangue scivolare, caldo, tra le dita. Va verso l'uscita, verso le fiamme.

Mixielutzi lo segue a passi lenti, incerti. «Le dispiace se mi appoggio?» chiede, prima di ghermire la spalla sinistra di Roberto, che ruggisce di dolore. Non solo si appoggia, ma si fa trascinare.

«Non svenga, Mixieletuzi.»

«Cercherò... cercherò di accontentarla. Ma non posso prometterglielo.»

I secondi diventano eternità. Quando riescono ad attraversare la porta dietro alla ghiacciaia, sembrano passate vite. E forse è così.

Elèna è ancora nella stessa posizione. Ha ripreso ad accarezzarsi la pancia, come se vi sentisse nuova vita dentro. E sussurra, dolce. Roberto riesce a carpire qualche parola.

«Per correr miglior acque alza le vele omai la navicella del mio ingegno, che lascia dietro sé mar sì crudele...»

«Finalmente» dice a mezza bocca Mixielutzi appena oltre la soglia. E si lascia andare. Si concede persino una smorfia di dolore.

Roberto appoggia Susana sul pavimento. Vede le proprie

mani rosse. Appoggia le labbra a quelle di lei. Sente un respiro flebile, leggero. Scatta in piedi. «Resisti» le dice con la bocca, con la mente, con il cuore.

Una mano alle tasche. Dentro, il cellulare. Il telefono che ora, con la sua unica tacca di linea e la sua unica tacca di batteria gli permette di chiamare la questura. Per una volta, sapeva dov'era. Per una volta, si è ricordato di prenderlo.

All'agente che risponde non lascia il tempo di terminare nemmeno il «Pronto?».

Racconta rapido, a strappi. Gli elementi essenziali. I nomi essenziali.

«C'è un incendio. Avvisa i pompieri. E ci sono feriti.» Rabbrividisce. «E un morto. Serve un'ambulanza.»

Guarda Elèna. Guarda Susana. Guarda Mixielutzi.

«Mandane due. Anzi tre. Subito.»

In quel momento, si rende conto che il gemello di Reveri è ancora dentro. Ha l'istinto di andarlo a prendere, di tentare di caricarsi in spalla quell'enorme corpo. Poi risente nella mente l'invito di Bernini, vede il viso spappolato, il corpo a terra. Le parole di Mixielutzi.

È morto, non c'è nulla da fare.

Nonostante tutto, prova un senso di dolore e di vuoto. *Non ho fatto il poliziotto per ammazzare la gente, ma per salvarla.*

Sopra la sua testa, il fuoco e l'acqua lottano furiosi. Sente qualcosa spezzarsi, cadere. *Cosa ha provocato l'esplosione?* si chiede. *Un difetto dell'ordigno? Un animale? O altro?*

Si guarda attorno. Pietra, mattoni. Sono al sicuro, lì. Inattaccabili dalle fiamme. Una delle grandi finestre esplode. Parti del telaio infuocate e grandi pezzi di vetro precipitano sul prato. La pioggia ha ragione di loro con facilità.

Roberto guarda oltre il muro d'acqua che il cielo sta riversando sulla terra. Oltre la striscia di prato sempre più esigua per il salire del livello del lago, il nero è assoluto. Al centro del nero, la linea diritta del pontile. Al centro della linea, un punto bianco.

La statua di gesso.

7

Roberto non sa cosa lo spinge in quella direzione. La pioggia che scende violenta gli sferza il viso, impregna gli abiti, lava il sangue di Susana. Non si gira verso il rudere in fiamme. Va diritto verso il punto bianco in mezzo al nero.

Sotto l'odore di idrocarburi, un altro odore si fa strada. Il legno vecchio, marcio, scricchiola sotto i suoi passi. Roberto non si ferma. Arriva davanti alla statua che era stata preparata per Susana. Le acque nere del lago sono quasi al livello del pontile. Dieci centimetri sotto, appena. Il vento e la pioggia furibonda le increspano. Quelle acque nere assorbono la luce delle fiamme. Assorbono i suoni.

Non assorbono l'odore di fiori marci che ormai è dappertutto. Roberto sa che questa volta non può combattere. Ha resistito, ha dominato la Danza fino a quel punto, con le sue sole forze. Forse saprà farlo anche in futuro. Ma ora è sfinito, non ha l'energia per resistere, si lascia invadere. Lascia che i muscoli si irrigidiscano.

Prima che sia troppo tardi, però, allunga una mano. Tocca la fronte di gesso. E spinge la statua in acqua. «L'ultimo corpo che avrai» dice al lago immobile.

Nel momento in cui le acque accolgono il gesso con un tonfo sordo, la coscienza inizia a fluire da lui. È una Danza immobile, senza circonferenza. Una Danza al cospetto di quel lago morto e nero e del mondo che è esploso e che sta riversando tutta la propria incredula rabbia sulla terra, sotto forma di pioggia.

I muscoli di Roberto sono tesi. Lui trema. Digrigna i denti. Stringe gli occhi fino a farsi male. Quando li riapre, è altrove. Trasfigurato. Vede con gli occhi di un'altra persona.

Sono un bambino. Sono sdraiato su un letto. Un grande letto con una coperta a fiori. Sto male. La testa mi scoppia.

«Non ti muovere.»

La voce di un altro bambino. È biondo coi capelli tagliati corti. Gli occhi azzurri brillano. Sta in piedi accanto al letto, con addosso un grembiule da cucina. Tiene in mano un rossetto. È della mamma. Se lo vedesse così, lo riempirebbe di botte. Ci riempirebbe di botte, perché abbiamo la stessa mamma. Il bambino in piedi è mio fratello.

«La mamma dorme» dice, come se mi avesse letto nel pensiero. A volte lo fa. Voglio essere come lui, da grande.

Il bambino in piedi sorride. Avvicina il rossetto alla mia faccia. Mi segna qualcosa sulla tempia. Tocco, sbavo tutto. Sento una rientranza. Un buco. È un buco nel mio cervello, lo so.

«Non ti muovere!» ripete lui. Lo accontento. Non voglio che diventi cattivo. Che mi punisca.

«Mi farà male?» chiedo solo. Fisso, fuori, le colline coperte di palme. Il cielo grande del Brasile.

Lui sorride. Com'è bello quando sorride così. Mio fratello è perfetto. «Fidati di me» dice. E io mi fido.

Traccia dei segni anche sull'altra tempia. Nell'altro buco. I capelli non riescono a nasconderli, non importa come mi pettino.

Si allontana. Annuisce serio. È soddisfatto.

«Chiudi gli occhi.»

Ho paura, anche se faccio finta di no. Rischio di farmela addosso.

Mio fratello mette il rossetto in una tasca del grembiule. Accarezza la mia fronte. Mi calma. «È per il tuo bene.»

Dall'altra tasca estrae un rasoio. Giro la testa. Vedo una delle statue di gesso che nostra madre colleziona. Attorno alle tempie, ha due segni di rossetto. È là che mio fratello Vittorio ha fatto le prove.

«È per il tuo bene, Antonio» ripete, dietro di me.

Roberto sente l'angoscia montare, ansima per mangiare l'aria. L'odore di fiori è uno schiaffo alle narici, alla mente, al cuore. È avvolgente. È travolgente. Un altro luogo, in un altro tempo. Tutto cambia. Nulla cambia, dato che si trova sulle sponde del Terzo lago.

È notte, ma non piove. C'è una foschia bassa. Sento vuoto dentro di me, dolore. Fatico a pensare, a capire. Mi guardo le mani. Vedo i polpastrelli bruciati. È stato mio fratello, con l'acido. Non voleva che avessi impronte digitali. Voleva cancellare ogni traccia di me.

Afferro un sacco di plastica nera. Anzi, due. Sono piccoli, pesano poco. Sembrano vuoti, o pieni di stracci. Scendo sino a riva. L'acqua è brutta, ferma, stagnante. Un odore chimico mi colpisce le narici. Percorro il pontile. La testa mi fa male. Ma so come stare meglio. In fondo al pontile ci sono due statue di gesso. Dietro di me, un rudere bianco.

Appoggio i sacchi. Prendo una statua. Stringo la sua testa tra le mani, come se fosse la mia. Spingo, spingo forte. La testa si stacca, il corpo cade a terra. Mi sento subito meglio. So che mi fa bene. Lo so da quando Vittorio mi ha operato. Appena il sangue ha iniziato a uscire, mi sono sollevato. Ho urlato. Ho scalciato. Ho colpito la statua ai piedi del letto. È finita contro il muro. La testa si è staccata di netto. L'ho vista rotolare, con quei segni di rossetto che erano identici ai miei. E mi sono sentito meglio. Non so perché. Non è che capisco tutto, io. Ma so che funziona.

Prendo il corpo della statua. Apro il sacco nero. Un bambino di gesso piomba in mezzo agli stracci. Gli stracci sono un neonato. Un neonato in carne e ossa. Un neonato con gli occhi chiusi. Un neonato pieno di tagli.

Mio fratello mi ha detto che è giusto così. Che chi è imperfetto è indegno di vivere. Io sono imperfetto ma a me lui ha regalato la vita. Poteva uccidermi ma non lo ha fatto. E io gliene sono grato. Faccio quello che mi dice. E mi piace, mi fa stare bene. Anche se a volte sono cose difficili.

Chiudo il sacco. Faccio un nodo stretto. Lo sollevo sopra la testa con entrambe le mani. Lo scaravento più lontano che posso.

Il sacco piomba in acqua. Il bambino morto raggiunge gli al-

tri. Questo è il lago dei bambini morti. Quelli di carne e quelli di gesso. La testa la metterò con sua madre. Staranno vicini, così.

Dopo che avrò gettato anche l'altro bambino, starò ancora meglio.

Quando riapre gli occhi, Roberto è in ginocchio sull'erba. Sotto il diluvio. Rivolge le spalle al lago. Durante la Danza ha ripercorso il pontile. *Quante volte?* si chiede. Si sente spossato. Appoggia le mani a terra, resta in quella posizione. Ogni muscolo del suo corpo è dolorante. E il respiro è affannato, terrorizzato. Inghiotte fumo e odore di idrocarburi per cancellare i fiori marci.

La Danza lo ha preso. La Danza gli ha mostrato l'orrore. E lui in fondo lo voleva. Voleva la verità. Voleva capire.

«Basta» sussurra. E si rimette in piedi, contro quello che gli suggeriscono le articolazioni. «Basta!» grida, stavolta.

Fissa il rudere. Le fiamme sono quasi spente. Si sono mangiate gran parte del piano superiore. Non esistono più finestre, tratti del tetto sono crollati. L'edificio fissa il lago con occhi vuoti e fiammeggianti. Una colonna di fumo sale verso il cielo, come se volesse restituire qualcosa.

Dal ricovero delle barche, Elèna alza un braccio. Mixielutzi le è seduto accanto, ora. *Stanno bene!* esulta Roberto dentro di sé. Esultanza subito spenta dal corpo di Susana, ancora esanime, immobile, riversa. Poi si chiede se lo abbiano visto. Se abbiano visto la Danza. *Mi sono mosso poco, forse non si sono accorti di nulla.*

Roberto impone ai suoi muscoli rigidi di compiere qualche passo nella loro direzione. Solo allora nota la luce.

È un fanale. Che siano i soccorsi?

Ignorando la pioggia, va nella direzione del fascio luminoso. Proviene da un faro. Uno soltanto. Non può trattarsi di un'automobile, né di un'ambulanza, né di...

È una moto!

Cerca di muoversi più velocemente, con un sospetto che gli pesa sul cuore. La moto è una Harley Davidson. Il faro è stato lasciato acceso per illuminare l'ingresso ora semidiroccato del rudere.

Alvise deve avermi sentito parlare con Mixielutzi del Terzo lago. Lo immagina sbuffare e tormentarsi. Attaccarsi al suo Prosecco per trovare il coraggio. Imbracciare il fucile. Partire verso quel luogo di terrore.

Per amore, solo per amore di Susana. Lo immagina arrivare, scendere dalla moto, percorrere pochi metri...

Poi lo vede.

Nel barlume che regalano le poche fiamme ancora accese scorge un corpo sul prato. Giace supino. Indossa un giubbotto di pelle da motociclista, ora sbrindellato. E pantaloni da cacciatore strappati e bruciati. In una mano stringe davvero il fucile.

Tiene braccia e gambe larghe, coperte di gocce e d'erba. Prima, probabilmente di fiamme.

Com'è finito sul prato? Uno sguardo alle finestre sfondate del piano superiore. *Forse l'esplosione lo ha scaraventato fuori dall'edificio.*

Roberto si inginocchia. Cerca di capire quali possano essere stati gli effetti dell'urto. Alvise è immobile. Completamente immobile. Il volto è irriconoscibile, coperto di ustioni. La barba bruciata.

Roberto alza il viso e lascia che la pioggia violenta gli graffi la faccia. Tiene gli occhi aperti cercando in quelle gocce le lacrime che non riesce a versare. Fissa anche il cielo nero. Lo sfida.

Francesca, Susana, Mixielutzi, Elèna... e ora Alvise. Lo straniero ha distrutto il suo mondo.

Si sente vuoto. Si sente divorare dalla colpa. Spalanca la bocca alla pioggia. Inghiotte quelle lacrime non sue sperando che possano lavare via il dolore.

Alice. Alice, dove sei?

In lontananza, finalmente, si scorgono le luci azzurre dei lampeggianti, e affiora il suono delle sirene.

EPILOGO

Tutto ciò che è vivo dà frutto.

1

L'INCUBO È FINITO
I mostri non ci sono più: uno è morto, uno è in carcere a vita.

I quotidiani titolano a nove colonne. Le reti televisive imbastiscono in fretta e furia talk show che ospitano i migliori e peggiori criminologi per approfondire il fenomeno dei serial killer, per tentare di spiegare alle massaie quali deviazioni della mente umana possano portare a commettere delitti tanto assurdi. Non c'è emittente che non abbia un inviato piazzato sui ciottoli di rivale Filodrammatici. Ernesto Sernagiotto e Osorio Dal Prà si sfidano a colpi di ufficio stampa, sino a raggiungere una tregua armata, per spartirsi le emittenti: Dal Prà quelle pubbliche, Sernagiotto quelle private. I tre editori più importanti del Paese annunciano l'uscita di saggi sulla vicenda di Vittorio Reveri. Ma la star diventa la segretaria in minigonna del Buona Vita, contesa da tutti i telegiornali. Con il suo neo un centimetro esatto sopra al labbro, l'aria perennemente stupita e l'accento da Mirandolina, fa breccia nel cuore degli italiani. Un produttore cinematografico annuncia di averla scritturata per il film di prossima uscita dedicato ai delitti di Treviso.

Non c'è giornalista, non c'è criminologo, non c'è politico, sacerdote o uomo della strada che non isoli il fenomeno. Che non lo releghi alla follia di un individuo che ne ha plagiato un altro. "L'uomo non tende alla violenza" è il ritornello.

"Noi siamo buoni" viene tradotto nella mente di chi ascolta. Tranne pochi soggetti malati, ovviamente. In ogni cesto c'è una mela marcia. Non si parla mai di eugenetica, è una parola difficile, non adatta al programma del dopo pranzo della domenica, quando gli stomaci sono pieni, le menti obnubilate e magari la squadra del cuore è sotto di due gol. L'eugenetica è un abisso troppo profondo in cui guardare, che costringerebbe a mostrare fosse comuni, mucchi di scarpe spaiate, cadaveri impastati alla terra e alla calce con cui sono stati frettolosamente ricoperti. Immagini del passato, in bianco e nero e sbiadite. Immagini di un passato molto recente, a colori e vivide. Gli eccidi in Africa non fanno audience, lo sa perfino l'ultimo stagista di ogni casa di produzione. L'olocausto è un tema scomodo che indispone una parte degli ascoltatori. La guerra nell'ex Jugoslavia è troppo vicina nel tempo e nello spazio. La Svezia è un modello di buon governo e gli Stati Uniti rappresentano un ideale a cui aspirare.

La follia, invece, piace. Funziona. Alza lo share. Non per lungo tempo, purtroppo. Il banchetto sulle spoglie di Arianna, Mahira, Jasmine e sulla misteriosa ragazza di colore è molto abbondante ma altrettanto breve. L'entusiasmo si smorza in un paio di settimane: i mostri che non uccidono più non fanno vendere copie. Dalle prime pagine e dalle locandine, la notizia scivola verso l'interno.

I lenzuoli bianchi, ormai grigi, vengono ritirati senza clamore. Le finestre di Treviso dichiaro senza mezzi termini che il pericolo è passato. E con esso l'indignazione. Bisogna rimboccarsi le maniche e gettarsi alle spalle il passato, non importa quanto doloroso. Bisogna guardare avanti. È tempo di ripartire.

Roberto ha vissuto due settimane con il pilota automatico inserito, passando dall'ospedale all'obitorio, dalla questura alla procura, da Termine a Treviso. Poi arriva il momento in cui il bisogno di girare pagina diventa fisico. È il momento di finirla, di regolare i conti restati aperti. Di uscire davvero dall'incubo.

Sale su un treno regionale per Venezia. Pigiato tra studenti e turisti. Per una volta, Venezia non gli sembra sbagliata. Ne condivide l'atmosfera, il colore di facciate immerse nel grigio dei canali, la malinconia che copre anche la voglia di far festa. Cammina a testa bassa nelle calli, ignorando i venditori di paccottiglia e la foschia sottile che si alza dalla Laguna e che annuncia che l'estate sta già occupando le posizioni.

È come se si svegliasse soltanto nella stanza per gli incontri nel carcere di Santa Maria Maggiore. Il cuore lascia la rassicurante bradicardia e inizia a martellare nel petto e nelle orecchie. Improvvisamente la sedia diventa troppo piccola, Roberto fatica a stare fermo, ascolta le domande che gli si affollano nella testa. Chiude gli occhi alla ricerca di concentrazione.

Scatta in piedi appena la porta si apre. Scatta in piedi e tiene gli occhi piantati in quelli dell'uomo che entra. Vittorio Reveri è pallido, sempre più magro, leggermente incurvato. I capelli sono corti come durante il loro ultimo incontro.

«Buongiorno» dice, sedendosi. Sorride, ed è il sorriso del vincitore. «Non l'ha trovata, eh? Ma non si preoccupi, sono ancora disposto ad aiutarla. Forse è ancora viva, magari il Braccio...»

Reveri non sa nulla di quanto è accaduto. Roberto lo ha chiesto a Dal Prà. *Lasciatelo nella cella liscia. Senza televisione, senza giornali. Non deve sapere nulla. Voglio dirglielo io, voglio che lo sappia da me. Voglio delle risposte.* Non è stato difficile convincere l'avvocato di Reveri. Il suo cliente si è sempre rifiutato di incontrarlo, dice che è inutile. È convinto di non doversi difendere. È convinto che le sue intenzioni saranno capite, condivise.

Roberto si siede. Guarda in quegli occhi dello stesso azzurro che brillava in quelli del fratello gemello prima che un colpo di pistola lo cancellasse. Guarda nell'abisso. Accetta che l'abisso lo guardi. Non ha paura. Ha fame. Ha fame di verità. Tutti gli schemi che aveva preparato saltano. La sequenza di cose da dire viene dimenticata.

«È finita» dice. Le uniche parole. Ma è come se avesse espulso una massa pesante e maligna. Come se si fosse liberato di qualcosa che gli gravava sul cuore e sull'anima.

Reveri inarca un sopracciglio. Forse intuisce. Forse capisce. Aspetta una spiegazione che non arriva. Il silenzio lo costringe a chiedere: «Cosa intende?».

Roberto si passa una mano sul viso liscio. Niente più barba, mai più. Fissa la divisa che ha voluto indossare, anche se tecnicamente è ancora sospeso. Ha messo in conto che potrebbe essere l'ultima volta che la porta. E per sua scelta. «Si chiamava Antonio.»

Vede le certezze dell'altro incrinarsi. «Perché usa il passato?»

«Cos'aveva qui?» Roberto si porta velocemente la mano destra a una tempia, poi all'altra. «Secondo il medico che ha eseguito l'autopsia, è stato il forcipe. Un incidente durante il parto.»

Quello a essere schiacciato, ora, è Reveri. Si incurva di più. «Il collega ha ragione» dice, con voce metallica, assente. «Siamo gemelli omozigoti. O, se capisco le sue allusioni, dovrei dire che lo eravamo. Io sono nato per primo, senza problemi. Antonio non riusciva a uscire. Il medico ha fatto quel che ha potuto.»

La domanda tormenta Roberto. «Quel medico era Josef Mengele?»

Reveri scuote la testa. «Lui non faceva nascere i bambini. I suoi compiti erano molto più elevati.»

Improvvisamente, Roberto si sente stanco, sfinito. «Lui li ammazzava, giusto. Questo era il compito elevato dell'Angelo della morte.» Senza accorgersene passa al tu. «Tu e Antonio siete comunque frutto di un esperimento di Mengele, anche se non condotto da lui direttamente, vero? Una coppia di gemelli di Cândido Godói. Una delle tante.»

L'altro abbassa gli occhi. Tace. Non conferma. Non nega. Roberto aspetta qualche istante, poi ricomincia. È crollato un argine. Le parole, ora, non possono più essere trattenute.

«La verità è sotto. Bella trovata. Ti sei divertito? Spero di sì, perché i tuoi giochetti sono stati fatali a tuo fratello. E hanno salvato la vita a me. Se non mi avessi dato indizi, sarei saltato in aria.»

In quel momento gli appare il volto di Alvise bruciato, sferzato dalla pioggia incessante. Gli artificieri hanno detto che l'esplosivo al secondo piano del rudere sul Terzo lago era fabbricato a regola d'arte. Sembrava opera di un commando terroristico. Il nitrato d'ammonio miscelato al gasolio è stato innescato da qualcosa che Antonio Reveri aveva predisposto al secondo piano, sicuramente su istruzioni della Mente. L'unico errore era stato quello di sottovalutare la detonazione che poteva generare quella quantità di esplosivo. Fosse stato un esplosivo deflagrante, aveva spiegato il perito, non ci sarebbe stato scampo per Alvise. Invece, l'esplosivo preparato da Reveri era detonante. Aveva generato un'onda d'urto capace di sbalzare Alvise all'indietro. La fiammata gli aveva ustionato il viso e le mani con cui aveva provato a ripararsi. Gli ha fatto sfondare la vetrata del primo piano. Era precipitato, incosciente. Il terreno ammorbidito dalla pioggia e coperto di erba alta aveva attutito la caduta. Alvise era vivo. Ma il terreno ammorbidito dalla pioggia e coperto di erba alta non aveva potuto impedire che la sua colonna vertebrale si spezzasse. Alvise trascorrerà tutta la vita su una sedia a rotelle. Secondo i medici, era stato molto fortunato. *Ma secondo lui?* Roberto era andato a trovarlo diverse volte. Respirava a fatica, e non parlava. Non perché non riuscisse a farlo ma perché non voleva parlare con Roberto.

«Il fulmine ha colpito vicino, davvero vicino. Antonio ha rapito Susana, la ragazza che era con me la prima volta che ci siamo visti, in ambulatorio, quella che si spacciava per mia collega. Quella a cui hai dato il tuo biglietto da visita.»

Reveri annuisce, ricordando la scena.

«Antonio è morto. E Susana è viva» butta fuori Roberto, tutto di un fiato. Anche Susana è all'ospedale. La pallottola sparata da Antonio Reveri non aveva perforato organi vitali. Era penetrata in profondità, aveva reciso vasi sanguigni, si era fermata a pochi centimetri dal cuore. Aveva perso molto sangue, ma il suo corpo sembra in grado di produrne il doppio. È già in piedi. Se i medici non la costringessero a restare in ospedale, sarebbe già tornata a casa. Cammina lentamente, sta ritrovando colore a poco a poco. Ma ha già ritrovato il sorriso. Ha voluto vedere Roberto appena ha potuto. Gli ha voluto dire che non è colpa sua, che lei resterà con Alvise anche in quello stato. «Non sarà certo una sedia a rotelle a fermarmi.»

Nemmeno Roberto si ferma. «Anche Elèna Žvereva è viva» scandisce lentamente. Poi ripete le parole con cui ha iniziato. Dolci e amare, come tutto il resto. «È finita.»

Reveri si accascia sulla sedia. Nel suo sguardo un guizzo di speranza. Una speranza sporca, aberrante. «E... i gemelli? Il mio esperimento?»

Il volto di Roberto si contrae in una smorfia. Il sangue romba nelle sue orecchie. Ha promesso che non farà stupidaggini. E manterrà quella promessa, anche se gli costa.

«Sono le ultime vittime della tua follia. Prima di morire, Antonio ha sferrato un calcio al ventre di Elèna Žvereva. Li ha ammazzati.»

Reveri sembra più basso, grigio, evanescente. «L'esperimento è fallito, allora» sussurra.

Cala un silenzio surreale nella stanza. Totale, assoluto. Impenetrabile. Si sentono solo il respiro di Roberto, affannato come se corresse, e quello di Reveri, che termina in un brutto sibilo. Il silenzio dura diversi secondi. Minuti. Poi Roberto si alza. Gira attorno al tavolo. Reveri resta a testa bassa a fissarsi le mani, sembra svuotato.

Roberto batte sulla porta. Parla alla schiena di Reveri, a quei capelli biondi che lasciano ora apparire il bianco della cute. «Pensavo di avere tante cose da chiederti» dice, «ma mi sono reso conto che non mi interessano le tue risposte. Non mi importa niente della razza e della sua purezza. So solo che hai spezzato le vite di tante ragazze, e che hai messo al mondo dei neonati destinati soltanto a morire. E non riesco nemmeno a pensare a quello che hai fatto prima, in Svezia o negli Stati Uniti. Hai distrutto intere famiglie, rovinato esistenze. Mi auguro che tu possa essere tormentato fino alla fine dei tuoi giorni dal rimorso, se sai cosa significa questa parola.»

«Nemmeno tu capisci...» bisbiglia l'altro.

«Non c'è niente da capire. È impossibile pensare che si possa ammazzare in nome della superiorità di una razza. O credere che esista una razza perfetta. Sono solo stronzate.»

Reveri ora si gira, fissa Roberto e ricomincia a sorridere, anche se non c'è allegria nei suoi occhi. «È sempre accaduto, nella storia. Accadrà ancora.»

«I popoli, le razze, sono fatti di persone. Tu e il tuo gemello dovevate essere uguali, perfetti. Individui di Tipo A, biondi, con gli occhi azzurri... potevate essere due menti superiori, geniali. Invece, con l'incidente durante il parto, il cervello di Antonio è stato compresso. È diventato di Tipo B. Aveva bisogno di ripetere le istruzioni che gli avevi dato. L'ho sentito sussurrare, sembrava recitasse qualcosa imparato a memoria. Era una marionetta nelle tue mani. Una marionetta programmata per ammazzare. Forse lo hai indirizzato tu a rafforzare il fisico, per creare una sorta di compensazione. O forse avevi bisogno che il Braccio fosse forte. Gli hai cancellato le impronte digitali con l'acido. Hai annullato l'unico elemento che potesse distinguerlo da te. La Mente lasciava al Braccio il tempo di scappare con...» si sforza di usare la parole di Reveri «l'esperimento. Dovevamo credere tutti che tu agissi da solo.»

Reveri abbassa lo sguardo. Non risponde. Non si muove.

«Hai persino provato a operarlo, per farlo guarire. Con un rasoio. In casa vostra...» prosegue Roberto. «Giocavi a fare dio già da bambino.»

Reveri impallidisce. «Come... come fai a saperlo? Te lo ha detto lui?»

È il turno di Roberto di sorridere. Anche nel suo sorriso non c'è allegria. Scuote la testa.

«Non me l'ha detto lui.»

«E allora come...»

La porta si apre. Un agente entra. Roberto fa per uscire, poi si ferma. «Persone. Tu e il tuo gemello: persone. Le tue vittime: persone.»

Gira le spalle all'assassino e a tutta quella storia maledetta.

2

Durante quel terribile temporale, qualche vigneto della collina di Cartizze, quella che dà il Prosecco più pregiato, è stato sradicato. Quest'anno ci sarà meno oro liquido e spumante. A Loris non dispiace. «Così si vedrà chi sa fare davvero il vino» commenta accarezzando i tralci che confinano con lo spiazzo di Termine. «La vendemmia del 2000 verrà ricordata, vedrai. Vini eccellenti o vini terribili. Chi lavora bene *prima* in vigna e *poi* in cantina riuscirà a fare vini memorabili. Gli altri...», muove la mano nell'aria, come a scacciare un insetto fastidioso.

«Tienimi da parte delle bottiglie, mi raccomando» dice Roberto. È vestito per andare a correre. Dovrebbe riscaldarsi. Prepararsi. Invece, i piedi hanno fame. Partono da soli, si lasciano dietro il ristorante chiuso forse per sempre, poi una curva dove sostano diversi trattori. Svolta a destra, al cartello per Zuel di Qua. E inizia a salire. Nelle orecchie, Paolo Conte e il suo *Paris Milonga*. La voce graffiante si mescola con il battito del cuore che accelera, con il respiro che si affanna. Il pensiero va a quanto è già contenuto negli scatoloni che ha riempito nel suo appartamento. A quanto resta. Non sa ancora dove andrà, ma sa per certo che lascerà Termine. Lo sguardo di accusa di Alvise è insostenibile, il sorriso di Susana non riesce a mitigarlo.

Lo straniero ha fatto esplodere il mondo in cui vive.

Il primo tornante vola via, sotto le suole. Un morso al polpaccio. Pensa a quanto Alvise ha rischiato per lei, per Susana. Secondo tornante. Verso sinistra. Ripido. Il sangue romba nelle orecchie.

Mixielutzi se l'è cavata. Con il suo braccio al collo e la sua gamba ingessata, non smette di tormentarsi. «Mi sono fatto fregare come un coglione» continua a ripetere a Roberto tutte le volte che si sentono o si incontrano. «Mi sono fatto fregare come un coglione.» Il suo gomito era spappolato, letteralmente. Avrà bisogno di una lunga riabilitazione, ma se la caverà. *Le ferite del corpo si superano. Sempre.* Una fitta alla spalla sinistra glielo conferma.

Terzo tornante. Ora entrambi i polpacci si contraggono, spremono acido lattico. Il cuore comincia ad andare fuori giri. Chiede di fermarsi. *Non ci penso nemmeno.*

La prima volta che si erano rivisti, in una sala d'ospedale, Roberto aveva chiesto al capo della mobile se potevano finalmente passare al tu. Senza cambiare espressione, lui era rimasto in silenzio per diversi secondi. Poi aveva detto di no. «Davo del tu a un solo collega. Era un amico. Un amico caro.» Gli occhi dicevano il resto. Il collega non c'era più.

Il quarto tornante è agonia. A ogni respiro, Roberto inghiotte ossigeno e sofferenza. *Non ce la faccio. Non ce la farò mai.* Si aggrappa a un pensiero, per andare avanti. *Ele. Elèna Žvereva.* Il suo amore per Francesca ha cambiato il corso degli eventi. Lei si è scagliata sul suo aguzzino. Sull'uomo che l'aveva plagiata. E che li avrebbe ammazzati tutti.

I pensieri di Roberto diventano un punto colorato nel mare nero e senza ossigeno della sua mente. La strada non perdona. Il quinto tornante è ancora più ripido di come lo ricordava. Le gambe, ormai, sono marmo. Il cuore esplode. Tutto il corpo piange e implora di fermarsi.

Non è vero che i gemelli di Elèna sono morti, ma Vittorio Reveri deve crederlo. Sono entrambi maschi, ovviamente. Saranno biondi, con gli occhi azzurri. Come la madre. Come il padre. Chiude gli occhi, come per sostenere il peso di ciò che pensa. *Almeno avranno una possibilità. Il loro Dopo inizierà appena nasceranno.* Roberto diventa pura volontà, puro desiderio.

E con un passo che è quasi un salto, è oltre. Giunge dove la strada spiana.

Ce l'ho fatta! E forse non si riferisce solo alla salita completata per la prima volta. Riapre gli occhi. Si gode la sensazione di fatica, fino alla villetta sulle soglie del bosco. Un cartello dice VENDESI. L'erba è alta. Le tapparelle sono abbassate. Il bosco sembra più vicino, come se approfittasse dell'assenza delle persone per riprendersi il proprio spazio.

Eccomi, Francesca, pensa. *È qui che ti voglio salutare. Non su quella lapide inutile.* Roberto si ferma. La scritta FAMIGLIA CAMPO cancellata con rabbia. L'altra, FRANCESCA, sbiadita dalle piogge torrenziali. La percorre col polpastrello, la sente bruciare sulla pelle. Il groppo che gli sale in gola è acido, fa male.

«Ele è salva» bisbiglia a fatica. «La tua Ele ti vuole bene.»

Solo questo. Poi gira su se stesso e imbocca la discesa. Si sente così leggero, che in un attimo è di nuovo davanti al ristorante. Appoggiato al parapetto, con i muscoli che gridano il loro sdegno, si toglie le cuffie e le tiene attorno al collo.

Tra qualche mese ci sarà la vendemmia. Un ciclo sarà chiuso. Un ciclo si aprirà. Un lungo riposo, dormienza. Pace. Quello che Roberto anela per sé. *Le viti daranno i loro frutti, lasceranno qualcosa dietro di sé, qualcosa che vive, che cresce, che cambia. A me cosa è rimasto?*

Tutto scorre, dicono i vigneti. Tutto torna, dice la voce alle sue spalle.

«Ciao Roberto.»

È miele e vetro. È graffio e carezza.

Roberto si gira. Sudato, affaticato. Il respiro gli si blocca. Alice è esattamente nel luogo in cui tutto era finito. Si aspetta che cominci a piovere. Che lei si ripari sotto un ombrello rosso.

Alice. Alice. Alice.

Il silenzio tra loro sembra impenetrabile. Per una volta, nemmeno Alice trova le parole, dopo quel saluto incerto.

È più bella. Il sole di quell'inizio di giugno si riflette sui capelli fulvi, sugli occhi ambra morbidi, non più aggressivi.

«Non ti ho avvertito stavolta, così non hai potuto fermarmi.»

Ancora silenzio. Alice indossa un semplice maglioncino chiaro e un paio di pantaloni comodi. Niente jeans attillati. Niente gonne. In faccia, nulla per nascondere efelidi e pallore.

«Hai tagliato la barba» dice. «Stai bene.»

Roberto porta una mano al viso. Sente i rilievi delle cicatrici. «Questo sono io.»

Alice annuisce. Un gatto bianco miagola dalla soglia del Chiostro. «E quello chi è?» chiede lei.

«È una storia lunga» sospira Roberto. «Una storia brutta.» Poi è come se qualcosa erompesse da dentro, dal profondo. C'è un pezzo di quella storia che vuole raccontarle. Subito.

«Non prendo più le medicine» dice, aspettando la sua reazione.

«Lo so. Gardini mi ha chiamato.»

Roberto distoglie lo sguardo. Fissa i vigneti dove ora le infiorescenze spuntano rigogliose tra foglie fitte. Dove le mani dell'uomo interverranno ancora e ancora per selezionare, eliminare, cancellare. Raccogliere.

«Ti ha detto pure che ora so cosa sono le medicine miracolose che prendevo? Anzi, cosa non sono.»

«Sì.»

«Perché lo hai fatto? Perché me l'hai tenuto nascosto?»

Alice alza le mani al cielo. «Perché avresti detto che era una stronzata.» Sospira. «E perché tu potessi dominare la Danza da solo, ridiventare te stesso.»

«Quale me stesso? Quello che non vuoi più?»

«Se non ti volessi, non saresti qui.»

Roberto torna a guardarla. «I segreti ci hanno sempre fatto male.»

«Sono qui per svelarti l'ultimo. Anche io ho una storia da raccontarti.» Si mette di profilo. «Hai visto?» riesce a dirgli. Quel gesto è la somma di tutte le cose che si sono detti e non detti. Del loro scappare per ritrovarsi. Del loro rincorrersi, essere complementari, nascondersi. Perché c'è sempre un posto in cui tornare alla fine di un viaggio.

Roberto brucia. Un calore che sa di famiglia, di casa. Un

calore che viene spento, gelato, resó cenere morta da una voce d'uomo. Una voce sicura. Una voce che dice che Alice non è più sua. Quella voce gli attorciglia le viscere e gliele strappa. Quella voce si perde nello sguardo rinnovato e dolce di lei. Diventa un sussurro. Vola via nel vento.

Roberto non riesce a pronunciare una parola. È Alice a leggergli dentro, a dargli la risposta. «Sei tu il padre. Altrimenti non saresti qui.»

Il cuore di Roberto impazzisce. Gli occhi di Saverio Serra gli appaiono nella mente. L'unico viso che riesce ad associare alla parola "padre".

«È una bimba» sussurra Alice. Prende le mani di lui. Se le appoggia sul ventre. E gli appoggia il capo sul petto. «Vorrei chiamarla Silvia. Vorrei che lei avesse la vita felice che mia sorella non ha potuto avere. E vorrei che l'avesse assieme a sua madre e suo padre.»

Roberto resta immobile. Ha paura di rompere il momento. Sente il corpo di lei più morbido. Sente che dentro c'è una nuova vita. Qualcosa a cui aggrapparsi. Qualcosa di così grande che non riesce a trattenerla dentro di sé.

«Silvia...» riesce appena a dire. Il resto deborda dagli occhi sotto forma di lacrime pesanti. Il voto è infranto. Il voto è cancellato. Il voto è Prima. Quello che sta vivendo è Dopo.

Il dolore di quei mesi. La solitudine. Il senso di perdita per chi non c'è più. Tutto il male che ha visto, combattuto. Che ha vinto e che lo ha vinto. Il suo mondo che è esploso. Tutto è Prima.

Fissa Alice. Per quanto abbia provato a cancellarla, non c'è riuscito. Lei è sempre stata con lui anche in quei mesi di distacco. Lui è lei. Lei è lui.

La voce di Paolo Conte. L'ultima canzone che ha ascoltato.

«Vieni via con me» riesce a dire. Si corregge. «Venite via con me.»

E sorride.

CHIAMAKA

Il mio nome è Chiamaka. Significa "Dio è splendido". Non so quanti anni avevo quando sono morta. Ero giovane, però. Piacevo per questo. All'inizio non capivo quando mi chiedevano se ero maggiorenne. Dicevo sì. Dicevo cinquantamila in macchina. Dicevo faccio tutto. Erano le uniche parole d'italiano che conoscevo, ma bastavano per far sì che qualcuno mi facesse salire. Quasi non mi parlavano, dopo. Avevano fretta di scaricarmi, dopo. Anche d'inverno, nel gelo a cui ero costretta a esporre le gambe e il culo. Battevo sul Terraglio, una strada diritta che congiunge Treviso a Venezia. La strada più bella d'Europa, tanti anni fa. La strada di gente potente. Re o qualcosa del genere. Ci costruivano case, enormi, piene di statue e di colonne. Me l'ha spiegato un professore di storia prima di tirarsi giù i pantaloni. Ora ci sono altre case, più piccole e brutte, e anche fabbriche.

Era tutto così diverso dalla Nigeria. C'è tanto petrolio, dalle mie parti, alla foce del Niger. C'è tanto petrolio per poche persone e tanta fame per le altre. E ci sono bande armate di ragazzini che girano nei paesi, nelle tribù. Chiedono cibo o sesso. Oppure sparano. Si muore per un pugno di riso. «Sembri una regina» diceva mio padre. «La tua bellezza sarà la tua rovina» diceva mia madre. Ha avuto ragione lei. Il capo di una di queste bande mi ha adocchiato. L'ho respinto. L'unico no che ho potuto dire nella mia vita. Lui è tornato di notte, con molti amici. Hanno minacciato i miei genitori con le armi. Li hanno picchiati. Mi hanno pre-

sa e portata in una costruzione sudicia, alla periferia di una città. Mi ha violentato per primo il ragazzo che avevo respinto. Ero vergine. Mi ha fatto male. Ho perso molto sangue. Poi è toccato ai suoi compagni. Io cercavo di pensare ad altro mentre il corpo dell'ennesimo sconosciuto mi sudava addosso, mentre mi lacerava. Pensavo agli elefanti che avevo visto a Nord, verso il deserto. A quegli animali placidi e possenti. Alla loro calma. Cercavo di fare entrare quella calma in me. Cercavo di perdermi in quegli occhi liquidi e sereni.

Dopo un mese il mio rapitore si è stancato di me. Ero fredda, diceva. Poteva avere di meglio. Ma la lezione che avevo avuto per averlo respinto non ancora era sufficiente, a suo dire. Mi ha venduta a un uomo più anziano. Masticava continuamente tabacco e portava caricatori pieni di pallottole a tracolla. In mano, un fucile. Ho fatto un lungo viaggio, con lui. Quasi tutto a piedi. Mi diceva di stare tranquilla. Mi prometteva che mi avrebbe fatto fare molti soldi. Mi ricordava che avevo un debito con lui, perché mi aveva comprata e salvata. Io camminavo e pensavo agli elefanti.

A un certo punto, siamo saliti su una macchina scassata. Una di quelle che vanno nel deserto. Poi c'è stata una nave. Ricordo il mare, il sole. Credo mi drogassero, perché crollavo addormentata e dormivo a lungo. Le poche ore che stavo sveglia, non parlavo. Quando siamo sbarcati, mi hanno dato a una donna. «Sono la tua maman» mi ha detto nella mia lingua. A lei ho parlato. Le ho chiesto: «Dove sono?».

«In Italia» mi ha risposto. Maman poteva avere il doppio dei miei anni e aveva compiuto lo stesso tragitto prima di me. Mi ha tenuto con sé per mesi. Mi ha detto cosa piaceva agli uomini e soprattutto come fare a farli finire in fretta. Mi ha insegnato a vestirmi e quelle tre parole che servivano. Così ho cominciato. Proprio sulla più bella strada d'Europa, davanti a una villa disabitata. Le statue sembravano cadaveri grigi, il giardino era invaso da erbacce. La prima auto che si è fermata era guidata da un uomo con la barba. «Potresti essere mia figlia» ha detto. Anche se io non ho capito bene. Ma mi ha aiutata mostrandomi una foto nel portafogli. La figlia, quella vera, aveva gli occhi verdi. Mi sono guardata, con le tette di fuori, quei tacchi alti e i pantaloncini corti che lasciavano le cosce libere di essere esplorate. Ho chiuso gli occhi. Ho visto l'elefante. «Cinquantamila lire» ho detto.

Ero bella, ero giovane, tutti volevano me e io mi davo a tutti. Un anno dopo il mio arrivo, maman mi ha detto che avevo pagato il mio debito. Se volevo, ero libera. Non volevo. Cosa significava essere liberi? Me l'ero dimenticato. E non sapevo dove andare. «Se vuoi conosco certa gente. Albanesi. Sono ricchi, ma cattivi. Stai attenta, possono fare male alle ragazze.» Maman teneva al massimo quattro o cinque ragazze e le liberava quando avevano pagato il debito. Gli albanesi volevano fare i soldi. «Va bene» ho risposto. Non era il mio Paese. Non era la mia vita. Io ero di passaggio, da un posto che non conoscevo a un altro che non conoscevo.

Ho fatto male i miei conti. Ho fatto la scelta sbagliata. Appena siamo arrivati nel capannone dove dovevo dormire – un materasso buttato a terra in mezzo ad altri – l'albanese che era venuto a prendermi mi ha strappato i vestiti di dosso e mi ha obbligato a scopare davanti a ragazze di ogni parte del mondo, quasi annoiate da uno spettacolo che avevano visto troppe volte. Ho cercato gli occhi dell'elefante e ho fatto quello che la maman mi aveva insegnato perché finisse in fretta. La stessa notte sono tornata davanti alla villa e alle sue statue morte. Solo che, poco lontano, c'era una vecchia auto con i fari spenti e il motore truccato. Dentro c'era l'albanese.

Una notte è arrivato l'uomo. Ero sfinita. Non so con quanti clienti ero stata. Sono salita in macchina senza guardarlo. Lui non parlava. Aveva due buchi sulle tempie, ma non mi importava. Non era brutto. Aveva degli occhi azzurri caldi, penetranti. Ci siamo fermati nella solita strada. «Cinquantamila» ho detto. Ho allungato la mano. Lui l'ha guardata. Bisbigliava. Ho iniziato ad avere paura. L'ho respinta. La paura era un lusso che non potevo concedermi salendo in decine di macchine di sconosciuti ogni sera. «Cinquantamila» ho ripetuto. Lui si è chinato per prendere qualcosa dal suo sportello. I soldi, pensavo. Invece era una siringa. È stato velocissimo. Mi ha afferrato il collo, mi ha tirato a sé. Aveva delle dita strane, sembravano bruciate. Ho sentito la puntura. Poi buio.

Sono stata la prima a finire nel letto con le cinghie. La prima a mangiare i cibi ideali per la gravidanza. La prima a subire le iniezioni sulla pancia. Non mi sono ribellata, mai. Da troppi anni ero schiava. Era solo un altro passaggio. La prima volta che è uscito il gas è stato quando mi hanno inseminato. Nove mesi di stupore. Sentivo la vita dentro di me. Ho capito che erano due da come si muovevano. Ho pianto spesso in quei nove mesi. Mi sono sentita di nuovo donna. Non mi succedeva da quando ero stata violentata, molte vite prima.

Non ho più visto i miei gemelli, dopo che sono nati. Ho pensato fossero morti. Invece erano vivi, allora. Siamo stati uccisi dopo, io e i miei figli. Siamo finiti nel fondo del lago.

Il mio nome è Chiamaka. Significa "Dio è splendido". Dio non è stato splendido con me, nemmeno buono. Nemmeno gli uomini lo sono stati. La mia vicenda è uguale a tante altre, invisibili. Io sono invisibile. Così invisibile che il mio nome non ha trovato posto nemmeno nel romanzo che racconta la storia del mio assassino.

RINGRAZIAMENTI

Grazie a Sara, che è il centro del mio mondo e mi ha portato la gioia di Alessandro sopportando i lunghi mesi di albe di scrittura.

Grazie a Giulia Ichino e Antonio Franchini che in questo romanzo hanno creduto, e a Mario de Laurentiis che mi ha aiutato a tirarlo a lucido.

Grazie a Elisabetta Rubin de Cervin e Ugo Marchetti di Emmeeerre Letterature per la preziosa assistenza.

Grazie al dottor Nicolò D'Amico, dirigente della Digos di Treviso, per i suggerimenti, e al dottor Giuseppe di Franco, vice questore a Frosinone, per avermi chiarito aspetti pratici della vita di un poliziotto.

Grazie alla dottoressa Cristina Cattaneo del LABANOF (Laboratorio di anatomia e odontologia forense). Se tutti leggessimo i suoi libri invece di guardare CSI sapremmo come funzionano le scienze forensi.

Dei libri su cui mi sono documentato, citerò solo quelli che hanno rafforzato la convinzione – nata a Dachau, dove persino i fili d'erba trasudano sofferenza – che questo romanzo andasse scritto: *I medici nazisti* di Robert Jay Lifton (BUR); *Mengele, l'angelo della morte in Sudamerica* di Jorge Camarasa (Garzanti); *L'utopia eugenetica del welfare state svedese* di Luca Dotti (Rubbettino).

Grazie ai miei lettori "ombra": Carla Chiaffrino (occhio di falco), Alessio Bartolacelli (anche per il portoghese), Matteo Trombacco (anche per i tattoo), Luca Grasselli (di cui aspetto il romanzo), Luisa Gambaro (di cui devo leggere il romanzo), Donatella Perullo (che sgama sempre l'assassino). E poi Valentina D'Urbano e Andrea Maggi, compagni di sogno.

Grazie a Roberta Pasini per il continuo sostegno. Per lo stesso motivo, grazie a Silvio Contursi e Thomas Dori (anche per il cognome).

Grazie ad Auro Palomba per avermi insegnato che non ci sono cose impossibili ma solo cose in cui non si crede abbastanza.

Grazie a Loris Follador (esiste) per il suo meraviglioso Prosecco *sur lie* (ah, come si arrabbierebbe Alvise!) e le chiacchierate sull'essere contadini e custodi del territorio.

Grazie a mamma Lina per la pazienza.

Grazie a Treviso che mi ha adottato già dodici anni fa e alle colline del Prosecco dove mi sono spesso rifugiato. Grazie a Zocca e al mio Appennino, sempre. E all'esempio grande che ci sta dando la Bassa martoriata che non si arrende.

Il romanzo vero e proprio si conclude con l'epilogo. La storia di Chiamaka è una *ghost track* come si usa negli album musicali. Ho ascoltato *Ebano* dei Modena City Ramblers (grazie anche a loro!) e ho dovuto scriverla.

In questo libro c'è tanto di me, delle mie paure, del timore che ci si dimentichi che l'uomo è il più feroce predatore dei suoi simili. Non finisce qui. Roberto ha già ricominciato a sussurrarmi all'orecchio. E prima o poi lo ascolterò.

INDICE

«Io sono lo straniero»
di Giuliano Pasini
Oscar bestsellers
Arnoldo Mondadori Editore

Questo volume è stato stampato
presso ELCOGRAF S.p.A.
Stabilimento - Cles (TN)
Stampato in Italia. Printed in Italy